mtb

Zum Buch:

Zwei Blutlachen: eine um den Kopf herum, eine zwischen den Beinen. Bevor die junge Frau gestorben ist, musste sie qualvoll leiden. Doch noch mehr als dieser Anblick schockiert Lieutenant Samantha Holland der Mann, der neben der Toten kniet. Es ist Senator Henry Lightfeather, ein Freund der Familie. Ist er der Mörder seiner heimlichen Geliebten? Samanthas unnachgiebige Recherchen führen auf die Spuren eines Skandals, der ganz Washington erbeben lässt. Mitten in den heikelsten Verwicklungen erreicht Samantha eine private Hiobsbotschaft. Entsetzt muss sie erkennen, dass die größte Gefahr für ihre Zukunft aus ihrer eigenen Vergangenheit kommt …

„Force setzt neue Maßstäbe – und erschafft einen packenden romantischen Thriller."

Romantic Times Book Reviews

Zur Autorin:

Marie Force arbeitete für eine Lokalzeitung, bevor sie sich hauptberuflich dem Schreiben widmete. Ihre Lebensziele sind relativ einfach: ihre zwei Kinder zu glücklichen Erwachsenen zu erziehen, so lange wie möglich Romane zu verfassen und nie in den Nachrichten erwähnt zu werden, weil sie auf der Flucht ist. Zusammen mit ihrer Familie und zwei Hunden lebt die Erfolgsautorin in Rhode Island.

Lieferbare Titel:

Mörderische Sühne
Verhängnis der Begierde

Marie Force

Jenseits der Sünde

Roman

Aus dem Amerikanischen von
Christian Trautmann

MIRA® TASCHENBUCH
Band 26045

HarperCollins
PUBLISHERS
Since 1817

FSC
MIX
Papier
FSC® C014496

1. Auflage: August 2017

Deutsche Erstveröffentlichung

Titel der amerikanischen Originalausgabe:
Fatal Consequences

erschienen bei: Carina Press, Toronto

Leseprobe
Fatal Flaw

erschienen bei: Carina Press, Toronto

Published by arrangement with
Harlequin Enterprises II B.V./S. à r. l.

Umschlaggestaltung: bürosüd, München
Umschlagabbildung: Guido Zimmermann/EyeEm/Getty Images
Redaktion: Mareike Müller
Satz: GGP Media GmbH, Pößneck
Printed in Germany
Dieses Buch wurde auf FSC®-zertifiziertem Papier gedruckt.
ISBN 978-3-95649-673-8

www.mira-taschenbuch.de

Für meine Tochter Emily: *Happy Sweet Sixteen.*
Du hattest mich schon beim Hallo.

1. Kapitel

„Ich wette, am Valentinstag-Massaker gab es weniger Rot“, sagte Lieutenant Sam Holland, die im Türrahmen des Saals der Fraternal Order of Police, des Berufsverbandes amerikanischer Polizisten, stand und die Szene vor ihr betrachtete.

„Wow.“ Senator Nick Cappuano schaute sich ausgiebig in dem großen Raum um. „*Wow.*“

Sams Schwester Tracy trat zu ihnen. „Ach. Du. Liebe. Zeit. Celia und ihre Freundinnen sind komplett durchgedreht, was Herzen und Blumen betrifft.“

Jeder Quadratzentimeter des Saals war mit roten Blüten, Ballons und Luftschlangen geschmückt.

„Ich habe Morde gesehen, die weniger blutig waren als diese Feier“, meinte Sam.

„Es ist ihre erste Hochzeit“, erinnerte Nick sie. „Da hat sie das Recht, zu übertreiben.“

Sam fragte sich, ob er erwartete, dass seine erste Hochzeit genauso aufwendig ausfiel. Sie hatte das alles schon hinter sich und keine Lust, das noch einmal zu machen. Für ihn jedoch … nun, für ihn würde sie nahezu alles tun. Bei Herzen und Blumen zog sie allerdings die Grenze. Schließlich hatte sie einen Ruf zu verteidigen.

„Mein Gott“, stieß Sams Schwester Angela seufzend hervor, die sich zu ihnen gesellte. „Seht euch die Eisskulptur an. Jesus.“

„Das ist ein Amor, nicht Jesus“, entgegnete Nick und lächelte über die entsetzten Mienen der Schwestern. „Seid nett, Leute. Celia ist so aufgeregt.“

„Ich hatte ja keine Ahnung, dass sie zu so etwas fähig ist.“ Sam kämpfte sich zwischen den Luftschlangen und Ballonbändern durch, um zur Bar zu gelangen. Sie brauchte einen Drink, und zwar sofort.

„Du bist gut beraten, sie von deiner Hochzeit möglichst weit fernzuhalten“, erklärte Tracy.

„Was du nicht sagst.“ Sam trank ein Glas Pinot grigio und gab dem Barkeeper ein Zeichen, dass sie noch eines wollte. „Was glaubt ihr, wie viel Dad hiervon weiß?“

„Gar nichts“, antwortete Angela grinsend.

„Er ist ein kluger Mann“, schaltete Nick sich ein. „Ich bin mir sicher, er hat ihr gesagt, sie solle tun, was immer sie will.“

„Macht ein kluger Mann das so?“ Sam zog eine Augenbraue hoch.

„Nicht *dieser* kluge Mann. Hätte ich das organisiert, säßen wir mit Bier und Erdnüssen bei O'Leary's.“

„Und das wäre genau aus welchem Grund schlecht?“

Nick küsste sie. „Wir können es besser.“

Sam hatte keine Chance, ihm mitzuteilen, dass sie gar nichts Besseres als O'Leary's wollte, denn in dem Moment kamen die Braut und der Bräutigam herein. Sie konnte nicht leugnen, dass ihr Vater und seine frisch Angetraute überglücklich wirkten. Wie könnte sie sauer sein auf die Frau, die ihren gelähmten Vater bei einer Traumhochzeit zum Ehemann genommen hatte? Ihre eigene Hochzeit, das schwor Sam sich, würde so bescheiden wie irgend möglich ausfallen. Einfach durchzubrennen erschien ihr immer verlockender.

In ihren Brautjungfernkleidern aus roter Seide blieben Celias neue Stieftöchter treu an ihrer Seite, während sie die herzförmige Torte anschnitt und ihren Bräutigam mit einem Stückchen fütterte. Die Brautjungfern erduldeten die Reden und

Toasts und lächelten für nicht weniger als tausend Fotografen. Die ultimative Demütigung würde jedoch erst jetzt folgen.

„Das kann sie nicht von uns verlangen“, sagte Tracy, als der DJ die Schwestern bat, zusammen mit ihren Ehemännern oder Verlobten auf die Tanzfläche zu kommen.

„Dad schon“, meinte Angela. „Er hat noch immer diesen *Blick*. Ihr wisst schon, welchen ich meine.“

„Ich habe mich nie zuvor mehr danach gesehnt, an einen Tatort gerufen zu werden“, presste Sam zwischen zusammengebissenen Zähnen hervor.

„Ladys“, entgegnete Nick mit jenem charmanten Lächeln, das er bereits den ganzen Tag einsetzte, um mit ihnen fertigzuwerden, „es ist doch nur ein Tanz für euch, danach seid ihr entlassen.“

„Ich weiß, dass ich auch für meine Schwestern spreche, wenn ich dich jetzt auffordere, den Mund zu halten und damit aufzuhören, Valentinstag-Brautzilla zu verteidigen“, erklärte Sam.

Nick lachte über ihre entsetzten Mienen, während die ersten Klänge von Bette Midlers *The Rose* aus den Lautsprecherboxen tönten.

„Ich kotz gleich auf meine Schuhe“, murmelte Angela. Sie war seit dreieinhalb Monaten schwanger mit dem zweiten Kind und daher schon seit Wochen grün im Gesicht.

„Das sind *meine* Jimmy Choos“, erinnerte Sam sie. „Und wenn du dich auf die übergibst, bringe ich dich um.“

Angela warf ihr einen finsteren Blick zu. „Soll ich lieber auf die da kotzen?“ Sie zeigte auf die Manolos, die Nick für Sam zu ihrem Verlobungsabend gekauft hatte.

Sam schaute herunter auf die kostbaren Schuhe. „Denk nicht mal dran.“

„Meine sind vom Schuhdiscounter“, meldete Tracy sich zu Wort. „Brech ruhig los.“

Nick nahm Sams Hand, während Angelas Mann Spencer und Tracys Mann Mike dasselbe mit ihren widerstrebenden Frauen taten. Die drei Männer gaben ein gut aussehendes Trio ab in ihren Smokings, die sie als Skips Trauzeugen trugen.

Auf der anderen Seite des Saals lachten Sams Partner Detective Freddie Cruz, Detective Tommy „Gonzo" Gonzales und ein paar andere Detectives – ganz offensichtlich amüsierten sie sich köstlich über Sam. Sie würde sich etwas ausdenken, wie sie sich bei der nächsten Schicht dafür revanchieren konnte. Ihr entging nicht, dass Freddie seine Freundin Elin Svendsen mitgebracht hatte oder dass Gonzo zusammen mit Nicks Stabschefin Christina Billings da war. Sam hieß weder die eine noch die andere Beziehung gut, doch niemand hatte sie um ihre Meinung gebeten.

Als sie einsah, dass Nick sie vor diesem Pflichttanz nicht weglaufen lassen würde, gab Sam ihren Widerstand auf. Außerdem liebte sie es, sich an seine Brust zu schmiegen, also konnte sie diese Pflicht auch genießen.

Mit einer Größe von einem Meter zweiundneunzig gehörte er zu den wenigen Menschen in ihrem Leben, die sie überragten. Diese breiten Schultern, die schokoladenbraunen Haare, deren Spitzen sich ringelten, diese erstaunlichen braunen Augen, die glatte olivenfarbene Haut … Sam war nie einem aufregenderen Mann begegnet. Und apropos aufregend …

„Na?", erkundigte Nick sich, der ihre Kapitulation spürte. „Ist das nicht viel besser?"

„Ich bin immer noch wütend auf dich."

„Du kannst mich später bestrafen." Dann flüsterte er ihr ins Ohr: „Die ganze Nacht lang."

Sam lächelte über seine Worte. Eigentlich wollte sie das nicht, denn er zwang sie, zum kitschigsten, abgedroschensten Song zu tanzen, den ihre Stiefmutter sich hatte aussuchen können. Andererseits tanzte sie eng mit Nick, und das machte die Sache erheblich besser.

Nicks wundervolle Brust ruinierte den Moment, indem sie anfing, unter Sams Wange zu vibrieren.

„Ignoriere es", sagte er und meinte damit das Blackberry in seiner Hemdtasche. „Heute keine Handys."

„Da widerspreche ich bestimmt nicht." Es war ihnen immer noch nicht gelungen, einen kompletten Tag zusammen freizunehmen, und dabei waren sie bereits seit fast zwei Monaten, seit der Mord an US-Senator John O'Connor kurz vor Weihnachten sie zusammengeführt hatte, wieder ein Paar. Sechs Jahre nach einem denkwürdigen One-Night-Stand machten sie genau dort weiter, wo sie aufgehört hatten. Nick war gedrängt worden, das letzte Jahr von Johns Legislaturperiode im Senat zu beenden, und steckte nun mitten im Wahlkampf, um den Sitz im November aus eigener Kraft zu gewinnen. Auf diesen freien Tag hatten sie sich seit Wochen gefreut und dementsprechend große Pläne für eine romantische frühe Valentinstagsfeier nach der Hochzeit geschmiedet.

Erneut vibrierte Nicks Handy. „Ignoriere es", wiederholte er, diesmal nachdrücklicher.

„Und wenn es dein Dad ist oder irgendeine Katastrophe in Virginia passiert ist? Du kannst es nicht einfach ignorieren."

„Doch, kann ich." Wegen des intensiven Wahlkampfes in letzter Zeit brauchte er den freien Tag sogar noch dringender als sie. Aber wenn es eines gab, was Sam nicht ertragen konnte, dann ein klingelndes Telefon.

„Nick."

„Sam."

Sie griff in seine Jacketttasche, um das summende Handy herauszuholen. „Henry Lightfeather", las sie vom Display ab.

Selbst sie wusste, dass es sich um den Senior Senator aus Arizona handelte.

„Arbeit." Nick schloss die Arme fester um sie. „Der kann bis Montag warten."

„Er hat schon zweimal angerufen."

„Er kann *warten*."

„Da ist eine Nachricht auf der Mailbox. Bist du nicht neugierig?"

„Na schön, jetzt ist es offiziell: Du bist ein noch schlimmerer Workaholic als ich."

„Unmöglich. He, er hat eine SMS geschickt. *Ruf mich an, Nick. 911.*"

Nick hielt mitten im Tanz inne und nahm ihr das Telefon aus der Hand. „Nun hast du es geschafft."

„Was geschafft?"

„Wenn du es ignoriert hättest, hätte ich niemals diese Nachricht gesehen. Nun bleibt mir keine andere Wahl, als ihn anzurufen."

Sie grinste. „Dann können wir wenigstens diesen Albtraumtanz beenden."

Mit dem Handy am Ohr verließ Nick die Tanzfläche. Auf halbem Weg durch den Saal blieb er unvermittelt stehen, drehte sich zu Sam um und gab ihr ein Zeichen.

Neugierig kam sie näher.

„Er sucht eigentlich dich, Lieutenant." Nick übergab ihr das Telefon und ging zu Skip und Celia, um mit ihnen zu sprechen.

„Senator", meldete Sam sich, „hier spricht Sam Holland. Was kann ich für Sie tun?"

„Sie müssen herkommen", erwiderte Lightfeather. Er klang sehr aufgeregt und durcheinander. „Sofort. Ich glaube, sie ist tot. Ich brauche Sie. Nur Sie. Keine anderen Cops."

„Wer ist tot?"

„Regina." Seine Stimme brach. „Die wunderschöne Regina."

„Woher wissen Sie, dass sie tot ist?"

„Da ist so viel Blut, und sie ist ganz kalt."

„Wo sind Sie, Senator?"

Er nannte eine Adresse in Columbia Heights, einer multikulturellen Gegend in der nordwestlichsten Ecke der Stadt.

„Ich bin unterwegs. Rühren Sie sie nicht an. Fassen Sie überhaupt nichts an. Haben Sie verstanden?"

„Ja", antwortete er mit brüchiger Stimme. „Beeilen Sie sich."

Nach einem kurzen Stopp bei Nicks Haus, damit Sam diese rote Monstrosität von einem Brautjungfernkleid gegen Jeans eintauschen konnte, fuhr Nick sie von Capitol Hill nach Columbia Heights. Während er den BMW geschickt durch den Verkehr lenkte, fragte Sam sich, wann er angefangen hatte, wie ein Cop zu fahren, und warum es ihr bisher nicht aufgefallen war.

„Wie gut kennst du ihn?", erkundigte sie sich.

„Er ist ein Freund – einer der ersten, die mich im Senat willkommen hießen, der erste, der mir erklärte, was ich wirklich wissen musste, der erste, der mir seine Hilfe anbot."

„Und?"

„Und was?"

„Was weißt du außerdem noch, wovon du nicht sicher bist, ob du es mir in Anbetracht der jüngsten Ereignisse erzählen solltest?"

„Manchmal ist es ziemlich ärgerlich, dass du mich so gut kennst."

„Geht mir genauso. Los, rede."

Er schaute sie an. „Ich glaube, er hat in seinem Büro gewohnt."

„Warum sagst du das?“

„Ich habe ihn dort zu seltsamen Zeiten in Jogginghose und T-Shirt getroffen. Er duscht im Fitnessstudio, aber ich habe ihn nie trainieren sehen.“

„Wenn du zu ungewöhnlichen Zeiten da bist, warum kann er das dann nicht auch sein?“

„Er schien eben nicht wirklich zu arbeiten, verstehst du? Ich habe nicht groß darüber nachgedacht, um ehrlich zu sein. Bis jetzt.“

„Und warum sollte er in seinem Büro wohnen?“

„Viele Leute im Kongress haben Schwierigkeiten, zwei Wohnungen zu bezahlen – eine in ihrem Heimatstaat und eine hier. Es ist nicht gerade billig, hier zu wohnen, und entgegen der allgemeinen Überzeugung ist nicht jeder Politiker reich.“

„Hat er Familie?“

„In Sedona hat er eine Frau und fünf Kinder, alle adoptiert, einige davon mit besonderem Förderbedarf.“

„Das könnte der Grund dafür sein, weshalb er kein Geld für eine Wohnung in Washington hat.“

„Würde mich jedenfalls nicht wundern.“

„Hört sich an, als sei er ein netter Kerl.“

„Ist er.“

„Was macht er dann mit einer toten Frau in Columbia Heights?“

„Ich habe keine Ahnung.“

Henry erwartete sie blutbesudelt auf dem Treppenabsatz vor Reginas Wohnung im dritten Stock. Rasch begutachtete Sam den Senator: mittelgroß, dunkle Haut, schwarze Haare und Augen. Er war jünger, als er im Fernsehen wirkte, Ende vierzig, höchstens Anfang fünfzig.

„Schnell“, sagte er, sowie er sie kommen sah. „Hier entlang." Henry zerrte Sam halbwegs in das schäbige Apartment hinein. Sie ließ sich nur deshalb von ihm führen, weil er Nicks Freund war. Jeder andere hätte inzwischen eine gebrochene Hand gehabt. „Im Schlafzimmer."

Regina lag nackt auf dem Boden in zwei Blutlachen, die eine hatte sich um ihren Kopf herum gebildet, die andere zwischen ihren Beinen. Ihr Hals war von einem Ohr zum anderen aufgeschlitzt. Sie hatte langes dunkles Haar, eine schlanke Figur, kleine, aber feste Brüste und eine glatte Haut, die lediglich am Bauch einige Dehnungsstreifen aufwies, die darauf schließen ließen, dass sie entweder mindestens ein Kind geboren oder enorm viel Gewicht verloren hatte. Sam tippte auf eine Schwangerschaft. Sie schätzte das Opfer auf Mitte dreißig und konnte trotz des vielen Blutes erkennen, dass es sich um eine sehr schöne Frau handelte.

Beim Anblick der blutigen Szene schnappte Nick hörbar nach Luft, aber wenigstens wurde er nicht wie bei anderen Tatortbesichtigungen ohnmächtig. Je länger er mit Sam zusammen war, desto mehr schien er sich an solche Dinge zu gewöhnen. Sam war sich nicht sicher, ob das nun gut oder schlecht war.

Neben ihr brach Henry zusammen, während er die tote Frau betrachtete.

„Woher kennen Sie sie, Senator?", wollte Sam von ihm wissen.

Er weinte so heftig, dass er kaum antworten konnte.

„Sie arbeitet für die Firma, die das Kapitol reinigt", erklärte Nick und klang schockiert. Diesen Tonfall hatte Sam nach den Morden an Nicks Freunden John O'Connor und Julian Sinclair viel zu oft gehört.

„Kanntest du sie?", fragte sie Nick.

„Nur vom Sehen."

Sie merkte, dass das nicht alles war, entschied sich allerdings, zu warten, bis sie allein waren, ehe sie weiter nachforschte. Zu Henry sagte sie: „Senator, ich muss das melden."

„Ich muss los", verkündete er panisch. „Ich darf nicht hier sein, wenn die Polizei kommt."

„Ich fürchte, Sie müssen bleiben, Sir. Sie sind zumindest ein wichtiger Zeuge." Sie musterte sein blutbeflecktes Hemd, dann schaute sie ihm in die Augen.

„Zumindest? Was soll das heißen?"

Sam war sich der Macht sehr wohl bewusst, die dieser Mann in Capitol Hill hatte, deshalb schluckte sie. „Ich habe ohne weitere Ermittlungen keine Gewissheit darüber, ob Sie für diese Tat verantwortlich sind."

In den Kummer des Senators mischte sich Zorn. „Ich habe Sie angerufen, weil ich dachte, Sie können mir helfen! Wir müssen denjenigen finden, der ihr das angetan hat!" Er schaute Nick flehend an. „Sag es ihr. Du kennst mich, Nick. Du weißt, dass ich so etwas nicht getan haben kann."

Sam musste Nick zugutehalten, dass er schwieg.

„Ich kann es nicht fassen! Du glaubst tatsächlich, ich könnte das gewesen sein?" Der Senator wischte sich grimmig die Tränen aus dem Gesicht.

Sam richtete den Blick erneut auf sein blutverschmiertes Hemd. „Ich muss Sie als Verdächtigen ausschließen. Dabei können Sie mir entweder helfen oder mich behindern. Auf jeden Fall werden Sie nirgendwo hingehen, Senator. Haben Sie das verstanden?"

„Ja", antwortete er bitter, „das habe ich."

„Ich möchte, dass Sie mit Nick jetzt hinaus auf den Flur gehen." Nachdem die Männer den Raum verlassen hatten, nahm Sam ihr Handy. „Hier spricht Lieutenant Holland. Ich muss einen Mord in Columbia Heights melden."

2. Kapitel

„Ich würde beim Todeszeitpunkt auf etwa fünf Uhr tippen", meinte Dr. Lindsey McNamara, die leitende Gerichtsmedizinerin. Wegen der möglichen Verwicklung des Senators hatte Sam sie zum Tatort rufen lassen. Wieder einmal hatte sie ein Pulverfass von einem Fall, da wollte Sam nichts dem Zufall überlassen.

Sie schaute auf ihre Uhr. Jetzt war es neun, und vor ihnen lag eine lange Nacht – das war ganz und gar nicht der romantische Abend, den sie und Nick geplant hatten. Sam fühlte Bedauern. Ihnen blieb so wenig gemeinsame Zeit, dass sie es hasste, auch nur eine Minute davon zu opfern. Doch wenn sie die auf dem Boden liegende Regina Argueta de Castro betrachtete, wurde sie daran erinnert, dass es wichtigere Dinge gab.

„Sexuelle Gewalt", sagte Lindsey, während sie die Leiche umdrehte. An Rücken und Gesäß waren Hämatome zu sehen. „Er war sehr grob zu ihr. Armes Ding."

Lindseys mitfühlendes Wesen war ein weiterer Grund, weshalb Sam sie bei diesem Fall dabeihaben wollte. Die Gerichtsmedizinerin würde Regina deutlich mehr Mitgefühl entgegenbringen als so manche ihrer Kollegen.

Solange Lindsey noch mit der ersten Untersuchung beschäftigt war, machte Sam Fotos, bevor sie das Feld für die Detectives von der Spurensicherung räumte, die jeden Gegenstand in dem spärlich eingerichteten Apartment untersuchen würden. Sam wies die zuständigen Polizisten an, sich in der Nachbarschaft umzuhören, ob jemand früher am Abend irgendetwas Verdächtiges aus dem Apartment 3 B gehört hatte.

Als sie ihre Anweisungen gegeben hatte, ging sie zu Nick und Henry im Flur. Nick lehnte an der Wand, Henry saß auf dem Fußboden, den Kopf in den Händen und mit vor Kummer und Erschöpfung hängenden Schultern. Sam empfand Nicks Gegenwart als tröstlich. Was auch immer getan werden musste, er würde bei ihr sein. Als eine Frau, die den überwiegenden Teil ihres Lebens extrem unabhängig gewesen war, staunte sie nach wie vor darüber, wie abhängig sie innerhalb kürzester Zeit von ihm geworden war.

„Senator“, wandte sie sich an Henry. „Ich habe ein paar Fragen an Sie, und ich würde das Gespräch gern in der Stadt führen.“

Seine Miene drückte Verzweiflung aus. „Bin ich verhaftet?“

„Vorerst nicht. Dennoch müssen wir einige Dinge klären, und bis dahin müssen wir Sie in Gewahrsam nehmen.“

„Brauche ich einen Anwalt?“

„Das liegt ganz bei Ihnen. Allerdings empfehle ich Ihnen, sich möglichst kooperativ zu zeigen, damit wir herausfinden können, was mit Regina geschehen ist. Ich habe die Befugnis, Sie vierundzwanzig Stunden ohne Anklage festzuhalten. Innerhalb dieser Zeit muss ich genügend Beweise finden, um Sie eines Verbrechens anklagen zu können. Gelingt mir das nicht, lasse ich Sie frei. Haben Sie verstanden?“

Er nickte und fuhr sich mit zittrigen Fingern durch die seidigen dunklen Haare. „Ich will denjenigen finden, der ihr das angetan hat. Wird die Presse darüber berichten, dass Sie mich in Gewahrsam genommen haben?“

„Wir werden unser Bestes tun, um es fürs Erste unter Verschluss zu halten. Aber mein Einfluss ist da begrenzt. Die Medien werden mit ziemlicher Sicherheit Wind davon bekommen, dass Sie in die Sache verwickelt sind. Selbst wenn wir keine Anklage erheben, bleibt doch die Tatsache, dass Sie die

Frau, die in Ihrem Büro putzt, tot in ihrer eigenen Wohnung gefunden haben."

Sam sah zu Nick. Sein attraktives Gesicht zeigte einen kaum zu deutenden Ausdruck, doch war sie sich relativ sicher, dass er gerade den schlimmsten Tag seines Lebens noch einmal durchlebte – als er seinen Chef und besten Freund tot in dessen Wohnung aufgefunden hatte.

Resigniert seufzend stand Henry auf. „Wäre es wohl möglich, meine Frau zu benachrichtigen? Ich muss mit ihr sprechen, bevor es in der Presse verbreitet wird."

„Zuerst muss ich Ihre Aussage zu Protokoll nehmen, aber danach werde ich sehen, was ich tun kann."

Aus Rücksicht auf seine Position und seine Freundschaft mit Nick legte sie Senator Lightfeather keine Handschellen an, obwohl sie äußerst selten jemanden ohne transportierte. Sobald Henry auf dem Rücksitz des Wagens saß, legte Nick Sam die Hand auf den Arm, damit sie innehielt.

Weil er so besorgt wirkte, fragte sie: „Was ist denn?"

„Vielleicht ist es überhaupt nicht wichtig."

„Oder sehr wichtig. Sag es mir einfach, dann werde ich entscheiden, ob es von Bedeutung ist."

„Ich glaube, die zwei könnten zusammen gewesen sein."

„Wie kommst du darauf?"

„Erinnerst du dich daran, dass ich dir erzählt habe, ich hätte ihn zu ungewöhnlichen Zeiten sehr entspannt und in Freizeitkleidung in seinem Büro gesehen?"

Sam nickte.

„Einmal, es ist noch nicht lange her, war sie dort bei ihm. Ich schaute auf dem Weg nach Hause spät in seinem Büro vorbei. Da tranken die beiden ein Glas Wein zusammen. Sie trug die Uniform des Reinigungspersonals, doch sie saß auf seinem Sofa und hatte die Füße hochgelegt. Sie schienen sich gut zu amüsieren. Als ich hereinkam, hatte sie diese schuldbewusste Miene und verschwand eilig, als hätte ich die beiden nackt erwischt oder so was."

„Was hat er gesagt?"

„Er tat es ab und meinte, sie habe bloß den Eindruck gemacht, als könne sie einen Drink gebrauchen."

„Kam er dir vor wie jemand, der bei etwas ertappt wurde, was er nicht hätte tun sollen?"

Nick dachte einen Moment darüber nach. „Nein, er war wie immer, sachlich und gefasst."

„Warum glaubst du dann, dass die beiden etwas miteinander hatten?"

„Ich habe sie kurz gesehen, als sie sich unbeobachtet wähnten, und da war etwas. Es ging nicht nur um ein Glas Wein, da bin ich mir sicher."

„Möglicherweise brauche ich eine formelle Aussage von dir darüber, was du an jenem Abend mitbekommen hast. Wärst du dazu bereit?"

Er verzog das Gesicht. „Können wir erst mal abwarten, ob du die wirklich brauchst?"

Sam betrachtete das ernste, attraktive Gesicht, das sie so liebte. Er hatte in letzter Zeit einiges durchgemacht, da zwei enge Freunde innerhalb weniger Wochen ermordet worden waren. Sie würde alles in ihrer Macht Stehende tun, um ihm weiteren Schmerz zu ersparen. „Ja, können wir. Soll ich dich zu Hause absetzen, bevor ich ins Hauptquartier fahre? Es könnte eine lange Nacht werden."

„Ich bleibe bei dir, für den Fall, dass du mich brauchst."

Sam lächelte. „Ich brauche dich immer."

„Deshalb bleibe ich ja auch bei dir." Er gab ihr einen flüchtigen Kuss und lachte über ihre Reaktion. Sie hasste diese öffentlichen Zuneigungsbekundungen, besonders wenn andere

Cops in der Nähe waren – was natürlich genau der Grund dafür war, warum er das gerne machte.

„Gib mir eine Minute, um Malone Bericht zu erstatten." Sie zog ihr Handy aus ihrer Manteltasche. Ihr Atem dampfte in der kalten Luft, als sie auf dem Gehsteig auf und ab lief und darauf wartete, dass ihr Mentor Detective Captain Malone sich meldete.

„Lieutenant", sagte er und klang nicht ganz nüchtern. „Was hat Sie dazu veranlasst, die Hochzeit Ihres Vaters so eilig zu verlassen?"

„Eine Kleinigkeit namens Mord."

Sie konnte sich gut ausmalen, wie er unvermittelt Haltung annahm. „Was haben Sie?"

Sam berichtete ihm, was sie bis jetzt wusste, und erklärte, sie habe den Senator vorläufig in Gewahrsam genommen.

„Was ist denn in letzter Zeit bloß los? All diese mächtigen Leute, die in Morde verwickelt sind."

„Ich wünschte, ich wüsste es. Das wird jedenfalls ein weiteres heißes Eisen."

„Zumindest ist diesmal Ihr Privatleben nicht betroffen."

„Na ja", gab Sam ein wenig gequält zurück. „Könnte sein, dass doch. Lightfeather ist ein Freund von Nick."

„Natürlich ist er das", erwiderte Malone seufzend.

Sam lachte. „Ja, wer nicht?"

„Im Ernst. Der Kerl hat verdammt gute Verbindungen. Soll ich jemanden vom A-Team schicken?"

„Nein, die habe ich nicht informiert, weil ich weiß, dass die den ganzen Tag gefeiert haben. Die sollen ihren freien Abend genießen. Ich tue heute Nacht, was ich kann, und morgen gehen wir dann richtig zur Sache."

„Hört sich gut an. Ich werde denen Bescheid geben, dass es für sie eine Sperrstunde gibt."

„Da werden die sich aber freuen. Wie hält sich der Bräutigam?"

„Seine Braut hat ihn vor ungefähr einer Stunde nach Hause gebracht. Er wurde allmählich müde, doch es war ein guter Tag für ihn. War schön, ihn so glücklich zu sehen."

„Ja." Nach allem, was ihr Vater durchgemacht hatte – ihre Mutter hatte ihn für einen anderen Mann verlassen, und seit einer Schießerei war er querschnittsgelähmt –, konnte Sam ihm nur zustimmen.

„Sie und Cruz ermitteln nach wie vor anhand des Materials, das Sie in Reeses Haus gefunden haben, oder?"

„Wir versuchen es." Jedes Mal, wenn sie in dem ungelösten Fall um die Schüsse auf Sams Vater vor zwei Jahren eine Spur hatten, stießen sie auf neue Hindernisse. „Wir suchen immer noch nach dem Typen, der das Haus vor Reese gemietet hatte. Wir können den Vermieter nicht ausfindig machen und haben nicht mal einen Namen. Die Nachbarn behaupten, sich nicht daran erinnern zu können, wer vor Reese dort gewohnt hat, aber ich glaube, die mauern aus irgendeinem Grund."

„Geben Sie nicht auf", entgegnete Malone. „Wenn Sie weiterhin Fragen stellen, werden Sie irgendwann auch Antworten erhalten."

„Ich hoffe wirklich, Sie haben recht." Nachdem Clarence Reese seine Familie ermordet hatte, waren den Detectives Zeitungsausschnitte und Fotos zu den Schüssen auf Skip Holland in die Hände gefallen. Reese hatte behauptet, die Schachtel mit den Artikeln gehöre dem Vormieter, der einige Dinge einfach zurückgelassen habe. Tja, wenn sie bloß herausbekommen könnten, wer dieser Vormieter war. Sam konnte die Frustration darüber, den wichtigsten Fall ihrer Karriere nicht lösen zu können, kaum ertragen. Und es half nicht gerade, dass ein heikler Mordfall nach dem anderen ihre gesamte Zeit in Anspruch nahm, die sie gern für den Fall um ihren Vater investiert hätte.

„Halten Sie mich auf dem Laufenden über den Senator und die tote Frau."

„Ich werde ihn mindestens bis morgen früh dabehalten, um mir sein Alibi bestätigen zu lassen. Sie sollten daher vielleicht den Chief darüber informieren, dass der Senator von Arizona heute Nacht unser Gast im Stadtgefängnis ist."

Malone kicherte über ihre Wortwahl. „Mach ich."

Detective Freddie Cruz half seiner Freundin Elin Svendsen in seinen zerbeulten Mustang und erhaschte einen Blick auf lange muskulöse Beine, als sie einstieg. Bei der Vorstellung, wie diese Beine sich um ihn schlangen, zuckte sein Penis aus Vorfreude. Doch als er sich an seine Mutter erinnerte, die zu Hause mit einer Grippe im Bett lag, beschloss er, noch bei ihr vorbeizuschauen, ehe er sich den dringenderen Dingen zuwandte.

Kaum hatte er auf dem Fahrersitz Platz genommen, waren Elins Zunge in seinem Mund und ihre Hand in seinem Schritt. Freddie schloss sie in die Arme und gab sich diesem sinnlichen Kuss ein paar heiße Minuten lang hin. Sie hatte ihn bis an den Rand eines raschen, peinlichen Höhepunkts gebracht, als ihm seine kranke Mutter wieder einfiel.

Frustriert aufstöhnend befreite er sich aus Elins Umarmung. „Ich muss noch zu meiner Mutter, bevor wir nach Hause fahren."

„Warum?" Sie strich an der Innenseite seines Oberschenkels auf und ab, bis er ihre Hand festhielt. „Wir waren doch vor der Hochzeitsfeier erst da."

„Das ist Stunden her, und sie ist sehr krank."

Elin machte ein Schmollgesicht. „Hat sie denn keine Freundinnen, die nach ihr schauen können?"

„Natürlich hat sie die, aber sie hat nur einen Sohn."

„Der ein totales Muttersöhnchen ist."

„Ich bekenne mich schuldig. Sie hat mein ganzes Leben lang alles für mich getan, und es gibt nichts, was ich nicht für sie tun würde. Gewöhn dich lieber dran." Die Animosität zwischen seiner Mutter und Elin war in den letzten Wochen eskaliert, was der einzige Makel in dieser ansonsten sehr befriedigenden Zeit in seinem Leben war. Nach neunundzwanzig langen Jahren des Zölibats genoss er in vollen Zügen seine erste sexuelle Beziehung – bis auf die Tatsache, dass seine geliebte Mutter seine neue Freundin hasste und aus ihrer Verachtung keinen Hehl machte.

Als er Elin früher am Abend abgeholt und ihr schwarzes Kleid gesehen hatte, dessen tiefer Ausschnitt ihr Amor-Tattoo auf der linken Brust entblößte, war ihm klar gewesen, dass sämtliche Cops auf Skips Hochzeit ihn beneiden würden. Und tatsächlich hatte er reichlich Augenzwinkern und Ellbogenstöße von den Typen bekommen, die kein großes Geheimnis daraus gemacht hatten, dass sie scharf auf *seine* Freundin waren. Freddie war glücklich, dass sie ihm gehörte und nur ihm allein. Wenn er bloß seine Mutter davon überzeugen könnte, Elin eine Chance zu geben. Das war das Einzige, was ihm zu seinem Glück noch fehlte. Nun, das und die Tatsache, dass seine Partnerin Sam Elin auch kaum tolerierte. Zwei der wichtigsten Frauen in seinem Leben hielten nichts von der dritten, und ihre Missbilligung trübte seine Freude über die Beziehung. Wie sehr er sich wünschte, er wäre einer von der Sorte, die seiner Mutter und Sam einfach erklärte, sie könnten ihn mal. Aber so war er nun einmal nicht. Es ließ ihn nicht kalt, dass sie Elin ablehnten, und er hasste sich dafür.

Er hielt vor dem Apartmentkomplex, in dem seine Mutter wohnte, nur wenige Meilen von seiner Wohnung entfernt.

„Lass den Motor laufen", sagte Elin. „Da sie beim letzten Mal so reizend war, werde ich diesmal hier warten."

Freddie lehnte sich zu ihr herüber und gab ihr einen Kuss. „Ich beeile mich."

„Solltest du auch. Bald bin ich nicht mehr in Stimmung."

Freddie lachte. „Wann warst du je nicht in Stimmung?"

„Falls du dich nicht beeilst, wirst du es herausfinden."

„Ich gehe ja schon. Verriegele die Türen." Er wartete, bis er das Klicken der Türen hörte, bevor er in das Gebäude lief. Da es schneller ging, als auf den Fahrstuhl zu warten, rannte er die vier Treppen hoch, zwei Stufen auf einmal nehmend. Seine noch immer genesende Schulter protestierte wegen des Tempos. Freddie ignorierte es, fragte sich jedoch, wie lange es eigentlich dauerte, bis eine Schusswunde vollständig ausgeheilt war.

Er schloss mit seinem Schlüssel auf und betrat die ordentliche, hübsche Wohnung. Seine Mutter saß im Bett und trank Tee.

„Na hallo." Obwohl sie noch krank klang, brachte sie ein Lächeln für ihr einziges Kind zustande. „Ich habe gar nicht damit gerechnet, dich heute Abend noch einmal zu sehen."

„Ich konnte nicht nach Hause fahren, ohne mich zu vergewissern, dass du zurechtkommst."

„Du bist so ein guter Junge."

Er setzte sich auf die Bettkante und gab ihr einen Kuss auf die warme Stirn. Mit Anfang fünfzig war Juliette Cruz immer noch eine schöne Frau. „Ich wurde schon Muttersöhnchen genannt."

Juliettes Züge verhärteten sich. „Zweifellos von deiner Freundin."

Freddie tat es mit einem Schulterzucken ab. „Ist ja nicht so, als stimmte es nicht."

„Früher war das nie ein Problem.“

„Ist es nach wie vor nicht.“

Seine Mutter stellte ihre Teetasse ab und nahm seine Hand. „Sie ist nicht die Richtige für dich, Freddie.“

„Das hast du schon gesagt. Ein paarmal, um genau zu sein.“

„Ich begreife einfach nicht, was du an ihr findest.“

Er lachte. „Wirklich nicht? Die anderen Jungs auf der Hochzeit hatten kein Problem damit, zu verstehen, was ich an ihr finde.“

Die Miene seiner Mutter verdüsterte sich. „Du hast dir früher nie den Kopf von einem hübschen Gesicht und einem tollen Körper verdrehen lassen. Sie hat etwas Hartes an sich, das mir nicht gefällt.“

„Das weiß ich, Mom. Vertrau mir, das weiß ich.“

„Ich hoffe, du bist vorsichtig ... und schützt dich.“

Er starrte sie ungläubig an. „Führen wir tatsächlich diese Unterhaltung? Ich bin neunundzwanzig Jahre alt!“

„Glaub nicht, du könntest mich für dumm verkaufen, Frederico Cruz.“

„Ich würde mir niemals herausnehmen, dich für dumm zu verkaufen.“ Er hob ihre Hand an seine Lippen und küsste ihren Handrücken. „Mach dir meinetwegen keine Sorgen. Ich bin ein großer Junge und kann auf mich aufpassen.“

„Du denkst, dass du es kannst. Aber du hast überhaupt keine Erfahrung mit solchen Leuten wie ihr.“

Na schön, das schmerzte. Vergaß sie etwa, womit er seinen Lebensunterhalt verdiente? Er ließ ihre Finger los, stand auf und rang um Beherrschung. Sie hatte ihm alles gegeben, alles für ihn geopfert, und er zweifelte nicht im Geringsten daran, dass ihre Sorge bedingungsloser Liebe entsprang. Trotzdem: Er war ein erwachsener Mann. Natürlich auch ein Muttersöhnchen, aber dennoch ein Mann.

„Ich bin froh, dass es dir immerhin schon gut genug geht, um mir einen Vortrag zu halten, Mom, doch ich mag sie, und ich bitte dich darum, mich meine eigenen Entscheidungen treffen zu lassen. Diese Schuldgefühle, die du in mir zu wecken versuchst, machen mich verrückt. Du hast ihr überhaupt keine Chance gegeben, sondern gleich beschlossen, dass du sie nicht magst. So hast du mich nicht erzogen, und ich muss sagen, dass ich enttäuscht darüber bin, dass du dich einer Freundin von mir gegenüber so verhältst – einer netten Frau, die näher kennenzulernen du dir nicht mal die Mühe gemacht hast, bevor du dir eine Meinung über sie gebildet hast."

Juliette wirkte untypisch verdrossen.

„Hasse sie nicht, nur weil du wütend darüber bist, dass ich den Schwur gebrochen habe", fügte er mit sanfter Stimme hinzu. „Denn darum geht es doch im Grunde, und das weißt du auch."

Sie sah ihn an, auf ihrem Gesicht lag ein schmerzlicher Ausdruck. „Zum Teil, ja. Ich will dich nicht belügen. Ich bin enttäuscht deswegen."

Als streng gläubiger Christ erzogen, hatte er sich mit fünfzehn dem Zölibat verpflichtet und sich vierzehn lange Jahre daran gehalten – bis er im Zuge der Ermittlungen im Fall O'Connor Elin begegnet war.

„Okay, dann sind wir eben beide enttäuscht. Es würde mir sehr viel bedeuten, wenn du ihr eine Chance gibst. Das ist alles, worum ich dich bitte."

Juliette betrachtete ihn eingehend. „Ich werde mich bemühen."

„Danke", erwiderte Freddie. Zum jetzigen Zeitpunkt würde er nehmen, was immer sie anzubieten bereit war, um den Frieden zu wahren. „Ruf mich an, falls du dich in der Nacht schlechter fühlen solltest."

„Ich komme zurecht, mach dir keine Sorgen."

„Ich mache mir ständig Sorgen." Er küsste sie ein letztes Mal auf die Stirn. „Das macht mich zu einem guten Muttersöhnchen."

„Du bist ein sehr guter Junge, Freddie. Lass dir von niemandem etwas anderes einreden."

„Werde ich nicht. Schlaf gut."

„Du auch."

An der Tür drehte er sich noch einmal um und zwinkerte ihr grinsend zu. „Na, ich hoffe, dass ich nicht allzu gut schlafen werde."

Sie warf mit einem Kissen nach ihm und verfehlte nur knapp seinen Kopf.

Er schleuderte es zurück und warf ihr einen letzten Luftkuss zu. Erfreut darüber, dass es ihm endlich einmal gelungen war, das letzte Wort zu haben, schloss Freddie die Tür ab und eilte zu Elin.

3. Kapitel

„Ich wünschte, du würdest mir verraten, was dir schon den ganzen Tag zu schaffen macht", meinte Christina.

Metro Detective Tommy „Gonzo" Gonzales warf ihr vom Fahrersitz einen Blick zu, ehe er wieder auf die Straße sah.

Christina seufzte tief. Seit sie sich auf Sams und Nicks Silvester- und Beförderungsparty kennengelernt hatten, hatte sie diese verschlossene, unzugängliche Seite von Tommy noch nicht erlebt. Sie kannte Gerüchte, dass er in der Vergangenheit ein ziemlicher Playboy gewesen sei, und fragte sich daher, ob er ihrer monogamen Beziehung schon überdrüssig war. Dieser Gedanke machte sie traurig. Hier war endlich ein Mann, mit dem sie sich nicht nur im Bett verstand, sondern auch in anderen Bereichen. Sie wollte nicht, dass es mit ihnen vorbei war. Noch nicht.

Sie holte tief Luft und schluckte ihre mühsam erworbene Selbstachtung herunter. „Habe ich dich irgendwie verärgert?"

Er nahm ihre Hand. Die Wärme seiner Haut erfüllte sie mit dem Gefühl, dass dies richtig war, wie sie es noch nie empfunden hatte. „Es hat nichts mit dir zu tun. Das versichere ich dir."

Christina verschränkte ihre Finger mit seinen und umschloss seine Hand mit beiden Händen. „Hast du Ärger bei der Arbeit?"

„Nein."

„Was ist es dann?"

Obwohl sie erkannte, dass er es ihr mitteilen wollte, hielt er sein eisernes Schweigen durch, das bereits den gesamten Tag geprägt hatte.

Frustriert und verwirrt schaute Christina aus dem Fenster in die Winternacht.

Kurze Zeit später hielten sie vor ihrem Reihenhaus in dem mondänen Stadtteil Georgetown. Tommy stellte den Motor aus und starrte durch die Windschutzscheibe.

Widerstrebend ließ Christina seine Hand los. „Tja, dann sehen wir uns wohl irgendwann wieder." Wenn sie eines in den vergangenen sechs Wochen gelernt hatte, dann, dass eine Beziehung zu einem Cop unberechenbar war.

„Warte", sagte er.

Die Art und Weise, wie er dieses einzelne Wort aussprach, rührte etwas in ihrem Herzen an. Er klang so gequält, dass sie nur noch seinen Schmerz lindern wollte. „Was ist denn los, Tommy? Du kannst mit mir reden. Was immer es ist, wir finden einen Weg."

Er lachte bitter. „Ich hoffe, du meinst das ernst."

„Du weißt, dass ich es ernst meine." Erneut ergriff sie seine Finger. „Komm mit rein und erzähl mir, was dich beschäftigt."

Er stieg aus und folgte ihr ins Haus, wobei er ihren Ellbogen festhielt für den Fall, dass der Gehsteig vereist sein sollte. Genau solche Gesten hatten sie von Anfang an für ihn eingenommen. Unter diesem sexy kubanischen Aussehen verbarg sich ein wahrer Gentleman.

Sie hängten ihre Mäntel an den Garderobenständer. „Möchtest du vielleicht etwas trinken?"

„Ja", antwortete er und ließ sich auf das Sofa fallen. „Das wäre gut."

Sie schenkte ihm einen Scotch ein, den sie nur für ihn besorgt hatte, und reichte ihm das Glas.

„Nichts für dich?"

Christina schüttelte den Kopf. Sie war viel zu aufgewühlt, um einen Drink genießen zu können. Nach dem vielen Champagner, den sie auf der Hochzeit getrunken hatte, würde der Whisky ihr außerdem sofort zu Kopf steigen.

Er streckte die Hand aus, um ihr zu signalisieren, dass sie näher kommen sollte.

Christina rutschte zu ihm hinüber und bettete den Kopf an seine Brust. Sie atmete seinen Duft ein, während er den Arm um sie legte.

Er küsste sie auf die Stirn, und sie empfand Erleichterung. Was immer ihn beschäftigte, es schien nichts mit ihr zu tun zu haben.

„Tut mir leid, dass ich den ganzen Tag ein solcher Idiot war."

„Du warst kein Idiot. Du warst still, was untypisch für dich ist." Sie neigte den Kopf, um ihn ansehen zu können, während er seinen Scotch trank.

„Du kennst mich so gut."

„Manchmal habe ich das Gefühl, dich überhaupt nicht zu kennen. Aber ich will dich. Ich will dich kennen."

Er legte einen Finger unter ihr Kinn und küsste sie zärtlich, kommendes Glück verheißend – falls es ihm gelang, ihr zu erzählen, was ihn bedrückte.

„Du bist gut für mich, Christina. Deinetwegen möchte ich ein besserer Mann sein, als ich es in der Vergangenheit gewesen bin."

Sie strich über seine frischen Bartstoppeln. Er war so unglaublich sexy, dass sie sich manchmal kneifen musste, um zu begreifen, dass sie wirklich mit einem solchen Mann zusammen war. All die Jahre, in denen sie unglücklich in Senator John O'Connor verliebt gewesen war, erschienen ihr wie ein schlechter Traum, seit sie Tommy kennengelernt hatte. „Sag es mir."

Er stellte das Glas ab und fuhr sich durch die dunklen Haare. „Gestern Abend habe ich eine SMS von einer Frau erhalten, mit der ich einige Male ausgegangen bin. Das muss etwa ein Jahr her sein. Seither habe ich sie nicht mehr gesehen."

„Will sie dich zurückhaben?" *Wer kann es ihr verübeln?*

„Nicht direkt. Sie wollte mir von meinem Sohn berichten."

Christina hielt den Atem an und setzte sich auf. „Du hast einen Sohn?"

„Das behauptet sie zumindest, obwohl ich mir nicht sicher bin, ob ich ihr glauben kann. Wer weiß denn schon, ob er von mir ist oder nicht?"

„Du hast mit ihr geschlafen?"

Er nickte, es wirkte verschämt. „Ein paarmal, aber ich habe Kondome benutzt. Du kennst meine Einstellung zu diesen Dingen."

„Kondome können reißen."

„Das hat sie auch gesagt. Sie schwört bei Gott, dass er mein Sohn ist. Ich habe heute ständig darüber nachdenken müssen, was ich tun soll."

Christina schaltete in den Stabschef-Modus. „Als Erstes musst du in Erfahrung bringen, ob er tatsächlich dein Sohn ist. Verlange einen DNA-Test."

„Und wenn sie das nicht will?"

„Ich schätze mal, sie möchte Unterhalt für das Kind."

„Das hat sie nicht direkt ausgesprochen, doch darauf lief es hinaus."

„Wenn sie dein Geld will, hast du das Recht, einen Beweis für deine Vaterschaft zu verlangen."

„Du hast recht, und das werde ich auch morgen tun." Er richtete den Blick zu Boden, dann sah er sie wieder an. „Was bedeutet das für uns?"

„Was bedeutet was?"

„Ich würde es verstehen, wenn dir das zu viel ist. Wir sind noch nicht allzu lange zusammen …"

Christina umfasste sein Gesicht. „Wir sind lange genug zusammen, dass dein Problem auch mein Problem ist und wir es gemeinsam lösen."

„Wirklich?" Er wirkte dermaßen erleichtert, dass sie gelacht hätte, wenn die Situation nicht so ernst gewesen wäre. Und sie hatte sich den ganzen Tag über Sorgen gemacht, er könnte von ihr genug haben.

„Wirklich." Sie fuhr ihm durch die Haare und führte seinen Mund wieder zu ihrem. Indem sie mit der Zunge über seine Unterlippe strich, animierte sie Tommy, den Kuss zu erwidern.

Ein tiefes Stöhnen entrang sich seiner Kehle. „Ich dachte, du würdest sauer sein. Ich hatte Angst, es dir zu erzählen."

„Es ist schon ein Jahr her, also hat es nichts mit mir oder mit uns zu tun."

„Und wenn ich einen Sohn habe?"

„Dann müssen wir wohl zwei Kinderbetten anschaffen – eines für deine Wohnung und eines für meine."

Er lag jetzt über ihr auf dem Sofa und betrachtete sie erleichtert und voller Verlangen. Trotz seiner Größe und Kraft war er zu ihr stets behutsam und sanft gewesen.

„Es tut mir leid, dass du dich deswegen heute so gequält hast." Sie massierte seinen verspannten Nacken und die Schultern. „Wenn dich das nächste Mal etwas bedrückt, verrätst du es mir dann gleich, damit wir es klären können, statt schweigend vor dich hinzugrübeln?"

„Ich bin es nicht gewohnt, jemanden zu haben, der Dinge gemeinsam mit mir löst."

„Tja, jetzt hast du jemanden, also gewöhn dich lieber dran."

Sein sexy Lächeln mit den Grübchen erschien, für das er alles von ihr bekommen würde. „Ich mag es, wenn du mich herumkommandierst."

„Ach ja?", fragte sie mit einem schüchternen Grinsen, das normalerweise die gleiche Wirkung auf ihn hatte.

„Das weißt du."

Sie zog seinen Kopf zu sich herunter und flüsterte ihm einen aus zwei Worten bestehenden Befehl ins Ohr.

Seine Augen weiteten sich vor Überraschung und Begierde. Dann küsste er sie leidenschaftlich, und als sie die Arme um ihn schlang, hätte sie am liebsten vor Erleichterung und Freude geweint, dass er sich ihr anvertraut hatte. Sie spürte seine Lippen an ihrem Hals, während sich gleichzeitig seine Finger um eine ihrer Brustwarzen schlossen. In diesem Moment hörte sie auf zu denken.

Lindsey McNamara gesellte sich vor dem Verhörraum zu Sam.

„Was haben Sie?", fragte Sam die hübsche rothaarige Gerichtsmedizinerin.

„Noch nichts Konkretes. Sobald wir hier fertig sind, werde ich mit der Autopsie beginnen."

„Ich werde ihn dazu überreden, eine DNA-Probe abzugeben. Haben Sie dabei, was Sie dafür benötigen?"

Lindsey hielt ein langes Wattestäbchen hoch, mit dem ein Abstrich von der Innenseite der Wange genommen wurde. „Ich bin bereit."

Sam sah auf ihre Uhr. Halb elf. Nick schaute aus dem Beobachtungsraum zu, und sie hoffte immer noch, einen Rest ihres romantischen Abends retten zu können. „Bringen wir es hinter uns."

Im Verhörraum schrak Senator Lightfeather hoch, als die beiden Frauen eintraten. „Senator, dies ist die leitende Gerichtsmedizinerin Dr. Lindsey McNamara. Habe ich Ihre Erlaubnis, dieses Gespräch aufzuzeichnen?"

Er nickte und wedelte zustimmend mit der Hand.

„Ehe wir beginnen, muss ich Sie über Ihre Rechte belehren." Sam erläuterte sie ihm. „Haben Sie alles verstanden?"

„Ja", erwiderte er und klang dabei gebrochen und niedergeschlagen.

„Ich möchte klarstellen, dass wir Sie jederzeit dafür belangen können, dass Sie den Mord an Regina nicht gleich der Polizei gemeldet haben. Dass Sie Ihren Kollegen benachrichtigt haben, dessen Verlobte zufällig Polizistin ist, riecht nach dem Versuch, Ihren Hals zu retten. Wenn Sie uns bei unseren Ermittlungen unterstützen, werde ich mit dem stellvertretenden Staatsanwalt aushandeln, keine Anklage deswegen zu erheben. Haben Sie verstanden?"

Lightfeather nickte schwach. „Hab ich."

Sam schob ihm ein Stück Papier, das sie vorbereitet hatte, über den Tisch zu. „Wir möchten Ihr Einverständnis für eine DNA-Probe."

Diese Bitte schien ihn zu schockieren. „Wozu?"

„Um herauszufinden, ob und welche Art von Kontakt Sie mit dem Opfer hatten."

„Kann ich Ihnen das nicht einfach sagen?"

„Wir hätten gern beides."

Er schaute von Sam zu Lindsey, nahm einen Stift aus seiner Hemdtasche und unterschrieb. Danach schob er das Blatt Papier zurück.

Sam nickte Lindsey zu, die dem Senator die Prozedur erklärte, bevor sie einen Abstrich von seiner Wangeninnenseite machte.

„Danke, Dr. McNamara", sagte Sam. „Bitte schicken Sie Detective McBride herein." Sie hatten vorher entschieden, dass bei drei Polizisten im Raum einer zu viel wäre. Denn Sam wollte auf keinen Fall, dass der Senator zumachte und einen Anwalt verlangte, bevor sie in Erfahrung bringen konnte, was er über das Opfer wusste und was mit der Frau geschehen war.

Detective Jeannie McBride kam herein, und Sam stellte sie dem Senator vor. „Senator, erzählen Sie uns, wenn möglich, woher Sie Regina Argueta de Castro kennen."

„Wie Senator Cappuano bereits erwähnte, arbeitet sie für die Firma, die das Hart Senate Office Building reinigt."

Sam bemerkte, dass er von Regina nach wie vor in der Gegenwartsform sprach, als hätte er ihren Tod noch nicht akzeptiert. „Und wann haben Sie sie kennengelernt?"

„Vor zwei Jahren, vielleicht ist es auch schon etwas länger her." Er nahm sich einen Moment, um seine Gedanken zu ordnen. „Ich arbeite oft abends länger, und sie kam zum Putzen herein. Wir kamen ins Gespräch und wurden mit der Zeit so etwas wie Freunde."

„Was verbindet einen US-Senator denn mit einer Putzfrau?", wollte Sam wissen.

Auf seinem Gesicht erschien ein Lächeln, das jedoch seine Augen nicht erreichte. „Mehr, als Sie glauben. Wir leben beide von unseren Familien getrennt, vermissen unsere Kinder, arbeiten hart, um ihnen ein besseres Leben zu ermöglichen. Wir verstanden uns."

„Wo sind ihre Kinder?"

„In Guatemala. Sie leben dort bei Reginas Mutter. Roberto ist sieben und Isabella fünf. Sie hatte gehofft, die Kinder eines Tages hierherholen zu können. Sie redete so oft davon, wie glücklich sie sein würde, wenn sie erst alle wieder zusammen wären." Eine Träne lief ihm die Wange hinunter. „Ich würde gern derjenige sein, der den Kindern beibringt, dass sie tot ist."

„Ich werde morgen sehen, was ich da arrangieren kann."

„Ich habe die Nummer in meinem Büro."

„Ich komme nicht umhin, mich zu fragen, warum Sie die Nummer der Familie der Putzfrau in Guatemala haben."

Die Miene des Senators war schwer zu deuten. „Sie hat sie mir gegeben. Für den Fall, dass ihr etwas zustoßen sollte."

„War sie um ihre Sicherheit besorgt?"

„Sie hat nie etwas gesagt, doch irgendetwas bereitete ihr Sorge. In den letzten Wochen war sie anders – so als laste das Gewicht der Welt auf ihren zerbrechlichen Schultern. Noch mehr als sonst."

„Fällt Ihnen jemand ein, der ihr etwas hätte antun wollen?"

„Als sie in dieses Land kam, war sie kurz verheiratet. Sie hat mir allerdings nie seinen Namen genannt oder sonst irgendetwas über ihn erzählt. Ich hatte den Eindruck, die Beziehung endete nicht im Guten."

„Hat sie einmal erwähnt, dass sie sich durch ihn bedroht fühlte oder dergleichen?"

„Mir gegenüber nicht."

Sam nahm sich vor, Reginas kurze Ehe unter die Lupe zu nehmen. „Hatten Sie eine Liebesbeziehung mit ihr, Senator?"

Weitere Tränen liefen ihm übers Gesicht. Er wischte sie mit zittriger Hand fort. „Ich wollte das nicht. Das schwöre ich. Ich liebe meine Frau und meine Kinder, aber manchmal ist es so einsam, wochenlang von ihnen getrennt zu sein. Regina wusste, wie das war. Wir waren lange befreundet, bevor etwas zwischen uns passiert ist."

„Was genau ist denn passiert?"

Er ließ die Schultern hängen und wirkte geschlagen. Es war, als würde ihm auf einmal bewusst, dass sein ganzes Leben aus der Bahn geraten war. „Es war am Geburtstag ihrer Tochter. Sie war so traurig, dass sie den verpasste. Ich gab ihr mein Handy, damit sie zu Hause anrufen konnte, und sie war glücklich und dankbar, nachdem sie mit ihren Kindern gesprochen hatte. Wir tranken ein Glas Wein und setzten uns aufs Sofa. Wir unterhielten uns über Isabella und über die vielen kleinen Dinge, die wir an unseren Kindern vermissen – Momente, die einem unwiederbringlich entgehen. Es war alles sehr unschuldig. Bis ich sie küsste." Jammervolle Schluchzer schüttelten ihn. „Ich wollte nie ..."

Sam gab ihm ein paar Minuten, um seine Fassung wiederzuerlangen.

„Es sollte bloß ein Trost zwischen Freunden sein", fuhr er schließlich fort.

„Aber es war dann mehr als das?"

Er nickte. „Wir schliefen in meinem Büro miteinander, wo jeder uns hätte ertappen können. Ich habe nicht einmal die Tür abgeschlossen. Hinterher konnte ich nicht fassen, dass das passiert war. Dass ich meine Familie, mein Amt aufs Spiel gesetzt hatte, noch dazu mit Regina, meiner liebsten Freundin. Ich bin meiner Frau nie zuvor untreu gewesen. Ich war buchstäblich krank vor Schuldgefühlen."

„Es geschah also nicht wieder?"

Tief atmete der Senator aus. „Wir waren beide dermaßen schockiert davon, dass es mit uns durchgegangen ist, dass wir in der Zeit danach erst einmal jeden Kontakt mieden. Eine andere Frau reinigte mein Büro, und viele Wochen sah ich Regina nicht mehr."

„Und wie lange ist das her?"

„Drei Monate."

„Haben Sie sie irgendwann wiedergetroffen?"

„Ihre Aufenthaltserlaubnis drohte abzulaufen. Als sie verheiratet war, hatte sie sich für eine Greencard beworben, doch offenbar wurde die Ehe als verdächtig angesehen und der Antrag abgelehnt. Ihr Arbeitsvisum endete, daher kam sie zu mir und fragte, ob ich ihr irgendwie helfen könne. Sie hatte selbst schon einen Antrag auf dauerhaftes Bleiberecht gestellt, aber auch der war abgelehnt worden. Die einzige Möglichkeit, ihre Familie angemessen zu unterstützen, war jedoch, in den Vereinigten Staaten zu bleiben, und es war ihr wichtig, legal hier zu sein. Sie verzweifelte allmählich, weil das Visum ablief."

„Waren Sie in der Lage, ihr zu helfen?"

„Ich habe ein paar Leute angerufen, aber ich musste vorsichtig sein, weil sie nicht zu meinem Wahlkreis gehörte. Es gelang uns, eine dreimonatige Verlängerung zu bekommen, und ich legte bei der Einwanderungsbehörde ein gutes Wort für sie ein. Ich bat, ihren Antrag noch einmal zu prüfen. Das war alles, was ich tun konnte, ohne Verdacht zu erregen."

„War sie dankbar für Ihre Hilfe?"

„Ja, sehr."

„Haben Sie Ihre romantische Beziehung wiederaufleben lassen?"

Ein gequälter Ausdruck breitete sich auf seinem Gesicht aus. „Sie müssen verstehen … meine Familie bedeutet mir alles. Doch wenn ich mit Regina zusammen war, kam es mir vor, als wäre ich jemand anderes. Ich konnte ihr nicht widerstehen."

„Wie oft waren Sie mit ihr intim?"

„Zu oft."

„Zehnmal? Zwanzigmal? Dreißig? Öfter?"

„Dreißigmal oder mehr, schätze ich. Im letzten Monat waren wir fast jeden Tag zusammen."

„Wo fanden diese Liaisons statt?"

„Meistens in ihrer Wohnung, einige Male aber auch in meinem Büro, diesmal bei verschlossener Tür."

„Warum nicht in Ihrer Wohnung?"

„Mit Frau und Kindern in Sedona konnte ich mir hier keine

leisten", erklärte er und wirkte verlegen. „Ich habe auf dem Sofa in meinem Büro geschlafen."

Nicks Vermutung war also richtig gewesen. „War sie noch mit jemand anderem zusammen?"

Lightfeathers Augen weiteten sich. „Natürlich nicht. Sie war nicht promiskuitiv."

„Sind Sie sich da sicher?"

„Ja, bin ich!"

„Wann waren Sie zuletzt mit Regina intim?"

„Früher am Tag heute. Ich war zum Mittagessen da, und hinterher haben wir miteinander geschlafen. Ich habe mich einige Stunden bei ihr aufgehalten, ehe ich zur Arbeit in mein Büro zurückfuhr. Etwas später habe ich versucht, sie auf dem Handy anzurufen, das ich ihr gegeben habe. Als sie sich nicht meldete, machte ich mir Sorgen und fuhr wieder zu ihrer Wohnung. Da war so viel Blut. Zuerst begriff ich gar nicht, was passiert war, aber als ich sie dann auf dem Boden liegen sah … Ich schrie um Hilfe, doch niemand kam. Dann rief ich Nick an. Ich wusste nicht, was ich sonst tun sollte."

„Sie hätten die Polizei verständigen können."

Er sah sie an. „Ich bin ein verheirateter US-Senator und hatte gerade meine ermordete Geliebte in ihrer Wohnung gefunden. Hätten Sie an meiner Stelle die Polizei gerufen oder lieber einen Freund, dessen Verlobte bei der Mordkommission ist?"

„Der Tod Ihrer Geliebten hat Sie also nicht so stark erschüttert, dass Sie nicht noch an Ihre Familie und Ihre Karriere denken konnten, ehe Sie für die Frau Hilfe riefen?"

Er schlug mit der flachen Hand auf den Tisch und erschreckte Sam damit. „Ich war entsetzt darüber, dass irgendwer dieser schönen, wundervollen Frau das angetan hat, und ich wollte den besten Cop der Stadt, um herauszufinden, wer das getan hat. Ihr galten und *gelten* jedoch zuerst meine Gedanken."

Die Art, wie er das sagte, löste eine Erkenntnis bei Sam aus. „Sie haben sie geliebt."

„Ja", gestand er und brach erneut zusammen. „Gott steh mir bei, aber ich habe sie geliebt. Und ich habe keine Ahnung, wie ich ohne sie leben soll."

4. Kapitel

„Komm zum Kapitol und bring mir jemanden vom Sicherheitsdienst oder einen jungen Polizisten mit, irgendwen, der Senator Lightfeather am Spätnachmittag in dieses Gebäude helfen kann“, sagte Sam zu Detective McBride. „Dort wimmelt es von Kameras, also besorg mir ein Video, das seine Bewegungen gestern aufgezeichnet hat, und trag auf unserer Mordtafel den zeitlichen Ablauf ein. Ich will außerdem, dass Reginas sowie Lightfeathers Handydaten ausgewertet werden.“

„Wird gemacht, Lieutenant“, erwiderte Jeannie und gab ihrem Partner Detective Will Tyrone ein Zeichen.

Nachdem sie das Kommissariat verlassen hatten, kehrte Sam in ihr Büro zurück, wo sie sich durch die Haare fuhr, die noch klebrig waren von dem Zeug, das die Stylistin vor der Hochzeit aufgetragen hatte. Sie schaute zu ihrem Schreibtisch und erschrak, wie sauber und ordentlich er war.

Nick erschien hinter ihr, legte die Hände auf ihre Schultern und massierte die verspannten Stellen. Er wusste genau, wo sich ihr Stress sammelte, deshalb stand Sam nur still da, während seine geschickten Finger die richtigen Stellen bearbeiteten. „Es wird spät, Schatz.“

„Hast du etwa schon wieder meinen Schreibtisch aufgeräumt?“

„Wäre möglich.“

„Das ist eine Krankheit. Du hast eine Krankheit.“

„Ich bekenne mich schuldig.“ Er lachte leise und küsste sie

zärtlich auf den Nacken. Begierde durchflutete sie. Er konnte sie so leicht erregen, und das wusste er genau. „Wie läuft es mit Henry?"

Die Fakten des Falles liefen wie ein Stummfilm durch ihre Gedanken. „Ich komme nicht weiter, bis ich Lindseys Bericht habe."

„Dann lass uns nach Hause fahren."

Früher hätte Sam die ganze Nacht gewartet, bis der Autopsiebericht und die Laborbefunde vorlagen. Jetzt hatte sie jedoch einen guten Grund, heimzugehen. „Tut mir leid, dass mir an unserem freien Tag die Arbeit dazwischengekommen ist. Vielleicht schaffen wir es ja irgendwann tatsächlich mal, einen kompletten Tag freizuhaben."

„Wir können träumen."

Sie ließ sich von ihm in den Mantel helfen und sich aus dem Büro geleiten. „Mir ist klar, dass du die Pause dringend brauchtest."

„Ist nicht deine Schuld. Außerdem habe ich einen Tag vom Wahlkampf freigekriegt, also ist alles gut."

„Unser vorgezogener Valentinstag ist ausgefallen", klagte sie, nachdem sie im Auto saßen.

Er nahm ihre Hand und verschränkte seine Finger mit ihren. „Jeder Tag mit dir ist wie Valentinstag."

Sie lächelte. „Selbst wenn wir plötzlich in diesem Fall auf verschiedenen Seiten stehen?"

„Wir mögen zwar nicht immer derselben Meinung sein, aber wir stehen immer auf derselben Seite."

Sie lehnte sich in den beheizten Ledersitz zurück und genoss das harmonische Schweigen, das sich darauf ausbreitete. Das gehörte zu den Dingen mit Nick, die ihr am besten gefielen: Selbst in den Gesprächspausen war sie stets im Einklang mit ihm. In der Vergangenheit war sie unglücklich verheiratet gewesen; ihr Mann hatte sie ständig manipulieren, jeden ihrer Gedanken kontrollieren wollen. Oft hatte sie sich so einsam gefühlt, wenn er neben ihr auf dem Sofa gesessen oder neben ihr im Bett gelegen hatte. Dieses Gefühl hatte sie mit Nick noch nie gehabt.

„Was denkst du?", erkundigte er sich.

„Ich denke über uns nach."

„Und was?"

„Kann ich dich etwas fragen? Wirst du mir ehrlich antworten?"

Er sah sie an. „Natürlich kannst du das, und natürlich werde ich ehrlich antworten."

„Wenn wir zusammen sind, fühlst du dich dann einsam?"

„Einsam?" Er lachte kurz auf. „Das ist gut."

Nick parkte in der Ninth Street am Bordstein, stellte den Motor ab und streichelte Sams Wange. „Um was geht es eigentlich?"

„Manchmal, na ja ... Als ich mit Peter zusammen gewesen bin, kam ich mir dauernd so allein vor, selbst wenn er da war. Ich habe gerade daran gedacht, dass ich dieses Gefühl mit dir nie habe, und ich hoffe einfach, dass du genauso empfindest."

„Ich habe mich nie einsam mit dir gefühlt, und ich bin froh, dass das auf dich auch nicht zutrifft." Er beugte sich zu ihr herüber, schloss sie in die Arme, und sie kuschelte sich an ihn. „Wenn es dir jemals so geht, sagst du es mir dann?"

Sie nickte. „Und du?"

„Ich verspreche es."

„Ich bezweifle allerdings, dass das je ein Thema zwischen uns sein wird. Alles an dieser Beziehung ist anders."

„Ja", bestätigte er und küsste sie. „Das stimmt. Komm, wir gehen rein."

Drinnen hängte Nick ihre Mäntel auf.

„Es wäre schneller gewesen, wenn du sie aufs Sofa geworfen hättest“, meinte Sam. Sie liebte es, ihn mit seiner Ordnungsliebe aufzuziehen.

„Da gehören sie aber nicht hin.“ Er folgte ihr nach oben und nutzte die Gelegenheit, um ihr einen Klaps auf den Po zu geben.

Sie lachte und rannte los, in der Gewissheit, dass er ihr nachjagen würde. Im Schlafzimmer hatte er sie eingeholt, und zusammen fielen sie aufs Bett.

„Du kannst wegrennen“, sagte er mit gespielt bedrohlichem Blick, „aber du entkommst mir nicht.“

„Wetten?“

„Hm.“ Er küsste sie lange und sinnlich.

Sie versuchte, sich aus der festen Umarmung zu befreien. „Lass mich los, ich will dich anfassen.“

Nick ließ ihre Hände los und zog ihr den Pullover aus.

Sie erschauerte, da kühle Luft auf ihre warme Haut traf.

„Ist dir kalt?“, erkundigte er sich.

„Nein.“ Sie entfernte seine Onyx-Manschettenknöpfe und streifte ihm das Hemd von den breiten Schultern. „Zu viele Sachen“, beschwerte sie sich und zupfte an seinem Unterhemd.

Er lachte und riss es sich herunter. „Besser?“

Langsam strich Sam über seine muskulöse Brust. „Viel besser.“

Wieder schloss er sie fest in seine Arme und wiegte sie hin und her.

Sie streichelte seinen Rücken. „Was?“

Leise seufzend küsste er ihren Hals. „Heirate mich, Samantha.“

„Ich glaube, ich habe schon Ja gesagt. Erinnerst du dich an den Rosengarten?“

Er schaute ihr in die Augen. „Bald. Ich will nicht warten."

Sie fuhr ihm durch die Haare. „Ich dachte, du willst eine schöne Hochzeit."

„Können wir die nicht auch möglichst bald haben?"

„Über wie bald reden wir hier?"

„Ich weiß nicht. In einem Monat?"

Sam grinste. „Du warst doch dabei, als ich diesen komplizierten Fall übernehmen musste, oder? Wie soll ich denn eine Hochzeit planen, wenn ich gleichzeitig ermitteln muss?"

„Dann werde ich sie planen. Überlass alles mir."

So gern sie das tun würde, die Hochzeit war ihr zu wichtig, um an der Planung überhaupt nicht beteiligt zu sein. „Ich dachte, wir planen sie gemeinsam."

„Ist es das, was du willst?"

„Ich dachte, *du* willst es so."

„Ich will heiraten, alles andere ist mir egal."

„Das hast du aber nicht gesagt, als meine Schwestern dich darüber ausgefragt haben, was für eine Hochzeit du dir vorstellst. Da hast du von einer Hochzeit mit allem Pipapo geredet. Was hat sich geändert?"

Er umfasste ihr Gesicht und küsste sie.

„Nick? Was ist los? Warum plötzlich diese Eile?"

„Es ist nur … Als ich Henry über Regina sprechen hörte, konnte ich gut nachvollziehen, wie er empfunden hat. Es muss schrecklich sein, was er jetzt durchmacht."

„Du bist dir sehr sicher, dass er nicht der Mörder ist."

„Du hast ihn doch gehört, Sam." Nick küsste sie auf die Nasenspitze, beide Wangen und schließlich auf den Mund. „Er hat sie geliebt und weiß überhaupt nicht, wie er ohne sie weiterleben soll. Ich verstehe, wie er sich fühlt."

Sie schlang die Beine um seine. „Mir wird schon nichts passieren. Es gibt keinen Grund, unsere Hochzeit zu beschleunigen. Du wirst das nur einmal tun, oder?"

„Das ist der Plan."

„Dann solltest du es richtig machen. Auf die Art, wie du es willst."

„Was ist mit deinen Vorstellungen?"

„Ich habe das alles ja schon mal erlebt. Diesmal geht es ausschließlich um das, was du dir wünschst."

„Nein, Baby", wandte er ein. „Diesmal geht es darum, was *wir* uns wünschen."

Die Vorstellung, eine weitere pompöse Hochzeit zu planen, löste leichtes Unbehagen bei Sam aus. Für ihn würde sie es machen, doch wenn es nach ihr ginge, wäre sie auch mit einem Jawort vor dem Standesbeamten zufrieden. „Was ich im Augenblick will", meinte sie frech grinsend, „hat nichts mit Hochzeitstorten oder Blumen zu tun." Sie griff nach unten, um seinen Gürtel und den Reißverschluss seiner Hose zu öffnen.

Nick sog scharf die Luft ein, sowie sie die Finger um seine Erektion schloss. Er hielt ihre Hand fest. „Ich biete dir einen Deal an."

„Wozu brauchen wir einen Deal? Falls du es noch nicht mitbekommen hast: Du kannst dir meiner sicher sein."

Er lachte und stöhnte, als sie ihn streichelte. „Willst du hören, wie der Deal lautet, oder nicht?"

„Na schön." Sie lockerte ihren Griff. „Schieß los."

Er beugte sich über sie und küsste ihren Bauch, ehe er ihr mit diesen intensiven Augen ins Gesicht schaute. „Wenn es mir gelingt, dich innerhalb der nächsten halben Stunde dreimal zum Höhepunkt zu bringen, lässt du mich ein Datum festlegen – egal, welches."

Skeptisch zog Sam eine Augenbraue hoch. „Und wenn du es nicht schaffst?"

„Dann warte ich, bis du ein Datum wählst."

„Du wirst es nicht mehr erwähnen?"

„Erst, wenn du es tust."

Sie war noch nie dreimal gekommen. Nie. „Einverstanden. Die Wette gilt. Gib dein Bestes."

Ein raubtierhaftes Lächeln erschien auf seinem Gesicht, und sofort bewegte er sich an ihrem Körper abwärts, während er sinnliche kleine Küsse darauf verteilte.

Achtundzwanzig Minuten später stand Sam kurz vor dem dritten Orgasmus, während Nick sie von hinten nahm. Entschlossen, nicht zu kommen, erschrak sie, als sie plötzlich seine geschickten Finger spürte. Gegen diese Kombination war sie machtlos, und das wusste er genau. Lektion gelernt: *Mach niemals einen Deal mit dem Mann, der dich besser als alle anderen kennt.* Er reizte ihren sensibelsten Punkt, wobei er gleichzeitig immer wieder tief in sie eindrang und ihr damit den nächsten Höhepunkt bescherte.

Diesmal kam er mit ihr zusammen, und nachdem es vorbei war, ließen sie sich zusammen aufs Bett sinken. Er küsste ihren Rücken und ihre Schultern, dann flüsterte er ihr ins Ohr: „Sechsundzwanzigster März."

Sams erster Gedanke am nächsten Morgen galt nicht dem Mordfall, in dem sie ermitteln musste, sondern dem Deal, den sie mit dem Teufel persönlich gemacht hatte. Wie sollte sie denn eine Hochzeit planen, wenn sie mitten in einem weiteren komplexen Fall steckte? Und Nick im Wahlkampf. Sie seufzte. Dann erinnerte sie sich daran, wie er sein neues Haus innerhalb einer Woche renoviert hatte, rechtzeitig, um seinen für den Obersten Gerichtshof nominierten Freund empfangen zu können. Wenn jemand es schaffte, in etwas mehr als einem Monat eine stilvolle Hochzeit zu organisieren, war das ihr Verlobter.

Sie betrachtete ihn, während er schlief, ein Arm über dem Kopf. Die frischen Bartstoppeln auf seinen sonst glatt rasierten Wangen machten ihn für sie noch anziehender. Schon in anderthalb verrückten Monaten würde er ihr Ehemann sein. Sie beide würden den Rest ihres Lebens miteinander verbringen. Und dafür lohnte es sich doch schließlich, durchzustehen, was immer in den nächsten Wochen vor ihr lag. Oder?

Er drehte sich auf die Seite und streckte im Schlaf die Hand nach ihr aus.

Sam schmiegte sich an ihn. Nein, sie fühlte sich nicht mehr einsam. Selbst wenn er schlief, war er da. Und er liebte sie aufrichtig, daran hatte sie keinen Zweifel mehr.

Er drückte sie an sich. „Woran hast du gedacht?“, murmelte er.

„An unsere Hochzeit.“ Sie rollte sich auf den Rücken, um ihn anschauen zu können. „Was soll ich machen?“

„Du kannst dich um die Kleider für dich und deine Schwestern kümmern, um die Blumen und die Torte.“ Seine Augen waren nach wie vor geschlossen. „Ich werde mich um alles andere kümmern.“

„Ich bin endlich dahintergekommen, wie du es schaffst, so viel zu erledigen. Du arbeitest auch im Schlaf. Das ist die einzige mögliche Erklärung.“

Leise lachte er. „Schön wär's.“ Sein Knie stieß gegen ihr Bein. „Du musst los.“

„Ich weiß.“ Bevor sie aufstand, wandte sie sich ganz zu ihm um und atmete seinen angenehmen Duft ein. „Sobald ich diesen Fall abgeschlossen habe, nehmen wir uns einen Tag frei. Ist mir egal, wie wir das anstellen, aber wir kriegen unseren Tag.“

„Sechsundzwanzigster März.“ Er machte die Augen auf und küsste sie. „An dem Tag nehmen wir uns ganz bestimmt frei – und die ganze anschließende Woche. Der Senat pausiert bis Mitte April."

„Was ist mit deinem Wahlkampf?"

„Ich werde Christina sagen, dass ich in der Woche nicht verfügbar bin, sondern in den Flitterwochen."

„Und wo wird das sein?"

„Das habe ich noch nicht entschieden. Wohin möchtest du denn?"

„Irgendwohin, wo nicht der District of Columbia ist – also raus aus der Stadt", erklärte Sam. „Weißt du, der sechsundzwanzigste März, da sind wir gerade erst seit drei Monaten wieder zusammen."

Skeptisch musterte er sie. „Brauchst du mehr Zeit, um dir sicher zu sein, dass du das Richtige tust?"

Sam dachte an die sechs Jahre, die sie damit zugebracht hatte, ihn nach einer unvergesslichen Nacht zu vermissen. „Nein."

Er wickelte eine ihrer Strähnen um seinen Finger. „Ich auch nicht. Dann steht das Datum also? Sechsundzwanzigster März?"

„Ja", antwortete sie und küsste ihn. „Das Datum steht."

„Tja, das ist neu." Sam klappte ihr Handy zu und schob es zurück in die Gesäßtasche ihrer Jeans.

„Was denn?", erkundigte Nick sich, der vor dem Schlafzimmerspiegel stand und seine Krawatte band.

„Gonzo hat angerufen und sich einen Tag, nachdem wir einen heißen Fall auf den Tisch bekommen haben, krankgemeldet."

Nick drehte sich zu ihr um. „Das ist merkwürdig. Christina hat auch angerufen. Eigentlich sollte sie heute mit mir nach Richmond fahren, aber sie meinte, ihr sei etwas dazwischengekommen."

Sams Miene verdüsterte sich. „Die lümmeln wahrscheinlich im Bett herum, während wir einen weiteren Sonntag mit Arbeit verbringen."

„Vielleicht sind sie wirklich krank."

„Wahrscheinlicher ist ein Kater. Der hat gestern ganz schön Scotch gebechert."

Nick ging zu ihr und küsste sie auf die Stirn. „Wir haben alle gestern getrunken. Sei nicht so hart zu ihm."

„Es ist nur völlig untypisch für ihn."

„Vermutlich würde er über dich sagen, dass es ganz untypisch für dich ist, länger als nötig zu Hause zu bleiben, um mit deinem Verlobten noch zu frühstücken, während in der Gerichtsmedizin eine Leiche im Kühlfach liegt."

Sam reagierte mit einem weiteren düsteren Blick.

Nick lachte und umfasste ihr Kinn. „Ich meine ja bloß. Menschen ändern sich. Dinge passieren. Und niemand kann immer arbeiten, nicht einmal du und ich."

„In letzter Zeit haben wir das getan."

„Bald kommt eine Woche Urlaub. Kannst du dir die ganze Woche freinehmen?"

„Ich habe noch ungefähr acht Wochen Urlaub, das sollte also kein Problem sein."

„Vergiss bloß nicht, rechtzeitig zu fragen."

Sie verdrehte die Augen, obwohl die Vorstellung, eine komplette Woche allein mit ihm zu verbringen, ihr Herz aus Vorfreude schneller schlagen ließ. „Ja, Schatz. Was gibt's denn heute in Richmond?"

„Eine Kundgebung in der VCU", antwortete er und meinte damit die Virginia Commonwealth University. „Ein Besuch eines staatlichen Kinderheimes sowie ein Wohltätigkeitsdinner. Ich werde erst spät zu Hause sein."

Sie stellte sich auf die Zehenspitzen, um ihn zu küssen.

„Ich auch, also erwische ich dich eben, wenn ich dich erwische."

Als sie sich von ihm lösen wollte, zog er sie an sich, um sie richtig zu küssen. „Mm", sagte er einige Minuten später. „Das müsste reichen, bis wir uns wiedersehen."

Sie tätschelte seine frisch rasierte Wange und gab ihm noch einen Kuss. „Bis dann."

„Hey."

Sam drehte sich zu ihm um.

„Sei vorsichtig heute."

„Bin ich immer."

5. Kapitel

„Bist du dir sicher, dass es eine gute Idee ist, ohne Ankündigung einfach aufzutauchen?", fragte Gonzo Christina und betrachtete das unscheinbare weiße Stadthaus, in dem ein Junge wohnte, der möglicherweise sein Sohn war.

„Ja, bin ich. Auf diese Weise kann sie sich nicht herausreden. Sie erwartet dich nicht, dadurch bist du im Vorteil."

Er schaute zu ihr. Selbst nach der fast schlaflos verbrachten Nacht sah sie frisch und strahlend aus. Manchmal fragte er sich, was eine Klassefrau wie sie bloß mit einem raubeinigen Kerl wie ihm wollte. „Deshalb bist du so gut in deinem Job."

„Das nennt man Strategie", erklärte sie, über das Kompliment lächelnd. „Die braucht man." Sie beugte sich zu ihm herüber, um das Grübchen in seinem Kinn zu küssen, das sie, wie sie ihm einmal gestanden hatte, unglaublich sexy fand. „Denk dran, du willst ihr nur sagen, dass du das Baby sehen und mit ihr darüber sprechen willst, wie du ihr helfen kannst. Sei ganz freundlich. Das mit dem DNA-Test lassen wir den Anwalt mit ihr klären. Es ist besser, wenn das nicht von dir kommt."

„Okay." Er atmete tief durch. „Auf geht's."

Christina drückte seinen Arm. „Es wird schon klappen. Du hast nichts Falsches getan, vergiss das nicht, Tommy."

Dankbar für ihre beruhigende Gegenwart nickte er und legte die Hand auf den Türgriff. Noch einmal drehte er sich zu ihr um. „Komm mit."

„Ich dachte, wir wären uns einig gewesen, dass es besser ist, wenn ich hier warte."

„Ist mir egal, worüber wir uns einig waren. Ich will dich bei mir haben, wenn ich ihm zum ersten Mal begegne. Es ist ja nicht so, als hätte ich eine lange Beziehung zu der Frau gehabt. Da kann sie schlecht sauer sein, dass ich jetzt mit einer anderen zusammen bin."

„Wer weiß?"

„Ich werde mich besser fühlen, wenn du dabei bist." Ihm wurde klar, dass das die Wahrheit war. Er fühlte sich stets besser, wenn er mit ihr zusammen war.

„Dann lass uns gehen."

Als sie auf der kleinen Veranda vor dem Haus standen, drückte er auf den Klingelknopf. Würde er auf der Stelle wissen, dass es sich um sein Kind handelte? Würde er fähig sein, ein Kind zu lieben, von dem er nichts gewusst hatte? Was, wenn er das Baby nicht lieben konnte, obwohl es von ihm war?

Die Tür ging auf, und Lori erschrak sichtlich, als sie ihn erblickte. Ihr braunes Haar wirkte, als sei es seit Tagen nicht gewaschen worden, und ihr zu großes T-Shirt war fleckig, offenbar von Muttermilch. Gonzo versuchte sich daran zu erinnern, was er mal an ihr gefunden hatte, doch sie war inzwischen so verändert, dass er sie kaum wiedererkannte.

Sie stieß die Außentür auf. „Tommy? Was machst du hier?"

Er schluckte. „Ich bin hier, um meinen Sohn zu sehen."

Lori schaute zu Christina, dann wieder zu ihm.

„Dies ist, äh, meine Freundin Christina." Er war erstaunt, dass er sich nicht an einem Wort verschluckte, das er für gewöhnlich unter allen Umständen zu vermeiden suchte. „Christina, dies ist Lori."

Die beiden Frauen musterten sich, und schließlich sagte Christina: „Freut mich, Sie kennenzulernen."

Das Schreien eines Babys drinnen beendete den Moment der Verlegenheit. „Kommt rein." Lori winkte sie in einen

Raum, in dem überall verstreut Babysachen und Stapel von Schmutzwäsche herumlagen.

Entsetzt musterte Gonzo den überquellenden Aschenbecher auf dem Couchtisch. Überall stank es nach Qualm.

„Ich hole ihn rasch“, meinte Lori und verschwand aus dem Zimmer.

Nachdem sie allein waren, nahm Christina Gonzos Hand.

„Wie kann sie hier drin atmen?“, flüsterte er.

„Das habe ich mich auch gerade gefragt.“

Als sie Loris Schritte auf der Treppe hörten, ließ Gonzo Christinas Finger los.

Lori kehrte mit dem Baby auf dem Arm zurück. Als Erstes fielen ihm die dunklen Haare des Babys auf. Er kannte sich zwar nicht besonders gut aus mit Säuglingen, aber es schien eine Menge Haar auf dem Kopf zu haben. Gonzos Neffe Joey war mit ähnlich vielen Haaren geboren worden. Und als Lori ihm das Baby gab, wurde ihm flau.

Gonzo und Christina stutzten beide, als sie das deutliche Kinngrübchen bemerkten.

Er betrachtete das schrumplige kleine Gesicht und verliebte sich auf der Stelle. Große Augen sahen zu ihm hoch, voller Vertrauen, und Gonzo musste die Tränen zurückhalten. Die sofort in ihm aufwallende Liebe machte ihn völlig wehrlos.

Christina legte die Hand auf seinen Rücken, und als er sie anschaute, wirkte sie ebenso überwältigt wie er.

„Wie heißt er?“, erkundigte Gonzo sich.

„Ich habe ihm noch keinen Namen gegeben.“

„Aber er ist schon einige Monate alt!“, sagte er erschrocken.

„Glaub mir, ich weiß, wie alt er ist.“

„Du musst ihm einen Namen geben.“

„Ach, so läuft das? Du kommst in mein Haus und erzählst mir, wie ich mein Kind großzuziehen habe?“

„Du hast mich angerufen“, erinnerte er sie. „Ich wüsste nichts von seiner Existenz, wenn du dich nicht bei mir gemeldet hättest. Erwartest du, dass ich einfach tue, als wäre nichts? Als hätte ich nie von ihm erfahren?“

„Tu doch nicht so, als hättest du Interesse an ihm.“

„Selbstverständlich habe ich Interesse an ihm. Er ist mein Sohn.“

„Hör mal, es ist ja echt nett, dass du den ganzen Weg hergekommen bist, um ihn zu besuchen. Doch das Einzige, was ich von dir brauche, ist ein bisschen Geld für Windeln und den Kindergarten. Mehr erwarte ich nicht.“

„Ich will aber mehr als das.“

Die Haustür flog auf, und ein Schwall kalter Luft wehte herein. Das Baby fing an zu weinen.

Obwohl Gonzo kaum Erfahrung mit Babys hatte, tätschelte er ihm behutsam den Rücken.

„Ich nehme ihn“, sagte Lori und streckte die Hände nach dem Kind aus.

„Es macht mir nichts aus, dass er weint“, gab Gonzo zurück.

„Die Lady möchte ihr Baby zurückhaben“, war eine tiefe Stimme aus dem Flur zu hören.

Gonzo drehte sich um und entdeckte einen riesigen Mann, der ihn finster anstierte. Er trug ein rotes Kopftuch um die langen Haare und war am Hals und an den Armen tätowiert.

„Bleib ruhig, Rex“, meinte Lori. „Er ist ein Cop.“

„Gibt ihm nicht das Recht, dein Kind festzuhalten, wenn du es zurückhaben willst.“

„Es ist auch mein Kind“, informierte Gonzo ihn und setzte seinen besten Polizistenblick auf.

Rex starrte ihn perplex an. „Ist das so?“

Lori nickte.

Rex' Miene wurde düster.

„Du musst jetzt wirklich gehen“, wandte Lori sich an Gonzo, und diesmal gab er ihr das Kind zurück, als sie erneut die Hände danach ausstreckte.

„Ich werde gehen“, sagte er. „Aber ich komme zurück. Schon sehr bald.“ Mit einem letzten Blick auf seinen Sohn bugsierte er Christina zur Haustür hinaus. Sobald sie draußen waren, atmete er tief die frische Luft ein. Ihre Kleidung stank nach Zigarettenrauch. „Sie hat ihm nicht einmal einen Namen gegeben“, bemerkte er verzweifelt.

Christina zog ihr Handy aus der Manteltasche.

„Wen rufst du an?“, wollte Gonzo wissen.

„Nicks Freund Andy. Der ist Anwalt und spezialisiert auf Familienrecht.“

„Ich sollte am besten mit Sam sprechen. Sie mag es vielleicht nicht besonders, dass wir uns an einen Freund von Nick wenden, ohne sie vorher zu fragen.“

„Ich bin sicher, Sam würde wollen, dass du alles für deinen Sohn tust, was du kannst.“

Er hoffte, dass Christina recht hatte. „Wie kann der Junge ihr bloß so gleichgültig sein, dass sie ihm nicht mal einen Namen gibt?“

Christina drückte seinen Arm. „Mach dir keine Sorgen. Wir werden uns um ihn kümmern, ja?“

Gonzo nickte. Seine ganze Welt war durch den Anblick eines winzigen Kinngrübchens aus den Fugen geraten, daher empfand er Dankbarkeit für Christinas Gefasstheit und Kompetenz.

„Geben Sie mir etwas. Irgendetwas“, sagte Sam zu Dr. McNamara. Regina Argueta de Castro lag auf dem Tisch im Schein der grellen Lampen.

„In der zwölften Woche schwanger“, erwiderte Lindsey.

„Nun, das ist interessant. Wann wissen Sie, ob die DNA des Fötus mit der von Senator Lightfeather übereinstimmt?“

„In einigen Tagen. Ich mache gerade den Test.“

„Sonst noch etwas?“

„Ich habe einen unvollständigen Fingerabdruck von den Prellungen an ihrem Hinterteil nehmen können und durch das AFIS laufen lassen“, erklärte sie. AFIS war die Abkürzung für Automated Fingerprint Identification System, eine Datei zur automatischen Erkennung von Fingerabdrücken. „Kein Treffer. Ich habe außerdem Sperma von zwei verschiedenen Männern in ihrer Vagina gefunden.“

„Natürlich gab es da zwei“, entgegnete Sam und war frustriert, weil der eindeutige Verdacht gegen Senator Lightfeather wohl nicht mehr aufrechtzuerhalten war. „Lassen Sie mich wissen, was die DNA-Analyse ergeben hat.“

„Mach ich. Wie geht es mit der Hochzeitsplanung voran?“

„Ganz gut, glaube ich.“ Bei dem Gedanken an die Hochzeit in sechs Wochen wurde ihr flau im Magen.

„Ein Heiratsantrag im Rosengarten vom Weißen Haus.“ Lindsey seufzte. „Wie romantisch.“

„Ja, er hat seine Momente“, räumte Sam ein. „Bringen Sie mir Informationen, Doc.“

„Ich arbeite daran.“

Sam verließ das Leichenschauhaus und begab sich auf den Weg ins Kommissariat, wo sie Freddie antraf, der gerade Pillen einwarf. „Bist du etwa auch verkatert?“

Erschrocken sah er auf, und ein schuldbewusster Ausdruck breitete sich auf seinem attraktiven Gesicht aus. „Was? Nein. Du?“

„Ich nicht, aber Gonzo. Hat sich heute krankgemeldet.“

„So viel hat er gar nicht getrunken, weil er doch heute arbeiten musste."

„Was ist deine Entschuldigung?"

„Ich habe Kopfschmerzen, wenn du es unbedingt wissen musst. Und nicht vom Trinken. Ich habe schlecht geschlafen."

„Erspar mir die Details." Sam war erstaunt, als er nicht mit einer der üblichen Bemerkungen konterte. „Was ist denn los?"

„Nichts." Er nahm einige Unterlagen von seinem Schreibtisch. „Ich habe McBrides Bericht der vergangenen Nacht. Sie hat mit mehreren Security-Leuten im Kapitol gesprochen, die ausgesagt haben, sie hätten Senator Lightfeather dort gestern Nachmittag und am frühen Abend gesehen. Einer hat erklärt, er habe beobachtet, wie der Senator gegen sechs ging und dass er es ziemlich eilig gehabt habe."

Wie er gesagt hat, dachte Sam. „Wir haben eine DNA-Übereinstimmung mit seinem Sperma, doch es gab einen weiteren Mann. Lindsey überprüft das gerade."

„McBride meint, sie hätten seine Bürotür ‚befragt', und die Benutzung seiner Schlüsselkarte passt zu seinem Zeitrahmen."

„Verhören wir ihn noch einmal, um alles abzuklopfen, bevor wir ihn gehen lassen."

„Wird gemacht, Boss. Eines noch: Wir haben mehrere Anfragen von den Medien bekommen. Die wollen bestätigt haben, dass wir Lightfeather im Zusammenhang mit dem Mord an einer Mitarbeiterin des für das Kapitol zuständigen Reinigungspersonals festhalten."

„Vorläufig kein Kommentar."

„Dachte mir, dass du das sagen würdest."

Sam nickte. „Geh und hol ihn."

„Bin schon unterwegs."

Sam schaute ihm hinterher und bemerkte, dass er die Schultern ein wenig hängen ließ. Ja, irgendetwas beschäftigte ihren

Partner. Ehe der Tag vorbei war, würde sie es aus ihm herausbekommen haben.

Einige Minuten später gesellte sie sich zu Freddie und dem Senator in einem der Verhörräume. Lightfeathers Nacht im Gefängnis schien ihn geschwächt zu haben.

„Wussten Sie, dass Regina schwanger war?", fragte Sam.

Lightfeathers Hände zitterten. „Ja."

„War das Kind von Ihnen?"

Er nickte.

„Sind Sie sich da sicher?"

„Natürlich bin ich das."

„Und Sie wissen genau, dass sie mit niemand anderem zusammen war?"

„Wir haben die meisten Nächte miteinander verbracht, also kann ich mir schwer vorstellen, wie sie noch Zeit für jemand anderen gehabt haben soll."

„Hat sie abends nicht als Reinigungskraft im Kapitol gearbeitet?"

„An fünf Abenden in der Woche, von vier Uhr nachmittags bis Mitternacht."

„Sie erwähnten aber, Sie beide seien an den meisten Abenden zusammen gewesen. Was hat sie an den Abenden gemacht, an denen sie nicht mit Ihnen zusammen war?"

„Das weiß ich nicht. Sie hat es mir nie erzählt."

„Haben Sie gefragt?"

Er bejahte. „Es war ein … Streitpunkt zwischen uns."

„Hatte sie Freundinnen? Irgendwen, dem sie sich hätte anvertrauen können?"

„Sie verstand sich mit mehreren Kolleginnen recht gut. Allerdings weiß ich nicht, ob sie denen vertraut hat. Ich bin mir sicher, dass sie niemandem von unserer Beziehung erzählt hat. Ihr war ja klar, was auf dem Spiel stand."

„Für Sie oder für Regina?“

„Für uns beide. Sie konnte es nicht riskieren, ihren Job zu verlieren.“

„Was war mit dem, was für Sie selbst auf dem Spiel stand?“

„Offenbar war sie sich dessen ebenfalls bewusst.“

„Hat sie Sie unter Druck gesetzt, weil sie mehr wollte? Sie war schwanger von Ihnen und musste mit der Abschiebung rechnen. Ich kann mir vorstellen, dass sie verzweifelt nach Sicherheit gesucht hat.“

„Sie wusste, dass ich mich um sie und das Baby kümmern würde, aber sie setzte mich nicht unter Druck. Mein Familienstand war ihr schmerzlich bekannt.“

„Wie wollten Sie sich um sie und das Baby kümmern, wo Sie doch nicht einmal genug Geld haben, um sich ein Apartment in Washington zu leisten?“

Lightfeather sackte auf seinem Stuhl zusammen. „Ich wollte alles für sie tun, was ich tun konnte.“

„Was nicht viel gewesen wäre, habe ich recht?“

Er zuckte mit den Schultern.

„Sie muss sehr verzweifelt gewesen sein. Ein weiteres Maul zu stopfen, Kindergarten, Windeln. Wie wollte sie all das bewältigen, wo sie doch schon ihre Familie daheim unterstützte?“

„Wir haben nicht viel darüber gesprochen. Wir wollten einfach irgendeine Lösung finden. Ich habe ihr gesagt, sie solle sich keine Sorgen machen. Ich würde Geld auftreiben, irgendwie.“

Freddie machte Sam ein Zeichen, und sie nickte.

„Senator“, sagte sie. „Ist Ihnen der Begriff ‚Ankerbaby‘ vertraut?“

Lightfeather richtete sich ein wenig auf. „Ja.“

„Mir nicht“, entgegnete Sam. „Klären Sie mich mal auf.“

„Wenn illegale Einwanderer Babys bekommen, ‚verankern‘

diese ihre Mütter in den Vereinigten Staaten, weil der vierzehnte Verfassungszusatz automatisch all denen die Staatsbürgerschaft garantiert, die in diesem Land geboren werden", erklärte Lightfeather.

„Ah", machte Sam, die verstand, worauf Freddie hinauswollte. Stolz auf seine Initiative gab sie ihm ein Zeichen, dass sie ihm das Parkett überließ.

„Da Reginas Aufenthaltsstatus gefährdet war, frage ich mich, ob ihre Schwangerschaft nicht unter Umständen geplant war."

„Die war definitiv nicht geplant."

„Wie ist es dann passiert? Ich nehme an, Sie beide wussten, wie man eine ungewollte Schwangerschaft verhindert."

Sam bemerkte, dass die Hände des Senators wieder zitterten.

„Wir glauben, es ist beim ersten Mal passiert, in meinem Büro."

„Da haben Sie nicht verhütet?", hakte Freddie nach.

„Sie hat behauptet, sie würde die Pille nehmen, und ich habe ihr geglaubt."

„Aber sie nahm sie nicht?"

„Doch. Ich habe später in ihre Handtasche geschaut."

„Nahm sie die Pille auch wirklich?"

„Sie schwor, dass sie es tun würde. Als sie von ihrer Schwangerschaft erfuhr, war sie wütend, dass die Pille versagt hatte."

„Oder", wandte Sam ein, „sie funktionierte exakt so, wie es beabsichtigt war."

Lightfeather kniff die dunklen Augen zusammen. „Was wollen Sie damit andeuten?"

„Dass man Sie möglicherweise hereingelegt hat, Senator. Verführt von einer Frau, die ganz genau wusste, was sie tat, als sie sich von einem Senator der Vereinigten Staaten von Amerika schwängern ließ."

„Wie können Sie es wagen, ihr etwas Derartiges zu unterstellen? Wir haben uns geliebt! Nachdem ich ihr versichert hatte, dass ich mich um sie und das Baby kümmern würde, war sie überglücklich, schwanger zu sein."

„Sie war überglücklich, ein Baby in den Vereinigten Staaten zu bekommen", meinte Sam. „Ein zusätzliches Plus war es, dass es sich dabei um das Kind eines hochrangigen Politikers handelte."

„Ich kann nicht glauben, dass Sie das über eine wundervolle Frau sagen, die brutal ermordet wurde. Ihnen ist sie völlig egal. Ich hätte Sie niemals anrufen sollen."

Sam schlug mit der flachen Hand auf den Tisch. Der Senator erschrak. „Erzählen Sie mir nicht, was mir egal ist und was nicht. Ich werde herausfinden, wer sie umgebracht hat, und ich werde dafür sorgen, dass der Mörder dafür bezahlt, was er ihr angetan hat."

Lightfeather brach zusammen. „Es tut mir leid. Ich weiß, dass Sie das tun werden. Ich bin nur … Ich kann immer noch nicht fassen, was passiert ist." Er schaute Sam mit Tränen in den Augen an. „Darf ich bitte meine Frau anrufen? Ich kann nicht zulassen, dass sie von alldem durch die Medien erfährt."

Sam sah zu Freddie. „Vielleicht hat sie es schon gehört. Wir haben zahlreiche Anrufe von Reportern erhalten, die wussten, dass wir Sie in Gewahrsam genommen haben."

Der Senator stöhnte und ließ den Kopf in die Hände sinken.

„Detective, bitte ermöglichen Sie dem Senator ein Telefonat", wandte Sam sich an Freddie.

„Jawohl, Lieutenant."

Sam stand auf. „Wir geben Ihnen einen Moment, um den Anruf zu machen. Bitte bedenken Sie, dass wir mithören."

Freddie brachte ein Telefon herein und stöpselte es ein. Danach reichte er dem Senator den Hörer und drückte den Knopf für einen Amtsanschluss.

Sam und Freddie ließen ihn allein und gingen in den Beobachtungsraum, wo Captain Malone und Chief Farnsworth sie erwarteten.

„Was haben Sie bis jetzt, Lieutenant?“, wollte Farnsworth wissen.

„Nicht genug, um ihn anzuklagen“, antwortete sie frustriert. „Hören wir ihm mal zu.“

„Annette“, sagte Lightfeather gerade, den Kopf auf die freie Hand gestützt. „Es ist etwas passiert.“ Er fing an zu weinen, als er seiner Frau von der Beziehung zu Regina erzählte. „Du musst herkommen. Kannst du kommen?“ Er lauschte einen Moment. „Ich weiß, Liebling, aber ich brauche dich wirklich. Ich habe einen schrecklichen Fehler begangen.“

Sam fragte sich, ob er das ernst meinte. Nach allem, was sie mitbekommen hatte, betrachtete er die Affäre mit Regina kaum als Fehler. Am liebsten hätte sie Annette Lightfeather selber angerufen, um ihr zu sagen, sie solle in Arizona bleiben. Sam hasste es, wenn Politikerfrauen zu ihren miesen Gatten standen, nachdem diese die Familie in einen Skandal hineingezogen hatten.

Als das Gespräch endete, schloss Sam, dass Annette noch an diesem Tag in Washington eintreffen würde. Sie wandte sich an den Chief. „Ich werde ihn gehen lassen mit der Auflage, in der Stadt zu bleiben, bis wir den Fall gelöst haben. Obwohl es für ihn Motive genug gab, ist sein Alibi für die Tatzeit wasserdicht.“ Zu Freddie sagte sie: „Erzähl mir mehr von dieser ‚Ankerbaby‘-Sache.“

„Ich habe letztes Jahr davon in der Zeitung gelesen. Die Zahlen waren erschreckend: Etwa acht oder neun Prozent aller 2008 in den USA geborenen Babys waren Ankerbabys. Es gab eine Diskussion darüber, dieses Schlupfloch im Einwanderungsgesetz, das es durch den vierzehnten Verfassungszusatz gab, zu schließen."

„Wurde nicht einfach ein neues Einwanderungsgesetz beschlossen?", fragte Sam und dachte an das O'Connor-Martin-Gesetz, an dem Nick als John O'Connors Stabschef so hart gearbeitet hatte. Dieses Gesetz durchzubringen war Nicks vorrangiges Ziel als Senator gewesen.

„Ja", bestätigte Freddie. „Das löste jedoch das Problem nicht."

Sam nahm sich vor, den Verfassungszusatz nachzulesen und sich Nicks Ansichten zu dem Ankerbaby-Thema anzuhören. „Es wird Zeit, sich Reginas Leben mal genauer anzuschauen", sagte sie.

„Einverstanden", erwiderte Malone.

„Lassen Sie den Senator laufen", meinte Farnsworth. „Aber nehmen Sie auch sein Leben genau unter die Lupe. Er hatte zweifellos ein Motiv."

„Wir sind dabei", entgegnete Sam. „Cruz, lassen wir ihn auch Reginas Familie anrufen, bevor wir ihn freilassen."

„Eines noch, Lieutenant", sagte Freddie. „McBride hat mich darüber informiert, dass der Mobilfunkanbieter mauert. Die sind nicht bereit, Reginas oder Lightfeathers Daten ohne richterlichen Beschluss preiszugeben."

„Hat McBride denen erzählt, dass Regina ermordet wurde?"

Freddie bejahte das. „Das Originalzitat lautet etwa wie folgt: ‚Wir geben die privaten Mobilfunkdaten eines US-Senators nicht ohne richterlichen Beschluss heraus. Es ist uns egal, welcher Tat er verdächtigt wird.' Vergiss nicht, dass ihr Handy auf seinen Namen lief. Sie bekam es von ihm, und er hat dafür bezahlt, also sind beide auf seinen Namen registriert."

„Tja, dann besorg eben den richterlichen Beschluss. Ich will diese Daten so schnell wie möglich."

„Wird gemacht", antwortete Freddie auf dem Weg hinaus.

„Ich begreife diese mächtigen Typen nicht, die alles aufs Spiel setzen und glauben, sie würden nie erwischt werden", meinte Malone.

„Und ich werde nie diese passiven Politikerfrauen verstehen, die zu ihren Männern halten", erklärte Sam. „Würde mein Mann mich betrügen, könnte er mich nie und nimmer dazu bringen, brav neben ihm zu stehen, während er der Öffentlichkeit seine Fehltritte zu erläutern versucht." Ihr entging nicht der amüsierte Blick, den die beiden Männer miteinander wechselten. „Was?"

„Darüber haben Sie sich aber einige Gedanken gemacht, was?", bemerkte Farnsworth.

„Wohl kaum." Sam schnaubte verächtlich. „Mein zukünftiger Mann weiß, dass ich ihn eher erschießen würde, wenn er mich betrügt, als dass ich die liebe kleine gedemütigte Ehefrau gebe."

Die beiden Männer lachten.

„Sie glauben, ich scherze?"

„Oh, wir wissen, dass Sie nicht scherzen", versicherte Malone ihr und gab sich Mühe, dabei ein ernstes Gesicht zu machen, allerdings vergeblich. „Armer Nick. Jemand sollte ihn wirklich warnen."

„Den braucht niemand zu warnen", sagte Farnsworth. „Er weiß, dass er das Beste vom Besten zu Hause hat. Warum sollte er sich jemals anderswo umschauen?"

Verlegen durch dieses Kompliment, lächelte Sam den Mann an, den sie als Kind „Onkel Joe" genannt hatte. „Danke."

„Ich sage nur die Wahrheit." Er ging zur Tür, gefolgt von Malone. „Halten Sie uns auf dem Laufenden."

„Mach ich." Nachdem die zwei gegangen waren, arbeitete Sam an ihrer Schautafel, auf der linken Seite beginnend mit den Tatortfotos. Sie hielt eine Spalte für Informationen über Lightfeather frei.

Freddie kam wieder herein. „Äh, Boss, wir haben da ein kleines Problem."

„Und welches?"

„Das Gebäude wird von der Presse belagert. Die wissen, dass wir Lightfeather hier festhalten, und sie verlangen, die ganze Geschichte zu erfahren."

Sam überlegte einen Moment. „Wir machen Folgendes."

6. Kapitel

Nick setzte sich auf den Rücksitz der Limousine und schloss rasch die Tür. „Meine Güte", wandte er sich an Tony, seinen Fahrer. „Das war der reinste Irrsinn."

Tony lachte in sich hinein. „Sie sind populärer denn je, Senator. Ich habe noch nie erlebt, dass jemand auf einer Wahlkampftour solche Massen anzieht."

„Zu Senator O'Connors Veranstaltungen kamen doch auch viele Leute."

„Aber nicht so viele wie hier." Tony schaute in den Rückspiegel. „Bereit für den nächsten Stopp?"

„Ja." Nick lehnte sich zurück. „Danke." Er sah, wie der Campus der VCU vorbeizog. „Was glauben Sie denn, woran es liegt?"

„Sir?"

„Dass die Leute so zahlreich kommen."

Wieder lachte Tony. „Sie sind jung, gut aussehend, geben Hoffnung, sind bescheiden. Die Leute identifizieren sich mit Ihnen und Ihrer Geschichte."

„Senator O'Connor besaß ebenfalls all diese Eigenschaften."

„Er hatte allerdings nicht dieses – nach welchem Wort suche ich? – Charisma."

„Es liegt nur daran, dass ich nach seinem Tod seinen Platz eingenommen habe."

„Da stellen Sie Ihr Licht aber unter den Scheffel, wenn Sie glauben, dass es bloß das ist. Sie haben etwas, auf das die Leute anspringen."

„Ja, mein Liebesleben. Darauf sind sie ganz scharf."

„Schadet jedenfalls nicht", meinte Tony und lächelte in den Rückspiegel. „Es ist eine Kombination all dieser Dinge. Sie waren der richtige Mann zur richtigen Zeit."

„Vermutlich." Nick dachte über Tonys Worte nach. Er kannte den Mann schon lange, weil er jahrelang Johns Fahrer gewesen war. Da Tony ebenso wie er nahe dem Staat lebte, den er repräsentierte – und vor ihm John –, ließ er sich von Tony zu den Wahlkampfveranstaltungen fahren, die mit dem Auto erreichbar waren.

Normalerweise nutzte Nick die Zeit im Auto zum Arbeiten. Diesmal grübelte er jedoch nach. Mehr als hunderttausend Menschen waren zu seiner Rede in der VCU erschienen – viermal so viele wie ursprünglich erwartet. Trotz der Kälte hatte die Zahl der Besucher es notwendig gemacht, die Veranstaltung draußen im Monroe Park stattfinden zu lassen.

„Ich habe gehört, für die Wohltätigkeitsveranstaltung heute Abend stehen viertausend auf der Warteliste", erklärte Tony. „Da kommt Geld rein."

Seit Nick seine Kandidatur bekannt gegeben hatte, waren Millionen in seinen Wahlkampf geflossen. „All diese reichen Leute, die nicht wissen, wohin mit ihrem Geld."

„Genießen Sie es, solange es andauert. Irgendwann werden Sie es schon vermasseln."

Nick musste über diese trockene Bemerkung lachen. „Na vielen Dank."

„Ich mache nur Spaß. Sie haben eine glückliche Hand. Wenn es in diesem Tempo weitergeht, spült die Welle Sie direkt ins Weiße Haus."

Das Democratic National Committee hatte bereits Interesse signalisiert, ihn in drei Jahren bei den Vorwahlen zu unterstützen. Präsident Nelson hatte in dieser Hinsicht einen vielversprechenden Start hingelegt, doch seine Umfragewerte waren in den vergangenen Monaten stark gesunken, weshalb die Partei ihre Optionen überdachte für den Fall, dass der Amtsinhaber sich nicht zur Wiederwahl stellen sollte. Nick konnte kaum glauben, dass sein Name in diesem Zusammenhang auftauchte. Er war erst seit anderthalb Monaten im Senat und befand sich nun mitten in seinem ersten Wahlkampf. Die Vorstellung, für das Amt des Präsidenten zu kandidieren, war beinah lachhaft. Doch dann erinnerte er sich an das Meer aus Menschen bei der letzten Veranstaltung, die alle seinen Namen skandiert hatten und die ihm unbedingt die Hand schütteln oder ein Autogramm wollten. Das Ganze kam ihm immer noch unwirklich vor. Sein bester Freund und Boss war von seinem zwanzigjährigen Sohn ermordet worden, dessen Existenz John selbst vor seinem engsten Vertrauten geheim gehalten hatte. Auch wenn Johns Tod ihm zahlreiche Türen geöffnet hatte, würde Nick gern darauf verzichten, um seinen Freund zurückzubekommen.

Tony hielt vor einem unauffälligen roten Backsteinhaus in der Innenstadt von Richmond. „Da wären wir, Senator."

Dieser Halt stand nicht im offiziellen Terminplan für diesen Tag, und Nick stellte erleichtert fest, dass die mit ihm reisenden Reporter ihm nicht hierher gefolgt waren. „Bis gleich", sagte er zu Tony und stieg aus.

Im Haus erwartete ihn Irene Littlefield, Leiterin des staatlichen Kinderheimes. Sie hatte sich an sein Büro gewandt, um weiterhin finanzielle Unterstützung zu erhalten, auf die diese Einrichtung angewiesen war. Nick schätzte sie auf Anfang sechzig. „Senator", begrüßte sie ihn und schüttelte ihm die Hand. „Es ist eine solche Ehre, Sie hier empfangen zu dürfen. Die Kinder haben sich auf Ihren Besuch gefreut."

„Es ist großartig, hier zu sein. Ich habe wunderbare Dinge

über Ihr Programm gehört."

„Es ist nett von Ihnen, das zu sagen. Wir tun, was wir können, mit den uns zur Verfügung stehenden Ressourcen. Lassen Sie mich Ihnen die Kinder vorstellen."

„Das wäre großartig." Er folgte ihr durch die steril wirkenden Flure des ehemaligen Schlafsaals der Universität in einen gemütlich aussehenden Bereich mit Sofas, einem Großbildschirm, Spielen und Büchern. Etwa dreißig schick gemachte Kinder warteten geduldig darauf, Hallo zu sagen. In der nächsten halben Stunde sprach Nick mit jedem von ihnen und staunte über ihre ausgezeichneten Manieren und ihre Begeisterung.

„Wir haben Scotty gebeten, Sie durch die Einrichtung zu führen", erklärte Mrs. Littlefield, nachdem jedes Kind die Gelegenheit bekommen hatte, mit Nick zu reden. Ihre Hände lagen auf den Schultern eines Jungen, der elf oder zwölf sein mochte. Sein dunkles Haar sah aus, als sei es extra für diesen Anlass mit einer Bürste gebändigt worden. Er trug einen adretten dunkelblauen Pullover, dazu eine kakifarbene Hose.

Der Junge grinste verschmitzt. „Ich bin am längsten hier, deshalb hab ich das kurze Streichholz gezogen."

Nick lachte. „Ich werde versuchen, nicht zu viele Fragen zu stellen."

Scotty grinste weiter. „Hier entlang, Senator."

Während des Rundgangs plapperte Scotty unentwegt. Er zeigte Nick die Küche, den Speisesaal, berichtete über das Essen, das offenbar mal toll und mal schrecklich ausfiel, je nach Laune des Kochs.

„Was ist dein Lieblingsessen?", fragte Nick ihn.

„Spaghetti", antwortete Scotty prompt.

„Ah, ein Mann nach meinem Geschmack."

„Ist das auch Ihr Lieblingsessen?"

„Na klar. Ein guter Italiener wie ich braucht mindestens einmal pro Woche seine Nudeln."

„Ich hab keine Ahnung, ob ich Italiener bin, aber wenn ich könnte, würde ich jeden Tag Spaghetti essen."

Nick empfand Mitgefühl für den Jungen. „Was magst du denn sonst noch?"

„Baseball", erwiderte Scotty.

„Welches Team?"

„Die Red Sox."

„Ach was", sagte Nick lachend. „Das sagst du doch nur, um mich zu beeindrucken."

„Nein, tu ich nicht! Ich fand die Sox schon immer toll."

„Ich bin nördlich von Boston aufgewachsen und bereits mein ganzes Leben ein Sox-Fan."

Scotty bekam große Augen. „Waren Sie schon mal im Fenway Park?"

„Sogar ziemlich oft." Er verschwieg, dass er sich erst mit vierundzwanzig zum ersten Mal ein Ticket für ein Baseballspiel in dem berühmten Stadion hatte leisten können.

„Oh, Sie Glücklicher! Ich würde alles geben, um mir ein Spiel dort von einem der Monster-Plätze anzusehen. Ich habe jedes Buch, das ich kriegen konnte, über die Red Sox und Fenway Park gelesen. Haben Sie *Fever Pitch* gesehen? Das ist mein absoluter Lieblingsfilm."

Nick wünschte, er könnte sich und Scotty ins Stadion zaubern, auf die Sitze über dem sogenannten Green Monster, der über elf Meter hohen Wand auf der linken Spielfeldseite im Stadion der Red Sox, und dort mit ihm Hotdogs essen. „Ich habe diesen Film geliebt. Du wirst bestimmt eines Tages ein Spiel im Fenway Park anschauen."

„Sobald ich Geld habe, werde ich das als Erstes machen."

„Wie bist du zum Fan geworden?"

„Mein Großvater stammte aus Boston. Der redete ständig von den Red Sox. Ted Williams war sein Lieblingsspieler. Haben Sie den mal spielen sehen?“

Nick zuckte zusammen. „Was glaubst du eigentlich, wie alt ich bin?“

„Oh, Verzeihung.“

Nick wuschelte ihm durch die Haare. „Ist schon gut. War nur Spaß. Lebt dein Großvater noch?“

Scotty schüttelte den Kopf. „Er hatte einen Herzinfarkt, da war ich sechs. Einen Monat später starb meine Mom. Deshalb kam ich hierher.“ Er schob Nick in ein kleines Zimmer. „Aber es ist gar nicht so schlecht.“

Bei dem Gedanken an den kleinen sechsjährigen Scotty, der erst seinen Großvater und dann die Mutter verloren hatte, brach es Nick das Herz. „Hast du keine anderen Angehörigen?“

„Nein. Meine Mutter hatte noch Schwestern, aber überhaupt keinen Kompakt zu ihnen.“

„Du meinst Kontakt.“

„Ja, genau. Die haben nicht mehr mit ihr geredet wegen ihrer Drogenprobleme.“

„Was ist denn mit deinem Dad?“

„Den kenn ich nicht.“ Der Junge wühlte auf seinem Schreibtisch herum. „Da, schauen Sie mal: eine Dustin-Pedroia-Rookie-Karte.“

Nick betrachtete die laminierte Baseballkarte. „Wow. Nun sieh dir das an. Auf die solltest du wirklich gut aufpassen. Die wird eines Tages sehr viel Geld wert sein.“

„Das hat Mr. Sanchez auch gesagt. Der war letztes Jahr mein Mathelehrer. Er ist Feds-Fan“, erklärte Scotty und meinte damit die Washington Federals. „Er hat mich zu einem Interleague-Spiel mitgenommen, als die Feds gegen die Sox spielten. Da war ich zum ersten Mal in einem echten Baseballstadion und bekam gleich die Sox zu sehen. Der beste Tag meines Lebens."

„Ich bin auch zu einem dieser Spiele gegangen."

„Das, was ich gesehen habe, gewannen die Sox drei zu zwei."

„Dann bin ich bei demselben Spiel gewesen!"

„Hey, das ist cool."

Nick setzte sich auf das Bett und schaute sich in dem spärlich eingerichteten Raum um. „Du brauchst ein paar Poster an den Wänden. Wer ist denn dein Lieblingsspieler? Ich schicke dir ein Poster von ihm."

„Das ist echt nett von Ihnen, aber wir dürfen nichts an die Wände hängen. Die Betreuerin sagt, vom Klebeband geht die Farbe ab."

Nicks düstere Miene brachte den Jungen zum Lachen.

„Regeln sind Regeln", fügte Scotty schulterzuckend hinzu.

„Wenn wir die Regeln mal für einen Moment brechen würden, welchen hättest du dann gern an deiner Wand?"

„Das ist leicht: Big Papi. Der ist der Hammer."

Nick lächelte. „Sein Schlag ist der Hammer."

„Deshalb finde ich ihn so super." Scotty nahm neben Nick auf dem Bett Platz. „Und Sie sind wirklich Senator?"

Obwohl es ihm selbst manchmal schwerfiel, das zu glauben, antwortete Nick: „Ja, das bin ich."

„Ist das nicht ein langweiliger Job?"

Nick musste laut lachen. „Das kann er sein. Man muss sehr viel lesen."

Scotty verzog angewidert das Gesicht. „Das würde mir nicht gefallen. Ich hasse Lesen."

„Früher habe ich es auch gehasst, aber jetzt ist es leichter. Treibst du irgendwelchen Sport?"

„Nur Baseball mit einigen anderen Kindern hier. Es gibt

nicht genug Geld, um in der Little League oder so mitzuspielen."

Nick schmerzte es, wie leicht der Junge sein Schicksal akzeptierte. Das Gespräch mit Scotty brachte Erinnerungen an seine eigene einsame Kindheit bei seiner Großmutter zurück. Die hatte ihm bei jeder Gelegenheit erklärt, es gäbe Dinge, die sie lieber täte, als das Kind ihres Sohnes großzuziehen.

„Spielen Sie irgendwas?", erkundigte Scotty sich.

„Ab und zu mal ein spontanes Basketballspiel in der Sporthalle. Früher habe ich viel Hockey gespielt. Ich war ziemlich gut."

„Hockey ist toll, aber auch sehr teuer."

„Ja, das kann es sein." Nick dachte daran zurück, wie dankbar er gewesen war in dem Jahr, als sein Vater ihm genug Geld geschickt hatte, sodass er hatte spielen können. „Dies hier scheint ein angenehmer Ort zum Leben zu sein."

„Es ist ganz okay. Ein Kind aus meiner Klasse ist bei einer Pflegefamilie und muss ständig umziehen. Das fände ich blöd."

„Wahrscheinlich hast du hier größere Chancen, adoptiert zu werden."

„Nee, alle wollen nur Babys. Die gehen schnell weg. Wir anderen haben uns. Das ist, als hätte man dreißig Brüder und Schwestern zum Zanken."

Er schilderte all das so sachlich, als hätte er jede Hoffnung, dass sich noch irgendetwas ändern würde, längst aufgegeben.

In dem Moment erschien Mrs. Littlefield im Türrahmen. „Ich nehme an, Sie verstehen, warum wir Scotty den Bürgermeister nennen, Senator", meinte sie lächelnd. „Er hat noch nie einen Fremden kennengelernt."

„Er ist ein ausgezeichneter Fremdenführer", gab Nick zurück, und der Junge strahlte. „Was hältst du davon, wenn ich uns Tickets für das nächste Spiel der Sox in Baltimore oder Washington besorge?"

Scottys Augen weiteten sich. „Echt?"

„Klar doch. Ich würde mir gern ein Spiel mit einem anderen Sox-Fan ansehen."

„Aber wie soll ich da hinkommen?"

„Das lass mal meine Sorge sein. Kümmere du dich nur weiter darum, dass du gut in der Schule bist."

„Okay! Danke!"

Nick stand auf und schüttelte dem Jungen die Hand. „Es war toll, dich kennenzulernen, Scotty."

„Hat mich auch gefreut, Senator. Danke für Ihren Besuch."

„Es war mir ein Vergnügen." Es war, wie Nick sich eingestehen musste, die angenehmste halbe Stunde Arbeit gewesen, seit er den Eid geleistet hatte. Dem Jungen zulächelnd, verließ er mit Mrs. Littlefield das Zimmer. „Was für ein reizender Junge."

„Er ist das Herz und die Seele unserer Einrichtung. Die anderen Kinder folgen ihm bedingungslos. Ich weiß nicht, was wir ohne ihn machen würden."

„Besteht wirklich keine Chance, dass er adoptiert wird?"

Mrs. Littlefield seufzte. „Unglücklicherweise sinken die Chancen, je älter er wird. Aber keine Sorge, bis er volljährig ist, werden wir uns gut um ihn kümmern."

„Und was geschieht dann? Wer kümmert sich dann um ihn?"

„Ich fürchte, ich verstehe Ihre Frage nicht, Senator. Er ist dann erwachsen."

„Verzeihen Sie meinen Ton. Ich war mit achtzehn auf mich allein gestellt und fand, dass die Welt ein ziemlich rauer Ort ist für einen ‚Erwachsenen'."

„Ich weiß, was Sie meinen, und ich kann Ihnen versichern,

dass Scotty genug Erwachsene haben wird, an die er sich wenden kann, falls er Schwierigkeiten haben sollte. Meine Mitarbeiter und ich haben ihn ins Herz geschlossen."

„Ich möchte ihm gern etwas schicken. Wäre es möglich, seinen Nachnamen und die Adresse hier zu bekommen?"

Sie schrieb die gewünschte Information auf die Rückseite ihrer Visitenkarte und gab sie ihm. „Bitte sehr."

„Danke."

Sie erreichten den Ausgang, wo Nick ihr die Hand schüttelte. „Vielen Dank, dass Sie sich heute Zeit für mich genommen haben, Mrs. Littlefield. Ich werde mit den Leuten reden, die für Ihre Zuschüsse zuständig sind, und schauen, was ich sonst noch tun kann."

„Wir sind für alles dankbar, Senator."

„Ich melde mich", versprach Nick auf dem Weg hinaus.

Tony hielt ihm die Wagentür auf. Nachdem er eingestiegen war, schaute Nick noch einmal zurück zu dem Gebäude. Von einem der oberen Fenster sah Scotty ihm hinterher. Nick blickte auf die Visitenkarte in seiner Hand. *Scotty Dunlap.* Er nahm sein Blackberry und machte sich daran, ein Trikot von David „Big Papi" Ortiz zu bestellen.

7. Kapitel

Sam drückte die Mithörtaste und tippte die Nummer von Reginas Mutter in Guatemala ein. Die Familien von Opfern anzurufen war das, was sie an ihrem Job am meisten hasste, daher überließ sie das gern Senator Lightfeather. Freddie, der Spanisch sprach, hielt sich bereit, um Notizen zu dem Gespräch zu machen.

Am anderen Ende der Leitung meldete sich eine Frau mit einem fröhlichen „*Hola*".

Lightfeather blickte wie erstarrt auf das Telefon. Sam zweifelte nicht daran, dass dieser Anruf noch schwerer für ihn war als der bei seiner Frau. „Senator?", drängte sie ihn sanft.

Er erschrak und schien erst jetzt zu begreifen, dass alle auf ihn warteten.

„*Hola?*", wiederholte die Frau.

„Señora Argueta?", fragte er mit belegter Stimme. „*Yo estoy* Senator Lightfeather."

Sams begrenzte Spanischkenntnisse erlaubten ihr immerhin, aus Mrs. Arguetas Reaktion zu schließen, dass die Frau den Namen des Senators kannte und wusste, dass er ein Freund ihrer Tochter war.

Lightfeather sprach einen Moment leise mit der Frau, dann war ein verzweifeltes Jammern von ihr zu hören.

Sams Magen zog sich zusammen. Sie würde niemals verstehen, wie jemand es überstehen konnte, zu erfahren, dass das eigene Kind ermordet worden war. Diese Augenblicke waren die einzigen, in denen sie froh war, keine Kinder zu haben.

Tränen liefen über das gebräunte Gesicht des Senators. Er wischte sie weg und redete weiterhin sanft mit der Frau am Telefon.

Sam warf einen Blick auf Freddies Notizen. *Verspricht, dafür zu sorgen, dass der Leichnam so bald wie möglich in die Heimat geschickt wird,* hatte Freddie geschrieben. *Verspricht, sie und Reginas Kinder weiter zu unterstützen. Keine Erwähnung des Babys, das Regina erwartete.*

Lightfeather beendete das Gespräch und bettete den Kopf auf den verschränkten Armen. Er wurde von Schluchzern geschüttelt.

Sam gab Freddie ein Zeichen, den Mann für eine Weile in Ruhe zu lassen. Freddie folgte ihr hinaus.

„Schwer, das mit anzusehen“, bemerkte er leise.

„Ja.“

„Er hat sie ohne Frage geliebt.“

„Oder er hat es sich eingeredet“, entgegnete Sam.

„Kann auch sein. Wie willst du ihn hier herausbringen?“

„Durch die Leichenhalle. Wir werden ihn in einem Hotel unterbringen, damit wir ihn im Auge behalten können. Stellt zwei Cops an die Tür und informiert sie, dass seine Frau heute irgendwann auftaucht.“

„Verstanden. Was ist mit den Medien?“

„Um die kümmere ich mich.“ Sam überließ ihm den Senator und ging in ihr Büro, wo ihr Erzfeind Lieutenant Stahl sie erwartete. „Was wollen Sie?“

„Freut mich ebenfalls, Sie zu sehen, Lieutenant“, sagte Stahl kriecherisch grinsend.

„Ich habe zu tun.“

„Ach ja, ein weiterer Mord, der irgendwie mit Ihrem Freund zu tun hat. Hübsche Erfolgsgeschichte in letzter Zeit.“

„Er hat nichts damit zu tun, ebenso wenig mit dem Mord an

John O'Connor oder dem an Julian Sinclair, wie Sie sehr wohl wissen. Übrigens ist er inzwischen mein Verlobter."

„Ihr Verlobter kannte alle Opfer."

„Und das beweist was genau?"

„Dass seine Bekanntschaft schlecht für die Gesundheit sein kann", meinte Stahl und lachte über seinen eigenen Scherz.

„Sie drohen mir doch nicht – wieder einmal –, Lieutenant?"

„Sind Sie aber empfindlich. Ganz Frau in der Hinsicht."

Wie stets in seiner Gegenwart musste Sam sich beherrschen, um dem Mann nicht mit der Faust in sein fettes Gesicht zu schlagen. „So entzückend diese Unterhaltung auch gewesen sein mag, ich habe noch Arbeit zu erledigen. Wenn die Abteilung für Interne Ermittlungen Sie nicht genug auf Trab hält, Lieutenant, findet Captain Malone bestimmt etwas, womit Sie sich in Ihrer üppigen freien Zeit beschäftigen können."

Seine Wangen wabbelten, als er sie finster ansah. „Mir ist heute ein interessantes Gerücht zu Ohren gekommen."

„Schön für Sie."

„Über Ihren Ex."

Damit hatte er Sams Aufmerksamkeit. „Was ist mit ihm?"

„Die Klage gegen ihn scheint nicht so hieb- und stichfest zu sein, wie Sie geglaubt haben."

Sam schob die Hände in die Taschen, um nicht auf ihn loszugehen. „Der Fall ist wasserdicht. Dafür habe ich persönlich gesorgt."

„Nicht ganz." Auf dem Weg zur Tür sagte er: „Einen schönen Tag noch, Lieutenant."

Mit zittrigen Fingern griff sie nach dem Telefon, um Malone anzurufen. „Was wissen Sie über Peter?"

Auf diese Frage folgte zunächst Schweigen, was Sams Herz zum Pochen brachte. „Sagen Sie es mir. Sofort."

Unter normalen Umständen würde sie niemals in diesem

Ton mit ihrem Vorgesetzten sprechen. Doch alles, was mit Peter zu tun hatte, ließ sie die üblichen Regeln vergessen.

„Sein Anwalt hat um eine Anhörung gebeten, um zu klären, ob die Beweise aus Peters Wohnung vor Gericht verwendet werden dürfen."

Sams Blut schien zu Eis zu gefrieren, als sie das hörte. Wenn Freddie, Gonzo und Arnold die Beweise für den Bombenbau in dem Apartment nicht korrekt sichergestellt hatten, war die ganze Klage in Gefahr.

„Wir haben seine Fingerabdrücke auf einer der Bomben", erinnerte sie Malone. „Und zwar auf der, die an Nicks Wagen befestigt war. Die, die nicht explodiert ist."

„Es ist nur das Fragment eines Abdrucks, Sam. Nicht genug, damit die Anklage auf sicheren Füßen steht. Wir brauchen das Zeug aus seiner Wohnung."

Die Vorstellung, Peter könnte in die Freiheit entlassen werden, nachdem er sie und Nick umzubringen versucht hatte, machte sie krank.

„Noch besteht kein Grund zur Panik", meinte Malone. „Sein Anwalt muss erst mal den Richter überzeugen."

„Worauf begründet der Anwalt die Zweifel an den Beweisen?"

„Damit, dass die Polizisten seine Tür eingetreten haben, auf Ihren bloßen Verdacht hin und ohne jeglichen Beweis, dass er mit den Bomben zu tun hatte."

„Das hatte er doch!"

„Wir alle wissen, dass es so war, Sam. Lediglich der Zeitrahmen, innerhalb dessen wir gehandelt haben, wird untersucht. Die Kollegen hätten auf den Durchsuchungsbeschluss warten müssen, bevor sie in sein Apartment eindrangen."

„Aber sie hatten einen begründeten Verdacht, dass sich dort Material zum Bau von Bomben befand! Sollten sie vielleicht warten, bis das Gebäude in die Luft fliegt, ehe sie handeln?"

„Die Kollegen standen unter Adrenalin und waren aufgewühlt, nachdem Sie beinah getötet worden waren."

Sam setzte sich in ihren Bürosessel. „Er kann nicht freigelassen werden. Das geht einfach nicht."

„Wir werden dagegen kämpfen. Versuchen Sie sich nicht verrückt zu machen."

„Sie sind selbst besorgt, das höre ich."

„Die Ereigniskette bereitet mir Sorgen. Schon die ganze Zeit."

Sam gab ein leises Stöhnen von sich. „Verdammt. *Verdammt.*"

„Die Medien stehen vor der Tür und verlangen Informationen über Lightfeather. Soll ich mich darum kümmern?"

„Nein", antwortete Sam und nahm sich zusammen. „Das erledige ich."

„Wir tun alles, was wir können, damit Gibson dort bleibt, wo er hingehört."

„Darauf verlasse ich mich. Halten Sie mich auf dem Laufenden."

„Mach ich."

Sie legte auf und bemühte sich, trotz der Bauchschmerzen gleichmäßig zu atmen. Da Nicks Freund, der Arzt Harry, ihr geraten hatte, keine Cola mehr zu trinken, waren ihre Magenschmerzen deutlich seltener geworden. Doch die Nachricht, Peter könnte eventuell aus dem Gefängnis entlassen werden, brachte den Schmerz in heftigen Wellen zurück. Sam zwang sich, Luft zu holen. *Einatmen durch die Nase, ausatmen durch den Mund. Und wiederholen.*

Einige Minuten später stand sie mit wackligen Beinen auf und nahm ihren Mantel. Sie hatte einen Job zu erledigen, und nicht einmal die drohende Gefängnisentlassung ihres bösartigen Exmannes konnte sie davon abhalten, zu tun, was in Reginas Namen getan werden musste. Die Familie der Toten verließ sich darauf, dass Sam Antworten lieferte, und die würde sie Reginas Angehörigen bringen – egal, was in ihrem eigenen Leben passieren mochte.

Angetrieben von ihrer Entschlossenheit begab Sam sich auf den Weg in die Lobby.

Chief Farnsworth hielt sie auf, bevor sie draußen war. „Lieutenant." Seine freundlichen grauen Augen musterten sie mit Besorgnis.

„Chief."

„Sie haben die Neuigkeiten über Gibson gehört."

„Lieutenant Stahl hatte das außerordentliche Vergnügen, sie mir zu überbringen."

„Tut mir leid. Ich war gerade auf dem Weg zu Ihnen, aber ich wurde abgelenkt. Geht es Ihnen gut?"

Sie nickte. „Ich arbeite an dem Fall de Castro. Tue, was ich kann."

„Wir ziehen alle verfügbaren Kräfte heran, um dafür zu sorgen, dass Gibson dort bleibt, wo er hingehört."

„Das hoffe ich. Nun, die Presse will unbedingt etwas aus mir herausbekommen, und Sie wissen ja, wie ungern ich die warten lasse."

Der Chief lachte. „Erlauben Sie mir, Ihnen Deckung zu geben", sagte er, zur Tür deutend.

Kaum waren sie durch die Doppeltür hinausgetreten, bestürmten die Reporter sie.

„Ist Senator Lightfeather wegen Mordes verhaftet worden?"

„Woher kannte er die Tote?"

„Hatten die beiden eine Affäre?"

„Ist er in Gewahrsam?"

Der Chief hob die Hände, um die Fragenflut zu stoppen. „Wenn Sie Lieutenant Holland die Chance geben, zu antworten, wird sie ein kurzes Statement abgeben, das einige Ihrer Fragen klären dürfte."

Sam trat vor und zog den Mantel enger um sich. Der Februartag war kalt und stürmisch geworden. „Senator Lightfeather hat Regina Argueta de Castro gestern Abend tot in ihrem Apartment in Columbia Heights aufgefunden."

„Woher kannte er sie?"

„Sie arbeitete für die Firma, die die Büros im Kapitol reinigt. Im Verlauf dieser Nacht verhielt der Senator sich kooperativ zu unseren Bemühungen, sein Alibi zu bestätigen, was inzwischen geschehen ist. Er wurde entlassen unter der Bedingung, in der Hauptstadt zu bleiben, bis wir den Fall abgeschlossen haben. Ms. Argueta de Castro stammt aus Guatemala und hielt sich legal in unserem Land auf. Sie hinterlässt ihre Mutter sowie zwei Kinder in Guatemala. Sie sind über ihren Tod informiert. Das ist alles, was ich zum jetzigen Zeitpunkt sagen werde. Wir werden Sie über die weitere Entwicklung unterrichten."

„Hatten die beiden eine Liebesbeziehung?"

„Kein Kommentar."

„Wie finden Sie es, dass Ihr Ex aus dem Gefängnis entlassen wird?"

„Absolut kein Kommentar."

Während Chief Farnsworth sie zurück ins Gebäude schob, wurde ihr klar, dass es nur eine Frage der Zeit war, bis Nick von der Sache mit Peter erfuhr, wenn die Presse schon davon wusste.

„Ich muss telefonieren", erklärte sie dem Chief.

„Nur zu."

Sam wollte gehen, drehte sich jedoch noch einmal um, als er ihr etwas hinterherrief.

„Wenn der entlassen wird“, erklärte der Chief, „werden wir ihm dermaßen im Nacken sitzen, dass er nicht mal furzen kann, ohne dass wir davon wissen.“

„Danke.“ Sam wagte nicht, noch mehr zu sagen, um ihre berühmte Selbstbeherrschung nicht zu verlieren. Sie wusste, dass er sie bloß trösten wollte, doch allein der Gedanke an dieses Ungeheuer, erneut auf freiem Fuß, nahm sie mit. Dieser Mann hatte versucht, sie in die Luft zu jagen! Und das allein deshalb, weil sie mit Nick zusammengekommen war – sechs Jahre, nachdem Peter sich alle Mühe gegeben hatte, um sie auseinanderzubringen.

Als sie wieder im Kommissariat war, schloss sie die Tür ihres Büros, sank in ihren Schreibtischsessel und rief Nick an.

„He, Süße“, meldete er sich. „Wie sieht's aus bei dir?“

Seine gut gelaunte Stimme wirkte sofort beruhigend auf ihre angegriffenen Nerven. „Hatte schon bessere Tage. Und bei dir?“

„Was ist denn los? Und behaupte bitte nicht, es sei nichts.“

„Diesmal ist es auch nicht nichts.“ Sie berichtete ihm, dass die Anklage gegen Peter womöglich auseinanderbrach.

„Das soll wohl ein beschissener Witz sein.“

Dass er fluchte, zeigte ihr, wie aufgebracht er war. Nick fluchte nie. Das war *ihre* Spezialität. „Ich wünschte, es wäre einer.“

„Wir müssen etwas unternehmen. Was können wir tun?“

„Es wird eine Anhörung geben, und da können wir nur hoffen, dass der Richter bei Verstand ist.“

„Wenn man ihn tatsächlich entlässt, wird er erneut probieren, dir etwas anzutun.“

„Vielleicht hat ihn der Gefängnisaufenthalt zur Vernunft gebracht.“

„Das glaubst du genauso wenig wie ich. Der ist vollkommen besessen von dir, und jetzt dürfte er noch wütender sein als vorher."

„Malone und Farnsworth haben mir versichert, sie würden alles tun, damit er im Gefängnis bleibt."

„Hat er eine Chance bei dieser Anhörung?"

„Möglicherweise", räumte Sam widerwillig ein. Sie erläuterte Nick das Problem mit dem fehlenden Durchsuchungsbeschluss. „Wenn die in seiner Wohnung sichergestellten Beweise vor Gericht nicht zugelassen werden, bricht der ganze Fall auseinander. Der Teil eines Fingerabdrucks reicht nicht für eine Anklage."

„Das ist ein solcher Mist! Er wurde praktisch auf frischer Tat ertappt!"

„Tut mir leid, dir das zumuten zu müssen, wo du selbst gerade so viel um die Ohren hast."

„Für dich bin ich nie zu beschäftigt, Babe. Und du musst dir keine Sorgen machen. Du bist in diesem Fall das Opfer."

„Wir beide." Er war schwerer verletzt worden bei dem Bombenanschlag und hatte eine Gehirnerschütterung sowie eine Platzwunde über dem Auge davongetragen, die genäht werden musste und eine Narbe hinterlassen hatte.

„Ich werde ein paar Anrufe tätigen", versprach er. „Mal sehen, was ich in Erfahrung bringen kann."

„Tu nichts politisch Riskantes, Nick. Das würde ihm bloß in die Karten spielen."

„Nur Anrufe, mehr nicht."

Sie hegte keinen Zweifel daran, dass einer dieser Anrufe direkt dem obersten Strafverfolger gelten würde. Ihr Verlobter verfügte in Washington über ziemlich gute Kontakte.

„Ist alles in Ordnung mit dir?", erkundigte er sich in sanftem Ton.

„Mir wird es besser gehen, wenn du heute Abend nach Hause kommst."

„Ich werde da sein, sobald ich mich von dieser Wohltätigkeitsveranstaltung loseisen kann."

„Viel Glück dabei."

„Danke. Wie geht es Henry?"

„Vorläufig befindet er sich auf freiem Fuß. Seine Frau ist von Arizona unterwegs hierher."

„Oje. Um diese Konfrontation beneide ich ihn nicht."

„Hätte er seinen Hosenstall zugelassen, gäbe es keine Konfrontation."

„Stimmt auch wieder", meinte Nick, in sich hineinlachend.

„Dir ist klar, dass ich dich umbringen müsste, oder?"

„Weswegen solltest du mich umbringen? Was habe ich denn getan?"

„Solltest du jemals fremdgehen", stellte sie klar, bereute aber sofort, dieses Thema angeschnitten zu haben. Nervös erwartete sie seine Reaktion.

„Samantha", sagte er tadelnd. „Das will ich nicht gehört haben."

„Hast du nicht, ich habe ja gar nichts gesagt. Ich weiß, dass ich mir keine Sorgen zu machen brauche, selbst wenn dir deine Macht als Senator zu Kopf steigen sollte."

„Sie könnte mir tatsächlich zu Kopf steigen, aber das hätte keinen Einfluss auf das Öffnen oder Schließen meines Hosenstalls."

Sam lachte. Er wusste stets genau, wie er mit ihr reden musste.

„Dann sehen wir uns zu Hause."

„Ja, und dort werden wir uns mal eingehender darüber unterhalten, wer Zugang zu meinem Hosenstall bekommt – und wer nicht."

„Darauf freue ich mich schon, Senator."

„Solltest du auch. Hab dich lieb, Babe. Danke für deinen Anruf und die Informationen über Peter."

Sie hatte schmerzlich lernen müssen, dass es besser war, ihm nichts vorzuenthalten. Und sie war dankbar dafür, dass er ihre Fortschritte auf dem Gebiet anerkannte. „Ich liebe dich auch. Bis bald."

Sam legte auf und sammelte sich einen Moment lang, ehe sie den nächsten Schritt im Fall Regina bedachte. Gerade ging sie den wenig aufschlussreichen Bericht der Spurensicherung sowie den Grundriss des Wohngebäudes durch, als Freddie mit grimmiger Miene ihr Büro betrat.

„Was ist los?"

8. Kapitel

„Nichts", antwortete Freddie, erschrocken über die Frage. „Ich bin doch eben erst zur Tür herein. Wieso glaubst du, dass etwas los ist?"

„Ich kenne dich und sehe dir an, dass irgendetwas nicht stimmt. Du stehst schon den ganzen Vormittag neben dir."

„Zusätzlich zu all deinen famosen Fähigkeiten besitzt du nun auch noch übersinnliche Talente?"

„Setz dich", forderte sie ihn auf und zeigte auf den Besucherstuhl vor ihrem Schreibtisch.

Skeptisch schloss er die Tür und setzte sich. „Was?"

„Erzähl mir, was los ist."

„Es hat nichts mit der Arbeit oder dem Fall zu tun. Lightfeather ist im Washington Hilton untergebracht, mit zwei Wachen, genau wie du es wolltest. Niemand ist uns gefolgt, und ich habe ihn unter dem Namen Jim Dalton eingecheckt. Kann ich jetzt zurück an die Arbeit gehen?"

„Nicht, bevor du mir verraten hast, warum du die Schultern heute so hängen lässt und mit diesem Gesicht herumläufst."

„Ich bin müde, und wir arbeiten an einer Vergewaltigung und einem Mord. Soll ich da vielleicht ein fröhliches Lied vor mich hinpfeifen? Mir war nicht klar, dass das neuerdings zum Job gehört."

„Sei ruhig sarkastisch, aber du verlässt dieses Büro nicht eher, bis du mir gesagt hast, was dich wurmt."

„Nur weil wir uns in der Vergangenheit über private Dinge

unterhalten haben, muss ich noch lange nicht jeden Gedanken mit dir teilen."

Wow, der hatte aber wirklich eine Laune. Sam hob lediglich eine Braue, um ihm zu signalisieren, dass er ihren Fängen nicht entkommen würde.

„Tut mir leid", murmelte er und sackte in sich zusammen. „Ich sollte nicht so mit dir reden."

„Wenn wir unter uns sind und die Tür geschlossen ist, solltest du mit mir reden, wie es dir angemessen erscheint." So nah war sie noch nie dran gewesen, ihm zu verstehen zu geben, dass sie seine Freundschaft ebenso sehr schätzte wie ihre berufliche Beziehung.

Offenbar überrascht, meinte er: „Dann ist es okay, wenn ich dir sage, dass du neugierig bist und dich aus meinen Privatangelegenheiten heraushalten sollst?"

„Na klar. Das heißt allerdings nicht, dass ich das auch tun werde."

„Mann, bist du eine Nervensäge."

Sie grinste. Nick nannte sie auch oft so, und sie betrachtete es jedes Mal als Kompliment. „Ich bin bloß hartnäckig."

„Das auch", maulte Freddie. „Na schön! Wenn du es unbedingt wissen musst: Meine Mutter macht mich wahnsinnig."

Damit hatte Sam nicht gerechnet. „Weswegen?"

Freddie sah sie mit einem *Du-weißt-schon*-Blick an.

„Ah, jetzt verstehe ich. Mama Cruz mag deine Freundin nicht, richtig?"

„Nein", bestätigte er niedergeschlagen. „Sie will Elin nicht mal eine Chance geben. Wir hatten gestern Abend ein gutes Gespräch, und ich dachte, es würde besser werden. Doch als ich heute Morgen vor der Arbeit nach ihr schaute, ging es schon wieder los. Keine Ahnung, ob es am Fieber liegt oder was, aber sie macht mich irre!"

Sam stand auf, klemmte sich ihr Funkgerät an den Gürtel und nahm den Wagenschlüssel. „Lass uns unterwegs darüber reden."

Er erhob sich ebenfalls. „Wohin fahren wir?"

„Zuerst sprechen wir mit Reginas Boss, danach hoffentlich mit einigen ihrer Kolleginnen."

„Bin dabei, Chefin."

Sam wartete, während er seinen Trenchcoat holte, in dem er sich laut eigener Aussage fühlte wie Columbo, dann gingen sie gemeinsam zu ihrem Wagen. Nachdem sie den Motor angelassen hatte, grübelte sie über Freddies Zwickmühle nach. „Ich kann verstehen, was Mama beschäftigt."

„Na fabelhaft", erwiderte er spöttisch. „Vielen Dank für die Unterstützung. Das weiß ich wirklich zu schätzen."

„Warte doch und hör mir erst mal zu. Ehrlich gesagt habe ich auch eher gedacht, zu dir würde eine sanftere Frau passen. Keine wie Elin."

„Ach, und was ich dabei denke, interessiert niemanden? Was ich glaube, wer zu mir passt?"

„Tja", sagte Sam. „Wie drücke ich das jetzt taktvoll aus?"

„Du meine Güte, raus damit. Seit wann gibst du dir Mühe, taktvoll zu sein?"

„Also, hm, wenn man dich mit Elin sieht, könnte man den Eindruck gewinnen, dass … dass du deinem kleinen besten Freund das Denken überlassen hast."

Aus dem Augenwinkel sah sie, wie er sie anstarrte. „Das ist nicht der Fall."

„Bist du dir da sicher?"

„Ich mag sie! Warum hält das niemand für möglich?"

„Na gut, dann kaufe ich dir das mal ab. Was magst du an ihr?"

„Sie ist witzig und nett und süß."

„Aha. Was noch?"
„Wie meinst du das, was noch? Reicht das denn nicht?"
„Nein. Lustig und nett und süß genügt nicht, um darauf eine Beziehung aufzubauen."
„Das ist mehr als das, womit Nick angefangen hat. Du hast nämlich nichts Nettes oder Süßes an dir."
Sam prustete los. „Nicht schlecht."
„Danke. Ich gebe mir Mühe."
„Worüber redet ihr, abgesehen von ‚Zu dir oder zu mir'?"
„Wir reden über Sport, unsere Freunde, unsere Arbeit. Das Übliche."
„Wenn ihr drei Stunden zusammen seid, wie viele davon redet ihr?"
„Keine Ahnung. Ich stoppe die Zeit nicht."
„Ungefähr."
Er wand sich auf dem Beifahrersitz. „Eine Stunde oder so."
„Aha, eine Stunde reden, zwei Stunden vögeln. Begreifst du, warum deine Mutter besorgt ist?"
„Nein! Sie weiß es ja nicht!"
„Komm schon, Freddie. Natürlich weiß sie es. Du sabberst doch praktisch, sobald Elin in deiner Nähe ist. Jeder kann sehen, wie scharf du auf sie bist."
„Dann frage ich noch mal – na und? Warum interessiert sich jeder dafür, dass ich auf sie scharf bin?"
„Weil es untypisch für dich ist, dermaßen ... mit den Gedanken woanders zu sein."
„Ich habe lange darauf gewartet, Sam. Ich wünschte, alle würden sich verdammt noch mal da heraushalten und mich mein eigenes Leben führen lassen."
„Wir machen uns bloß Sorgen um dich, das ist alles."
„Nun, das müsst ihr nicht. Ich bin ein großer Junge und kann auf mich selbst aufpassen. Ich kann es nicht gebrauchen,

dass du und meine Mutter euch miteinander verschwört, um mir ständig ins Gewissen zu reden. Ich bin glücklich mit Elin. Kann dir das nicht genügen?“

„Du bist bestimmt sehr glücklich mit ihr, wenn ihr zusammen im Bett seid. Ich mache mir eher Gedanken um die übrige Zeit.“

„Du weißt ja nicht, wovon du redest, und offen gestanden geht es dich auch gar nichts an. Das gilt ebenso für meine Mutter.“

„Das stimmt ja, also werde ich mich ab jetzt heraushalten.“

„Gut.“

„Fein.“

Den Rest des Weges zu Capitol Cleaning Services herrschte unbehagliches – und unübliches – Schweigen. Im Gebäude des Hauptsitzes der Firma wurden sie ins Büro der Besitzerin Jo-Ann Smithson geführt.

Mrs. Smithson schien Ende fünfzig, Anfang sechzig zu sein, und ihrem abgehärmten Aussehen nach zu urteilen, hatte sie letzte Nacht nicht gut geschlafen.

Nachdem sie ihnen die Erlaubnis gegeben hatte, das Gespräch aufzuzeichnen, legte Mrs. Smithson ihre gefalteten Hände auf den unaufgeräumten Schreibtisch. „Wie kann ich Ihnen dabei helfen, die Person zu finden, die Regina das angetan hat?“

„Wie lange war sie bei Ihnen beschäftigt?“, fragte Sam.

„Knapp über zwei Jahre.“ Mrs. Smithson nahm eine Akte vom Stapel auf ihrem Schreibtisch und reichte sie ihnen. „Das ist ihre Personalakte. Wie Sie sehen können, besaß sie alle nötigen Dokumente.“

Freddie nahm die Mappe entgegen und blätterte darin.

„Wenn wir uns die übrigen Akten ansehen, würden wir dann feststellen, dass die Papiere all Ihrer Angestellten in Ordnung sind?“, wollte Sam wissen.

Mrs. Smithson versteifte sich. „Wir stellen keine Leute ohne die notwendigen Papiere ein. Wir arbeiten für den Kongress, Lieutenant. Was glauben Sie wohl, wie lange wir diesen Vertrag noch hätten, wenn da illegale Arbeiter durch das Kapitol marschieren?“

„Nicht mehr lange, könnte ich mir vorstellen. Wie gut kannten Sie Regina?“

„Ziemlich gut. Es ist mir wichtig, sämtliche meiner Angestellten persönlich zu kennen.“ Sie lehnte sich ein wenig in ihrem Bürosessel zurück. „Ihre arme Mutter und die Kinder. Wurden die schon über ihren Tod unterrichtet?“

„Ja. Wussten Sie von Reginas Beziehung mit Senator Lightfeather?“

Sofort richtete Mrs. Smithson sich wieder auf. „Beziehung? Was für eine Beziehung hatte sie zu einem Senator? Sie putzte sein Büro.“

„Laut Aussage des Senators unterhielten die beiden eine Liebesbeziehung.“

Die Farbe wich aus Mrs. Smithsons Gesicht. „Das ist nicht möglich“, stammelte sie. „Wir haben Vorschriften … strikte Vorschriften zu Anstand und Benehmen. Sie hätte nicht …“ Sie verstummte und blickte Sam und Freddie an. Ihre Mienen bestätigten offenbar die Wahrheit. Mrs. Smithson sackte in sich zusammen. „Ich kann es nicht fassen.“

„Wie viel bezahlten Sie ihr?“

„Siebzehn Dollar die Stunde plus Sozialabgaben.“

„Wir würden gern mit einigen ihrer Freundinnen oder Kolleginnen sprechen, mit jemandem, der möglicherweise wusste, was zwischen Regina und dem Senator war. Wir wüssten auch gern mehr über ihr sonstiges Privatleben. Was sie außerhalb der Arbeit machte.“

„Maria Espanosa“, sagte Mrs. Smithson. „Sie waren eng befreundet.“

„Wo können wir sie finden?“

Mrs. Smithson schrieb eine Adresse auf und gab sie Sam. „Sie ist gestern Abend nicht zur Arbeit erschienen, und niemand hat etwas von ihr gehört. Ich wollte nach ihr sehen, wenn ich das Büro verlasse.“

Sam überkam ein ungutes Gefühl. „Kommt es vor, dass sie nicht zur Arbeit erscheint?“

„Sie hat noch keine einzige Schicht verpasst.“

Sam schaute zu Freddie und spürte, dass er dasselbe dachte.

Mrs. Smithson beobachtete die stumme Kommunikation zwischen den beiden. „Sie glauben doch nicht …?“

„Wir sehen nach ihr und melden uns dann bei Ihnen.“

„Wird es in den Medien erwähnt werden, dass Regina ein Verhältnis mit einem Senator hatte?“

„Diese Information haben wir vor der Presse noch nicht bestätigt“, erklärte Sam. „Aber es ist nur eine Frage der Zeit, bis es an die Öffentlichkeit gelangt.“

„Gütiger Himmel.“ Mrs. Smithson massierte sich die Schläfen, während Tränen in ihre bereits geröteten Augen traten. „Alles, wofür ich gearbeitet habe … all die Jahre. Wir haben Vorschriften …“

„Vielleicht wäre es sinnvoll, ein auf Krisenkommunikation spezialisiertes Unternehmen zu engagieren“, schlug Freddie vor. „Dann wären Sie darauf vorbereitet, sich mit den Medien auseinanderzusetzen.“

„Ja.“ Mrs. Smithsons Miene hellte sich auf. „Das ist eine gute Idee. Danke.“

„Wir melden uns wieder, falls wir weitere Informationen benötigen.“

„Das würde ich begrüßen“, erwiderte Mrs. Smithson, während sie die beiden unter den misstrauischen Blicken einiger

Mitarbeiter zum Ausgang begleitete. „Bitte lassen Sie es mich wissen, wenn Sie Maria gefunden haben."

„Machen wir", versprach Freddie.

„Wenn wir schon hier sind", wandte Sam sich an Freddie, sobald sie draußen waren, „sollten wir dem Büro des Senators einen Besuch abstatten."

Als Antwort kam nur ein Grunzen.

Sam blieb stehen. „Ich weiß, du bist sauer auf mich, und das ist dein gutes Recht. Aber vergiss bitte nicht, dass ich das alles bloß gesagt habe, weil ich nicht will, dass die Geschichte für dich mit einem gebrochenen Herzen endet. Glaub mir, das ist nämlich überhaupt nicht lustig."

„Ich habe verstanden, was du gesagt hast, und auch alles, was meine Mutter gesagt hat. Und jetzt wäre ich euch beiden wirklich dankbar, wenn ihr Ruhe geben könntet und mich mein eigenes Leben führen lassen würdet."

„Klar doch", entgegnete sie, obwohl sie sich fragte, wie sie tatenlos dabei zusehen sollte, wie eine Frau mit ihren Stilettos über sein empfindsames Herz marschierte. „Ich weiß ja nicht, wie es dir geht, aber ich würde mir gern das berühmte Sofa ansehen, auf dem der Senator die Putzfrau gebumst hat."

Freddie verdrehte die Augen über ihre derbe Ausdrucksweise, und Sam hoffte, dass damit zwischen ihnen alles wieder in Ordnung war.

Gonzo saß ganz still und versuchte sich darauf zu konzentrieren, was der Anwalt Andy auf Christinas zahlreiche Fragen antwortete. Die Worte flogen an ihm vorbei: DNA-Test, Prüfung des Sorgerechts, Sozialarbeiter. Er musste ständig an das winzige Kinngrübchen denken. Er brauchte keinen DNA-Test, um zu wissen, dass er heute seinen Sohn kennengelernt hatte – dem die Kindesmutter bis jetzt nicht einmal einen Namen gegeben hatte.

„Er kann in diesem Haus nicht atmen“, unterbrach Gonzo die beiden und hielt die Erinnerung an die Bedingungen, unter denen sein Sohn lebte, kaum aus. „Wir müssen ihn da rausholen.“

„Wir werden so rasch wie möglich das Sorgerecht beantragen“, versicherte Andy ihm. Blond und gut aussehend, war er der typische in Yale ausgebildete Anwalt. „Allerdings können wir nichts unternehmen, solange die Vaterschaft nicht geklärt ist.“

„Er sieht aus wie ich“, sagte Gonzo. „Er hat mein Kinngrübchen.“

„Ich freue mich, dass Sie eine grundsätzliche Ähnlichkeit bemerkt haben“, meinte Andy lächelnd. „Das gibt Ihnen Sicherheit, mit der Beantragung des Sorgerechts das Richtige zu tun.“

„Ich würde ihn auch da herausholen wollen, wenn er nicht mein Kind wäre. Sie hat ihm nicht einmal einen Namen gegeben.“ Gonzo konnte das immer noch nicht fassen.

„Ich weiß, Detective“, gab Andy zurück. „Das ist unverzeihlich. Ich habe selbst ein Baby und kann mir nicht vorstellen, wie es namenlos in einer völlig verqualmten Umgebung lebt. Wie dem auch sei, ich muss Sie warnen: Sorgerechtsklagen sind oft ein harter Kampf für die Väter. Sogar wenn der Vater beweisen kann, dass er dem Kind ein besseres Zuhause bieten kann als die Mutter, entscheidet das Gericht oft zugunsten der Mutter.“

Gonzo konnte kaum glauben, was er da hörte. „Selbst wenn sie seine kleinen Lungen mit Rauch füllt?“

„Unglücklicherweise muss etwas Schlimmeres vorliegen, damit das Gericht sich damit beschäftigt. Missbrauch zum Beispiel, Drogen, kriminelle Aktivitäten innerhalb des Zuhauses. Zigarettenqualm allein wird da nicht ausreichen.“

„Ich wette meine Polizeimarke darauf, dass Zigarettenqualm nicht das Einzige ist, was dort vor sich geht.“ Gonzo schaute vorsichtig zu Christina. „Sie hat ziemlich gern gefeiert, als ich mit ihr zusammen war."

„Jede Information, über die Sie *zufällig stolpern* und die vor Gericht gegen sie verwendet werden könnte, ist nützlich. Wenn Sie verstehen, was ich meine."

Gonzo registrierte den nachdrücklichen Blick, den Andy ihm sandte, und er nickte zum Zeichen dafür, dass er verstanden hatte.

„Ich werde tun, was ich für Sie tun kann, doch Sie sollten sich bewusst sein, dass die Chancen schlecht stehen", erklärte Andy. „Und dass diese Angelegenheiten sehr, sehr kostspielig werden können."

„Ich frage äußerst ungern, denn ich werde zahlen, was immer es kostet – aber über wie viel reden wir hier?"

„Zehntausende."

Gonzo zuckte zusammen. Er besaß ein wenig Geld, so viel jedoch nicht. Nie und nimmer. Er würde einen Weg finden, um seinen Sohn zu schützen – und wenn er dafür bei seinen Eltern vorsprechen musste.

„Mach dir wegen des Geldes keine Sorgen", sagte Christina und betrachtete ihn unbehaglich. Ehe er fragen konnte, wie sie das meinte, stand sie auf und reichte Andy die Hand. „Vielen Dank dafür, dass Sie an einem Sonntag ins Büro gekommen sind."

„Jeder Freund des Senators ist auch mein Freund." Er schüttelte Gonzo die Hand. „Ich werde das Sozialamt informieren, damit die nach dem Jungen sehen. Danach beantrage ich den DNA-Test des Babys. Sollte die Dame an Ihrem Geld interessiert sein, muss sie in den Test einwilligen. Geben Sie mir einen oder zwei Tage Zeit, dann melde ich mich wieder."

„Danke", erwiderte Gonzo. „Ich weiß Ihre Hilfe zu schätzen."

Benommen ließ er sich von Christina hinaus zum Wagen führen. Erst dort fragte er: „Was meintest du da drinnen? Wegen des Geldes?“

„Ich habe welches. Wenn es nötig ist.“

Gonzo schüttelte den Kopf. „Auf keinen Fall. Ich nehme kein Geld von dir.“

„Du hast gehört, was er gesagt hat, Tommy.“ Sie legte die Hände auf seine Brust, und er überlegte, ob sie das Pochen seines Herzens spüren konnte. „Diese Sache könnte richtig teuer werden. Was ist, wenn dir das Geld ausgeht, bevor du das Sorgerecht hast?“

„Dann leihe ich mir welches. Doch von dir werde ich es nicht nehmen.“

„Ich habe nicht bloß ein bisschen“, sagte sie zögernd. „Ich besitze sehr viel. Meine Eltern … Meine Familie ist … Nun, wir haben Geld. Es wäre leicht für mich, dir zu helfen, wenn du es brauchst.“

„Ich danke dir wirklich für dein Angebot, aber ich bin mir sicher, dass es dazu nicht kommen wird.“ Er löste sich aus ihrer Umarmung und hielt ihr die Wagentür auf. Unterwegs zu ihrer Wohnung versuchte Gonzo zu verarbeiten, was geschehen war.

„Wird das alles zwischen uns ändern?“, fragte Christina nach langem Schweigen.

„Was? Das Baby?“

„Das Geld.“ Ihre leise Stimme verriet ihm, dass es in der Vergangenheit oft alles verändert hatte.

„Warum sollte es?“

„Du wärst überrascht, wie sehr es Dinge ändern kann.“ Mit einer Hand strich sie über ihre Jeans und fügte hinzu: „Wie dem auch sei, ich lebe jedenfalls von dem, was ich verdiene. Ich habe nie zugelassen, dass Geld eine große Rolle für mich spielt.“

„Das ist ja auch leicht, wenn man immer reichlich davon

hat." Kaum hatte er diese Worte ausgesprochen, bedauerte er sie. Christinas schockierte Miene verriet ihre Betroffenheit. Er nahm ihre Hand. „Tut mir leid. Ich meinte es nicht so, wie es klang. Ich weiß dein Angebot echt zu schätzen, doch ich hoffe einfach, dass es nicht dazu kommt."

„Das hoffe ich auch. Aber für diesen Fall steht mein Angebot."

Gonzo drückte ihre Finger. Sein Verstand arbeitete weiterhin auf Hochtouren. Der Gedanke an das Baby – seinen Sohn – in dem verqualmten Haus … und dass er möglicherweise nichts tun konnte … das ließ ihn erschauern.

„Komm mit rein", forderte Christina ihn auf, als sie ihr Haus erreichten. „Du solltest heute Nacht nicht allein sein."

„Mir ist nicht nach Gesellschaft."

„Tu das nicht. Stoß mich nicht weg."

„Christina …"

Sie presste ihre Lippen auf seine.

Als er zurückweichen wollte, vergrub sie die Hände in seinem Haar und hielt ihn fest. „Geh nicht."

„Ich bin aufgewühlt."

„Dann sei mit mir zusammen aufgewühlt. Wir finden einen Weg in dieser Sache, das verspreche ich."

Er lehnte seine Stirn an ihre. „Bist du dir sicher, dass du dir das alles zumuten willst? Ich würde es dir nicht übelnehmen, wenn …"

Mit dem Zeigefinger verschloss sie seine Lippen. „Lass uns hineingehen."

Als Gonzo ausstieg und ihr folgte, musste er sich eingestehen, dass er ganz froh war, diese Nacht nicht allein mit seinen Gedanken verbringen zu müssen.

9. Kapitel

In Henry Lightfeathers Büro studierte Sam die Familienfotos auf der Anrichte. Wie Henry schien auch seine Frau Annette indianische Vorfahren zu haben. Ihre fünf adoptierten Kinder waren unterschiedlicher ethnischer Herkunft. Eines saß im Rollstuhl. Sie schienen auf vielen Fotos eine glückliche, lächelnde Familie zu sein. Außer den Gruppenfotos gab es Porträtaufnahmen aller Kinder sowie eine gerahmte Auswahl ihrer Kunstwerke.

„Ich hätte mich dabei gefühlt, als würden sie mich beobachten“, bemerkte Sam.

„Beobachten wobei?“, fragte Freddie.

„Bei dem, was ich mit der Reinigungsfrau auf dem Sofa mache. Wegen all der Fotos hier hätte ich das Gefühl gehabt, dass meine ganze Familie mir dabei zuschaut.“

Freddie gab einen verächtlichen Laut von sich. „Ich wette, das war das Letzte, woran er gedacht hat, wenn er es mit der Reinigungsfrau auf dem Sofa trieb.“ Er öffnete eine Tür. „Wir haben einen begehbaren Kleiderschrank voller Anzüge und persönlicher Sachen. Rasierzeug, Laufschuhe, Jogginghose.“

Sam öffnete die Bürotür, um mit dem Capitol Police Officer zu sprechen, der sie hergeführt hatte. „Wussten Sie, dass er in seinem Büro wohnt?“

„Wir wissen alles, was in diesen Gebäuden vor sich geht.“

„Gibt es Vorschriften, was das Bewohnen der Büros durch Senatsmitglieder angeht?“

„Es ist verpönt, kommt aber durchaus vor. Die Mieten in der Stadt sind exorbitant. Viele Senatsmitglieder haben Schwierigkeiten, zwei Wohnsitze zu unterhalten."

„Das haben wir auch gehört." Sam schaute sich ein weiteres Mal in dem geräumigen Büro um. „Wir sind fürs Erste hier fertig, aber wir kommen vielleicht noch einmal wieder. Tun Sie uns einen Gefallen und sorgen Sie dafür, dass niemand das Büro betritt, bis wir unser Okay geben."

„Schließt das den Senator mit ein?"

„Das schließt jeden mit ein."

Er nickte.

„Danke für Ihr Entgegenkommen", sagte Sam.

Lindsey McNamara rief an, als sie auf dem Weg zu Maria Espanosas Wohnung in Columbia Heights waren. „Was haben Sie für uns, Doc?"

„Die zweite Spermaprobe ergab keinerlei Übereinstimmung in unserer Datei", berichtete Lindsey. „Und dass die andere von Lightfeather ist, dürfte keine Überraschung sein."

„Nein, damit haben wir gerechnet." Sam schlug mit der flachen Hand auf das Lenkrad. „Warum kann der andere Kerl nicht in Ihrem System sein?"

„Weil keiner von uns einen Job hätte, wenn es so einfach wäre", witzelte Lindsey.

„Ja, ja. Sie gleichen die DNA des Fötus ab?"

„Während dieses Telefonats. Eine weitere interessante Sache ist, dass die Haut, die wir unter ihren Nägeln gefunden haben, zu dem mysteriösen Sperma passt. Damit können wir bestätigen, dass der zweite Mann derjenige war, der sie misshandelt hat, und nicht der Senator."

„Das ist wenigstens etwas. Sie hat sich gewehrt."

„Der Hautmenge nach zu urteilen, die wir gefunden haben, muss sie ihn heftig gekratzt haben."

„Danke für die Informationen, Lindsey. Halten Sie mich in Sachen Fötus auf dem Laufenden."

„Mach ich."

Sam drückte die Lautsprechertaste des Telefons, um die Mithörfunktion auszuschalten. „Was meinst du bis jetzt?", fragte sie Freddie.

„Ich versuche mir vorzustellen, wie eine Putzfrau die Geliebte eines US-Senators wird."

„Na ja, wenn eine Polizistin das kann …"

Freddie lachte.

„Sorry, blöder Scherz. Bitte fahr fort."

„Anscheinend hat Lightfeather den Mord nicht begangen, doch muss das nicht unbedingt heißen, dass ihre Affäre nichts damit zu tun hat."

„Da stimme ich dir zu. Es wäre für beide ziemlich heikel geworden, wenn irgendwer es herausgefunden hätte."

„Wobei er am meisten zu verlieren hatte."

„Das nehmen wir an. Möglicherweise stand für sie noch mehr auf dem Spiel."

„Ihr Aufenthaltsstatus wäre in Gefahr gewesen, wenn sie ihren Job verloren hätte, und ihre Familie verließ sich auf ihre Unterstützung", meinte Freddie.

„Es stand also für beide viel auf dem Spiel."

„Man fragt sich ohnehin, was die sich beim ersten Mal gedacht haben."

„Wir können wohl getrost davon ausgehen, dass da nicht allzu viel nachgedacht wurde."

„Dann eben hinterher, als die Realität sich wieder meldete."

„Die werden schockiert gewesen sein", erwiderte Sam. „Alle beide."

„Was, wenn jemand dahintergekommen ist? Jemand, der

wütend wurde oder eifersüchtig oder der sich bedroht fühlte?"

„Glaubst du, sie hat es jemandem erzählt?"

„Nein", antwortete Freddie überzeugt. „Absolut nicht."

„Nicht einmal ihren engsten Freundinnen?"

„Ob sie hier wohl überhaupt enge Freundinnen hatte?"

„Reden wir mit Maria Espanosa und finden es heraus", schlug Sam vor.

Maria lebte in einer Kellerwohnung, ungefähr vier Blocks von Reginas Apartment entfernt. Sie klopften an die Tür und warteten.

„Hier riecht es", stellte Freddie fest.

„Die is' nich' da", rief eine junge Stimme von der Straße ihnen zu.

Sie drehten sich um und entdeckten einen Jungen, den Sam auf zehn oder elf schätzte.

„Eine Ahnung, wo sie sein könnte?", fragte Sam.

Der Junge zuckte mit den Schultern. „Nee, weiß ich nich'. Hab se schon 'n paar Tage nich' mehr gesehen."

Sam und Freddie wechselten einen Blick.

„Seid ihr Cops?", wollte der Junge wissen.

„Stimmt", bestätigte Freddie.

„Cool. Kann ich zugucken?"

„Diesmal nicht, Kumpel." Freddie ging die Stufen halb hinauf zu dem Jungen, um mit ihm zu sprechen, während Sam der Zentrale ihren Standort durchgab.

„Möglicherweise Leichenfund", erklärte sie der Zentrale. Dann rief sie dem Jungen zu: „Hast du eine Idee, wo wir den Hausmeister finden können?"

„Klar. Das ist mein Opa. Ich hol ihn für euch."

„Danke, Mann", meinte Freddie. „Sag ihm, er soll seine Schlüssel mitbringen."

Der Junge rannte los, und Freddie kam die Stufen wieder herunter zu Sam. „Gestank plus seit ein paar Tagen verschwunden ergibt Mord."

„Das denke ich auch."

„Wer könnte denn Streit mit zwei Mitarbeiterinnen von Capitol Cleaning Services gehabt haben?"

„Da bin ich mir noch nicht sicher, aber du kannst darauf wetten, dass wir es herausfinden werden."

Der Hausmeister traf einige Minuten später mit einem dicken Schlüsselbund ein. Der Enkel folgte ihm auf den Fersen.

„Es wäre vielleicht besser, Sie bringen den Jungen weg von hier", schlug Sam vor.

„Mario", ranzte der alte Mann das Kind an. „Verschwinde!"

„Ach, Gramps, komm schon!"

„Verschwinde, sagte ich!"

„Hier passiert nie was Spannendes, und wenn doch …" Das Nörgeln wurde leiser, während er sich entfernte.

Der alte Mann schloss die Tür auf. „Verdammt, was ist das für ein Gestank?"

„Höchstwahrscheinlich eine Leiche", sagte Sam und schob sich an ihm vorbei.

Der Mann erschrak. „He, das hier is' nich' so 'n Haus! Ich halte hier alles ordentlich und sauber."

Sam ignorierte ihn und folgte dem Geruch ins Schlafzimmer, wo sie Marias nackte, blutige Leiche auf dem Bett fand. „Gib es durch", wies sie Freddie an, während sie näher herantrat, um die offene Wunde an Marias Hals genauer in Augenschein zu nehmen. Eine Blutlache zwischen ihren Beinen deutete auf brutale sexuelle Gewalt hin. „Dasselbe wie bei Regina."

„Abwehrverletzungen an ihren Händen", bemerkte Freddie.

„Sieht aus, als hätte sie das Messer festgehalten, bevor es ihren Hals fand."

Er schüttelte bestürzt den Kopf. „Armes Ding."

„Fang schon mal an, dich in der Nachbarschaft umzuhören. Vielleicht kannst du herausfinden, wann sie das letzte Mal lebend gesehen wurde."

„Dem Geruch und dem Zustand der Leiche nach zu urteilen, muss es bestimmt sechsunddreißig Stunden oder mehr her sein."

„Glaube ich auch. Was jedoch bedeutet, dass der Täter sie vor Regina getötet hat. Und das bringt mich auf die Frage, ob es weitere gibt, die darauf warten, von uns gefunden zu werden."

„Ich werde mit der Befragung beginnen", sagte Freddie. „Ich nehme an, du willst die Daten ihres Handys haben?"

Sam bejahte. „Um was wollen wir wetten, dass es sich um dasselbe Unternehmen handelt? Besorg dir einen richterlichen Beschluss und erklär denen, dass sie vom Generalbundesanwalt persönlich hören werden, falls sie weiterhin mauern."

„Verstanden."

Als sie mit der toten Frau allein war, betrachtete Sam die gerahmten Fotos auf dem Nachtschrank. Mehrere kleine Kinder und eine Aufnahme mit einem Paar, bei dem es sich vermutlich um ihre Eltern handelte. Sie überlegte, ob Maria, genau wie Regina, auch Kinder im Ausland hatte. Das Einzimmerapartment, in dem man sie ermordet hatte, war mit nicht mehr als einem Bett und einer Kommode sehr spärlich möbliert. Ein kleiner Fernseher stand auf dieser Kommode. Sam schloss daraus, dass Maria hier lediglich geschlafen und geduscht hatte. Für etwas anderes war auch kaum Platz.

Während sie auf die Kollegen von der Spurensicherung wartete, sah Sam einige Papiere durch, die sie in der Nachtschrankschublade gefunden hatte. Neben einem Pass aus Belize fand sie Dokumente, die Maria dazu berechtigten, in den Vereinigten Staaten zu arbeiten, außerdem Karten und Briefe von ihrer Familie daheim. Sam zog ihr Notizbuch aus der Gesäßtasche und notierte sich den Absender, der auf den meisten Karten und Briefen stand. Sie erwartete ein weiteres jener gefürchteten Telefongespräche.

Lindsey McNamara kam die kurze Treppe hinunter in die Wohnung. „Was haben Sie, Sam?"

„Dieselbe Vorgehensweise wie bei Regina, bis hin zur Vergewaltigung."

„Jemand hat es auf junge Einwanderinnen abgesehen." Lindsey zog sich Latexhandschuhe an und ließ das Gummi knallen.

„Sieht allmählich ganz danach aus. Abgesehen vom Job hatten sie auch das gemeinsam. Aber was ist das Motiv? Könnte es sein, dass sie durch ihre Arbeit auf etwas gestoßen sind, was sie nicht wissen durften?"

„Ich kann mir nicht vorstellen, dass Kongressabgeordnete heikle Informationen in ihren Büros herumliegen lassen und das Reinigungspersonal sie zu sehen bekommt."

„Es sei denn, sie sollten nach etwas Bestimmtem suchen", meinte Sam.

„Das wäre natürlich möglich."

Kurz darauf fielen die Detectives von der Spurensicherung in das kleine Apartment ein.

„Schicken Sie mir so schnell wie möglich einen Bericht, Doc", sagte Sam auf dem Weg hinaus.

„Mach ich", versprach Lindsey.

Sam nahm die Treppe, die auf das Straßenniveau hinaufführte. Auf dem Gehsteig hatte sich eine Menschenmenge versammelt, die offenbar einen Blick auf die ermordete Frau zu erhaschen hoffte. Sam atmete mehrmals tief ein und aus, um den Leichengeruch aus der Nase zu bekommen, und dachte, dass die Leute sicher nicht so neugierig wären, wenn sie nur einen Bruchteil dessen sähen, was Sam jeden Tag zu sehen bekam.

Freddie kam angejoggt. „Zuletzt wurde sie gestern Morgen gesehen", berichtete er, während er in seine Notizen schaute. „Der Besitzer des Coffeeshops an der Ecke meint, dass sie nach ihrem Morgenlauf wie immer ihren Caffè Latte mit Sojamilch bestellt hat. Laut Aussage der Nachbarn arbeitete sie nachts, lief fünf Meilen nach dem Ende ihrer Schicht, kaufte ihren Kaffee und ging nach Hause, um zu schlafen. Wich nie von ihrer Routine ab. Sieben Tage die Woche."

„Also hat jemand sie entweder beobachtet oder kannte ihre Routine, sodass er auf sie warten konnte, als sie in ihr Apartment zurückkehrte. Möglicherweise hat er sie überrascht oder sie mit dem Messer bedroht, um Einlass in ihre Wohnung zu bekommen."

„Niemand, mit dem ich gesprochen habe, kann sich an einen Fremden erinnern, der hier herumgelungert hat."

„Mrs. Smithson sagte, dass die Frauen fünf Nächte in der Woche das Kapitol reinigen, richtig?"

„Ja."

„Und Lightfeather meinte, Regina habe die *meisten* Nächte nach der Arbeit bei ihm verbracht. Doch sie stritten darüber, wo sie sich in den anderen Nächten aufhielt."

„Richtig."

„Ich will wissen, wo die beiden Frauen sich in den anderen Nächten aufgehalten haben." Sam sah auf ihre Uhr. Fast sieben. „Lassen wir von der zweiten Schicht die Befragung der Nachbarschaft fortsetzen und machen morgen weiter. Wir treffen uns um sieben im Hauptquartier und bringen alle auf Hochtouren mit dem, was wir bis dahin haben. Ich werde mit

Malone über eine Warnung an Einwanderinnen in der Stadt beratschlagen, nur für den Fall, dass die Morde nichts mit ihrem Arbeitsplatz zu tun haben."

„Aber du glaubst nicht daran, dass es da gar keine Verbindung gibt, oder?"

Sam stemmte die Hände in die Hüften. „Ich neige dazu, an einen Zusammenhang zu glauben. Doch ich habe gelernt, keine voreiligen Schlüsse zu ziehen, bis wir mehr wissen."

„Wir werden uns morgen ins Zeug legen", entgegnete Freddie.

„Darauf kannst du wetten." Sie gab ihm den Zettel mit den Kontaktinformationen zu Marias Familie. „Und vorher musst du einen Anruf machen."

Freddie schaute auf den Zettel. „Ah, muss ich wirklich?"

„Jemand muss es tun, und du hast das kurze Streichholz gezogen, weil sie eventuell nicht unsere Sprache sprechen. Wenn du schon dabei bist, dann ruf auch gleich JoAnn Smithson an und informiere sie über Maria."

„Wow, ich Glückspilz." Er wedelte mit dem Blatt Papier. „Ich hasse solche Anrufe."

„Tun wir das nicht alle, Detective?"

Sam verbrachte eine Stunde im Hauptquartier damit, ihre Schautafel über die Morde auf den neuesten Stand zu bringen und sich zu notieren, was sie bisher über die Opfer wusste. Was nicht viel war. Regina war dreißig, Maria achtundzwanzig. Beide waren seit ungefähr zwei Jahren im Land, und beide hatten sich um die amerikanische Staatsbürgerschaft beworben. Sam war bereits über Reginas Bewerbung informiert, Marias Status hingegen war unklar. Sie fragte sich, ob Senator Lightfeather etwas dazu sagen konnte, und beschloss, ihm auf dem Heimweg einen Besuch abzustatten.

Nach der Beratung mit Captain Malone gab sie eine Meldung an die Medien weiter, junge Einwanderinnen in der Stadt zu erhöhter Wachsamkeit an ihren Wohnorten aufzufordern. Sam erwähnte die Parallelen zwischen den beiden Fällen nicht, um keine Massenhysterie auszulösen. Hoffentlich schnappten sie den Mörder, bevor das nötig wurde.

Auf dem Weg zum Washington Hilton in der Connecticut Avenue erhielt sie einen Anruf von Darren Tabor.

„Kein Kommentar", erklärte sie sofort, nachdem sie den Lautsprecher ihres Handys aktiviert hatte.

„Ich habe ja noch gar keine Frage gestellt."

„Bloß weil Nick und ich Ihnen ein Exklusivinterview gegeben haben, heißt das nicht, dass Sie mich nach Belieben jederzeit anrufen können." Nur sehr widerwillig hatte Sam sich nach ihrer Verlobung zu einem gemeinsamen Interview bereit erklärt. Das hatten sie Tabor gewährt, da sie von ihm darüber informiert worden waren, dass die Klatschzeitung *Reporter* vorgehabt hatte, eine Story über Sams Jahre zurückliegende Beinah-Abtreibung zu bringen. Er war der Meinung gewesen, dafür wären sie ihm einen Gefallen schuldig. Mittlerweile waren sie quitt – zumindest, was Sam betraf.

„Ich habe Sie sehr gut dastehen lassen in dem Artikel", sagte Tabor.

Sam schnaubte verächtlich. „Ich brauche Ihre Hilfe nicht, um gut dazustehen."

Lachend meinte Tabor: „Sie sollten an Ihrem Selbstwertgefühl arbeiten, Lieutenant. Wäre ja echt schlimm, würden Sie sich mal selbstkritisch sehen."

Sam musste sich ein Lachen verkneifen; die Genugtuung gönnte sie ihm nicht.

„Habe gerade Ihre Warnung an die jungen Einwanderinnen

gesehen", fuhr Tabor fort. „Was können Sie mir sonst noch darüber erzählen?"

„Noch nichts."

„Gibt es ein zweites Opfer?"

„Vielleicht, vielleicht auch nicht."

„Muss es geben, wenn Sie eine Warnung für notwendig gehalten haben."

„Wagen Sie nicht, das zu schreiben, Darren. Ich bestätige jedenfalls gar nichts."

„Ist schon okay. Ich kann die Protokolle einsehen. Die werden mir verraten, was ich von Ihnen nicht erfahre."

„Sie dürfen gern Ihre eigenen Schlüsse ziehen."

„Wie ist der Stand bei Lightfeather?"

„Ich habe bereits alles dazu gesagt: Er steht nicht unter dem Verdacht, mit dem Mord an Regina Argueta de Castro etwas zu tun zu haben."

„Können Sie Ihrem Lieblingsreporter nicht den Gefallen tun und bestätigen, dass die beiden zusammen waren?"

„Geben Sie Ruhe, Darren. Ich muss Schluss machen." Sie beendete das Gespräch und hielt wenige Minuten später vor dem Washington Hilton. Als ihr der Hotelpage entgegenkam, zeigte sie ihm ihre Polizeimarke. „Ich brauche nicht lange."

„Die Person, die Sie zweifellos besuchen wollen, befindet sich im siebten Stock."

„Danke." Warum konnte nicht jeder auf diese Weise mit der Polizei kooperieren?

Sam nahm den Fahrstuhl in den siebten Stock und ging zu dem Zimmer am Ende des Flurs, das von zwei Kollegen bewacht wurde. „Wie läuft es?", erkundigte sie sich.

„Alles ruhig, Lieutenant."

„Ist die Ehefrau schon da?"

„Vor etwa dreißig Minuten eingetroffen."

„Feuerwerk?“

Die beiden jungen Männer grinsten.

„So könnte man es auch bezeichnen. Sie ist jedenfalls nicht gerade entzückt von ihm.“

„Mit gutem Grund“, bemerkte Sam und klopfte an die Tür.

Annette Lightfeather öffnete und erbleichte, als sie Sams Polizeimarke sah. „Ja?“

„Mrs. Lightfeather, ich bin Detective Lieutenant Sam Holland. Ich möchte mich gern mit Ihrem Mann unterhalten.“

„Ich dachte, er steht nicht mehr unter Verdacht in dem … in …“

„Im Mordfall Regina Argueta de Castro.“

Die attraktive Frau schluckte hart. „Ja.“ Ihre Augen waren gerötet, als hätte sie den ganzen Weg quer durchs Land geweint. Und Sam konnte es ihr nachfühlen, denn an ihrer Stelle würde sie wahrscheinlich nie mehr mit dem Weinen aufhören können.

„Ich habe nur noch ein paar Fragen, die ich ihm gern stellen würde.“

Annette winkte sie herein.

Henry saß auf dem Sofa, den Kopf in die Hände gestützt.

„Senator“, begrüßte Sam ihn.

Er schaute erschrocken auf. „Lieutenant. Haben Sie die Person gefunden, die Regina getötet hat?“

Annette presste die Lippen zusammen. Der Ausdruck von Wut und Bestürzung verwandelte ihr schönes Gesicht völlig.

„Ich fürchte nicht“, antwortete Sam. „Um ehrlich zu sein, es gibt einen zweiten Mord. Kannten Sie Reginas Freundin Maria Espanosa?“

Henry starrte sie schockiert an. „Nicht auch Maria!“

„Hast du mit der auch geschlafen?“ Annettes Stimme signalisierte, dass sie kurz davor stand, zu kreischen.

„Selbstverständlich nicht“, behauptete Henry zögernd. „Sie war eine enge Freundin von Regina.“

„Wie war Marias Einwanderungsstatus?“

Er sah kurz zu seiner Frau, ehe er sich an Sam wandte. „Genau wie bei Regina. Sie hatte sich um die Staatsbürgerschaft beworben, war jedoch abgewiesen worden.“

„Haben Sie sich für sie ebenfalls eingesetzt?“, hakte Sam nach.

Während Annette lauschte, veränderte sich ihr Gesichtsausdruck von Entsetzen zu Fassungslosigkeit. „Hast du für sie mit der Einwanderungsbehörde geredet?“, wollte sie wissen.

„Ich habe einige Anrufe getätigt“, erklärte Henry. „Mehr nicht. Bloß ein paar Anrufe.“

„Für deine Geliebte“, zischte Annette. „Gab sie dir das Gefühl, ein großer mächtiger Mann zu sein?“

„Mrs. Lightfeather.“ Sam wünschte, der Boden würde sich auftun und sie verschlucken. Sie wäre an jedem anderen Ort der Erde lieber gewesen als hier in dieser ehelichen Kernschmelze. „Ich verstehe, dass Sie aufgebracht sind …“

„Aufgebracht? Sie denken, ich sei *aufgebracht*? Während ich zu Hause unsere *fünf* Kinder großziehe, bumst er die Putzfrau *in seinem Büro!* Nein, Lieutenant, ich bin nicht aufgebracht. Ich bin *außer mir!*“

„Annette …“

„Halt den Mund, Henry. Halt einfach den Mund.“ Sie stürmte aus dem Wohnzimmer der Suite und warf die Schlafzimmertür hinter sich zu.

Sam ließ einen Moment des Unbehagens verstreichen, ehe sie sich erneut an Henry wandte. Der Mann sah schrecklich aus. Normalerweise fühlte sie mit jemandem mit, der einen geliebten Menschen durch einen gewaltsamen Tod verloren hatte. In diesem Fall fiel es ihr jedoch schwer, das übliche Maß an Mitgefühl aufzubringen.

„Ich weiß, dass Sie eine, hm, schwierige Zeit durchmachen, Senator, aber ich hoffe, Sie sind bereit, einige weitere Fragen zu beantworten."

Seufzend bedeutete er ihr, die Fragen zu stellen.

Sam setzte sich in einen Lehnsessel ihm gegenüber. „Wie gut kannten Sie Maria?"

„Ich bin ihr ein paarmal begegnet. Als Regina und ich eine Pause von unserer Beziehung machten, reinigte Maria mein Büro. Ich verstehe nicht, wieso jemand den beiden etwas antun wollte. Sie waren hart arbeitende Frauen, die sich bloß für sich und ihre Familien ein besseres Leben wünschten. Was kann jemand gegen sie gehabt haben?"

„Das weiß ich auch noch nicht, doch wir werden es herausfinden. Wie war Marias Aufenthaltsstatus?"

„Ähnlich wie bei Regina. Die Staatsbürgerschaft wurde ihr verwehrt, und wir legten Widerspruch dagegen ein."

„Hat Regina Sie darum gebeten?"

Er nickte. „Ich musste erneut darauf achten, mich nicht zu sehr einzusetzen, weil keine der beiden aus meinem Wahlkreis war. Trotzdem machte ich mehrere Anrufe, um herauszufinden, ob ich etwas erreichen konnte. Das Letzte, was ich hörte, war, dass beide Anträge noch einmal bearbeitet werden. Wir hofften natürlich auf ein positives Ergebnis."

„Sie haben Ihrer Frau gesagt, zwischen Ihnen und Maria sei nichts gewesen." Sam räusperte sich. „Ist das die Wahrheit?"

Henry starrte sie entsetzt an. „Ja! Ich schwöre es bei Gott, da war nur Regina."

„Haben Sie noch weiteren Ihrer Freundinnen bei deren Aufenthaltsstatus geholfen?"

Er verneinte. „Nur Maria."

„Wissen Sie, ob Maria Freundinnen oder einen Freund hatte?"

„Ich glaube, sie war vor allem mit Regina befreundet. Die zwei verließen sich aufeinander und blieben meistens für sich."

Da sie bekommen hatte, was sie wollte, stand Sam auf. „Ich danke Ihnen für die zusätzlichen Informationen. Ich muss Sie daran erinnern, die Stadt nicht zu verlassen, bis wir den Fall gelöst haben."

„Die Medien haben Wind von der Affäre bekommen. Glauben Sie mir, ich gehe nirgendwohin." Er brachte sie zur Tür. „Ich weiß, was Sie von mir denken müssen, Lieutenant."

Sie drehte sich zu ihm um. „Was ich von Ihnen denke, hat keinen Einfluss darauf, dass ich meinen Job erledigen werde, damit zwei Frauen, die in dieser Stadt getötet wurden, Gerechtigkeit widerfährt."

„Ich bin kein schlechter Mensch. Ich habe nur einen schlimmen Fehler gemacht."

„Sie sind also der Ansicht, sich in Regina zu verlieben, sei ein Fehler gewesen?" Aus irgendeinem Grund fand sie ein perverses Vergnügen daran, immer wieder Salz in die Wunde zu streuen. „Letzte Nacht haben Sie etwas anderes gesagt."

Er warf einen Blick über die Schulter, als wolle er abschätzen, ob seine Frau ihn hören konnte. „Ich habe sie wirklich geliebt", flüsterte er. „Und das bedaure ich nicht. Allerdings bedaure ich den Schmerz, den ich meiner Frau und meiner Familie durch meinen Fehltritt bereitet habe. Das bereue ich zutiefst."

„Davon bin ich überzeugt", sagte Sam. „Ich melde mich wieder."

10. Kapitel

Gerade als Nicks Fahrer ihn absetzte, kam Sam nach Hause. Aus ihrem Wagen beobachtete sie, wie er der Limousine entstieg, noch im Smoking von der Wohltätigkeitsveranstaltung. Er beugte sich noch einmal herunter, um etwas zu dem Fahrer zu sagen, und als er die Tür zuwarf, entdeckte er sie. Seine Miene hellte sich auf.

Sam stieg ebenfalls aus, und sie trafen sich auf dem Gehsteig.

Er hatte Mantel, Kleidersack und Aktenkoffer in der Hand, schaffte es aber dennoch, den Arm um sie zu legen und sie auf die Stirn zu küssen.

Sam schmiegte sich an ihn und atmete seinen vertrauten Duft ein.

„Langer Tag, was?“, fragte er.

„Für uns beide.“

Gemeinsam betraten sie das Haus und hängten ihre Mäntel auf. Auf dem Weg in die Küche nahm Nick seine Krawatte ab und öffnete den obersten Hemdknopf. „Wie wäre es mit einem Glas Wein?“

Sam setzte sich aufs Sofa und legte die Füße auf den Couchtisch. „Ja bitte.“

„Kommt sofort.“ Einige Minuten später kam er mit zwei Gläsern Pinot grigio zurück, die er auf den Tisch stellte. „Eins nach dem anderen.“ Er ließ sich neben sie fallen und küsste sie zärtlich. „So“, sagte er dicht an ihren Lippen. „Danach sehne ich mich schon seit Stunden.“

Sam strich über seine frischen Bartstoppeln und drängte ihn

zu einem weiteren Kuss. Während aus einem Kuss zwei, dann drei wurden, schob er sich auf sie. Sams Finger waren in seinen Haaren, als er ihr Gesicht und ihren Hals mit Küssen bedeckte.

„Du hast mir gefehlt heute", flüsterte er und erzeugte damit sinnliche Schauer in ihr.

Sie hob das Becken und presste sich gegen seine Erektion, woraufhin er scharf einatmete. „Das merke ich."

„Ich hatte eigentlich nicht vor, gleich über dich herzufallen, sobald wir die Tür hinter uns zugemacht haben."

„Bist du doch auch nicht. Du sagst bloß Hallo."

Sein Lächeln hatte eine unglaubliche Wirkung auf sie. Sie überlegte, ob er ahnte, was er damit bei ihr auslöste.

„Ganz genau", bestätigte er. „Wie wär's jetzt mit dem Wein?" Er half ihr, sich aufzurichten, und reichte ihr ein Glas.

Sam zog die Beine unter sich und beobachtete das Spiel seiner Arm- und Brustmuskulatur, als er sein Jackett auszog und nach seinem Glas griff. „Wie lief die Wohltätigkeitsveranstaltung?"

„Eins Komma fünf Millionen. Judson schien glücklich zu sein", berichtete er und meinte damit den Vorsitzenden der Demokratischen Partei Virginias.

„Wow, das ist beeindruckend!"

„Du hättest mal sehen sollen, wie viele Leute sich auf dem Universitätsgelände versammelt hatten. Die Veranstaltung musste in den Monroe Park verlegt werden. Trotz der Kälte war der Park voll."

„Du bist schwer angesagt, Senator. Ich bin so stolz."

Er tat das Kompliment mit einem Schulterzucken ab. „Wie geht es mit deinem Fall voran?"

„Doppelt kompliziert. Wir haben ein zweites Opfer. Dasselbe Muster. Kollegin von Regina."

„Wer ist es?"

„Maria Espanosa."

„O nein! Nicht Maria." Er sank in die Polster. „Sie ist so lieb. Sie reinigt unser Büro."

Sam war erstaunt über seine Reaktion. „Kanntest du sie gut?"

„Nur vom Grüßen. Sie war sehr still und zurückhaltend, machte aber ausgezeichnete Arbeit. Wie jemand ihr etwas antun kann … Es ist schwer zu glauben."

Obwohl sie kaum als Freundin zu bezeichnen war, bedeutete ihr Tod doch einen weiteren Verlust, zusätzlich zu den vielen anderen, die Nick in jüngster Zeit hatte verkraften müssen. Sam streichelte sein Gesicht. „Tut mir leid, dass ich es dir auf diese Weise beibringen muss. Ich habe nicht damit gerechnet, dass du sie kennst."

„Es ist wirklich traurig."

„Erzähl mir von Ankerbabys."

Verblüfft fragte er: „Was ist mit denen?"

„Regina war schwanger."

„Von Henry?"

„Er behauptet, es sei sein Kind gewesen."

„Verdammt. Was für ein Schlamassel."

„Freddie hat mir von den sogenannten Ankerbabys erzählt. Ich hatte noch nie davon gehört."

„Es ist ein ziemliches Problem. Die Zahlen sind in den vergangenen Jahren explodiert. Viele einwanderungswillige Frauen haben Zuflucht in einer Schwangerschaft gesucht, um im Land bleiben zu können. In den USA geborene Babys sind automatisch amerikanische Staatsbürger und ‚verankern' auf diese Weise ihre Mütter im Land."

„Ich verstehe."

„Das Gesetz kann nicht ohne eine Verfassungsergänzung geändert werden. Es gab einige Diskussionen darüber, dieses

Schlupfloch im vierzehnten Verfassungszusatz zu schließen, als es um den Gesetzesentwurf von O'Connor und Martin ging, aber es wurde nichts daraus."

„Reginas Baby hätte also dafür gesorgt, dass sie im Land bleiben kann?"

„Höchstwahrscheinlich. Die Einwanderungsbehörde ist nicht darauf aus, Babys von ihren Müttern zu trennen. Das Land hat kein Interesse an solchen Zwangsmaßnahmen."

„Ich wette, sie ist vorsätzlich schwanger geworden. Sie hat Henry erzählt, sie würde die Pille nehmen, und er sagte, er habe die Packung in ihrer Handtasche gesehen. Doch ich frage mich, ob sie sie wirklich genommen hat."

„Du denkst, er ist hereingelegt worden?"

„Schwer zu sagen. Die Gefühle könnten echt gewesen sein, aber sie bekam auf dem Sofa von ihm genau das, was sie wollte."

„Wow. Was hat er sich dabei gedacht?"

„Nicht viel, schätze ich." Sam bemerkte seine Müdigkeit und Erschöpfung, die er stets vor ihr zu verbergen versuchte. „Sie brauchen Schlaf, Senator."

„Werden wir darüber reden?"

„Worüber?"

Er hob eine Braue.

„Oh. Peter." Für eine ganze Weile hatte sie das fast vergessen. Aber nur fast. Sam wollte Nick beruhigen. Sie wollte ihm sagen, dass es nichts gab, worüber sie sich Sorgen machen mussten. Und noch vor wenigen Wochen hätte sie genau das getan. Doch sie arbeitete daran, nichts mehr vor ihm geheim zu halten, und dazu gehörten auch ihre Sorgen.

„Sprich mit mir, Sam. Du musst deswegen außer dir sein."

„Ich denke einfach so lange nicht daran, bis es unbedingt sein muss."

„Wie kam es überhaupt dazu, dass über seine Entlassung

verhandelt wird? Immerhin hat er versucht, dich umzubringen."

„Das stellt auch niemand infrage. Die Sicherung der Beweise hingegen sehr wohl." Sam knetete ihre Finger. „Wenn das durchkommt, wird es Cruz, Gonzo und Arnold fertigmachen. Wenn sie voreilig gehandelt haben, dann nur, weil Peter es auf mich abgesehen hatte."

Nick nahm ihre Hand und verschränkte seine Finger mit ihren. „Ich will nicht, dass du dir den Kopf zerbrichst. Wenn es tatsächlich passiert, werden wir uns gemeinsam etwas überlegen."

„Das macht es erträglich." Sie lehnte den Kopf an seine Schulter. „Die Vorstellung, dass er wieder auf freiem Fuß ist, jagt mir Angst ein. Und dass er mich und dich erneut verfolgen könnte."

„Der wird nicht mehr in deine Nähe kommen." Ein Schauer überlief ihn. „Schon bei dem bloßen Gedanken daran, dass er in Freiheit sein könnte, drehe ich fast durch. Ich werde alles in meiner Macht Stehende tun, um das zu verhindern."

„Ich habe es bereits gesagt, aber stell meinetwegen bloß nichts Törichtes an."

„Für wen sollte ich denn sonst törichte Dinge tun?"

„Reiß keine Witze darüber."

„Ich mache keine Witze, Sam. Ich weiß, dass du sehr gut auf dich selbst aufpassen kannst. Doch du kannst unmöglich von mir erwarten, dass ich tatenlos zusehe, wie dieser Wahnsinnige erneut hinter dir her ist."

Bei diesen Worten wurde Sam ganz flau im Magen. „Lass uns über etwas anderes reden. Egal, was."

Nachdem er einen Schluck Wein getrunken hatte, stellte er das Glas auf den Tisch. „Ich habe heute einen wirklich netten Jungen kennengelernt." Er erzählte ihr von Scotty und der spontanen Sympathie zwischen ihnen.

„Warum siehst du traurig aus, wenn du von ihm sprichst?“

„Sehe ich traurig aus?“ Das schien ihn zu überraschen.

Sie nickte.

Nick zögerte. „Ihn kennenzulernen hat viele Erinnerungen zurückgebracht.“ Er strich über ihr langes Haar, nachdem er die Klammer daraus gelöst hatte, mit der sie es während der Arbeit zusammenhielt. „Und nicht alle waren gut.“

Seine schwierige Kindheit war etwas, worüber er nicht oft sprach.

Sam setzte ihr Weinglas ebenfalls ab und zog seinen Kopf an ihre Brust.

„Würde es dich stören, wenn ich mich mit einem Zwölfjährigen anfreunde?“, fragte er. „Ich weiß, unser Leben ist chaotisch, und es passiert viel, aber nachdem ich ihm begegnet bin, kann ich ihn einfach nicht vergessen.“

„Natürlich nicht. Er scheint ein toller Junge zu sein.“

„Ist er auch. Ich möchte, dass du ihn ebenfalls kennenlernst.“

„Gern.“ Sie strich über sein Haar und küsste ihn auf die Stirn. „Was meinst du, wollen wir ein bisschen schlafen?“

„Mmm.“

„Oben.“

„Mmm hmm.“

„Nick …“

„Nur ein paar Minuten, Schatz. Lass mir ein paar Minuten hier.“

Da er an Schlaflosigkeit litt, hielt sie ihn im Arm und gab ihm, was er brauchte.

Sam wachte auf, als Nick sie die Treppe hinauf nach oben trug. „Wie spät ist es?“

„Halb vier.“

„Lass mich runter, ich bin zu schwer."

„Nein, bist du nicht."

Sie betrachtete sein Gesicht. „Hast du geschlafen?"

„Wie ein Stein."

„Wirst du wieder einschlafen können?"

Im Schlafzimmer stellte er sie auf die Füße und schaltete die Nachttischlampe an. „Das hoffe ich." Als sie ihren Pullover ausziehen wollte, stoppte er sie. „Lass mich das machen."

Sam zwang sich dazu, stillzustehen, während er sie entkleidete und Küsse auf jeden Zentimeter frisch entblößter Haut presste. „Bin ich an der Reihe?", fragte sie, nachdem er fertig war.

„Klar", antwortete er und streckte die Hände nach ihr aus. „Da du die Einzige bist, die sich an meinem Reißverschluss zu schaffen machen darf, nur zu."

Sie haute ihm leicht auf die Finger und befreite ihn rasch von der restlichen Kleidung. „Diese Bemerkung hätte ich mir verkneifen sollen. Das ist nämlich nichts, weshalb ich ernsthaft beunruhigt bin. Es hatte bloß mit dem Fall und der Situation mit Henry zu tun ..."

Mit dem Zeigefinger hob er ihr Kinn, damit sie ihn anschaute. „Du wirst dir deshalb niemals Sorgen machen müssen. Das verspreche ich dir."

Sie schlang die Arme um seinen Nacken und stellte sich auf die Zehenspitzen, um ihn zu küssen. „Ich weiß."

„Komm." Er führte sie zum Bett.

Sam schmiegte sich in seine Umarmung.

„Hm, perfekt", sagte er, sowie sie auf ihm lag und er ihre verspannten Schultern massierte.

„Du brauchst Schlaf", erinnerte sie ihn, genoss aber die Massage.

„Ich schlafe."

„Ein bestimmter Teil deines Körpers schläft definitiv nicht."

„Solange der wach ist …" Er hob das Becken und umfasste ihren Po.

„Der ist immer wach."

„Nur wenn du nackt neben mir im Bett liegst. Oder wenn du im selben Zimmer bist wie ich. Oder unter der Dusche. Oder im Auto. Oder …"

Lachend brachte sie ihn mit einem Kuss zum Schweigen. „Da ich möchte, dass du schläfst, kümmere ich mich besser mal um ihn."

„Ja, das wird wohl das Beste sein", erwiderte er mit ernster Miene, die sie erneut zum Lachen brachte.

Sie stemmte sich hoch, nahm rittlings auf ihm Platz und glitt mit ihrer feuchten Hitze über ihn hinweg.

Nick stöhnte und fasste ihre Hüften, um sie zu ermutigen, ihn in sich aufzunehmen.

Sam fuhr jedoch fort, ihn zu reizen. Sie genoss den Ausdruck von Anspannung auf seinem Gesicht, während sie ihm verwehrte, was er heftig begehrte.

Plötzlich warf er sich mit ihr herum und drang tief und geschmeidig in sie ein.

Sam schrie überrascht auf. Sie bog sich ihm entgegen, als er sich aus ihr zurückzog und gleich darauf wieder in sie eintauchte.

Er schaute auf sie herunter und küsste sie.

„Nick …"

„Was, Liebes?" Er bewegte das Becken, und Sam kam. Während er sie fest an sich drückte, gab er sich seinem Höhepunkt hin.

„Du meine Güte", flüsterte sie. „Was war das denn?"

Er lachte und küsste sie noch einmal, bevor er sich neben sie legte. „Ich liebe dich, Samantha."

Sie streckte den Arm über ihn hinweg aus, um das Licht auszuschalten. „Ich liebe dich auch."

„Wann wirst du offiziell bei mir einziehen?"

„Ich schlafe jede Nacht hier. Ist das nicht offiziell genug?"

„Nicht, solange deine Sachen noch woanders wohnen."

„Bist du dir sicher, dass du schon bereit bist für alles, was ich mitbringe?"

„Da bin ich mir sehr sicher."

„Vergiss das nicht, wenn du, pingelig, wie du bist, über mein Zeug stolperst und mich verfluchst."

„Ich werde dich nie verfluchen."

Sie spürte, wie er sich entspannte und kurz vor dem Einschlafen war. „Das sagst du jetzt. Habe ich denn schon die weiteren fünfzig Paar Schuhe erwähnt, die ich besitze?"

„Macht mir keine Angst."

Sie küsste seine Brust und grinste. Er hatte ja keine Ahnung. Überhaupt keine Ahnung.

Sam ging die Rampe hinauf zum Haus ihres Vaters, der nur drei Türen entfernt von Nick in der Ninth Street wohnte. Auf dem Treppenabsatz überlegte sie einen Moment, ehe sie klopfte.

Celia öffnete und wirkte überrascht. „Warum klopfst du an?", wollte sie wissen und winkte ihre Stieftochter herein.

„Ihr beiden Verrückten seid doch noch in den Flitterwochen, da wollte ich nicht stören."

Celias gutmütiges Gesicht rötete sich. „Sei nicht albern. Und klopf nie wieder an diese Tür. Hast du verstanden?"

„Ja, Ma'am." Sam war froh über das herzliche Willkommen ihrer neuen Stiefmutter. Sie nahm an, dass sich wenig zwischen ihnen ändern würde, nachdem Skips Pflegerin nun seine Frau geworden war. Zunächst war Sam schockiert gewesen, als sie vor einigen Monaten erfahren hatte, dass Celia und ihr Dad bereits eine heimliche Beziehung unterhalten hatten, als er angeschossen worden war. Sofort hatte Celia sich um seine häusliche Pflege gekümmert und war auf diese Weise schnell unverzichtbar für die Familie geworden, zu der sie inzwischen gehörte. „Wie geht's dem Bräutigam?"

„Ganz gut. Er war ein bisschen müde gestern, aber heute scheint es ihm besser zu gehen. Wir wollten uns einen ruhigen Tag machen. Wie geht es dir?"

„Hab während der Hochzeit einen Mord reinbekommen. Tut mir leid, dass wir früh wegmussten."

„Wenn die Pflicht ruft, musst du eben los. Das wissen wir."

„Die Pflicht hat in letzter Zeit ein bisschen zu oft gerufen." Sie schluckte und hoffte, es richtig formulieren zu können. „Es war eine, äh, schöne Hochzeit."

„Ach, Schätzchen, wie nett von dir, das zu sagen." In Celias grüne Augen trat ein übermütiges Funkeln. „Und jetzt verrate mir mal: Hatte der Senator was mit der Putzfrau?"

Sam folgte Celia in die Küche. „Ich kann weder bestätigen noch bestreiten, dass …"

„Wusste ich's doch! Seine arme Frau in Arizona, mit all den Kindern."

„Wehe, du sprichst mit jemandem darüber", warnte Sam sie. „Wir haben den Medien gegenüber die Affäre noch nicht bestätigt."

„Meine Lippen sind versiegelt", versicherte Celia ihr.

„Da hast du dir ein weiteres heißes Eisen eingefangen", bemerkte Skip Holland, Metro Deputy Chief im Ruhestand. Sein Rollstuhl stand am Küchentisch, wohin Celia ihn geschoben hatte, damit er die *Washington Post* lesen konnte. Sein braunes, von silbrigen Strähnen durchzogenes Haar war noch feucht vom Waschen, und seine scharfen blauen Augen waren auf seine jüngste Tochter gerichtet.

Sam gab ihm einen Kuss auf die Wange, setzte sich an den Tisch und nahm die Tasse Kaffee entgegen, die Celia ihr gab. Viel lieber wäre ihr eine Cola light gewesen, nach der sie sich morgens immer noch sehr sehnte. Dr. Harry hatte ihr jedoch erst kürzlich eröffnet, die Kohlensäure zerstöre ihren Magen. Der Typ war die reinste Spaßbremse. „Es ist heiß und wird immer heißer", bestätigte Sam die Vermutung ihres Vaters.

Dann berichtete sie ihm von Reginas Schwangerschaft durch Lightfeather, vom Auffinden der Leiche Maria Espanosas sowie ihrer Befürchtung, ein Serienmörder könne es auf junge Einwanderinnen in der Stadt abgesehen haben. „Sie haben nichts gemeinsam, zumindest konnten wir bisher keine auffälligen Parallelen entdecken, abgesehen von ihrem Arbeitgeber."

„Ihr müsst mit den Kollegen reden", meinte Skip. „Vielleicht gab es doch eine Verbindung zwischen den beiden."

„Das steht für heute auf dem Programm." Sie drehte ihre Tasse zwischen den Fingern, ehe sie sagte: „Gestern habe ich gehört, dass Peter möglicherweise entlassen wird."

Ihr Vater und Celia erschraken.

„Das kann nicht dein Ernst sein!", rief Celia.

Sam berichtete ihnen, was sie wusste, obwohl es ihr äußerst unangenehm war, die beiden zu beunruhigen. Das gehörte zu ihren neuesten Bemühungen, gegenüber denjenigen, die sie liebte, offener zu sein. „Nick wird mit Forrester sprechen", erklärte sie, auf den Bundesanwalt anspielend. „Aber ich habe ihm gesagt, er soll sich lieber nicht zu weit aus dem Fenster lehnen. Er muss an seinen Wahlkampf denken."

„Er muss ein paar Anrufe machen", sagte Skip mitfühlend. „Vielleicht kann er irgendwie dazu beitragen, dass dieser Wahnsinn aufhört."

„Seit wann hältst du denn etwas davon, Kontakte zu einflussreichen Freunden zu nutzen?“, fragte Sam, um die Stimmung ein wenig aufzuhellen.

„Seit das Monster, das mein kleines Mädchen umbringen wollte, unter Umständen aus der Haft entlassen wird.“

„Versuchen wir, uns erst damit zu befassen, wenn wir es müssen“, entgegnete Sam und war ganz gerührt von seinen scharfen Worten. „Ich versuche es jedenfalls.“

Celia tätschelte ihr die Schulter. „Das ist vermutlich leichter gesagt als getan, Schätzchen.“

„Ich bin sicher, Farnsworth und Malone tun alles in ihrer Macht Stehende“, merkte Skip an.

„Ja, das tun sie.“ Sam wollte diese Diskussion über das unliebsame Thema möglichst schnell beenden, deshalb stand sie auf und beugte sich zu ihrem Vater herunter, um ihm einen Kuss auf die Stirn zu drücken. „Ich muss los.“

„Lass es mich wissen, wenn ich irgendwie helfen kann.“

„Ich schaue wahrscheinlich später noch mal rein und gehe alles mit dir durch. Jetzt weiß ich noch nicht genug.“

„Ich werde da sein.“

Sam lächelte. „Ich verlass mich darauf.“ Sie schaute sich in der gemütlichen Küche um und war sehr erleichtert, dass ihr schwer verletzter Vater jemanden hatte, der ihn aufrichtig liebte und sich um ihn kümmerte. Das gab ihr die Freiheit, ihr eigenes Leben zu führen. Zum ersten Mal in den zwei Jahren, seit ihr Vater von einem unbekannten Täter bei einer Routine-Straßenkontrolle angeschossen worden war, konnte Sam aufhören, sich permanent Sorgen um ihn zu machen. „Nick drängelt übrigens, wann ich denn endlich offiziell bei ihm einziehe.“

„Wird ja wohl auch Zeit“, erwiderte Skip brummend.

„Vermutlich hast du recht. Besonders, da wir schon einen

Hochzeitstermin haben.“ Sam konnte immer noch nicht ganz glauben, dass sie eingewilligt hatte.

„Ach ja?“ Celia klatschte begeistert in die Hände. „Wann denn?“

„Äh, sechsundzwanzigster März.“

„*Dieses Jahr?*“, fragten Skip und Celia gleichzeitig.

„Das war alles seine Idee. Er ist überzeugt davon, es hinzubekommen.“

„Ach du liebe Güte!“ Celia klang entsetzt. „Wir müssen uns sofort an die Arbeit machen!“

„Nick hat davon geredet, jemanden zu engagieren, der sich um die Details kümmert.“ Sam hoffte, dass die beiden diese dreiste Lüge nicht sofort durchschauten. Sosehr sie ihre Stiefmutter auch mochte: Unter gar keinen Umständen würde sie Celia die Organisation ihrer Hochzeit überlassen. *Niemals.* „Wahrscheinlich machen wir es so.“ Nick kannte mit Sicherheit jemanden, der all das in die Hand nehmen würde. Sie überlegte, weshalb sie nicht schon früher darauf gekommen war. „Tja, ich muss los. Wir sehen uns.“

„Sag Bescheid, wenn wir dir bei der Hochzeit helfen sollen!“, rief Celia ihr nach.

„Ganz bestimmt“, gab Sam zurück und verschwand mitsamt ihrem schlechten Gewissen.

11. Kapitel

Sam betrachtete die Gesichter der Detectives, die sich im Konferenzraum versammelt hatten, um die Fakten der Fälle de Castro und Espanosa durchzugehen. Einige sahen aus, als litten sie an der Montagmorgenkrankheit, besonders Cruz, der ständig gähnte. Und Gonzales schien mit seinen Gedanken ganz woanders zu sein. Es war Sam unangenehm, ihren drei treuen Detectives die Situation mit Peter Gibson beibringen zu müssen, doch sie musste dafür sorgen, dass sie es nicht aus der Gerüchteküche erfuhren, die sicher längst brodelte.

Nachdem sie also die bereits bekannten Fakten durchgegangen war, verteilte Sam die anstehenden Aufgaben und schickte die anderen los. „Detective Cruz, Gonzales und Arnold", sagte sie. „Kann ich euch einen Moment sprechen?"

Die drei blieben stehen und warteten, bis die anderen den Raum verlassen hatten.

„Macht die Tür zu", forderte Sam sie auf.

„Was ist denn los, Lieutenant?", wollte Cruz wissen.

„Gestern habe ich erfahren, dass Peter Gibsons Anwalt eine Haftprüfung beantragt hat, um zu klären, ob die in Gibsons Wohnung sichergestellten Beweise vor Gericht zugelassen werden können, weil sie ohne richterlichen Durchsuchungsbeschluss gesammelt wurden."

Wie nicht anders zu erwarten war, brach ein Proteststurm los.

Sam hob die Hände, um sie zu beschwichtigen. „Ich weiß genau, was schiefgelaufen ist, aber ich hätte es ganz genauso gemacht. Wir hatten schließlich allen Grund zu der Annahme, dass er es war."

„Nur gab es zum fraglichen Zeitpunkt lediglich einen Verdacht", meinte Gonzo. „Keine echten Beweise."

„Ja." Sam war nicht überrascht, dass er als Erster darauf gekommen war, welche Argumente der Gibson-Anwalt bei der bevorstehenden Anhörung anbringen würde. „Ich möchte eines klarstellen: Ganz egal, was passiert, ich gebe euch keine Schuld. Und ich will nicht, dass ihr euch selbst die Schuld gebt. Wir standen alle unter Adrenalin und enormer Anspannung an jenem Tag. Ich bin immer noch dankbar dafür, wie schnell ihr alle gearbeitet habt, um ihn zu finden und zu verhaften."

„Tja, anscheinend haben wir ein bisschen zu schnell gearbeitet", meinte Cruz brummend, sichtlich betroffen von der Neuigkeit.

„Kann schon sein, aber warten wir erst mal ab, was der Richter zu sagen hat, bevor wir voreilige Schlüsse ziehen. In der Zwischenzeit gibt es zwei Mordopfer, die jetzt unsere gesamte Aufmerksamkeit brauchen. Also richten wir unsere Konzentration dorthin, wo sie benötigt wird."

Unter zustimmendem Gemurmel gingen sie zur Tür, allerdings mit hängenden Schultern und gesenkten Köpfen. Sam tat es leid, ihre Kollegen so zu sehen. „Detective Gonzales, einen Moment noch, ja?"

Nachdem Cruz und Arnold den Raum verlassen hatten, musterte Sam erneut Gonzales' Gesicht und war besorgt über seine untypische Blässe. „Geht es dir heute besser?"

„Ja. Sorry wegen gestern. Mir kam was dazwischen, um das ich mich kümmern musste."

„Aber jetzt ist alles wieder in Ordnung?"

Er zögerte. „Es wird in Ordnung kommen. Hoffe ich."

„Kann ich etwas tun?"

Erneut zögerte er, und sie begriff, dass ihn irgendetwas quälte. „Gonzo, was ist los?“ Sie hoffte inständig, dass seine Antwort nicht lautete, es laufe nicht gut mit Christina. Sam wollte die Einzelheiten ihrer Liebesbeziehung nicht wissen, da sie mit Freddies Liebesproblemen schon genug zu tun hatte.

Gonzos Miene war so gequält, dass Sam Angst bekam. „Setz dich.“ Sie deutete auf einen Stuhl und nahm neben ihrem Kollegen Platz. „Rede.“

Er ließ sich auf den Stuhl fallen und seufzte dramatisch. „Anscheinend habe ich einen Sohn.“

Sie starrte ihn an. „Wow.“

„Das habe ich auch gesagt.“ Er berichtete ihr, was er wusste und welche Schritte er hinsichtlich des Vaterschaftsnachweises und des Sorgerechts unternehmen würde. „Ich hoffe, es ist okay, dass Christina den Kontakt zu Nicks Freund und Anwalt Andy hergestellt hat. Der ist auf Familienrecht spezialisiert. Mir ist klar, dass ich dich vorher hätte anrufen sollen.“

„Sicher ist das okay“, versicherte Sam ihm. „Du hast absolut richtig gehandelt. Was wissen wir über die Mutter und ihren Freund?“

„Über ihn nichts, nur dass er wie ein Biker aussieht. Tattoos überall, Lederklamotten und so. Macht ihn noch nicht zum Kriminellen, aber er sandte schlechte Schwingungen aus.“

„An deiner Stelle würde ich mir mal den Nachnamen von dem Kerl besorgen und beide überprüfen, ob sie Vorstrafen haben.“

„Ich darf doch keine polizeilichen Quellen für private Angelegenheiten nutzen.“

„Deine Vorgesetzte hat das auch nie vorgeschlagen, und du hast ihr gegenüber nicht erwähnt, dass du Polizeimittel für Privatangelegenheiten nutzen willst.“

„Natürlich nicht.“ Die Andeutung eines Lächelns huschte

über sein Gesicht. „Diese Sache wird meine Arbeit nicht beeinträchtigen. Keine Sorge."

„Kam mir auch nie in den Sinn, dass das passieren könnte. Lass mich wissen, wie ich dir helfen kann."

„Danke. Ich wäre dir dankbar, wenn das vorerst unter uns bliebe. Bis ich weiß, ob es mein Sohn ist ..."

„Ich verstehe."

Er stand auf und wirkte erleichtert, diese Last mit jemandem geteilt zu haben. „Danke, Lieutenant."

„Jederzeit."

„Diese Sache mit Gibson ... Falls er rauskommt, ist es meine Schuld. Ich hätte es besser wissen müssen."

„Nicht", entgegnete Sam mit Nachdruck. Da er der dienstälteste Detective war, hatte sie keine andere Reaktion von ihm erwartet als genau die, die er an jenem Abend in Gibsons Wohnung gezeigt hatte. „Nimm es nicht allein auf deine Kappe. Ihr wart zu dritt, und ich wusste doch, was ihr tun würdet. Selbst meinem Dad und Malone war das klar. Jeder von uns hätte euch stoppen können, ebenso leicht, wie ihr es hättet stoppen können. Wir können die Geschichte jetzt nicht mehr umschreiben, sondern müssen nach vorne schauen."

„Wie kannst du nur so ruhig bleiben?"

„Innere Abschottung. Solltest du mal versuchen."

„Die Idee ist wohl so gut wie jede andere. Ich kann immer noch nicht fassen, was an diesem Wochenende alles passiert ist."

„Bleib dran und sag mir Bescheid, ob und wie ich dir helfen kann."

„Danke."

Auf dem Weg zur erneuten Befragung von JoAnn Smithson rief Sam Nick an. „Du kannst mich gern verrückt nennen", sagte sie, als er sich meldete. „Aber ich hatte heute Morgen meine wohl brillanteste Idee aller Zeiten."

Er klang amüsiert. „Na, ich kann es kaum erwarten, die zu hören."

„Du wirst nicht mehr lachen, wenn du sie erst gehört hast, sondern dich in meiner Brillanz sonnen."

Freddie auf dem Beifahrersitz gab Laute von sich, als müsse er sich übergeben.

Sam warf ihm einen finsteren Blick zu.

„Mir stockt der Atem vor Spannung", meinte Nick.

„Gut. Das gefällt mir. Was hältst du davon, wenn wir jemanden engagieren, der sich um den ganzen Hochzeitskram kümmert?"

„Jemanden engagieren? Um *unsere* Hochzeit zu planen?"

„Ja, genau. Die können sich um das Wo und Wie kümmern. Wir kümmern uns um die Einladungen, die Kleidung und persönliche Dinge."

„Ich weiß nicht, Sam. Wie können wir etwas so Wichtiges und Persönliches einem völlig fremden Menschen überlassen?"

„Wie wäre es, wenn wir die Planung unseres wichtigsten Tages einem ausgebildeten Profi überlassen, der uns exakt sagt, was wir tun müssen, damit wir absolut stressfrei heiraten können, ohne selbst alles in die Hand nehmen zu müssen?"

„Na ja, wenn du es so formulierst … Kennst du denn jemanden, der auf magische Weise Hochzeiten ermöglicht?"

„Nein, aber du bestimmt."

„Ich kann dir versichern, dass ich niemanden kenne. Du erinnerst dich vielleicht daran, dass es mein erstes Rodeo ist."

„Ach komm schon. Bei deinen Kontakten, da kennt doch bestimmt jemand jemanden, der jemanden kennt. Hör dich um, und am Ende des Tages hast du ein Dutzend Leute zusammen, die das machen wollen."

„Du schlägst doch nicht ernsthaft vor, dass ich unsere neue Berühmtheit ausnutzen soll?“

„Vielleicht doch. Die könnte uns endlich mal nützlich sein.“

„Na schön. Wenn du dir sicher bist, dass du das willst, setze ich mich dran.“

„Gut. Danke. Ich verspreche dir, es wird verhindern, dass wir in den kommenden sechs Wochen den Verstand verlieren.“

„Apropos Verstand verlieren, ich habe gerade mit Forrester telefoniert.“

Bei der Erwähnung des Bundesanwaltes verschwand Sams gute Laune. „Und?“

„Nachdem er mich dafür getadelt hat, mein Amt zu missbrauchen, informierte er mich darüber, dass er nicht geneigt sei, der Polizei einen Gefallen zu tun.“

„Ist er nicht Republikaner?“

„He, wie bist du denn darauf gekommen?“

„Tja, danke jedenfalls, dass du es probiert hast.“

„Ich habe noch einige andere Eisen im Feuer.“

„Im Ernst, Nick, handle dir keinen Ärger ein wegen dieser Sache. Er ist es nicht wert.“

„Mach dir um mich keine Gedanken, Samantha.“

„Ich bin aber nun mal besorgt, dass du meinetwegen etwas unternimmst, das dich in politische Schwierigkeiten bringt. Das können wir nicht auch noch gebrauchen.“

„Ich verstehe dich, Schatz, doch jetzt muss ich mich sputen. Ausschusssitzung in zehn Minuten.“

„Bis später.“

„Pass auf dich auf da draußen.“

„Mach ich immer.“ Sam fuhr auf den Parkplatz vor der Verwaltung von Capitol Cleaning Services und stellte den Motor aus.

„Die Idee mit dem Hochzeitsplaner ist gut“, meinte Freddie.

„Freut mich, dass du mir zustimmst. Ich habe noch eine brillante Idee, die ich dir verraten wollte."

„Ach, und welche?"

„Lade deine Mutter und Elin zum Abendessen ein. Gib ihnen die Chance, ein wenig Zeit in einer entspannten Umgebung miteinander zu verbringen."

„Hilfst du mir wirklich bei meinem Problem, obwohl ich dir ein Riesenproblem eingebrockt habe?"

„Wie kommst du darauf? Von welchem Problem sprichst du?"

„Hallo? Gibson? Ich kann verdammt noch mal nicht glauben, dass der unter Umständen freikommt."

„Ich sage dir das Gleiche, was ich Gonzo gesagt habe: Es ist nicht deine Schuld. Mir war klar, was ihr tut, mein Dad und Malone wussten es auch. Niemand von uns hat euch aufgehalten."

„Wir hätten auf den Durchsuchungsbeschluss warten müssen."

„Mag sein, aber ihr hattet guten Grund zu der Annahme, dass er Material zum Bau einer Bombe in seiner Wohnung hat. Ich kann nicht behaupten, dass ich gewartet hätte."

„Sam, wenn der rauskommt …"

Sie hob die Hand, damit er verstummte. „*Falls* er rauskommt, werde ich mich mit dieser Tatsache auseinandersetzen. Jetzt muss ich das noch nicht."

„Tut mir leid", entgegnete er und wirkte nach wie vor bestürzt und bedauernd. „Ich fühle mich schrecklich deswegen. Ich wollte ihn damals unbedingt hinter Gitter bringen."

„Das wollten wir alle. Aber reden wir über das Abendessen mit deiner Mutter und Elin, zu dem du die beiden einladen wirst."

Sie konnte sehen, wie er sich bemühte, die Gedanken an die

möglicherweise bevorstehende Entlassung Gibsons beiseitezuschieben. „Ich dachte, du magst sie ebenso wenig, wie meine Mutter sie mag."

„Ich lehne sie nicht ab. Ich frage mich nur, ob sie die Richtige für dich ist."

„Doch du bietest mir nach wie vor deinen Rat an?"

„Du sagst, sie sei das, was du willst. Das versuche ich zu respektieren." Sam stieg aus. „Mach das mit dem Abendessen, oder lass es."

„Hm, es ist keine schlechte Idee."

„Wow, danke."

„Wir stecken tief in unseren Ermittlungen. Was schlägst du vor, wann ich die beiden zum Essen einladen soll?"

„Heute ist Montag", überlegte Sam laut. „Peil mal Freitag an. Bis dahin müssten wir den Fall gelöst haben."

Er folgte ihr in das Gebäude. „Und wenn nicht?"

„Dann gebe ich dir trotzdem einen Abend frei."

„Und den Abend davor zur Vorbereitung?"

Sam warf ihm einen finsteren Blick zu. „Na schön, den Abend vorher auch."

„Wenn das so ist, probiere ich es mit deiner Idee und der freien Zeit."

„Wieso bin ich die Dumme dabei?", beschwerte Sam sich.

Freddie lachte. „Ich habe von der Besten gelernt."

Sam und Freddie trafen JoAnn Smithson im Vorzimmer ihres Büros mit mehreren Kolleginnen. Alle waren in Tränen aufgelöst.

„Oh!", rief Mrs. Smithson, als sie die beiden entdeckte. „Detectives! Irgendwer bringt meine Angestellten um! Ich verstehe das nicht."

„Versuchen Sie sich zu beruhigen, Mrs. Smithson", forderte

Sam sie auf. „Wir tun alles, was wir können, um den Mörder zu finden." Sie führte sie ein Stück fort von den anderen Frauen und erklärte: „Ich benötige eine Liste all Ihrer Angestellten – ihre Namen, ihre Adressen, ihren Aufenthaltsstatus und sonstige Informationen, die für uns von Bedeutung sein könnten."

„Ich kann Ihnen keine persönlichen Informationen über meine Angestellten geben."

„Möchten Sie das mit Ihrem Gewissen ausmachen, wenn eine weitere Mitarbeiterin getötet wird?"

Mrs. Smithson wischte sich die Tränen von den Wangen. „Natürlich nicht."

„Dann unterstützen Sie uns bei unseren Ermittlungen, damit wir dafür sorgen können, dass niemand mehr zu Schaden kommt."

„Ich brauche ein paar Minuten, um die Liste für Sie auszudrucken."

„Wir warten."

Sie eilte davon.

„Ich habe mir überlegt", meinte Freddie, „dass wir diese Liste mit den Büros abgleichen sollten, die sie gereinigt haben, um zu prüfen, ob es da ein Muster gibt."

„Das ist ein guter Vorschlag. Sag Mrs. Smithson, dass wir diese Information auch gern hätten."

„Mach ich, Boss."

Da Sam einige Minuten zu überbrücken hatte, rief sie Lindsey an. „Was haben Sie für uns, Doc?"

„Ein weiteres schwangeres Opfer."

„Was Sie nicht sagen."

„Fünfzehnte Woche."

„Entsetzlich. Was zur Hölle geht da vor sich?"

„Ich habe keine Ahnung", erwiderte Lindsey. „Doch ich bin überzeugt davon, dass wir es herausfinden werden."

„Was haben Sie sonst noch in Erfahrung bringen können?"

„Diesmal fanden wir nur Sperma von einem Mann. Allerdings habe ich den Eindruck, dass es sich um einen ziemlich arroganten Kerl handeln muss."

„Wie kommen Sie darauf?"

„Haben Sie einen Moment?"

Sam schaute zu dem Büro, wo Freddie mit den Kolleginnen der Toten sprach. „Ja."

„Wäre ich ein Mann, der Frauen vergewaltigt und ermordet, würde ich doch dafür sorgen, auf keinen Fall Spuren zu hinterlassen. Schon gar nicht meine Visitenkarte. Ich tippe also darauf, dass wir nach jemandem suchen, der überzeugt davon ist, niemals geschnappt zu werden. Als stünde er über solch niedrigen Dingen wie der Strafjustiz."

„Das ist eine gute Theorie", räumte Sam ein. „Ich brauche jetzt von Ihnen die Bestätigung, dass die bei Maria gefundene DNA mit der des zweiten Mannes bei Regina übereinstimmt."

„Prüfe ich gerade. Sobald ich Gewissheit habe, melde ich mich wieder."

„Großartig, danke." Sam beendete das Gespräch, als Freddie zu ihr kam und die von Mrs. Smithson erbetene Liste mitbrachte. „Komm, wir fahren zum Rathaus und forschen nach, mit wem Regina verheiratet war. Wenn wir uns mit dem Mann unterhalten haben, nehmen wir uns die Einwanderinnen vor und schauen, was wir finden. Aus irgendeinem Grund hat der Täter es auf sie abgesehen."

„Einverstanden, Boss."

Sam wartete ungeduldig, während die Rathausangestellte Reginas amtliche Heiratserlaubnis heraussuchte. „Man sollte meinen, die haben das heute alles im Computer", flüsterte sie Freddie zu.

„Ja, sollte man eigentlich meinen."

Die Angestellte kehrte einige Minuten später zurück und hatte einen Ordner bei sich. „Da haben wir es." Sie legte den Ordner auf den Tresen und drehte ihn, damit Sam und Freddie die Heiratserlaubnis lesen konnten.

„Aidan O'Hurley", las Freddie vor, während Sam den Namen schon aufschrieb.

„Gib ihn durch. Mal sehen, ob wir ihn in unserer Datenbank haben."

Freddie telefonierte auf dem Rückweg zum Wagen. „Treffer", verkündete er. „Eine Anklage wegen Einbruch vor vier Jahren. Er hat Bewährung."

„Na, endlich eine Spur", sagte Sam. Ein Anruf bei O'Hurleys Bewährungshelfer ergab, dass der Gesuchte in einem Restaurant in der Massachusetts Avenue arbeitete. „Fahren wir."

Sie parkten in zweiter Reihe vor dem Lokal und zeigten drinnen ihre Polizeimarken. Eine der Kellnerinnen deutete auf die Küche, in der Aidan am Grill arbeitete. Er war von mittlerer Größe und Statur, hatte rote Haare und blaue Augen.

„Ach du Schande", meinte er, als sie ihm ihre Marken vor die Nase hielten. „Was ist denn jetzt schon wieder? Ich hab doch erst gestern mit meinem Bewährungshelfer gesprochen. Um was es auch geht, ich war's nicht."

„Wann haben Sie Regina das letzte Mal gesehen?", wollte Sam von ihm wissen.

„Wen?"

„Ihre Exfrau, Arsch."

„Shit, diese Schlampe?" Er wendete Burger und briet Zwiebeln an, während er redete. „Ist über ein Jahr her, dass ich ein Auge auf sie geworfen hatte. Größter Fehler, den ich je begangen hab. Die wollte bloß 'ne Greencard von mir. Hat mich benutzt."

„Warum sagen Sie das?“

„Weil sie weg war, sobald sie die Arbeitserlaubnis hatte. Ich dachte, sie wäre zu Hause, um ihre Mutter zu besuchen. Doch dann kriegte ich die Scheidungspapiere. Zu dumm, dass die Einwanderungsbehörde misstrauisch wurde, als sie die Scheidung einreichte.“

„Die haben ihre Arbeitserlaubnis aufgehoben?“

Er nickte. „Sie konnte noch ein Arbeitsvisum bekommen, aber nur vorübergehend.“

„Sie haben sie nie wiedergesehen?“

„Nö. Die brauchte mich nicht mehr, und ich hatte ihr nichts mehr zu sagen.“

„Wie lange waren Sie verheiratet?“

„Alles in allem vielleicht fünfzehn Monate. Zehn davon waren wir zusammen.“

„Und während dieser Zeit ahnten Sie absolut nicht, dass sie Sie nur benutzt?“, fragte Freddie.

„Ich habe den Fehler gemacht, mich in sie zu verlieben.“ Für einen Moment schien er seinen Erinnerungen nachzuhängen, aber dann fiel ihm offenbar der Schmerz wieder ein. „Worum geht es überhaupt? Steckt sie in Schwierigkeiten? Würde mich nicht überraschen.“

„Sie wurde Samstagnacht getötet“, informierte Sam ihn.

Er hielt beim Wenden der Burger inne. „Getötet? Was ist passiert?“

„Sie wurde in ihrer Wohnung ermordet.“

„O Mann, das kann ich nicht glauben.“

„Wo waren Sie Samstagnacht?“

Seine Augen weiteten sich. „Sie denken doch nicht … Ich habe sie gehasst für das, was sie mit mir gemacht hat, aber ich hätte ihr niemals etwas angetan.“

„Wo waren Sie?“

„Hier. Von zwei bis Mitternacht."
„Sie waren die ganze Zeit hier?"
„Bis zum Ende meiner Schicht."
„Und kann das jemand hier bestätigen?"
„Klar, der Manager. Der ist vorn."
Nachdem dieser ihnen Aidans Alibi bestätigt hatte, verließen Sam und Freddie das Restaurant.
„Eine weitere Sackgasse", stellte Sam fest.

Gonzo klopfte an die Tür der Wohnung über Marias und wartete ungeduldig. Er hatte Sam versichert, seine private Situation würde seine Arbeit nicht beeinflussen, doch das war leicht gesagt. Er vibrierte förmlich vor innerer Anspannung, während er darauf wartete, irgendetwas von Andy zu hören.
Die Tür wurde geöffnet, und eine Frau mittleren Alters begrüßte ihn sowie seine Polizeimarke mit einem mürrischen Grunzen. „Geht's um Maria?", wollte sie wissen.
„Detective Gonzales, Metro Police. Dürfte ich wohl einen Moment Ihrer Zeit beanspruchen?"
Sie musterte ihn gründlich, ehe sie ihn in ihr Apartment ließ.
„Würde es Ihnen etwas ausmachen, mir Ihren Namen zu nennen?"
„Debbie Hopkins."
„Wohnen Sie schon lange hier?"
„Sechs Jahre."
„Und Maria?"
„Ein paar Jahre, nehme ich an. Ich kannte sie nicht sehr gut."
„Es wäre sehr hilfreich, wenn Sie mir alles erzählen würden, was Sie über sie wissen."
„Sie sprach nicht viel, war aber nicht unfreundlich. Einfach nur still."

„Traf sie sich mit jemandem?"

„Nicht dass ich wüsste, aber sie hielt sich auch nicht oft hier auf. Sie hat viel gearbeitet."

„War sie ausschließlich für die Reinigungsfirma tätig?"

„Das weiß ich nicht. Es schien, als würde sie jeden Abend arbeiten. Morgens konnte ich ihre Dusche hören, weil die Rohre dann klappern."

Gonzos Handy klingelte. „Entschuldigen Sie mich, ich muss das entgegennehmen."

Sie bedeutete ihm, es ruhig zu tun.

Sein Herz schien kurz auszusetzen, als er Loris Nummer auf dem Display erkannte. „Hallo?"

„Musstest du unbedingt beschissene Sozialarbeiter hier vorbeischicken? Willst du mich vielleicht verarschen?"

„Warte mal ..."

„Nein, *du* wartest. Ich bereue es, dass ich dich jemals angerufen habe. Du kannst dein Geld behalten und deine Sozialarbeiter und deinen DNA-Test. Halt dich bloß verdammt noch mal fern von uns."

„Ich werde mich von meinem Sohn nicht fernhalten, Lori. Das Geld und alles andere sind mir egal. Ich will mein Kind."

„Dann sehen wir uns vor Gericht, denn solange ich etwas zu sagen habe, kommst du nicht in die Nähe meines Sohnes!"

Bevor er etwas erwidern konnte, war die Leitung tot. Seine Hände zitterten, als er das Telefon wieder einsteckte. Er brauchte einen Moment, bis er sich gefasst hatte und die Befragung fortsetzen konnte. „Verzeihen Sie die Unterbrechung", sagte er und bemühte sich um einen ruhigen Ton, obwohl er am liebsten laut losgeschrien hätte. Er zog eine Visitenkarte aus der Tasche und reichte sie Debbie. „Falls Ihnen noch etwas einfällt, was uns bei den Ermittlungen weiterhelfen könnte, rufen Sie mich bitte an."

„Reden Sie mal mit Mrs. Ellison in 4B. Ich glaube, die verstanden sich ganz gut."

„Danke", sagte Gonzo und war froh, das luftleere Apartment verlassen zu können.

Draußen setzte er sich auf die Treppenstufen und atmete tief die frische Luft ein. Als er sich etwas beruhigt hatte, rief er Andy an.

Sobald der Anwalt sich meldete, erklärte Gonzo: „Wir haben ein Problem."

Sam klopfte an die Tür von Selina Rameriz' Apartment. Die Liste der Angestellten, bei denen es sich nicht um Einwanderer handelte, hatten McBride und Tyrone bekommen. „Miss Rameriz!", rief Sam und klopfte weiter. „Metro Police. Wir müssen mit Ihnen über Regina und Maria sprechen."

„Ich habe Ihnen nichts zu sagen", ertönte eine leise Stimme in der Wohnung. Die Frau sprach nicht ganz ohne Akzent. Von Mrs. Smithson hatten sie erfahren, dass Selina Kolumbianerin war.

„Miss Rameriz, bitte öffnen Sie die Tür. Wir wollen uns nur mit Ihnen unterhalten. Sie bekommen keinen Ärger."

„Zeigen Sie mir Ihren Ausweis."

Sam und Freddie hielten die Ausweise vor den Spion.

Eine weitere Minute verging, ehe von innen die Schlösser entriegelt wurden. Die Tür ging auf, und zum Vorschein kam eine zierliche junge Frau mit dunklen Haaren und dunkler Haut. Sie hatte die Arme schützend um sich gelegt. „Was wollen Sie?" Ihre Augen waren gerötet, und sie sah erst Sam und Freddie an, dann an ihnen vorbei in den Flur.

„Sind Sie bedroht worden, Miss Rameriz?", erkundigte Sam sich.

Sie schüttelte den Kopf. „Jemand bringt Leute um, mit denen ich zusammenarbeite. Ich habe Angst."

„Wissen Sie von jemandem, mit dem die beiden zu tun hatten und der ihnen möglicherweise etwas antun wollte?"

Sie schüttelte erneut den Kopf.

„Verbrachten Sie mit einer der beiden gelegentlich Ihre Freizeit?"

„Nein."

„Können Sie uns irgendetwas über Freunde der beiden erzählen? Trafen sie sich mit irgendwelchen Männern?"

„Nein, tut mir leid. Davon weiß ich nichts."

Sam schaute zu Freddie.

Er gab Selina seine Karte. „Wenn Ihnen noch etwas einfällt, was uns bei den Ermittlungen weiterhelfen könnte, rufen Sie mich bitte an."

Sie nahm die Karte, schloss daraufhin wieder die Tür und verriegelte sie mehrfach von innen. „Das arme Mädchen hat schreckliche Angst", meinte Freddie zu Sam.

„Ich werde das Gefühl nicht los, dass sie mehr weiß, als sie gesagt hat."

„Den Eindruck habe ich auch. Behalten wir sie auf unserer Liste und reden später noch mal mit ihr, falls wir mit den anderen nicht weiterkommen. Möglicherweise erreichen wir etwas, wenn wir sie mit ins Hauptquartier nehmen. Wer ist der Nächste?"

12. Kapitel

Nachdem sie fünf weitere Angestellte von Capitol Cleaning Services befragt hatten und damit zu ähnlichen Ergebnissen gekommen waren, kehrten Sam und Freddie am Ende ihrer Schicht ins Hauptquartier zurück. Frustriert von der Verschlossenheit der Frauen, mit denen sie geredet hatten, versammelte Sam die anderen mit dem Fall betrauten Detectives im Konferenzraum, um alle auf den neuesten Stand zu bringen.

„Jemand erzählt mir jetzt bitte, dass er irgendetwas hat, womit wir arbeiten können“, sagte Sam. „Dieser Fall geht mir allmählich auf die Nerven.“

„Ich habe etwas Interessantes gefunden“, verkündete Jeannie McBride.

„Wo kommst du eigentlich her?“, fragte Sam den weiblichen Detective von der dritten Schicht. „Solltest du nicht schlafen?“

Jeannie grinste verlegen. „Ich konnte nicht schlafen, deshalb bin ich zurückgekommen.“

„Hört ihr das, Jungs?“, wandte Sam sich an die anderen. „Seht euch diese Hingabe an den Job an.“ In den düsteren Blicken der Kollegen und dem strahlenden Gesicht Jeannies badend, bedeutete Sam der Kollegin, mit ihrem Bericht fortzufahren.

„Ich habe mir Reginas und Marias Finanzen mal genauer angesehen. Beide haben vor Kurzem ihren Familien daheim größere Summen überwiesen. Maria hat siebeneinhalbtausend Dollar geschickt, Regina fünftausend.“

Sam stieß einen leisen Pfiff aus. „Woher haben Reinigungsfrauen, die siebzehn Dollar die Stunde verdienen, so viel Geld?“

„Die haben nebenbei etwas verdient – mit Drogen, Glücksspiel, Prostitution“, meinte Freddie. „Irgendetwas, das viel Geld bringt.“

„Wären sie ein solches Risiko eingegangen, wo sie doch verzweifelt versucht haben, im Land zu bleiben?“, gab Gonzo zu bedenken. „Wenn man sie geschnappt hätte, wären sie automatisch abgeschoben worden.“

„Wenn sie und ihre Familien das Geld dringend gebraucht haben, dann könnten sie ein solches Risiko eingegangen sein“, vermutete Jeannie.

„Und die Babys waren ihre Versicherung, bleiben zu können, falls alles andere nicht mehr helfen würde“, erklärte Sam und sah, wie sich die Puzzleteile zusammenfügten. „Ich wüsste wirklich gern, wer Maria geschwängert hat.“

„Ihre Nachbarin Mrs. Ellison verstand sich ganz gut mit Maria“, berichtete Gonzo. „Aber sie hat sie nie mit einem Mann gesehen oder sie davon reden hören, dass sie mit jemandem zusammen ist.“

„Überprüf mal ihren Reisestatus“, bat Sam Cruz. „Finde heraus, ob sie kürzlich in ihrer Heimat war. Der Vater des Babys könnte von dort stammen. Sieh dir die Familie genau an, vielleicht gab es da einen Mann, der als Vater infrage kommt.“

Cruz machte sich Notizen zu ihren Anweisungen.

„Ich würde außerdem gern erfahren, was den beiden Familien über die Herkunft des Geldes gesagt wurde. Es werden Lügen gewesen sein, trotzdem will ich wissen, wie die Frauen das Geld begründet haben.“

Freddie fügte das seiner Liste hinzu.

„Irgendetwas über die Büros, die sie geputzt haben?“, fragte Sam.

„Sie haben beide im Hart Building gearbeitet", antwortete Detective Arnold. „Außer bei Lightfeather putzte Regina auch noch in Ackermans und Cooks Büro."

„Ah, unser alter Freund Senator Cook", bemerkte Sam und sah zu Freddie. Wegen einiger aufrührerischer Aussagen, die der Senior Senator aus Virginia im Beisein Nicks über Julian Sinclair gemacht hatte, hatten Sam und Freddie Cook nach dem Mord an dem Kandidaten für den Obersten Gerichtshof befragt. Zu behaupten, Cook sei nicht gerade freundlich gewesen, drückte es noch milde aus.

„Maria reinigte Lewis', Cappuanos, Trents und Stenhouse' Büro", fuhr Arnold fort und warf ihr bei der Erwähnung von Nicks Namen einen nervösen Blick zu.

„Noch eine unangenehme Begegnung mit der Vergangenheit", stellte Sam fest. William Stenhouse, der Mehrheitsführer im Senat, war ein erbitterter Feind des ehemaligen Senators Graham O'Connor gewesen, John O'Connors Vater. Sam hatte Stenhouse im Zuge der Ermittlungen im Mordfall John O'Connor befragt, und wie sein Kollege Cook war Stenhouse empört und zornig gewesen über die Annahme, er könne möglicherweise irgendetwas mit einem Mord zu tun haben. „Sehr interessant. Übrigens erwähnte Nick, dass er Maria kannte und sie sein Büro reinigte."

Diese Bemerkung wurde mit anerkennendem Gemurmel bedacht. Sie hasste es, wenn ihre beiden Welten auf diese Weise miteinander kollidierten.

„Ich möchte, dass jemand Selina einen Tag oder länger beobachtet", entschied sie. „Sie hat heute etwas verheimlicht, als ich mich mit ihr unterhielt. Und ich will wissen, was."

„Tyrone und ich übernehmen heute Abend die erste Schicht", bot Jeannie an.

„Ausgezeichnet", lobte Sam sie. „Die Streifenpolizei soll die

Fotos der beiden Toten noch einmal in den Läden, Supermärkten und Restaurants herumzeigen. Wir müssen weitere Leute finden, die sie gekannt haben. Ich brauche Spuren."

„Wird gemacht", erwiderte Jeannie.

„Die anderen sehe ich morgen früh wieder", sagte Sam.

Während alle den Konferenzraum verließen, gab Gonzo Cruz ein Zeichen, ihm ein Stück den Flur entlang zu folgen.

„Was ist los, Mann?", wollte Cruz wissen, sobald sie allein waren.

„Diese Sache mit Gibson …"

Cruz stöhnte. „Ich kann es nicht fassen. Wir haben es total vermasselt, und wenn er wirklich entlassen wird …"

„Mich macht es auch völlig fertig."

„Ich gehe es in Gedanken wieder und wieder durch. Wieso haben wir nicht auf den Durchsuchungsbeschluss gewartet?"

„Weil wir wussten, dass wir ihn haben. Wir wollten ihn drankriegen für das, was er mit Sam gemacht hat."

„Ja", meinte Cruz bedauernd. „Ich wünschte, wir könnten es noch einmal machen."

„Geht leider nicht, aber ich finde, wir sind ihr etwas schuldig."

„Na klar."

„Also sollten wir uns mal ernsthaft dahinterklemmen, den Vormieter von Reeses Haus zu finden. Die Leute, die früher da wohnten, wissen zweifellos etwas über die Schüsse auf Sams Vater. Ist mir egal, was wir dafür tun müssen …"

„Ich bin dabei. Was immer nötig sein wird."

„Ich denke mal über den nächsten Schritt nach und melde mich dann bei dir."

„Ich werde mir auch etwas überlegen."

„Gut."

„Ist alles in Ordnung bei dir?", erkundigte Freddie sich. „Ich hatte heute den Eindruck, dass dich irgendetwas beschäftigt."

„Ja", antwortete Gonzo, erschrocken über die Frage. Trotz seiner Bemühungen war ihm die innere Unruhe offenbar anzumerken. „Alles in Ordnung. Wir sehen uns morgen."

„Bis später."

Nachdem Cruz gegangen war, rief Gonzo Christina an. „Kannst du schon Feierabend machen?"

„Ja, so gerade. Warum? Was ist denn los?"

„Kein guter Tag. Ich brauche dich."

Verblüfft von seiner Offenheit entgegnete sie: „Ich bin hier. Was kann ich tun?"

„Treffen wir uns in einer Stunde bei mir?"

„Ich werde da sein."

„Danke."

„Du musst mir nicht danken. Ich wäre nirgendwo lieber."

Überwältigt von seinen Emotionen schloss Gonzo die Augen und lehnte die Stirn gegen die Wand. „Geht mir genauso."

Nachdem er das Gespräch beendet hatte, brauchte er einen Moment, um über die Veränderungen in seinem Leben nachzudenken. Er konnte sich nicht daran erinnern, jemals die Worte „Ich brauche dich" gegenüber einer Frau benutzt zu haben. Auch hatte er niemals in Erwägung gezogen, sich auf ein Baby einzustellen, noch dazu eines, von dessen Existenz er bis vor drei Tagen nicht einmal gewusst hatte. Die Wahrheit lautete jedoch, dass er Christina mehr brauchte als irgendjemanden zuvor. Und es gab nichts, was er nicht tun würde, um das Sorgerecht für seinen Sohn zu bekommen.

Mit dieser Erkenntnis im Hinterkopf machte er einen weiteren Anruf, und zwar bei dem Freund, der ihn damals mit Lori bekannt gemacht hatte.

„He, Mann", meldete sein Kumpel Mark sich. „Lange nichts von dir gehört."

„Zu lange. Wie geht's dir?"

„Ganz okay. Und dir?"

„Ich habe ein kleines Problem und hatte gehofft, du könntest mir helfen."

„Was ist los?"

„Erinnerst du dich an Lori Phillips?"

„Sicher. Was ist mit ihr?"

„Weißt du von ihrem Baby?"

„Hab Gerüchte gehört. Wieso?"

„Sie behauptet, es sei mein Kind."

„Heiliger Scheiß! In echt?"

„Ich habe das Baby gestern gesehen. Sieht aus wie ich. Hat mein Kinngrübchen."

„Wow. Ich wusste gar nicht, dass ihr richtig zusammen wart."

„Waren wir auch nicht. Eigentlich. Aber anscheinend reichte das bisschen schon."

Mark lachte nervös. „Tja, vermutlich."

„Die Sache ist die: Mir gefallen die Lebensumstände der beiden nicht. Weißt du irgendetwas über diesen Typen Rex, mit dem sie zusammen ist?"

Mark stieß einen leisen Pfiff aus. „Rex Connolly?"

Bingo. Gonzo merkte sich den Namen. „Den Nachnamen kenne ich nicht."

„Viele Tattoos? Hart aussehender Bursche?"

„Genau der. Was weißt du über den?"

„Bin mir nicht ganz sicher, aber Sara meint, es sei ernst mit den beiden." Marks Schwester Sara war eng mit Lori befreundet. „Ich dachte, das Kind ist von ihm."

„Also sind sie schon eine Weile zusammen?"

„Vielleicht seit einem Jahr. Was ist mit dem Kind? Was wirst du unternehmen?"

„Darüber denke ich gerade nach", antwortete Gonzo absichtlich ausweichend. Er hatte vor Jahren mit Mark in der Softballliga gespielt und betrachtete ihn als Freund. Aber Lori musste nicht unbedingt jetzt schon erfahren, dass er um das Sorgerecht kämpfen wollte. „Tu mir einen Gefallen und erwähne Sara oder Lori gegenüber nicht, dass du mit mir gesprochen hast, ja?"

„Kein Problem. Lass mich wissen, falls du irgendetwas brauchst."

„Mach ich." Er hatte, was er brauchte. „Danke."

Gonzo beendete das Gespräch und kehrte ins Kommissariat zurück, gerade als Sam ihr Büro verließ.

„Bist du immer noch da?", fragte sie.

Gonzo warf einen Blick in das überfüllte Kommissariat, in dem soeben der Schichtwechsel stattfand. „Würde es dir etwas ausmachen, wenn ich mir mal für eine Minute dein Büro leihe?"

Sie betrachtete ihn einen langen Moment. „Nein, nur zu. Schließ ab, wenn du fertig bist."

„Mach ich. Danke."

„Bis morgen."

Gonzo war erleichtert darüber, dass sie ging, ohne Fragen zu stellen. Er betrat ihr Büro und machte die Tür hinter sich zu. Während er darauf wartete, dass der Rechner hochfuhr, dachte er daran, dass Andy ihn aufgefordert hatte, ihm alle Informationen zu beschaffen, die sie vor Gericht verwenden konnten, um zu beweisen, dass das Baby bei Gonzo besser aufgehoben war als bei seiner Mutter. Vorerst hatte Andy den DNA-Test beantragt.

Gonzo tippte Rex' Namen ein und stellte überrascht fest,

dass es gleich fünf Rex Connollys im System gab. Er betrachtete die Täterfotos und hoffte einerseits auf das bekannte Gesicht, andererseits nicht. Das fünfte Bild zeigte seinen Mann. Mit klopfendem Herzen klickte Gonzo das Strafregister an.

Mehrfach verhaftet wegen Drogendelikten – Besitz und Handel –, eine Anklage wegen Einbruch, die später fallen gelassen wurde, außerdem verbüßte Jugendstrafen. Äußerst beunruhigt druckte Gonzo die Liste aus. Da er hier ohnehin Dinge tat, für die er gefeuert werden konnte, gab er nun auch Loris Namen ein und musste zu seinem Entsetzen feststellen, dass sie ebenfalls erst kürzlich wegen eines Drogendelikts angeklagt worden war. Vor sechs Monaten hatte ein Gericht sie wegen Drogenbesitzes zu fünf Jahren auf Bewährung verurteilt.

„Volltreffer", murmelte er und druckte beide Vorstrafenregister aus.

Als letzte der Taten, die ihm die Kündigung einbringen konnten, faxte er die Informationen an Andys Kanzlei. Er stand vor dem Faxgerät und schaute zu, bis alle sieben Seiten gesendet worden waren. Dann sammelte er sie ein und wollte gehen.

„Überstunden, Detective?", erkundigte sich Lieutenant Stahl.

Gonzo fuhr erschrocken zusammen. „Ach, ich musste noch ein bisschen Papierkram erledigen, Lieutenant."

„Sie sind ziemlich schreckhaft."

„Bin ich?" Gonzo wollte nur schnell weg. Es gab niemanden, mit dem er weniger gern gesprochen hätte als mit diesem unerfreulichen Mann, der früher sein Vorgesetzter gewesen war. „Ich habe bloß nicht erwartet, dass jemand sich anschleicht."

„Ich habe mich nicht angeschlichen." Stahl schnaubte empört, was seine vielen Kinne zum Schwabbeln brachte.

„Kann ich Ihnen denn irgendwie helfen, Lieutenant?"

„Nein."

„Dann mache ich mich mal auf den Weg", sagte Gonzo und konnte Stahls Blick in seinem Rücken beinah körperlich spüren, als er, die ausgedruckten Strafregisterseiten fest unter den Arm geklemmt, seinen Mantel schnappte und schleunigst verschwand. Erst als er im Auto saß und auf dem Heimweg war, wagte er, tief durchzuatmen. Kurz bevor er zu Hause ankam, rief er Sam an.

„Was gibt's?", fragte sie.

„Ich wollte dir nur sagen, dass Stahl heute Abend im Kommissariat herumschlich."

„Was wollte er?"

„Damit rückte er nicht heraus, aber er benahm sich wie immer komisch. Ich dachte, ich gebe dir lieber Bescheid."

„Danke", erwiderte sie. „Ich wünschte, der würde bei den Internen Ermittlungen bleiben, wo er hingehört." Stahl war in diese Abteilung versetzt worden, nachdem Sam seinen Posten erhalten hatte.

„Das wäre nicht schlecht."

„Ich wette, er hat etwas mit dieser neuen Gibson-Situation zu tun."

„Glaubst du wirklich?", gab Gonzo zurück.

„Zutrauen würde ich es ihm."

„Der ist echt fies. Wieso können die ihn nicht loswerden?"

„Das versuchen sie sicher. Bist du mit deinem Problem weitergekommen?"

„Ich habe, was ich brauchte."

„Gut."

„Danke für die Hilfe."

„Gern."

Gonzo beendete das Gespräch und legte den Kopf auf das

Lenkrad, um die Angst in den Griff zu bekommen. Sein ganzes Leben geriet gerade außer Kontrolle, und er fühlte sich hilflos ausgeliefert und machtlos. Ein Klopfen an der Scheibe riss ihn aus seinen Gedanken. Als er aufschaute, entdeckte er Christina.

Er zog den Schlüssel ab und stieg aus dem Wagen.

Christina bot ihm ihre Hand an.

Gonzo verschränkte seine Finger mit ihren, und auf einmal schien alles wieder in Ordnung zu sein. Er sah sie an, benommen und verblüfft. „Ich liebe dich", flüsterte er.

Sie erschrak. „Du … du …"

Offensichtlich machte er das hier nicht richtig. Er steckte seinen Autoschlüssel ein und umfasste ihr Gesicht, um sie zärtlich auf den Mund zu küssen. „Ich liebe dich."

Tränen schimmerten in ihren Augen. „Wirklich?"

Er nickte und küsste sie erneut. „Hat mich auch völlig überrascht."

Christina lachte und schmiegte sich an ihn, während er sie ins Haus geleitete. Er hatte keine Ahnung, ob er überhaupt aufgeräumt hatte, doch vermutlich war es ihr ohnehin egal.

Drinnen stellte sie sich vor ihn und ergriff seine Hände. „Ich liebe dich auch", erklärte sie schüchtern lächelnd.

Es war genau das, was er jetzt brauchte und niemals zu finden geglaubt hatte. Gonzo legte seine Stirn an ihre.

„Was ist heute passiert?", wollte sie wissen.

Er streifte den Mantel von ihren Schultern und ließ ihn zu Boden gleiten. „Später", sagte er und küsste sie entschlossener. „Das erzähle ich dir später."

Sie schlang die Arme um seinen Nacken und gab sich dem Kuss hin.

13. Kapitel

Nick wandte sich bei der Suche nach einem erstklassigen Hochzeitsplaner an den Menschen, auf den er stets zählen konnte: seine Ersatzmutter Laine O'Connor.

„Senator!", rief sie am Telefon. „Was für eine reizende Überraschung."

Nick musste über diese überschwängliche Begrüßung grinsen. Gleich als John ihn zum ersten Mal während ihres ersten Harvard-Semesters mit nach Hause gebracht hatte, hatten Laine und ihr Mann Graham Nick in die Familie aufgenommen. Nach Johns Tod hatten sie alles getan, um Nick wissen zu lassen, dass sich nichts ändern und er weiterhin ein Ehren-O'Connor bleiben würde.

„Wie geht es dir, mein Lieber?", erkundigte sie sich.

„Gut. Und dir?"

„Ach, weißt du", antwortete sie seufzend. „Es gibt gute Tage und schlechte Tage."

Der Schmerz in ihrer Stimme ließ Nick mit ihr und den übrigen Verwandten mitfühlen. „Ich vermisse ihn. Manchmal vergesse ich, dass er nicht mehr da ist, und dann kommt alles wieder zurück ..."

„Er wäre sehr stolz auf dich, Nick. Ich habe deine Versammlung in der VCU im Fernsehen gesehen. Die Leute in Virginia lieben dich!"

„Ich bin mir nicht sicher, was ich getan habe, um solche Zuschauermengen zu verdienen."

„Du bist eingesprungen, als man dich brauchte." Ihre

Stimme versagte. „Du bist eingesprungen, als *wir* dich brauchten."

„Tja, jetzt brauche ich jedenfalls dich", sagte er, die Unterhaltung in eine angenehmere Richtung lenkend, ehe er von Emotionen überwältigt werden konnte. Es fiel ihm immer noch schwer, über den gewaltsamen Tod seines Freundes zu sprechen, und er wusste, dass es ihr genauso erging.

„Was kann ich für dich tun?"

„Sam und ich suchen einen Hochzeitsplaner. Jemanden, der sich in Washington gut auskennt und weiß, wie die tausend Details zu handhaben sind. Jemanden, der uns die ganze Arbeit abnimmt. Kennst du jemanden?"

„Ja, Shelby Faircloth."

„Wer ist das?"

„Lizbeths Freundin aus Georgetown", erklärte sie. Lizbeth war ihre Tochter. „Sie ist die Top-Adresse für Hochzeiten in Washington."

„Meinst du, sie hat Interesse, sich um unsere zu kümmern?"

Laine gluckste. „Ist das dein Ernst? Ihr zwei seid *das* angesagte Paar des Jahrzehnts. Die würde glatt töten für die Chance, eure Hochzeit zu organisieren."

„Ich will nicht, dass sie irgendwen tötet. Ich hoffe die ganze Zeit, dass Sam mal einen Tag freibekommt, da kann sie eine weitere Leiche bestimmt nicht gebrauchen." Nick zuckte innerlich zusammen, denn es war noch zu früh, um über Morde Scherze zu machen, besonders gegenüber Johns Mutter. „Tut mir leid. Das hätte ich nicht sagen sollen."

„Entschuldige dich nicht dafür, dass du einen Witz gemacht hast, mein Lieber. Wir könnten tatsächlich alle ein bisschen mehr Leichtigkeit in unserem Leben gebrauchen. Soll ich mal zu Shelby Kontakt aufnehmen?"

„Das wäre großartig. Bitte sie, um neun bei mir vorbeizukommen."

„Heute Abend?"

„Richte ihr aus, wenn sie den Job will, hat sie dreißig Minuten, um uns davon zu überzeugen, sie zu engagieren."

„Ich werde es an sie weitergeben."

„Und merk dir den sechsundzwanzigsten März."

„Dieses Jahr?"

„Warum sagt das jeder? Einschließlich der Braut."

Und wieder gluckste Laine vor Lachen. „Wenn es jemanden gibt, der das möglich machen kann, Nick Cappuano, dann bist du es."

„Das werden wir wohl herausfinden. Wie geht es übrigens Graham?"

„Oh, mein Lieber, manchmal frage ich mich, ob er jemals wieder derselbe sein wird, der er einmal war. Der Doppelschlag, den er durch Johns Tod und kurz darauf Julians Verlust erlitten hat … Ich weiß nicht."

„Ich muss ihn unbedingt besuchen."

„Darüber würde er sich freuen. Komm doch mit Sam am Sonntag zum Abendessen."

Nick zog seinen Kalender zurate und überlegte bereits, welche Termine er verschieben konnte, um es zum wöchentlichen Familiendinner am Sonntag zu schaffen. Seit Beginn des Wahlkampfes war er bei keinem einzigen mehr gewesen. „Ich kann, aber ich bin mir nicht sicher, ob Sam es auch schafft. Sie hat schon wieder einen heiklen Fall."

„Die Sache mit Henry, nicht wahr?"

„Ja."

„Was hat er sich nur dabei gedacht? Die arme Annette."

„Kennst du sie gut?"

„Wir sind seit Jahren befreundet. Sie muss am Boden zerstört sein. In den Nachrichten wird darüber spekuliert, dass er zurücktritt. Hast du etwas gehört?"

„Nichts Konkretes, doch es wird einiges gemunkelt."

„Ist vielleicht das Beste – für Annette und die Kinder."

„Kann sein."

„Ich bin sicher, du wirst noch von ihm hören, aber Terry kommt diese Woche nach Hause. Ich glaube, die zusätzlichen zwei Wochen hat er gebraucht. Es war gut von dir, dass du ihm den Job freigehalten hast."

„Ich freue mich darauf, wieder mit ihm zu arbeiten." Nick hatte Johns älterem Bruder den Posten des stellvertretenden Stabschefs angeboten – vorausgesetzt, er würde vorher mindestens dreißig Tage in einer Entzugsklinik seine Alkoholsucht behandeln lassen. Terry hatte aus eigener Initiative zwei Wochen drangehängt, was Nick als gutes Zeichen für Terrys Entschlossenheit wertete, nüchtern zu bleiben. „Nun, ich will dich nicht länger aufhalten. Danke für die Informationen über die Hochzeitsplanerin."

„Freut mich, dass ich dir helfen konnte. Sag mir Bescheid, wenn ich noch etwas für dich tun kann."

„Mach ich bestimmt. Grüß Graham ganz lieb von mir. Ich werde Sonntag da sein."

„Bis dann."

Nick legte auf und nahm das gerahmte Foto, das ihn und John zeigte, aus dem Regal. Blond, attraktiv und äußerst charmant, hatte John einfach alles gehabt, bis sein zwanzigjähriger Sohn ihn in einem Wutanfall ermordet hatte. Während Nick nun seinen Bruder im Herzen betrachtete, fiel ihm ein, dass ihm durch Johns Tod noch etwas fehlte, was er schon bald brauchen würde: ein Trauzeuge.

Sam verbrachte den Abend online auf den Webseiten der Senatoren, deren Büros von den getöteten Frauen gereinigt worden waren. Lightfeather, Ackerman, Stenhouse, Trent, Lewis, Cook und schließlich Cappuano. Sam hatte Nicks Seite nicht mehr besucht, seit er im Senat saß, und war sofort fasziniert von seinem Foto. „Wow“, sagte sie. „Nun sieh sich das einer an.“ Groß, gut aussehend und distinguiert, in dunklem Anzug und seriös lächelnd, verströmte er eine Aura ruhiger Autorität, die etwas in ihr auslöste.

„Was siehst du dir denn an?“, fragte Nick, als er ins Arbeitszimmer kam.

Verlegen, weil sie das Foto ihres Verlobten angestarrt hatte, wirbelte Sam in ihrem Bürosessel herum. „Dich, um genau zu sein.“

Er schien verwirrt. „Was ist mit mir?“

Sam drehte sich wieder um, sodass er einen Blick auf den Bildschirm werfen konnte. „Ich mag dieses Foto sehr.“

„Ehrlich? Ich fand es ein bisschen dämlich.“

„O nein, ganz sicher nicht dämlich.“

„Meinst du?“

„Kein Wunder, dass die Frauen des Commonwealth inzwischen Stadien füllen bei deinen Wahlkampfveranstaltungen.“

„Nun mach aber mal halblang“, meinte er verunsichert. „Was suchst du überhaupt auf meiner Website?“

„Da war etwas, was mein Vater erwähnt hat. Ich habe nach der Arbeit bei ihm vorbeigeschaut.“

„Was hat er denn gesagt?“

„Dass Leute ihre ‚Helfer‘ nur dann töten, wenn sie zu viel wissen.“

„Was hat das mit meiner Homepage zu tun?“

„Ich habe mir alle Seiten derjenigen Senatoren angesehen, für die sie gearbeitet haben – deine allerdings mehr aus Neugier.“

„Und wonach suchst du?"

„Da bin ich mir noch nicht sicher. Nach irgendeiner Verbindung zwischen euch sieben."

„Wer sind die anderen sechs?"

Sam nannte ihm die Namen.

Nick setzte sich in einen der Sessel in dem gemütlichen Büro. „Da sind ein paar einflussreiche Namen auf der Liste."

„Was haben sie gemeinsam?"

„Ackerman, Cook, Lightfeather und ich sind Demokraten. Stenhouse, Lewis und Trent sind Republikaner. Ackerman und Stenhouse sind Parteiführer. Cook und Lewis sitzen seit über dreißig Jahren im Senat, Trent ist jedoch noch relativ neu. Der Gouverneur von Oregon hat ihn ernannt, nachdem Tornquist wegen seines Skandals erledigt war. Trent wurde später gewählt. Er ist noch in seiner ersten Amtsperiode."

„Einige sitzen in denselben Ausschüssen. Gibt es Krach zwischen irgendwem, eine Fehde wie zwischen Graham und Stenhouse?"

„Ich könnte da mal nachforschen", bot Nick an.

„Halt dich vorerst zurück. Im Augenblick sollen sie nicht einmal wissen, dass ich sie unter die Lupe nehme."

„Glaubst du wirklich, es ist einer von denen?", fragte Nick skeptisch.

„Ich habe nicht die leiseste Ahnung. Bei dieser Ermittlung treten wir beinah auf der Stelle. Wir haben zwei tote Einwanderinnen, beide schwanger und angestellt bei einer Firma, die im Dienst des Kongresses steht. Eine von ihnen hatte eine Affäre mit einem Senator, war schwanger von ihm, und ihre Aufenthaltsgenehmigung wurde geprüft. Trotz Lightfeathers wasserdichtem Alibi frage ich mich, wie es möglich ist, dass er mit ihrer Ermordung überhaupt nichts zu tun hat. Für ihn stand sehr viel auf dem Spiel."

„Aber du konzentrierst dich nicht ausschließlich auf ihn, oder?“

„Momentan nicht. Ich werde bloß das Gefühl nicht los, dass mir hier irgendetwas entgeht. Etwas Wichtiges, das sich direkt vor meiner Nase befindet.“

Er nahm ihre Hand, zog Sam aus dem Sessel und auf seinen Schoß. „Was du brauchst“, sagte er und massierte ihre verspannten Schultern, „ist eine Pause von diesem Fall, außerdem Liebe und Schlaf.“

„Mm“, machte Sam. „Das kannst du gut. Falls es für dich im Senat nicht mehr läuft, könntest du Arbeit als Masseur finden.“

Nick lachte und gab ihr einen Kuss auf den Kopf. „Erinnerst du dich, wie du Julians Fall gelöst hast? Wie sich alles zusammenfügte, während du geschlafen hast?“

„Im Krankenhaus, mit einem Brummschädel nach einer Gehirnerschütterung und brennender Kopfhaut, nachdem man mich mit vierzig Stichen genäht hatte.“ Sie waren beide bei einem Autounfall verletzt worden, als ein Gangmitglied auf sie geschossen hatte. „Vielleicht solltest du mir lieber eins überbraten, statt mich zu massieren.“

„Der Punkt ist doch, dass du ein bisschen Abstand brauchst, um klarer zu sehen.“

Seine talentierten Finger entlockten ihr ein Stöhnen. „Also doch keinen Schlag auf den Kopf?“

„Nein.“

Es klingelte an der Tür, und das holte Sam in die Realität zurück.

„Das wird unsere Hochzeitsplanerin sein“, meinte Nick.

Sie stöhnte erneut. „Muss ich das wirklich jetzt machen?“

Er schob sie von seinem Schoß herunter und stand auf. „Vergiss nicht, dass das deine tolle Idee war.“

„Ich hasse sie jetzt schon.“

„Und mir tut sie schon leid."
„Ach ja, ich liebe dich auch."
Lachend bugsierte er sie Richtung Tür.
Draußen stand die zierlichste, feenhafteste Frau, die Sam je gesehen hatte.
Die Fee streckte ihre Hand aus. „Shelby Faircloth, zu Ihren Diensten", sagte sie mit charmantem Südstaatenakzent. Obwohl sie bereits Anfang vierzig sein musste, wäre sie auch für fünfundzwanzig durchgegangen.
Neben vollkommenen Blondinen wie Shelby und Christina Billings kam Sam sich immer wie eine Amazone vor.
„Kommen Sie herein", forderte Nick die Frau auf. „Kann ich Ihnen etwas anbieten? Vielleicht ein Glas Wein?"
„Oh, gern", erwiderte Shelby. „Es war echt ein langer Tag."
Während er ging, um den Wein zu holen, nahm Sam sich einen Moment, um Tinker Bell in Ruhe zu betrachten. Sie trug ein pinkfarbenes Kostüm und himmelhohe pinkfarbene Stiletto-Pumps, die Sam an diejenigen erinnerten, die die stellvertretende Staatsanwältin Charity Miller favorisierte. An einer anderen Frau hätte so viel Pink vermutlich lächerlich ausgesehen, zu Shelby Faircloth passte es jedoch einfach gut.
„Ich kann gar nicht glauben, dass wir uns noch nie begegnet sind", meinte Nick und reichte Shelby ein Glas Pinot grigio.
„Ich komme nicht oft auf die Farm", entgegnete sie, auf das Zuhause der O'Connors in Leesburg anspielend. „Aber ich treffe Lizbeth und Royce bei gesellschaftlichen Anlässen und habe gelegentlich das Vergnügen, ihren Eltern zu begegnen. Ich weiß, dass ich nichts sagen kann, um Ihren Kummer zu lindern, doch Johns Tod hat mich unendlich traurig gemacht."
„Danke", gab Nick zurück. „Es war für uns alle ein schrecklicher Verlust."
„Es muss furchtbar gewesen sein." Shelby trank einen

Schluck Wein, dann stellte sie das Glas auf den Tisch. „Nun, Sie haben mir nur dreißig Minuten eingeräumt, um Sie davon zu überzeugen, mich zu engagieren, daher verschwende ich lieber keine Zeit. Also, wenn es nach mir ginge, würde ich die Trauung in der St. John's Church, der Kirche der Präsidenten, stattfinden lassen, mit anschließender Feier im neu renovierten Hay-Adams-Hotel. Ich kann mir Sie beide sehr gut vorstellen, Hand in Hand, wie Sie über die H Street rauschen, mit dem Weißen Haus im Hintergrund." Seufzend lehnte sie sich zurück, sichtlich fasziniert von ihrer Vision. „Altes Washington, klassisch, zeitlos. Genau wie Sie beide."

Sam und Nick wechselten einen Blick. Während Sam einerseits Shelby wegen dieser Charakterisierung am liebsten angeblafft hätte, musste sie andererseits zugeben, dass sie die Hochzeit genau so vor sich sehen konnte, wie Shelby sie gerade beschrieben hatte. Und das Bild war nicht abstoßend.

„Was meinen Sie?", wollte Shelby wissen.

„Mir gefällt es", gestand Nick. „Können Sie diese klassische, zeitlose Hochzeit in sechs Wochen möglich machen?"

„Oh, absolut. Die ganze Stadt wird wild darauf sein."

„Und Sie würden uns die neugierigen Leute vom Leib halten?", fragte Sam.

„Soweit das möglich ist. Dafür engagieren Sie mich."

„Wie viel müssten wir denn anlegen, damit Sie uns den Rücken freihalten?", erkundigte Sam sich.

„Das spielt keine Rolle", mischte Nick sich ein. „Was auch immer es kostet, damit es stressfrei und perfekt wird: Ich werde den Preis bezahlen."

Sam fragte sich, ob er den Verstand verloren hatte. „Warte mal eine Sekunde ..."

Er lehnte sich zu ihr herüber und brachte sie einfach mit einem Kuss zum Schweigen. „Darüber diskutieren wir später."

„Ooh“, machte Shelby. „Sie beide sind ja in Wirklichkeit noch süßer als im Fernsehen.“

Damit erntete sie einen finsteren Blick von Sam.

„Uns als süß zu bezeichnen, bringt Ihnen bei der Braut keine Punkte ein“, warnte Nick sie lächelnd.

Shelby unternahm einen schwachen Versuch, ihr Grinsen zu unterdrücken, und erhob sich. „Ich nehme es zur Kenntnis. Ich möchte Ihre Gastfreundschaft nicht überbeanspruchen. Soll ich Ihnen einen Kostenvoranschlag schicken, zusammen mit einem Vorschlag für Blumen und andere Details, die mir bereits vorschweben? In der Zwischenzeit können Sie sich meine Webseite ansehen. Dort finden Sie Fotos von anderen Hochzeiten, die ich organisiert habe, außerdem Kommentare, Referenzen und dergleichen.“

Sie und Nick tauschten Visitenkarten aus.

„Hört sich gut an“, sagte er. „Danke.“

„Werden die beiden Veranstaltungen, so wie sie Ihnen vorschweben, barrierefrei sein?“, erkundigte Sam sich.

„Absolut. Anders hätte ich es Ihnen gar nicht vorgeschlagen.“

„Würde es Sie stören, wenn ich Sie Tinker Bell nenne?“

Shelby lachte. „Nein, kein Problem. Ich halte mich ja selbst für eine Art Zauberin.“

„Das ist genau das, was wir jetzt brauchen.“

Shelby schüttelte Sam und Nick die Hand. „Es war wunderbar, Sie beide kennenzulernen. Ich versichere Ihnen, wenn Sie mich engagieren, werden Sie eine Hochzeit bekommen, von der man noch in Jahren sprechen wird.“

Sam war sich nicht ganz sicher, wie sie dazu stand.

Nick brachte Shelby zur Tür und setzte sich anschließend zu Sam auf das Sofa. „Und? Was meinst du?“

„Ich kann es immer noch nicht ganz fassen, dass du Tinker Bell bekommen hast, um unsere Hochzeit zu planen.“

Nick umfasste ihr Kinn. „Wie wäre es mit St. John's und dem Hay?"

„Willst du nicht in einer katholischen Kirche heiraten?" Bei Johns Beerdigung hatte sie überrascht festgestellt, dass Nick offenbar häufig die Kirche besuchte.

„Da du nicht katholisch bist, wäre es in der St. John's Church mit anschließender Feier im Hay am unkompliziertesten", erklärte er. „Ich kann mir jedenfalls nicht vorstellen, dass du die Hochzeitsprozedur der Katholiken durchstehen willst."

Sam verzog das Gesicht. „Ich wette, sogar die Katholiken würden für den schneidigen Senator Cappuano eine Ausnahme machen."

„Kann sein, aber mir ist St. John's ganz recht. Episkopal ist nah genug dran."

„Ich bin etwas beunruhigt wegen des Medienrummels."

„Damit kommen wir schon klar. Ich bin sicher, Shelby ist Expertin in diesen Dingen."

„Mir hat gefallen, was sie über die Barrierefreiheit von Kirche und Hotel gesagt hat. Das zeigt, dass sie ihre Hausaufgaben gemacht hat."

„Das fand ich auch, doch wir müssen ja nichts sofort entscheiden. Wir können noch mit anderen Hochzeitsplanern sprechen, ehe wir einen engagieren."

„Uns bleiben bloß sechs Wochen", erinnerte sie ihn. „Was schlägst du denn vor, wie viel Zeit davon wir mit der Wahl eines Hochzeitsplaners verplempern wollen?"

„Dann sollten wir sie einfach nehmen?"

„Ich will erst wissen, was es kostet."

„Das ist mir egal, und ich will nicht, dass du dir darüber den Kopf zerbrichst."

„Du bezahlst auf keinen Fall alles alleine. Wir teilen uns die Kosten."

„Ich bezahle, und wir teilen gar nichts."

„Wow, Höhlenmensch! Einen Moment!"

„John hat mir so viel Geld hinterlassen." Zu Nicks Verblüffung hatte sein Freund ihm die Zwei-Millionen-Lebensversicherung zugedacht. „Ich kann mir keinen besseren Verwendungszweck für einen Teil davon vorstellen, als meiner Liebsten eine Traumhochzeit zu bezahlen, die sie vergessen lässt, dass sie jemals vorher verheiratet gewesen ist."

Das nahm ihr allen Wind aus den Segeln. „Ich weiß nicht, wie du das tust."

„Was denn?"

„Ich bin voll auf Streit aus, dann sagst du so etwas, und ich will dich nur noch küssen."

Sein triumphierendes Grinsen hätte sie wütend machen sollen, doch sie liebte ihn einfach zu sehr. „Lass dich nicht aufhalten."

Sam lehnte sich zu ihm herüber, um ihm einen Kuss zu geben, den er nie vergessen würde.

14. Kapitel

Mit vor Anstrengung pochendem Herzen und brennenden Lungen ließ Freddie sich auf den Rücken fallen und zog Elin mit sich. Er wischte sich den Schweiß von der Stirn.

„Es ist offiziell", sagte er, als er wieder sprechen konnte.

Sie stupste einen seiner Nippel mit der Fingerspitze an. „Was denn?"

„Ich bin offiziell süchtig nach dir." Er drehte sich auf die Seite und umfasste ihre Brüste, wobei er fasziniert beobachtete, wie ihre gepiercten Brustwarzen hart wurden. „Kann nicht genug kriegen von dir." In Wahrheit wurde der Sex mit ihr allmählich zu einer Obsession, die ihm Sorgen bereitete – dank seiner Mutter und Sam, die alle möglichen Zweifel in ihm gesät hatten. Vielleicht hatten sie recht. Wenn er sich daran zu erinnern versuchte, wie er seine Zeit verbracht hatte, bevor er jede Nacht die Bettlaken mit Elin in Flammen setzte, fiel ihm nichts mehr ein.

„Ich muss auch nach dir süchtig sein, weil ich nicht genug von dir bekommen kann", erwiderte sie und hauchte eine Spur von Küssen von seiner Brust bis hinunter zu seinem Bauch.

Freddie sog scharf die Luft ein, da er ihre Absicht durchschaute. Eben hatte er noch geglaubt, sie seien fertig für diese Nacht. Doch seine erst kürzlich befriedigte Lust erwachte von Neuem, als Elin ihre talentierten Lippen um seinen Schaft schloss.

Er krallte die Finger ins Laken und überließ sich Elin ganz. Sie saugte und setzte die Zunge in genau dem richtigen Maß ein. Dann massierte sie seine Hoden und brachte ihn damit fast erneut zum Orgasmus. Allerdings überraschte sie ihn, indem sie sich plötzlich rittlings auf ihn setzte und ihn tief in sich aufnahm.

Während das letzte Mal wild und ungestüm gewesen war, ging sie es diesmal langsam an, indem sie ihn reizte und ihm süße Qualen bereitete, bis er kurz davor stand, sie anzuflehen. Er fasste sie an den Hüften, hielt sie fest und kam heiser aufschreiend.

Sie sank auf ihn herab, und er schlang die Arme um sie.

Den ganzen Abend lang hatte er sich nicht getraut, den Vorschlag eines gemeinsamen Abendessens mit seiner Mutter zur Sprache zu bringen. Doch da er nun merkte, dass Elin gleich einschlafen würde, konnte er es nicht länger aufschieben. „Ich habe mir überlegt …"

„Ja?"

„Dich und meine Mom mal zusammenzubringen, damit ihr euch besser kennenlernen könnt."

Er fühlte ihre Anspannung schon, bevor sie sich von ihm losmachte.

„Was ist denn?", wollte er wissen.

Sie zog die Decke hoch. „Lieber nicht."

„Warum nicht?"

„Warum kann es nicht bleiben, was es ist?" Sie deutete auf das Bett.

„Was? Sex, Sex und wieder Sex?"

„Und was ist daran verkehrt? Haben wir etwa keinen Spaß zusammen? Wieso müssen andere Leute da reingezogen werden?"

„Darum. Sie ist meine Mutter, und du bist meine … na ja, Freundin. Ich möchte, dass ihr euch versteht."

„Ich bin wohl kaum deine Freundin, Freddie."

„Doch, bist du." Erneut pochte sein Herz, aber diesmal aus Furcht, die sich seltsamerweise in ihm ausbreitete. „Warum sagst du das?"

„Hm, vielleicht, weil wir, seit wir angefangen haben zu vögeln, nichts anderes gemacht haben oder irgendwo waren. Wir haben es bloß miteinander getrieben, das ist alles. Das macht mich eher zu deiner Bettgenossin, nicht zu deiner Freundin."

Verstört von ihrer rüden Ausdrucksweise setzte er sich im Bett auf. „Das stimmt nicht! Ich habe dich zu Skips Hochzeit mitgenommen. Ich habe dir angeboten, dich zum Essen auszuführen …"

Mit dem Zeigefinger verschloss sie seinen Mund. „Wir beide tun genau das, was wir tun wollen. Mach es nicht zu etwas, das es nicht ist."

Er stand auf und begab sich auf die Suche nach seinen Jeans.

„Was tust du?"

Er bemühte sich, seinen Zorn zu zügeln, während er die Hose anzog und den Reißverschluss zumachte. Den Knopf ließ er offen.

„Freddie, komm schon. Geh nicht."

„Ich will keine Bettgenossin", sagte er und bemühte sich um einen ruhigen Ton. „Ich will eine Freundin, eine echte Freundin. Und das hier will ich auch." Er deutete auf das Bett. „Aber das ist nicht alles, was ich will. Wenn du also tatsächlich nicht mehr willst als das hier, bin ich raus." Noch während er die Worte aussprach, fragte er sich, ob er wirklich ohne den Sex auskommen würde. Schließlich war er seinem eigenen Eingeständnis zufolge süchtig.

„Das ist nicht dein Ernst."

Er schluckte hart. „Doch, ist es."

Während er sein T-Shirt anzog, sah er zu ihr und erklärte: „Freitagabend koche ich, und ich habe meine Mutter bereits eingeladen. Wenn du an einer echten Beziehung interessiert bist, komm zum Essen. Falls nicht, tja dann, es war nett, aber es ist vorbei."

Zorn blitzte in ihren blauen Augen auf. „Du stellst mir also ein Ultimatum? Triff dich zum Abendessen mit meiner Mutter, oder es ist aus zwischen uns?"

Er setzte sich aufs Bett, ergriff ihre Hand und verschränkte seine Finger mit ihren. „Es geht nicht um meine Mutter, Elin. Es geht darum, dass ich mehr will als nur eine Sexbeziehung. Vielleicht funktioniert das für dich, aber das bin nicht ich." Ihm wurde plötzlich klar, dass es im Grunde genau das war, was seine Mutter und Sam versucht hatten, ihm begreiflich zu machen.

„Die haben dich weichgekriegt", meinte Elin, die offenbar seine Gedanken ahnte. „Darum geht es hier."

Er schüttelte den Kopf und wollte sie küssen. „Du bist mir wichtig. Ich bin gern mit dir zusammen, aber ich brauche mehr als das, was wir jetzt haben."

„Du kannst nicht einfach mittendrin die Regeln ändern. Das ist mir gegenüber unfair."

„Ja, du hast recht, es ist ziemlich unfair." Er drückte ein letztes Mal ihre Hand, dann ließ er sie los, richtete sich auf und suchte seine Stiefel. „Ich hoffe, ich sehe dich Freitagabend. Jederzeit ab sieben."

„Ich werde nicht kommen."

Es tat ihm unendlich leid, dennoch zweifelte er nicht daran, das Richtige für sich zu tun. „Das ist deine Entscheidung. Du würdest mir fehlen, wenn ich dich nie wiedersehe."

„Du würdest den Sex vermissen", murmelte sie.

„Ich würde alles vermissen", entgegnete er und zog den Mantel an. Mit einem letzten Blick zu ihr ließ er sie schmollend im Bett zurück und ging aus der Wohnung. Möglicherweise zum letzten Mal. Jeder Mann, den er kannte, würde ihn für verrückt halten, weil er eine Frau wie Elin, die nur eine Sexbeziehung wollte, verließ. Aber Freddie war nicht wie die anderen. Das wusste er genau.

Wie würde er es ohne den Sex aushalten, nach dem er sich inzwischen sehnte? Nun, das war ein anderes Thema.

Nachdem er mit dem Erzählen erst angefangen hatte, hörte er nicht mehr auf. Seit über einer Stunde sprach der für gewöhnlich eher schweigsame Tommy Gonzales mit Christina über seine große Angst, dass Gibson aus dem Gefängnis entlassen werden und es erneut auf Sam abgesehen haben könnte. Er redete darüber, wie er und Detective Cruz ihre Bemühungen verstärken wollten, um die Person ausfindig zu machen, die auf Sams Vater geschossen hatte. Er erzählte von seinem kleinen Sohn, den er Alejandro nennen wollte, nach dem Großvater des Kindes, und dass er ihn Alex rufen würde. Ein in Amerika aufwachsendes Kind sollte einen amerikanischen Namen haben.

Christina lag derweil neben ihm im Bett, hielt seine Finger zwischen ihren Händen und hörte ihm zu, ohne ihn zu unterbrechen.

Irgendwann schienen ihm die Worte auszugehen, und er drehte den Kopf, um sie anzusehen. Er wirkte verlegen und süß. „Ich quatsche dich ganz schön voll."

„Das macht mir nichts aus." Ihr Liebesspiel von vorhin wirkte noch auf angenehme Weise nach. Am liebsten hätte sie sich selbst gekniffen, um sicherzugehen, dass dies auch wirklich passierte. Jahrelang hatte sie für John O'Connor geschwärmt, der sie kaum zur Kenntnis genommen hatte – außer als gute Freundin und engagierte Mitarbeiterin.

Und jetzt das … Trotz ihrer sehr unterschiedlichen Herkunft, trotz des Babys, das nun auf einmal in sein Leben getreten war, trotz ihrer anstrengenden, unberechenbaren Jobs hatten sie und Tommy einander gefunden. Christina war nie zuvor so glücklich gewesen und so sicher, den Richtigen zu haben.

Seine wunderschönen braunen Augen blickten sehr ernst. Vor dem Anruf von Lori hatte Christina nie einen solchen Ausdruck darin gesehen. „Was denkst du?"

„Ich werde um ihn kämpfen müssen, weißt du?"

„Natürlich musst du das."

„Ich mache mir bloß Gedanken darüber, was ich tun werde, falls ich gewinne."

Sie stützte sich auf den Ellbogen. „Wie meinst du das?"

„Als ich sagte, ich wüsste nichts über Babys, meinte ich das auch so. Vielleicht ist der Kleine bei ihr besser aufgehoben."

„Du weißt, dass das nicht stimmt." Sie strich ihm mit den Fingern durchs Haar. „Wie alle, die gerade Eltern geworden sind, wirst du herausfinden, was du wissen musst."

„Aber wenn ich ihn aus Versehen zerbreche oder so was? Gestern, als sie ihn mir gab …"

Mit zitternden Lippen nickte Christina.

„Das war das erste Mal, dass ich ein Baby im Arm gehalten habe, seit der Geburt meines Neffen, und das ist Jahre her."

Christina verkniff sich ein Lachen und umfasste sein Gesicht. „Tommy, Liebling, du wirst ihn nicht zerbrechen." Sie küsste ihn zärtlich auf die Lippen. „Du wirst ihm ein toller Vater sein, da bin ich mir sicher."

„Und wenn ich diese Chance nie bekomme? Lori ist stocksauer, weil die Sozialarbeiterin bei ihr aufgetaucht ist."

„Du bist der Vater des Kindes. Du hast Rechte, genau wie sie."

„Was ist, wenn ich nun doch nicht der Vater bin? Solange

das Ergebnis des DNA-Tests nicht vorliegt, habe ich keine Gewissheit."

Christina berührte mit der Fingerspitze sein Kinngrübchen und küsste ihn dort. „Der Beweis liegt in dem Grübchen."

Er zog sie zu sich herunter, sodass sie auf ihm lag. „Ich tue doch das Richtige, oder?"

Die Verletzlichkeit in seiner Stimme und in seiner Miene rührte ihr Herz. „Nichts anderes würde ich von dir erwarten."

Er strich durch ihr Haar und betrachtete sie intensiv. „Ohne dich könnte ich das alles nicht durchstehen."

„Doch, das könntest du."

„Ich bin jedenfalls froh, dass ich das nicht muss."

Christina legte den Kopf auf seine Brust und lauschte dem kraftvollen Schlagen seines Herzens, noch immer begeistert, dass er es ihr geschenkt hatte.

Seine Hände glitten von ihren Schultern über ihren Rücken hinunter zu ihrem Po.

Ihr ganzer Körper kribbelte vor sinnlicher Erwartung. Niemand hatte je zuvor derartige Empfindungen in ihr ausgelöst. „Tommy", flüsterte sie.

„Hm?"

„Liebst du mich wirklich?"

Er schloss sie fester in die Arme. „Ja, das tue ich. Liebst du mich denn wirklich?"

„Ja."

„Du bist das Beste, was mir seit sehr langer Zeit passiert ist. Vielleicht sogar überhaupt …"

Christina seufzte. „Geht mir genauso."

Er hob ihr Kinn und küsste sie.

Sie war schon halb eingeschlummert, wurde aber sofort wieder hellwach. „Du musst morgen früh arbeiten."

„Ich weiß", sagte er.

Als er ihren Hals küsste, bescherte ihr das am ganzen Körper eine Gänsehaut. „*Tommy.*“

Lachend setzte er sein Spiel fort, bis ihr gemeinsames Lachen sich in Stöhnen verwandelte.

Zum ersten Mal, seit sie ihre Cola-light-Sucht aufgegeben hatte, war Sam an diesem Morgen nicht zumute, als ob sie durch Treibsand watete. Das war vermutlich ein Fortschritt. Im Hauptquartier fand sie ein ziemliches Chaos vor.

„He, Leute!“, rief sie der lärmenden Gruppe von Detectives zu, die sich vor ihrem Büro versammelt hatte. „He!“

Alle Blicke richteten sich auf sie.

„Was zum Geier ist hier los?“

„McBride ist verschwunden“, antwortete Freddie, und seine Miene verriet, dass das stimmte.

Sam fühlte Angst in sich hochkriechen, gleichzeitig spürte sie das Adrenalin in ihren Adern. Sie wandte sich an William Tyrone, McBrides Partner. „Definiere ‚verschwunden‘.“

Tyrone schluckte. Seine übliche Gefasstheit war einer nackten Panik gewichen, was Sams Angst nur verstärkte. „Wir haben getan, was du gesagt hast, und sind Selina gestern Abend gefolgt. Sie ging zur Arbeit, kam nach Hause, das war’s. Nichts Besonderes. Also trennten Jeannie – ich meine, Detective McBride – und ich uns. Ich sagte ihr, ich würde den Bericht zu Hause schreiben und ihn per E-Mail schicken. Zu Hause hatte ich noch eine Frage, deshalb rief ich sie an, aber niemand meldete sich.“

„Vielleicht schläft sie noch?“

Er schüttelte den Kopf. „Sie nimmt sonst immer meine Anrufe entgegen. Immer. Selbst wenn sie schläft oder mit Michael zusammen ist.“ Sam konnte das verstehen, denn sie und Cruz hatten eine ähnliche Vereinbarung.

„Bist du zu ihr gefahren?“

Tyrone bejahte das. „Und zu Michael auch. Von da an habe ich mir richtig Sorgen gemacht. Sie geht jeden Morgen im Anschluss an die Nachtschicht dorthin, um ihn zu sehen, bevor er zur Arbeit muss. Aber da war sie diesmal nicht, und er hat ebenfalls versucht, sie anzurufen. Auf keinen Fall würde sie Anrufe von uns beiden ignorieren. Das sieht ihr überhaupt nicht ähnlich. Da ist etwas passiert, Lieutenant. Ich weiß es."

Sams Magen schmerzte, wie er es nicht mehr getan hatte, seit sie das Colatrinken aufgegeben hatte. Die anderen Detectives sahen sie erwartungsvoll an. Sie unterdrückte die Furcht und konzentrierte sich. „Ruft die zweite und die dritte Schicht zurück. Gebt eine Fahndung nach ihr und ihrem Wagen heraus. Ich will, dass alle verfügbaren Kräfte sich auf die Suche nach ihr machen."

Während die anderen auseinanderliefen, um Sams Befehle in die Tat umzusetzen, betrat sie ihr Büro und rief Captain Malone und Chief Farnsworth an, um sie zu informieren. Beide waren innerhalb von Minuten im Kommissariat.

„Was wissen Sie?", fragte Farnsworth mit einem besorgten und gestressten Ausdruck in den grauen Augen. Nachdem Sam ihn auf den neuesten Stand gebracht hatte, verlangte er, dass Tyrone seine Geschichte ein weiteres Mal erzählte. Als dieser damit fertig war, sah Sam dem jungen Detective an, wie aufgelöst er inzwischen war.

„Cruz", sagte sie, „nimm Tyrone mit in die Cafeteria und besorg ihm etwas zu essen."

„Ich kann nichts essen, Lieutenant. Ich kann einfach nicht. Gib mir etwas zu tun, irgendwas."

Sam überlegte einen Moment. „Analysiere die Daten ihres Handys und des Handys ihres Freundes."

„Der hat nichts damit zu tun", meinte Tyrone mitfühlend. „Er ist verrückt nach ihr."

„Tu es trotzdem, Detective."

„Ja, mach ich, Lieutenant", murmelte er im Davongehen.

„Was kann ich tun?", fragte Freddie.

„Fahr mit Gonzo und Arnold nach Columbia Heights. Dort wurde sie zuletzt gesehen. Nehmt Fotos von ihr mit und hört euch um."

„Glaubst du, das hat etwas mit unserem Fall zu tun?", fragte er zögernd.

Sam dachte an Maria und Regina und die blutigen Tatorte. Und dann dachte sie an Jeannie, die wunderschöne, kluge, witzige Jeannie. Ihr Magen schmerzte. „Ich hoffe verdammt noch mal, dass es nicht so ist."

„Aber?"

„Ist es nur Zufall, dass sie verschwunden ist, nachdem sie die ganze Nacht eine der Freundinnen der Opfer observiert hat?"

Freddie atmete schwer aus, als ihm die möglichen Szenarien klar wurden.

„Hört euch um und berichtet alle halbe Stunde."

Er versprach es und verschwand eilig.

Der Chief betrat ihr Büro.

„Ich habe veranlasst, dass alle Kräfte des Departments sich auf die Suche nach McBride konzentrieren", erklärte Sam. „Allerdings ist mir durchaus klar, dass ich nicht über die Autorität verfüge …"

„In einem Fall wie diesem schon. Absolut."

„Ich weiß, ich sollte ruhig bleiben und das Kommando übernehmen …" Wenn nur ihre Hände mit dem Zittern aufhören würden.

„Nehmen Sie sich eine Minute, dann tun Sie genau das."

„Wenn ihr irgendetwas zugestoßen ist …"

„In diesem Job passieren nun mal Dinge, Lieutenant. Das wissen Sie ebenso gut wie jeder andere."

Seine Worte wirkten wie ein Schwall kaltes Wasser, den sie gebraucht hatte. „Ich werde eine Kommandozentrale im Konferenzraum einrichten und Sie über jede neue Entwicklung auf dem Laufenden halten."

„Malone und ich werden in der Kommandozentrale sitzen. Sie sind effektiver draußen in den Straßen."

„Da wäre ich auch lieber." Sam schnappte sich ein Funkgerät. „Sobald ich etwas in Erfahrung gebracht habe, melde ich mich."

„Lieutenant", sagte Gonzo im Türrahmen. „Jeannies Freund ist hier."

„Bring ihn rein."

Gonzo führte einen großen schwarzen Mann im eleganten Anzug ins Büro, und Sam fand, dass er und die ebenfalls große, attraktive Jeannie ein hinreißendes Paar abgaben.

„Danke", entließ sie Gonzo. „Ich komme in Kürze nach."

„Michael Wilkinson", stellte der Mann sich vor und gab ihr die Hand.

„Sam Holland. Ich habe schon viel von Ihnen gehört."

„Ich auch von Ihnen. Können Sie mir sagen, was getan wird, um Jeannie zu finden?" Seine Stimme war ruhig, doch Sam hörte die Hysterie heraus, die direkt unter der Oberfläche lauerte.

„Wir haben jeden aus diesem Department mit der Suche beauftragt. Wann wurde Ihnen klar, dass etwas nicht stimmt?"

„Kurz nach sieben. Wenn sie Nachtschicht hat, kommt sie nach Feierabend immer vorbei, damit wir noch ein bisschen Zeit füreinander haben, bevor ich gegen neun zur Arbeit muss. Wir arbeiten zu völlig unterschiedlichen Zeiten, deshalb nutzen wir das bisschen freie Zeit gemeinsam. Wenn sie verhindert ist, ruft sie an. Als sie diesmal nicht auftauchte, nicht anrief und auch nicht ans Telefon ging, machte ich mir Sorgen. Da ich weiß, wie es in ihrem Job laufen kann, dachte ich mir zuerst nicht viel dabei. Dann kam Will vorbei, und da wusste ich, dass etwas nicht stimmt, denn er wirkte sehr aufgewühlt."

Sam verstand die Partnerschaft zwischen McBride und Tyrone jetzt besser. Er schrieb die Berichte, damit sie eine Stunde mit ihrem Freund verbringen konnte. So wie sie Jeannie kannte, revanchierte sie sich bei anderer Gelegenheit für diese nette Geste.

„Mr. Wilkinson, ich muss Sie fragen, wo Sie in der vergangenen Nacht waren."

Er wirkte erst verblüfft, dann geschockt. „Das kann nicht Ihr Ernst sein."

„Ich muss das fragen."

Die Hände in die Hüften gestemmt, erwiderte er frustriert: „Da Jeannie gestern sehr früh ihre Schicht antrat, machte ich Überstunden, kaufte mir auf dem Heimweg etwas zu essen und war gegen neun zu Hause. Ich habe eine Alarmanlage in meinem Haus, die sich automatisch einschaltet, sobald ich daheim bin. Das können Sie gern überprüfen."

„Ich weiß Ihre Offenheit zu schätzen, und es tut mir leid, dass ich fragen musste."

„Ich liebe sie, Lieutenant", sagte er sanft. „Sie ist die Richtige für mich. Ich könnte ihr niemals etwas antun. Tatsächlich hatte ich vor, ihr an diesem Wochenende einen Heiratsantrag zu machen." Er zog eine kleine Box aus seiner Jacketttasche und zeigte ihr den Ring.

„Der ist wunderschön", entgegnete Sam aufrichtig. „Sie wird begeistert sein."

„Wir müssen sie finden", erklärte er. „Wir müssen einfach."

„Das werden wir auch." Sam malte sich verschiedene Szenarien aus, die alle einem Horrorfilm glichen. „Wir werden sie finden."

15. Kapitel

Sie suchten den ganzen Tag nach ihr. Um kurz nach sieben an diesem Abend stand Sam auf einem Gehsteig in Columbia Heights und nahm einen weiteren Anruf von Jeannies Mutter entgegen, die außer sich vor Sorge war. Sam tat ihr Bestes, um die Frau zu beruhigen, während sie sich zugleich wünschte, jemand täte das auch mit ihr. Kaum hatte sie das gedacht, rief Nick an.

„Hey“, meldete Sam sich.

„Schon irgendein Zeichen von ihr?“

„Nur ihr Auto. Wir haben es in der Capitol Mall vor einer Stunde entdeckt. Die Spurensicherung ist dran, hat aber bisher nichts gefunden, was uns bei der Suche nach ihr weiterhelfen würde.“

„Shit.“

„Ja.“

„Was kann ich für dich tun, Liebes? Sag es einfach, und ich mache es.“

„Mir fällt nichts mehr ein, was wir noch tun könnten. Malone hat vor einer Stunde das FBI eingeschaltet.“ Unter normalen Umständen hätte Sam etwas dagegen, dass das FBI sich in einen ihrer Fälle einmischte, doch in diesem Fall würde sie jede Hilfe annehmen, die sie bekommen konnte.

„Wie geht es dir?“

Sein zärtlicher Ton trieb ihr die Tränen in die Augen. Sie blinzelte dagegen an, denn wenn sie ihnen freien Lauf ließ, würde sie vermutlich nicht mehr aufhören können, zu weinen. „Ich hatte schon bessere Tage.“

„Liebes“, sagte er gequält. „Ich wünschte, ich könnte dir irgendwie helfen.“

„Es hilft, deine Stimme zu hören“, erwiderte sie. „Ich muss los.“

„Ich bin hier, falls du mich brauchst. Egal, wofür.“

„Ich weiß.“

„Halte durch und pass auf dich auf.“

„Mach ich.“ Sie beendete das Gespräch und hielt das Telefon noch eine ganze Weile fest, als klammere sie sich an ihn und seine Kraft. Dann räusperte sie sich und wollte den Block zurückgehen, als sie Lieutenant Stahl praktisch in die Arme lief – der letzten Person, die sie jetzt sehen wollte.

„Haben Sie Probleme damit, Ihre Leute im Auge zu behalten, Lieutenant?“, erkundigte er sich. Sein fieses Grinsen war nach den Stunden der Anspannung einfach zu viel.

„Macht Ihnen das etwa Spaß? Was ist denn bloß los mit Ihnen? Ein ausgezeichneter Officer ist verschwunden, und Sie haben noch Zeit, mich zu piesacken? Setzen Sie sich in Bewegung und helfen Sie bei der Suche nach ihr!“

Sie ließ ihn stotternd stehen und marschierte los, um Cruz und Gonzo zu finden. Einen halben Block weiter traf sie Captain Malone, der Chief Farnsworth die Kommandozentrale überlassen hatte, um sich nach den Fortschritten zu erkundigen.

„Und?“, fragte er und sah müde und angespannt aus.

Sie schüttelte den Kopf. Ihr Magen schmerzte noch immer, und das Adrenalin, das sie den ganzen Tag angetrieben hatte, wich allmählich einer bleiernen Müdigkeit. „Was können wir denn noch ausrichten? Es muss doch etwas geben.“

„Wir tun, was wir können.“

Sie schaute auf die Uhr. „Wir müssen einige Leute nach Hause schicken, damit sie schlafen.“

„Das können Sie ja versuchen, aber die werden nicht gehen."

„War es schon in den Nachrichten?"

Er bejahte.

„Wir können ebenso gut verkünden, dass heute der beste Tag für ein Verbrechen in der Hauptstadt ist."

„Ich weiß."

Plötzlich knisterten ihre Funkgeräte. Sie blieben stehen und lauschten, wie die Zentrale einen Notruf weitergab. Es ging um eine farbige nackte Frau, die sechs Blocks von Sams und Malones Standort gefunden worden war. Sam rannte los, dicht gefolgt vom Captain.

„Lebt sie?", schrie Sam ins Funkgerät. Ihr Herz hämmerte wie Donner in ihren Ohren und machte es wegen des schweren Atems zusätzlich schwierig, irgendetwas zu verstehen.

„Über den Zustand des Opfers ist nichts bekannt", gab die Zentrale zurück. „Krankenwagen ist unterwegs."

Die Detectives Arnold und Gonzales meldeten sich kurz darauf vom Fundort und berichteten, bei der Frau handele es sich tatsächlich um Detective McBride. Sie lebe, sei jedoch bewusstlos, schwer misshandelt und blute.

Vor Erleichterung gaben Sams Knie beinah nach, weshalb sie einen Moment stehen blieb, bevor sie weiterlief.

„Dem Himmel sei Dank", hörte sie Malone sagen.

Sie sahen den Krankenwagen um die Ecke biegen, praktisch auf zwei Rädern, mit Blaulicht und Sirenen. Sam und Malone trafen nur Sekunden vor den Sanitätern am Tatort ein.

Gonzo hatte McBride seinen Mantel umgelegt, sodass Sam ihre Verletzungen nicht beurteilen konnte. Allerdings wies ihr hübsches Gesicht Prellungen auf, die sie fast bis zur Unkenntlichkeit entstellten. Sam erschrak heftig, als sie den Schnitt an ihrem Hals entdeckte. „Jesus."

Cruz und Gonzo schauten mit grimmigen Mienen zu ihr auf.

Als sich die Rettungskräfte einen Weg durch die Menge bahnten, die sich in der Gasse versammelt hatte, traten alle zurück.

„Schafft die Leute hier weg", befahl Sam. „Ich bleibe bei ihr. Ruft Tyrone an, damit er ihre Familie informiert."

Cruz und Gonzo schickten die Schaulustigen weg. Malone nahm einen Anruf auf seinem Handy entgegen und folgte ihnen.

Sam ging neben Jeannies Kopf in die Hocke, während die Sanitäter schnell und konzentriert arbeiteten, um sie für den Transport zu stabilisieren.

„Kennen Sie ihre Blutgruppe?", erkundigte sich einer der Sanitäter.

„Nein, aber die wird in ihrer Akte stehen." Sie rief in der Zentrale an und bat um die Information, während Jeannie auf die Bahre gehoben und zugedeckt wurde. „Können Sie mir schon etwas sagen?", fragte Sam die Sanitäter und gab sich Mühe, professionell zu bleiben, obwohl sie sich am liebsten an jemandem oder etwas abreagiert hätte.

Benommen nahm sie die Worte auf, während sie der Trage folgte. „Hoher Blutverlust durch den Schnitt, auch wenn er nur oberflächlich war", erklärte einer der Retter. „Vermutlich Vergewaltigung, möglicherweise gebrochenes Handgelenk, Schürfwunden und zahlreiche Prellungen."

„Wird sie durchkommen?", wollte Sam wissen und fühlte sich elend bei der Vorstellung, was ihrer Freundin und Kollegin widerfahren war.

Der Mann sah sie an. „Die Herzfrequenz ist stabil, der Blutdruck niedrig, allerdings nicht gefährlich."

Sam war klar, dass man ihr keine Zusicherungen geben

konnte, doch es klang, als sei Jeannies Zustand zwar ernst, aber nicht lebensbedrohlich. Sam winkte Freddie und Gonzo zu sich. „Lasst die Spurensicherung kommen und sucht jeden Zentimeter dieser Straße ab. Startet eine Befragung. Jemand muss gesehen haben, wie er sie hier abgelegt hat. Bringt mir Informationen, irgendwas."

Die beiden machten sich an die Arbeit, und die Zentrale gab Jeannies Blutgruppe durch. „AB positiv."

Sam leitete das an die Sanitäter weiter und kletterte hinten in den Krankenwagen, um die nach wie vor bewusstlose Jeannie zu begleiten. Sie war froh, dass es ihrer Kollegin erspart blieb, das traumatische Ereignis erneut zu durchleben. Zumindest vorläufig. Diese Pause währte jedoch nicht lange, denn auf halbem Weg zum Krankenhaus fing Jeannie an zu stöhnen.

Sam legte die Hand auf ihre Schulter. „Ganz ruhig. Alles wird gut."

Als die Tränen aus Jeannies Augen liefen, wischte Sam sie fort. „Tut weh", flüsterte Jeannie.

„Können Sie ihr etwas gegen die Schmerzen geben?", bat Sam den Sanitäter.

Er nickte und rief die Notaufnahme an, um Instruktionen zu erhalten.

Jeannie leckte ihre übel geschwollenen Lippen und zuckte zusammen. „Hat mich betäubt. Etwas stach mich in den Hals."

So hatte er sie also erwischt.

„Entspann dich einfach." Sam widerstand dem Impuls, in den Vernehmungsmodus zu wechseln. „Wir können später darüber reden, was passiert ist, sobald es dir besser geht."

„Ich habe mich gewehrt." Sie gab einen Schluchzer von sich. „So heftig ich konnte."

„Ich weiß. Das hast du gut gemacht."

„Hab ihn nicht kommen sehen. Ich war auf dem Weg zu

Michael." Sie schaute Sam an. „Lass nicht zu, dass er mich so sieht. Bitte."

„Er ist außer sich vor Sorge."

Ihr Weinen wurde zu einem Wimmern, das Sam das Herz brach. „Halt ihn zurück."

„Was immer du möchtest. Beruhige dich und konzentriere dich auf deine Genesung."

„Er sagte …" Sie schloss die geschwollenen Augen wieder.

„Was? Was hat er gesagt, Jeannie?"

„Soll dir ausrichten, du sollst dich raushalten, sonst bist du die Nächste."

Sam erschrak, als ihr der Sinn von Jeannies Worten klar wurde. Der Mann, nach dem sie suchten, hatte sich Jeannie geschnappt, sie gequält und vergewaltigt, um sie anschließend mit einer Botschaft zurückzuschicken. Nur deswegen hatte er sie am Leben gelassen. Sam tätschelte ihrer Kollegin die Schulter. „Wir werden ihn erwischen. Für dich und Maria und Regina und jede andere Frau, die dieser kranke Dreckskerl angegriffen hat." Sie zweifelte inzwischen nicht mehr daran, dass es noch weitere Frauen gab, die sich bloß nicht gemeldet hatten.

„Lieutenant", sagte der Sanitäter. „Wir sind gleich da."

Sam nahm eine aufrechte Haltung auf ihrer Bank ein, damit sie nicht im Weg war, während die Bahre aus dem Wagen gehoben wurde. Sie folgte den Sanitätern und Jeannie in die Notaufnahme des Washington Hospital Center, wo die meisten Detectives bereits warteten.

Kaum war Jeannie in einem Schockraum verschwunden, wurde Sam mit Fragen bestürmt. Sie hob die Hände, um die anderen zu stoppen. „Sie ist bei Bewusstsein und spricht, hat aber viel Blut verloren. Sie ist dankbar dafür, dass ihr alle hier seid, doch ihr müsst jetzt unbedingt nach Hause gehen und schlafen, damit wir morgen früh richtig loslegen können. Bitte geht alle nach Hause. Ihr habt heute gute Arbeit geleistet.“

Unter reichlich Gemurmel und Gemurre zogen die meisten Detectives ab. Cruz, Gonzo, Arnold, Tyrone und Malone blieben.

„Ich dachte, ihr führt die Befragung der Nachbarschaft durch?“, wandte Sam sich an Cruz und Gonzo.

„Die zweite Schicht bestand darauf, das zu übernehmen, weil Jeannie unsere Freundin ist“, erklärte Cruz.

„Okay“, meinte Sam.

Eine Krankenschwester kam durch die aufschwingende Doppeltür. „Lieutenant Holland? Detective McBride fragt nach Ihnen.“

Sam sagte zu Malone: „Gehen Sie nicht weg. Ich muss mit Ihnen sprechen.“ Sie ging hinter der Krankenschwester über den Flur zu Jeannies Zimmer, in dem ein Ärzteteam fieberhaft an ihr arbeitete.

Sam fühlte einen Kloß im Hals. Da sie keine Ahnung hatte, was sie sagen sollte, nahm sie einfach Jeannies Hand und hielt sie, während der Chirurg den üblen Schnitt an ihrem Hals nähte.

„Die machen einen Spurensicherungstest für Sexualdelikte“, flüsterte Jeannie mit Tränen in den Augen. „Bleibst du bei mir?“

„Selbstverständlich, aber hättest du nicht lieber deine Mutter …?“

„Nein!“

„Okay.“ Sam war ein bisschen erschrocken über diese Vehemenz. „Wie du willst. Ich muss den anderen kurz Bescheid geben. Bin gleich wieder da.“

Sam kehrte ins Wartezimmer zurück und winkte Cruz und Gonzo zu sich. „Ihr könnt heute Abend nichts mehr tun, also geht nach Hause. Ich will, dass ihr morgen früh alle ausgeruht seid.“

„Ruf an, falls du irgendetwas brauchst“, meinte Gonzo. „Dann komme ich umgehend zurück.“

„Ich auch“, sagte Cruz.

Sam versprach es und schickte sie fort. Danach wandte sie sich an Malone und wiederholte die Botschaft, die der Täter ihr gesandt hatte.

„Um Himmels willen.“ Die Hände auf den Hüften, musterte er sie. „Ich nehme nicht an, dass Sie mir gestatten, Ihnen zwei Polizisten zur Seite zu stellen, bis diese Geschichte vorbei ist.“

„Ich bitte Sie.“

„Der Kerl ist gut, Sam. Er hat eine erfahrene Polizistin am helllichten Tag auf offener Straße entführt. Behaupten Sie bloß nicht, das könnte Ihnen nicht geschehen.“

„Der wird mich nicht kriegen.“

„Ich, äh, erinnere Sie nur ungern daran, was erst vor Kurzem mit Reese passiert ist.“ Clarence Reese hatte sie überrumpelt, indem er auf den Rücksitz ihres Wagens gesprungen war und ihr eine Pistole an den Kopf gehalten hatte.

„Das war Pech. Ich war nicht auf dem Damm. Aber das bin ich jetzt vollkommen, das kann ich Ihnen versichern.“

„Sie sind erschöpft und wütend. Das sind wir alle. Ich kann es nicht gebrauchen, dass mir ein weiterer Officer von diesem Kerl weggeschnappt wird.“

„Er wird es nicht wieder tun“, erklärte Sam.

„Da scheinen Sie sich ja sehr sicher zu sein.“

„Er hat sich Jeannie bloß geschnappt, um die Botschaft an uns zu übermitteln. Wir sind ihm bei unseren Ermittlungen schon zu nah gekommen.“

„Er ist unfassbar dreist. Hinterlässt überall DNA-Spuren, als glaubte er, er stünde über dem Gesetz und könnte niemals gefasst werden.“

„Lindsey hat dasselbe gesagt. Was glauben Sie, was passiert, wenn ich DNA-Tests von den Senatoren verlange, für die die beiden Frauen gearbeitet haben?“

Malone gab ein harsches Lachen von sich. „Viel Glück dabei.“

„Aufgrund der Vorgehensweise vermute ich allmählich, dass es einer von ihnen war. Also einer von fünf. Wir wissen, dass es nicht Lightfeather war, und wir wissen auch, dass Nick es nicht war.“

„Sie bitten mich ernsthaft darum, Sie zu autorisieren, von fünf US-Senatoren DNA-Proben einzufordern?“

„Genau.“ Für Sam nahm diese Idee immer mehr Gestalt an. „Ich schätze schon.“

„Sie sind mein Sargnagel, Holland. Der Nagel zu meinem Sarg.“

Zum ersten Mal an diesem Tag lächelte sie. „Versuchen Sie Ihr Glück und geben Sie mir Bescheid.“

„Ich werde mich darum kümmern.“

„Sie sind der Beste.“

Vor sich hinmurmelnd, verließ er den Raum.

Sam wandte sich an Tyrone, den einzigen noch anwesenden Detective. „Du solltest auch nach Hause gehen, Will. Es gibt nichts, was du heute noch für sie tun könntest.“

„Wenn du nichts dagegen hast, würde ich lieber bleiben.“

Sam merkte, dass es keinen Zweck hatte, mit ihm darüber zu diskutieren. „Ich weiß, du machst dir Vorwürfe, aber du hättest es nicht verhindern können.“

„Das sage ich mir auch die ganze Zeit. Und trotzdem …“

Michael Wilkinson kam hereingestürmt, Arm in Arm mit einer älteren Frau, die Jeannies Mutter sein musste. Die zwei sahen aus, als hätten sie die Hölle durchgemacht.

„Lieutenant!", schrie Michael, während Jeannies Mutter Tyrone umarmte. „Wo ist sie? Ich will sie sehen. Wird man uns zu ihr lassen?"

„Sie wurde übel zugerichtet", erklärte Sam. „Doch sie ist bei Bewusstsein. Momentan kann sie keinen Besuch empfangen." Sie hatte keine Ahnung, wie sie ihm beibringen sollte, was mit Jeannie passiert war oder dass sie ihn nicht sehen wollte.

„Jemand sollte bei ihr sein", sagte er.

„Ich gehe gleich wieder zu ihr, um mit ihr darüber zu sprechen, was geschehen ist", meinte Sam. „Sobald ich mehr weiß, komme ich zurück." Sie musste dringend mit Jeannie klären, was die anderen über den Überfall wissen sollten.

„Richten Sie ihr bitte aus, dass wir hier sind und dass wir sie lieb haben", meldete Mrs. McBride sich zu Wort.

„Mach ich."

Als Sam den Schockraum betrat, erläuterte eine Krankenschwester Jeannie gerade die Notwendigkeit eines HIV-Tests sowie vorbeugender Medikamente und der Verhütungspille danach. Schluchzend unterschrieb Jeannie die Einverständniserklärung.

„Deine Mom und Michael sind im Wartezimmer", informierte Sam sie. „Sie lassen dir ausrichten, wie lieb sie dich haben. Ich habe ihnen erzählt, dass die Ärzte vorläufig keinen Besuch erlauben."

„Danke." Jeannie zuckte zusammen, als sie sich die Tränen aus dem geschwollenen Gesicht wischte.

„Sie würden dich wirklich gern sehen."

„Ich kann nicht", flüsterte sie. „Ich kann einfach nicht."

Ein mobiles Röntgengerät wurde hereingerollt, um ihr Handgelenk zu durchleuchten.

Sam bemühte sich, nicht im Weg zu sein, während sie nah

bei Jeannie blieb. In der nächsten halben Stunde kamen und gingen Ärzte sowie Krankenschwestern. Eine speziell für die Untersuchung von Opfern von Sexualdelikten ausgebildete Schwester setzte Jeannie den Ablauf auseinander, obwohl sie als weiblicher Detective viele Vergewaltigungsfälle bearbeitet hatte und die Prozedur bereits kannte.

Sam stand neben ihr und sprach tröstende Worte, während die Pflegerin Fotos von Jeannies Verletzungen machte, einschließlich der Abschürfungen durch das Seil, mit dem ihre Handgelenke und Fußknöchel gefesselt gewesen waren. Die Schwester schnitt ihr die Fingernägel, nahm Haarproben vom Kopf und aus dem Schambereich, identifizierte und sammelte Sperma von ihren Beinen und aus ihrer Vagina, machte einen Abstrich für die DNA-Analyse und nahm eine Unterleibsuntersuchung vor. Die gesamte Prozedur dauerte fast drei Stunden, doch Sam blieb die ganze Zeit bei ihr. Jeannie weinte ununterbrochen.

Als es vorbei war, fühlte Sam sich ebenfalls wie misshandelt. Sie konnte sich kaum vorstellen, wie Jeannie sich fühlen musste. Ein Orthopäde erschien und behandelte ihr gebrochenes Handgelenk, eine weitere quälende Angelegenheit. Erst als Jeannie in eines der Zimmer in den oberen Stockwerken verlegt werden sollte, hörte sie auf zu weinen.

„Soll ich dir noch irgendetwas besorgen?“, erkundigte Sam sich.

„Nein. Danke, dass du bei mir geblieben bist. Ich weiß das echt zu schätzen, aber jetzt hast du es bestimmt eilig, endlich nach Hause zu kommen.“ Dass Jeannie nun so unheimlich ruhig und gefasst wirkte, war für Sam beinah noch schwerer zu ertragen als ihr Weinen. Denn das war wenigstens nachvollziehbar.

„Es hat mir nichts ausgemacht, bei dir zu bleiben. Die schicken dir einen auf Vergewaltigungsopfer spezialisierten Psychologen rauf, mit dem du sprechen kannst."

„Das wird nicht nötig sein."

„Jeannie, du musst mit jemandem reden ..."

„Bitte sag denen, dass ich keinen Psychologen brauche. Ich muss schlafen, nicht reden."

„Was soll ich deiner Mutter und Michael mitteilen?"

„Du kannst sie nachher zu mir auf mein Zimmer schicken, sobald ich oben bin."

„Bist du wirklich bereit, sie zu sehen?"

Jeannie nickte. „Aber ich will ihnen nichts von der Vergewaltigung erzählen. Verstehst du das?"

„Natürlich." Sam zögerte und fügte dann hinzu: „Irgendwann wirst du es ihnen allerdings erzählen müssen ..."

„Doch das muss nicht auf der Stelle sein."

„Na schön, ich werde sie zu dir nach oben schicken."

„Und dann möchte ich, dass du nach Hause fährst. Ich komme hier klar, und du brauchst Schlaf, damit du fit bist für die Jagd nach diesem Ungeheuer, das mir und Regina und Maria das angetan hat. Wir brauchen dich, Lieutenant."

Nachdem sie stundenlang geweint hatte, war Jeannie beängstigend gefasst. Sam drückte ihr die nicht eingegipste Hand. „Ich werde alles geben."

„Daran habe ich nicht den geringsten Zweifel." Jeannies sonst so lebhafte Augen waren matt. „Ich werde nie vergessen, was du heute für mich getan hast."

„Ich habe bloß meinen Job gemacht."

„Du hast viel mehr getan als das, und das werde ich nicht vergessen."

„Ich wünschte, dass ich mehr hätte tun können und dass wir dich gefunden hätten, bevor ..."

Jeannie schüttelte den Kopf. „Was geschehen ist, ist geschehen. Wir müssen uns nicht wieder und wieder damit befassen."

„Morgen müssen wir aber über die Einzelheiten sprechen. Woran du dich erinnerst, wohin er dich gebracht hat …"

„Ich verstehe."

„Ich hole deine Mom und Michael und sehe dich dann oben."

16. Kapitel

Nick kehrte von einer weiteren Wohltätigkeitsgala nur äußerst ungern in das leere Haus zurück, zumal Sam im Krankenhaus bei Jeannie war. Er war erleichtert gewesen, die kryptische SMS von Sam zu erhalten, in der sie angedeutet hatte, McBride sei verletzt, aber lebend aufgefunden worden. Statt den restlichen Abend nervös auf weitere Neuigkeiten von Sam zu warten, nutzte er nun die Ruhe, um die übrigen achtunddreißig Nachrichten auf seiner Mailbox durchzugehen. Nummer vierundzwanzig war Scotty.

„Ähm, Senator Cappuano, hier ist Scotty Dunlap." Nick musste über den gestammelten Anfang grinsen. „Mrs. Littlefield meinte, es ist okay, wenn ich Sie anrufe und Ihnen sage, dass ich total begeistert von dem Trikot bin, das Sie mir geschickt haben. Das war das Netteste seit Langem, was jemand für mich getan hat. Wenn Sie mich, äh, zurückrufen wollen – ich darf bis neun angerufen werden." Der Junge nannte die Nummer. „Okay, ähm, und tschüss."

Nick schaute auf seine Uhr. Zwanzig vor neun. Er wählte die Nummer, die Scotty angegeben hatte, fragte nach dem Jungen und wartete, während die Frau, die sich am Telefon gemeldet hatte, ihn suchen ging.

„Hallo", hörte er Scottys atemlose Stimme einige Minuten später.

„Hallo, du. Ich bin es, Nick Cappuano."

„Oh. Senator."

„Du kannst mich Nick nennen, wenn du möchtest."

„Echt?"

„Klar. Ich finde es öde, wenn alle mich nur Senator nennen. Das ist ja schließlich nicht mein Name."

Scotty kicherte.

„Das Trikot hat dir also gefallen, was?"

„Es ist einfach toll. Die anderen waren ganz neidisch."

„Vielleicht sollte ich denen auch T-Shirts schicken."

„Nee, die sollen ruhig neidisch sein."

Nick lachte. „Pass mal auf, am Sonntag haben wir ein Abendessen mit der Familie. Ich habe mich gefragt, ob du vielleicht Lust hast, mitzukommen."

„Zu *Ihrer* Familie?"

„Meiner Adoptivfamilie."

„Sie sind adoptiert?"

„Na ja, nicht offiziell. Ihr Sohn John war mein bester Freund, und als er mich während unserer gemeinsamen Collegezeit mitbrachte, nahmen seine Eltern mich praktisch in die Familie auf."

„Was ist denn mit Ihrer eigenen Familie?"

„Ich habe nicht viele Angehörige."

„Genau wie ich."

„Ja."

„Sie haben gesagt, er *war* Ihr bester Freund. Ist er das nicht mehr?"

Der plötzliche Schmerz erwischte Nick völlig unvorbereitet. Eigentlich hätte er sich mittlerweile daran gewöhnt haben müssen. „Er ist vor einigen Monaten gestorben."

„Das tut mir leid. Sie müssen sehr traurig gewesen sein."

„Ja. Bin ich immer noch."

„Nach dem Tod meines Grandpas und meiner Mom dauerte es lange, bis ich nicht mehr jeden Tag traurig war."

Nick räusperte sich, weil er einen Kloß im Hals hatte. „Tatsächlich? Wie lange hat es denn gedauert?"

„Ein Jahr oder so. Vielleicht auch ein bisschen länger."

„Es muss hart gewesen sein für dich ganz allein."

„War es auch. Aber Sie sind nicht allein, oder?"

„Nein, Kumpel. Ich habe meine Verlobte, viele gute Freunde und Johns Familie. Die helfen mir, damit klarzukommen."

„Da haben Sie Glück."

„Ich weiß."

„Mrs. Littlefield hat gesagt, Ihre Verlobte ist Police Officer."

„Sie ist sogar Detective."

„Das ist ja echt cool."

„Cooler als Senator?"

„Äh, och … ja!"

Nicks Lächeln verschwand, als ihm Sams verzweifelte Suche nach Jeannie McBride einfiel. „Manchmal trifft das auch zu. An manchen Tagen kann es aber sehr stressig sein. Ich habe ihr übrigens von dir erzählt, und sie freut sich schon darauf, dich kennenzulernen."

„Wirklich?"

„Ja klar", versicherte Nick ihm. „Also, was meinst du? Abendessen am Sonntag?"

„Wie komme ich denn dorthin?"

„Ich habe morgens eine Wahlkampfveranstaltung. Hinterher fahre ich nach Richmond und hole dich ab, und dann machen wir uns auf den Weg zur Farm."

„Die leben auf einer *Farm*?"

„Auf einer Pferdefarm."

„Das ist ja stark!"

Nick musste über Scottys Begeisterung grinsen. „Bist du schon mal auf einem Pferd geritten?"

„Nein."

„Das könnten wir am Sonntag vielleicht mal probieren."

„Ja, gern.“

„Dann hole ich dich gegen Mittag ab. Einverstanden?“

„Was soll ich anziehen?“

„Jeans und ein anständiges Hemd. Ist das in Ordnung?“

„Krieg ich hin.“

„Ich freue mich darauf, dich am Sonntag zu sehen.“

„Ich auch. Ich meine, ich freue mich auch auf Sonntag. Vielen Dank für die Einladung.“

Der Junge war so süß und dankbar und wirkte gleichzeitig so reif. „Ich habe das Gefühl, es wird mir ein Vergnügen sein. Bis bald.“

Nick beendete das Gespräch und lehnte sich auf dem Sofa zurück. Am Sonntag würde er den Großteil des Tages unterwegs sein, doch das machte nichts. Er konnte es kaum erwarten, Scotty wiederzusehen.

Bestürzt über Jeannies plötzliche Gefasstheit machte Sam sich auf den Weg zum Wartezimmer. Natürlich war sie froh, dass Jeannie aufgehört hatte, zu weinen, doch fand sie die nun folgende Ruhe ihrer Kollegin im Licht dessen, was Jeannie hatte durchmachen müssen, verstörend. Als sie das Wartezimmer betrat, sprang Michael auf.

„Lieutenant, wie geht es ihr? Können wir sie schon sehen?“

„Sie wird jetzt nach oben verlegt, und ich bringe Sie hin. Aber Sie sollten wissen, dass ihr Gesicht geschwollen ist von den Prellungen.“

Ein Muskel in der Wange des Mannes zuckte, und er sah aus, als könne er jemanden umbringen für das, was man Jeannie angetan hatte. Sam konnte das gut nachvollziehen, da sie sich die meiste Zeit des Tages genauso gefühlt hatte. Mrs. McBride weinte leise, während sie dem Gespräch lauschte.

„Ich werde Sie jetzt nach oben bringen“, erklärte Sam.

Detective Tyrone folgte ihnen in den Fahrstuhl, der sie in den vierten Stock brachte. Sam führte sie zu der Zimmernummer, die man ihr genannt hatte, und ließ die anderen zuerst eintreten. Michael und Tyrone hielten sich zunächst zurück, da Jeannies Mutter sofort an das Bett ihrer Tochter eilte.

Jeannie umarmte ihre schluchzende Mutter und versicherte ihr, dass alles wieder in Ordnung sei. Sie hielt ihre Mutter, bis diese sich beruhigt hatte. Dann trat Tyrone vor, umarmte seine Partnerin und strich ihr über die Haare.

„Du hast mir eine Scheißangst eingejagt."

„Tut mir leid."

„Dir muss überhaupt nichts leidtun. Wir werden uns diesen Dreckskerl schnappen."

„Das weiß ich", erwiderte Jeannie. „Aber fahr jetzt nach Hause und schlaf. Es ist okay."

„Bist du dir sicher?"

Jeannie brachte ein Lächeln für ihn zustande. „Absolut."

„Ich werde bei ihr sein", versicherte Michael ihm.

Der Detective ging zu Sam, die im Türrahmen wartete. „Ich werde früh da sein."

„Lass dir ruhig Zeit, wenn es nötig ist", sagte Sam.

„Ich will helfen."

„Dann sehen wir uns morgen früh."

Tyrone verließ den Raum, und Sam wandte sich wieder der Szene zu, die sich in Jeannies Krankenzimmer abspielte. Michael nahm Jeannie fest in die Arme, und seine breiten Schultern bebten, als die Gefühle ihn endlich überwältigten.

„Ich dachte, ich sehe dich nie wieder, Liebes", stieß er zwischen den Schluchzern hervor.

„Ich bin hier." Sie streichelte seinen Rücken. „Ich bin hier bei dir."

Dieser emotionale Austausch war nach diesem strapaziösen

Tag beinah zu viel. Über Michaels Schulter hinweg stellte Sam Blickkontakt mit Jeannie her und erschrak über deren unbeteiligte Miene. Etwas in ihr war offenbar zerbrochen, und Sam fragte sich, ob sie jemals wieder dieselbe sein würde. Sam wollte gehen, damit die beiden ungestört waren, doch Jeannie rief sie zurück.

„Du willst doch bestimmt so schnell wie möglich zu Nick“, meinte Jeannie.

„Ich kann bleiben, solange du mich brauchst.“

„Ich werde bei ihr bleiben“, erklärte Michael.

„Fahr nach Hause, Lieutenant“, sagte Jeannie. „Ich komme zurecht.“

„Morgen früh müssen wir uns ein wenig ausführlicher unterhalten.“

Jeannie erwiderte nur resigniert: „Ich weiß.“

„Also, bis dann.“

„Sam?“

Sam drehte sich noch einmal um.

„Danke noch mal. Für alles.“

Sam winkte und ließ die Kollegin in den Händen ihres hingebungsvollen Freundes zurück. Mit müden Schritten verließ sie das Krankenhaus und spürte sämtliche Knochen. Die Erschöpfung hing an ihr wie ein nasses Laken. Die frische kalte Luft weckte sie wieder ein wenig auf und vertrieb die seit Stunden anhaltende Benommenheit. Allerdings meldeten sich gleichzeitig die bisher unterdrückten Ängste, die Emotionen und das Entsetzen dieses langen Tages, sodass ihre Hände zu zittern anfingen. Sie überlegte, wie sie damit Auto fahren sollte, doch dann fiel ihr ein, dass ihr Wagen ja irgendwo in Columbia Heights stand, weshalb sie Nick anrief.

„Hey, Liebes.“ Er klang verschlafen. „Wie geht es ihr?“

„Den Umständen entsprechend." Sam schaute zum sternenklaren Himmel hinauf, und ihr Atem erzeugte weiße Dampfwölkchen in der Luft. „Ich tue das nur ungern, weil es schon spät ist, aber meinst du, du könntest mich abholen? Anscheinend sitze ich hier am Washington Hospital Center fest."

„Ich bin in ein paar Minuten da."

„Danke."

Während sie auf ihn wartete, schickte Sam ihrer gesamten Einheit eine Nachricht, in der sie alle um sieben ins Hauptquartier beorderte. Fünfzehn Minuten später bog Nicks schwarzer BMW auf den Krankenhausparkplatz ein. Nick hielt vor ihr und öffnete die Tür von innen.

Sam stieg rasch ein und seufzte zufrieden, als ihr erschöpfter Körper in den beheizten Sitz sank. „Oh, das fühlt sich gut an." Sie beugte sich hinüber, um Nick zu küssen, und strich ihm die zerwühlten Haare glatt. „Ich habe dich aus dem Bett geholt. Sorry."

„Ich habe nicht geschlafen. Ich hatte gehofft, du kommst endlich nach Hause." Sie fuhren eine Weile schweigend, dann meinte er: „Geht es ihr wirklich einigermaßen?"

„Sie wird wieder", antwortete Sam trotz ihrer nicht geringen Zweifel. „Irgendwann."

„Was ist vorgefallen?"

Sie hatte sich zurückgelehnt und drehte den Kopf, um ihn anzusehen. „Nimmst du es mir sehr übel, wenn ich das nicht noch mal alles durchgehen kann? Jedenfalls nicht heute Abend."

„So schlimm, was?"

„Ja."

Er berührte sanft ihr Bein.

Sam hätte gern ihre Hand auf seine gelegt, doch er sollte

nicht merken, wie sehr sie zitterte, deshalb ließ sie sie in der Manteltasche.

Zu Hause stellte Sam sich direkt unter die Dusche und blieb lange unter dem Wasserstrahl stehen, während sie darüber nachdachte, was passiert war, was hätte passieren können und was nun weiter passieren musste. Außerdem dachte sie an die Drohung, die Jeannie mitgebracht hatte.

Sam hatte gehofft, durch das warme Wasser würde das Zittern aufhören, doch es wurde dadurch nur schlimmer. Mit ihren zittrigen Fingern kämpfend, zog sie eine Jogginghose und ein langärmeliges T-Shirt an, bevor sie sich zu Nick ins Bett legte.

„Willst du irgendwo Ski laufen?", fragte er, schlang den Arm um sie und drückte sie an sich. Genau wie er trug sie normalerweise zur Nacht so wenig wie möglich.

„Ich friere", murmelte sie und hoffte, er würde ihr diese Erklärung für das Zittern abnehmen.

„Dann lass mich dich wärmen."

Sam klammerte sich an ihn, atmete seinen Duft ein und versuchte, den Horror zu vergessen. Ihr war klar, dass sie ihm von der Drohung gegen sie erzählen musste. Sie hatte hart an sich gearbeitet, um ihm gegenüber offener und aufrichtiger zu sein, doch angesichts der gefährlich nah an der Oberfläche brodelnden Emotionen befürchtete sie, die Selbstbeherrschung völlig zu verlieren, wenn sie anfing zu reden.

„Warum zitterst du immer noch wie Espenlaub?", wollte er nach etlichen Minuten wissen.

„Keine Ahnung."

„Samantha." Er küsste sie auf den Kopf, dann auf die Stirn. „Du bist bei mir, sicher in meinen Armen. Es ist vorbei. Jeannie ist ebenfalls in Sicherheit. Es wird alles wieder gut."

Sie hätte das Zittern überwunden, und alles wäre kein Problem gewesen, wenn er die Ursache nicht genau erkannt hätte. Seine liebevollen Worte ließen sie aufschluchzen. Und dann flossen die Tränen, als sei ein Damm gebrochen. Sie befeuchteten ihre Haare und seine Brust.

Nick hielt sie fest, sagte jedoch nichts. Er streichelte ihren Rücken und bot ihr die richtige Menge Trost. Erneut kam ihr in den Sinn, dass sie früher, bevor sie zusammen gewesen waren, nie ihre Gefühle herausgelassen hätte. Sie hätte sie schlicht unterdrückt und einen Weg gefunden, den Albtraum durchzustehen. Seine verlässliche Gegenwart erinnerte sie daran, dass sie das nun nicht mehr musste.

Nick wischte ihr die Tränen aus dem Gesicht und strich ihr durch die Haare.

Irgendwann merkte Sam, dass das Zittern aufgehört hatte, und sie seufzte erleichtert. Die Krise war vorbei.

„Fühlst du dich besser?“, erkundigte er sich.

Plötzlich verlegen wegen des Ausbruchs, versuchte sie, von ihm wegzurücken. „Ja.“

„Nicht, Sam.“

„Nicht was?“

„Du sollst dich nicht dafür schämen, dass du, wie wir anderen, auch nur ein Mensch bist.“

Aus irgendeinem Grund brachte sie das zum Lachen. Sie schaute ihn an, und es kümmerte sie nicht einmal, dass er ihr tränennasses Gesicht sah. „Du bist genau richtig für mich, und ich liebe dich.“

„Tja“, erwiderte er, offenbar ein wenig überrumpelt, „das trifft sich ja gut, denn du bist auch genau richtig für mich. Und ich liebe dich auch.“

Sie kuschelte sich wieder an seine Brust. „Wir sollten heiraten oder so was.“

„Oder so was.“

„Hast du heute von Tinker Bell gehört?“

„Sie hat ihren Kostenvoranschlag geschickt.“

„Und?“

Er nannte eine Zahl, bei der Sam sich erschrocken aufsetzte.

„Du willst mich wohl auf den Arm nehmen.“

„Das ist der Gesamtpreis – für sie, die Feier im Hay, die Kirche, die Blumen, die Autos, die Torte. Alles außer den Kleidern und Smokings.“

„Das ist unerhört! Mit so viel Geld könnten wir ein Jahr lang ein Entwicklungsland unterstützen!“

„Wir können immer noch durchbrennen. Komm, fliegen wir nach Las Vegas und bringen die ganze Chose hinter uns.“

So verlockend diese Idee war, Sam durfte ihm nicht die Hochzeit verweigern, die er sich wünschte, selbst wenn er bereit war, ihr zuliebe darauf zu verzichten. „Wir fliegen nicht nach Las Vegas.“ Ihr war klar, wie mürrisch das klang.

„Bist du dir sicher?“

Das war ihre letzte Chance, um die große Hochzeit in Weiß herumzukommen. Sobald sie den Vertrag mit Tinker Bell unterschrieben hatten, würde die Sache nicht mehr in ihren Händen liegen. „Ja, ich bin mir sicher.“

Er beugte sich über sie und schaute auf sie herunter. „Das klingt nicht überzeugend.“

Sam betrachtete sein attraktives Gesicht, und die aufsteigenden Gefühle signalisierten ihr, dass es absolut nichts gab, was sie nicht tun würde, um ihn glücklich zu machen. Sie schlang die Arme um seinen Nacken. „Es ist *so* viel Geld.“

Er gab ihr einen zärtlichen Kuss. „Mach dir deswegen keine Gedanken. Das ist kein Problem. Ich habe selbst auch ein bisschen Geld.“ Abgesehen von der Summe, die John ihm hinterlassen hatte, besaß er noch Ersparnisse. „Ich habe früher immer nur gearbeitet, und wenn man sich nichts gönnt, häuft man das Geld eben an."

„Bist du dir denn wirklich sicher, dass du es dafür ausgeben willst?"

Ein sinnliches Lächeln umspielte seine sexy Lippen. „Da bin ich mir sehr sicher, aber nur, wenn du es auch willst."

„Ich werde es dir unter einer Bedingung gestatten."

„Ich kann's nicht erwarten, die zu hören."

„Ich bezahle für die Flitterwochen."

„Du musst nicht …"

Sam zog ihn zu sich herunter und küsste ihn. „Das ist mein letztes Angebot."

Er drückte sanft seine Stirn gegen ihre. „Du bist eine harte Verhandlungspartnerin. Na schön, ich werde es dir erlauben."

„Du wirst es mir *erlauben*?" Sam fing an, mit ihm zu ringen, was unweigerlich ins Liebesspiel übergehen würde. Die Traurigkeit und die Verzweiflung waren verschwunden, und da Nick der einzige Mann war, der so etwas schaffte, konnte sie ihm eine Hochzeit zugestehen, die keiner von ihnen je vergessen würde.

17. Kapitel

Noch lange, nachdem Sam eingeschlafen war, lag Nick wach und betrachtete sie. Sie war stets stark und beherrscht. Sie einmal anders zu erleben war beunruhigend, obwohl der Zusammenbruch durchaus verständlich war. Die lange Suche nach Jeannie, sie schwer verletzt aufzufinden – und wer wusste schon, was sie alles hatte erdulden müssen –, würde jeden unter dem Druck zusammenbrechen lassen. Selbst seine coole, kompetente Samantha.

Er fuhr mit den Fingern durch ihre langen karamellfarbenen Locken und war froh, dass sie es bei ihm herausgelassen hatte und dass er für sie da sein konnte. Er wollte immer für sie da sein, wenn sie ihn brauchte. Wenn es nach ihm ging, konnte die Hochzeit gar nicht schnell genug stattfinden. Sam dagegen wäre es lieber, wenn sie einfach durchbrannten. Das wusste er. Aber Shelby würde schon dafür sorgen, dass es für sie beide ein unvergesslicher Tag wurde, und so wollte Nick es auch.

Sein Handy klingelte und erschreckte ihn, denn es war normalerweise nicht sein Telefon, das mitten in der Nacht klingelte. Nick meldete sich und hoffte, Sam dadurch nicht aufzuwecken. „Hallo?“, flüsterte er.

„Senator Cappuano? Hier spricht Dr. Manchester aus dem Huron Hospital in Cleveland.“

Verblüfft zog Nick eine Sportshorts an und verließ das Zimmer, wobei er die Tür hinter sich schloss. „Was kann ich für Sie tun?“

„Ich wollte Sie darüber informieren, dass Ihre Mutter heute

Nacht in die Notaufnahme eingeliefert wurde. Sie ist eine Treppe hinuntergestürzt."

„Wie … wie geht es ihr?" Nick überlegte, warum der Arzt ihn angerufen hatte. Er hatte seine Mutter seit über fünf Jahren nicht mehr gesehen.

„Sie hat einige Prellungen und Abschürfungen davongetragen, aber nichts gebrochen. Wir haben ein CT gemacht, um eine Kopfverletzung auszuschließen, und fanden nichts."

„Okay." Nick schluckte. „Was kann ich tun?"

„Sie möchte, dass Sie kommen, falls das überhaupt möglich ist."

Nick hatte keine Ahnung, was er erwidern sollte, während die vertraute alte Hoffnung in ihm keimte. Er hatte die zahllosen Male nicht vergessen, bei denen seine Mutter versprochen hatte, zu ihm zu kommen, und dann doch nicht aufgetaucht war.

„Senator?"

„Will sie wirklich, dass ich vorbeikomme?" Nick hörte wieder sein verwirrtes zehnjähriges Ich in dem wehmütigen Unterton in seiner eigenen Stimme.

„Sie meinte, sie habe sonst niemanden."

Nick ließ für einen Moment den Kopf hängen, holte tief Luft und fragte sich, was aus dem Kerl geworden war, den sie bei ihrer letzten Begegnung geheiratet hatte. Ehe ihm all die Gründe einfallen konnten, weshalb es eine schlechte Idee war, zu ihr zu fahren, sagte er: „Ich werde morgen früh da sein. Können Sie ihr das ausrichten?"

„Ja, natürlich."

Er ging nach unten in die Küche, auf der Suche nach einem Stift. „Haben Sie eine Telefonnummer für mich, unter der ich mich nach ihr erkundigen kann, bevor ich aufbreche?"

Der Arzt nannte ihm die Nummer des Stationszimmers. „Dann sehe ich Sie morgen."

„Ja, bis dann“, verabschiedete Nick sich. Er lehnte eine Minute an der Arbeitsfläche, bevor er ins Arbeitszimmer hinüberlief, um sich online ein Flugticket zu kaufen.

Als er ins Schlafzimmer zurückkam, setzte Sam sich gerade im Bett auf und schaltete die Nachttischlampe ein. „Wer war das am Telefon?“

Es tat ihm leid, dass er sie geweckt hatte. „Niemand, Liebes. Schlaf weiter.“

„Das klang aber nicht nach niemandem.“

Noch immer das Telefon in der Hand, setzte er sich auf das Bett. „Meine Mutter ist die Treppe heruntergefallen. Sie ist im Krankenhaus.“

„Oh. Wow. Und sie hat dich angerufen?“

„Der Arzt. Sie hat ihm erzählt, dass sie sonst niemanden hat.“

Sam rutschte zu ihm, bis sie hinter ihm saß. Sie legte die Arme um seine Schultern und das Kinn auf seinen Kopf. „Was wirst du tun?“

„Ich fliege morgen hin.“

„Ich kenne nicht einmal den Namen deiner Mutter.“

„Nicoletta Bernadino. Das war ihr Mädchenname. Ich habe keine Ahnung, welchen Namen sie heute trägt.“

„Wann hast du sie denn zuletzt gesehen?“

„Vor fünf Jahren.“

„Und wann hast du zuletzt mit ihr gesprochen?“

„Vor zwei oder drei Jahren.“

„Hm.“

„Was?“

„Nichts. Lass uns wieder schlafen.“ Sie versuchte, ihn ins Bett zu locken.

Er drehte sich zu ihr um. „Was wolltest du sagen?“

„Nichts“, versicherte sie ihm, doch er glaubte ihr nicht. Er sah die Fragen in ihren kühlen blauen Augen.

„Samantha …"
„Ich, hm, finde das Timing nur interessant."
„Inwiefern?"
„Du bist vor Kurzem zu viel Geld gekommen. Ich hoffe nicht, dass es darum geht."
Jetzt fing Nick an, sich Sorgen zu machen, denn dieser Verdacht war nicht völlig abwegig. Seine Mutter hatte ein Leben von der Hand in den Mund geführt, das von zahlreichen Ehen und Scheidungen geprägt war.
„Tut mir leid", meinte Sam nach langem Schweigen. „Das hätte ich nicht sagen sollen."
„Es ist in Ordnung." Er kam zurück ins Bett und machte das Licht aus. „Ist mir auch schon in den Sinn gekommen."
„Aber du hoffst, dass sie einfach ihren Sohn sehen will, während sie im Krankenhaus liegt."
Er zuckte die Schultern. Bei Sam konnte man sich darauf verlassen, dass sie stets ins Schwarze traf.
Sam legte sich auf ihn und küsste seine Brust. „Ich will nicht, dass jemand dir wehtut, Nick. Das würde mir auch wehtun."
Seufzend schloss er sie in die Arme.
„Lass dir nicht von ihr wehtun, ja?", flüsterte sie.
Er drückte sie sanft und küsste sie auf den Kopf. „Das werde ich nicht." Doch insgeheim fragte er sich, ob er seiner Mutter gegenübertreten konnte, ohne auf irgendetwas zu hoffen. Auch mit sechsunddreißig noch.

Sam setzte Nick um kurz nach sechs am Reagan National Airport ab. Er sah sehr gut aus in seiner schwarzen Lederjacke und den ausgewaschenen Jeans. In seinen braunen Augen entdeckte sie jedoch Angst und Verletzlichkeit, und das beunruhigte sie.

„Ruf mich an, sobald du da bist", bat sie und küsste ihn am Bordstein.

„Mach ich." Er tippte ihr mit dem Zeigefinger auf die Nase. „Mach dir um mich keine Sorgen."

„Zu spät."

Er nahm sie noch einmal in den Arm und flüsterte: „Ich liebe dich, Schatz."

„Ich liebe dich auch, Senator."

Ein Blitz zuckte und beendete diesen Moment.

Sam knurrte den Fotografen wütend an.

„Wohin reisen Sie denn, Senator?", wollte der wissen.

Sam erkannte, dass der Mann vom *Washington Star* war. „Das geht Sie nichts an", erklärte sie und wandte sich an Nick. „Nun mach dich lieber auf den Weg, sonst wirst du noch Zeuge eines Mordes."

Nick lachte. „Benimm dich. Ich bin heute Abend wieder da."

„Ich werde auf dich warten."

„Pass heute auf dich auf."

Statt ihrer üblichen Antwort entgegnete sie diesmal: „Du auch." Beklommen schaute sie ihm hinterher und winkte, als er sich an der Eingangstür des Terminals umdrehte. Sie wünschte, sie hätte ihn begleiten können, um ihn vor einem möglichen Aufruhr der Emotionen, der ihn in Cleveland unter Umständen erwartete, beschützen zu können.

„Was ist gestern mit McBride passiert?" Der neugierige Reporter ließ nicht locker.

Sie hatte schon ganz vergessen, dass er da war. „Das geht Sie ebenfalls nichts an."

„Hat das etwas mit den toten Einwanderinnen zu tun?"

Sie ging um ihren Wagen, um einzusteigen. „Kein Kommentar."

„Sie sind ja vielleicht charmant heute“, maulte der Fotograf.

Sam genoss es, ihm beim Losfahren den Finger zu zeigen. Sie war unterwegs zu dem Meeting, das sie im Hauptquartier einberufen hatte. Als ihr wieder einfiel, was sie den Detectives darüber mitteilen musste, was ihrer Kollegin zugestoßen war, fühlte sie sich elend.

Um sieben fand sie eine ernste Gruppe im Konferenzraum versammelt. Aus ihrer Erfahrung im Überbringen schlimmer Nachrichten an die Familien von Opfern wusste sie, dass man in solchen Situationen am besten gleich zur Sache kam und sich kurzfasste. Als sie gerade anfangen wollte, betraten Captain Malone und Chief Farnsworth den Raum, blieben jedoch im hinteren Teil.

Sam nickte ihnen zu und richtete ihre Aufmerksamkeit wieder auf die grimmigen Gesichter ihrer Kollegen, die darauf warteten, dass Sam das Kommando übernahm und ihre Fragen beantwortete. Ja, sie würden Antworten bekommen, über Jeannie und Regina und Maria und jede andere Frau, die diese Bestie angefallen hatte. Daran hatte Sam nicht den geringsten Zweifel.

„Wie ihr alle wisst, wurde Detective Jeannie McBride gestern Morgen zwischen sieben Uhr und sieben Uhr dreißig in der Eye Street in Foggy Bottom entführt. Vierzehn Stunden später wurde sie in einer kleinen Gasse im Stadtviertel Adams Morgan gefunden. Sie wurde verprügelt und sexuell missbraucht.“

Ein erschrockenes Raunen ging durch den Raum. Detective Tyrone schlug die Hände vors Gesicht. Freddie legte ihm tröstend die Hand auf die Schulter.

„Sie ist von ihrem Angreifer mit einer Botschaft zurückgekehrt“, berichtete Sam weiter. „Laut Detective McBride trug er ihr auf, mir auszurichten, ich solle mich von dem Fall fernhalten, sonst wäre ich die Nächste."

Sie schaute zu Malone und Farnsworth. Die beiden würden nach dem Meeting alles daransetzen, um sie zu beschützen.

„Ich werde heute Morgen mit Detective McBride ausführlich über die Entführung und die Gewalt, die ihr angetan wurde, sprechen. Ich möchte euch darüber informieren, dass sie darum gebeten hat, ihrer Familie den Aspekt der sexuellen Gewalt vorerst zu verschweigen, bis sie sich selbst imstande fühlt, es ihnen zu erzählen. Es versteht sich von selbst, dass niemand mit der Presse oder sonst wem über die Einzelheiten der Entführung spricht. Außer im Notfall ist jeder Urlaub gestrichen, bis wir diesen Kerl gefasst haben."

„Was können wir tun, Lieutenant?", wollte Cruz wissen, der angespannt und zornig wirkte.

„Wie weit sind wir mit den Handydaten?"

„Ich habe gerade mit der Telefongesellschaft gesprochen", erklärte Gonzo. „Die haben die Daten für etwa zehn Uhr versprochen."

„Richte denen aus, dass ich mich eine Minute nach zehn an Forrester wende", sagte sie. „Das ist Bullshit. Wir haben zwei tote Frauen, und die Telefongesellschaft ist besorgt wegen deren Privatsphäre?" Sam versuchte ihre Wut zu beherrschen und stemmte die Hände in die Hüften. „Tyrone, finde heraus, was das Labor uns über Jeannies Wagen sagen kann."

Er schien froh zu sein, etwas zu tun zu haben. „Mach ich."

„Ich will sämtliches verfügbares Personal um neun in der Eye Street haben. Wir suchen nach einer Überwachungskamera oder einem Zeugen, der die Entführung beobachtet hat."

„Ich genehmige Überstunden", meldete Farnsworth sich zu Wort.

„Danke, Chief. Cruz, ruf Reginas Mutter an", bat Sam ihn.

Ihr Verstand arbeitete auf Hochtouren. „Lass es wie einen Höflichkeitsanruf aussehen, als wolltest du dich nur erkundigen, wie es ihr geht. Versuch mal, etwas über Reginas Leben hier in Erfahrung zu bringen. Vielleicht hat sie ihrer Mutter irgendetwas erzählt, über Männer oder Hobbys."

„Soll ich Marias Familie auch anrufen?", wollte Freddie wissen.

Da sie wusste, wie schwierig diese Gespräche für ihren sensiblen Kollegen waren, war sie ihm umso dankbarer für das Angebot. „Das wäre großartig. Berichte mir anschließend, was du herausgefunden hast." Zu den anderen sagte sie: „Eine von uns wurde betäubt, gekidnappt und verprügelt. Zeigen wir diesem Dreckskerl die ganze Macht des MPD. Das wäre alles."

Mit angespannten, entschlossenen Mienen verließen die Detectives den Raum, um das zu tun, was sie am besten konnten.

„Ich weiß, was Sie sagen werden", meinte Sam, als sie mit Malone und Farnsworth allein im Zimmer war. „Also spart euch das mit einem sicheren Versteck und versucht gar nicht erst, mich aus dem Verkehr zu ziehen. Einer meiner Detectives wurde angegriffen. Auf keinen Fall zieht ihr mich von dieser Sache ab."

„Na schön." Farnsworth betrachtete sie durchdringend. Ein Muskel in seiner Wange zuckte vor Anspannung. „Dann erläutern Sie mir mal, wie Sie dafür sorgen wollen, dass der Kerl, der es geschafft hat, am helllichten Tag eine kluge Polizistin mitten in der Stadt zu entführen, mit Ihnen nicht dasselbe macht."

„Weil ich Ausschau nach ihm halten werde. Ich rechne mit ihm. Das hat McBride nicht getan."

„Haben Sie neuerdings Augen im Hinterkopf?", konterte Malone.

„Eine meiner vielen Gaben."

„Der Typ ist dreist, Lieutenant", betonte Farnsworth. „Der wird nicht zögern und Sie schnappen, wenn er Sie als Bedrohung für seine Freiheit empfindet."

„Ich werde wachsam sein."

„Sie bekommen im Dienst jemanden, der Sie bewacht."

„Unter keinen Umständen! Nein!"

„Entweder das, oder Sie sind den Fall los", erklärte Farnsworth.

„Ich brauche keinen Bewacher! Das ist eine alberne Verschwendung unserer Ressourcen."

„Es sind meine Ressourcen. Spielen Sie mit, oder lassen Sie es."

Sam kochte innerlich, doch er hielt ihrem wütenden Blick stand, ohne auch nur einmal zu blinzeln. Der alte Gauner konnte immer noch ziemlich Furcht einflößend dreinblicken. „Also gut. Wie Sie wollen. Aber richten Sie denen aus, die sollen mir bloß nicht in die Quere kommen."

„Vielleicht sollten Sie denen Gefahrenzulage zahlen, Chief", schlug Malone grinsend vor und deutete auf Sam. „Seit sie keine Cola light mehr trinken darf, ist sie ein wenig … grantig."

Sie funkelte ihn finster an.

„Bevor Sie aufbrechen, müssen Sie mit der Presse sprechen", sagte Farnsworth.

„Dieser Tag wird ja immer besser", murrte Sam. Was würde sie jetzt für eine Cola geben! Vielleicht durfte sie sich trotz Dr. Harrys Rat eine genehmigen. Eine konnte doch nicht schaden, oder?

„Die lechzen nach Informationen über Detective McBrides Entführung."

„Ich werde denen gar nichts erzählen."

„Das müssen Sie auch nicht", entgegnete Farnsworth. „Sie müssen bloß da rausgehen und denen mitteilen, dass wir einen

Verdächtigen im Visier haben. Halten Sie sie nur ein paar weitere Stunden davon ab, das Gebäude zu stürmen."

„Wir haben nicht mal annähernd einen Verdächtigen. Genau genommen haben wir nichts." Frustration stieg in ihr auf. „Wie weit sind wir mit der DNA der Senatoren, in deren Büros Maria und Regina gearbeitet haben?"

„Keine Chance", antwortete Farnsworth. „Ich habe mich in dieser Sache bis an den Bürgermeister gewandt, und er meinte, das sei nicht drin. Nicht ohne hinreichenden Verdacht."

„Der Verdacht ergibt sich aus der Tatsache, dass die toten Frauen für diese Männer gearbeitet haben, sie regelmäßig Kontakt mit ihnen hatten und wir es vermutlich mit einem Killer zu tun haben, der glaubt, niemals gefasst zu werden. Und genau das führt uns zu dem Verdacht, dass es sich um einen mächtigen Mann handelt – oder einen, der in seiner eigenen Vorstellung von Macht gefangen ist."

„Nur haben wir absolut nichts Konkretes gegen irgendeinen der Senatoren, das ihn mit den Verbrechen in Verbindung bringt", erinnerte Farnsworth sie. „Und solange wir das nicht haben, gibt's auch keinen DNA-Test."

„Wenn sich herausstellt, dass es doch einer von ihnen war, werden wir eine Menge Zeit vergeudet haben, während er weiterhin Frauen vergewaltigt und ermordet hat."

„Da könnten Sie recht haben, aber wir werden ganz sicher in Capitol Hill keine Hexenjagd veranstalten."

„Wir werden ihn fassen, mit oder ohne DNA", versprach Sam.

„Daran habe ich keinen Zweifel", erwiderte der Chief. „Wollen wir uns der Presse stellen?"

„Wenn ich muss …" Widerwillig folgte Sam ihm aus dem Konferenzraum. Nachdem sie rasch den Mantel aus ihrem Büro geholt hatte, trat sie zu Farnsworth hinaus vor den Eingang des Gebäudes, wo die Medienvertreter sich versammelt hatten und darauf warteten, sie erneut mit Fragen zu bedrängen. „Da wären wir ja wieder", sagte sie.

Und schon ging der Ansturm los.

„Steht Detective McBrides Entführung im Zusammenhang mit den toten Reinigungsfrauen?"

„Wurde sie ebenfalls vergewaltigt?"

„Ist es derselbe Täter?"

„Wie konnte er eine Polizistin am helllichten Tag entführen?"

„Gibt es schon einen Verdächtigen?"

Sam hob beschwichtigend die Hände. Danach berichtete sie, was sie über die Entführung wusste, unter Auslassung der sexuellen Gewalt. Natürlich gaben die Reporter keine Ruhe.

„Wurde sie vergewaltigt?"

„Ich werde, solange die Ermittlungen noch laufen, nicht über die Einzelheiten der Entführung sprechen. Sollte Detective McBride sich entschließen, öffentlich über den Vorfall zu reden, ist das ihre Sache. Das ist alles, was ich dazu zu sagen habe – jetzt und in Zukunft."

„Ist es derselbe Täter, der die anderen Frauen getötet hat?", erkundigte sich Darren Tabor.

„Wir warten noch auf die Laborergebnisse, um diese Frage beantworten zu können."

„Dann hat er bei Detective McBride also DNA hinterlassen?"

„Kein Kommentar."

„Was meinen Sie mit ‚Kein Kommentar'? Entweder hat er DNA hinterlassen oder nicht. Was denn nun?"

Sam starrte ihn mit frostigem Blick an. „Kein. Kommentar. Soll ich es Ihnen buchstabieren, Darren?"

„Wie weit sind Sie mit einem Verdacht?", wollte ein anderer Reporter wissen.

„Nicht so weit, wie ich es gern wäre. Aber wir verfolgen jede Spur, und eine davon wird zur Lösung des Falles führen, so viel ist sicher."

„Wohin ist Senator Cappuano so früh heute Morgen geflogen?", fragte Tabor.

„Das wär's", erklärte Sam. „Wir sind fertig."

18. Kapitel

Kurze Zeit später betrat Sam Jeannies Zimmer und fand sie schlafend. Ihr Gesicht war geschwollen, und die Prellungen hatten sich über Nacht dunkelviolett gefärbt.

Michael stand am Fenster und sah hinaus. Als Sam eintrat, drehte er sich um. Müdigkeit, Besorgnis und Traurigkeit zeichneten sich auf seinem Gesicht ab.

„Wie geht es ihr?“, erkundigte Sam sich.

„Man hat ihr vor einigen Stunden ein Beruhigungsmittel gegeben, und seitdem schläft sie.“

„Wenn Sie sich etwas zu essen besorgen möchten, ich bleibe eine Weile hier.“

Offenbar unentschlossen schaute er zum Bett, dann zu Sam.

„Sie sind ihr keine Hilfe, wenn Sie krank werden“, sagte Sam.

„Ich spüre, dass die anderen mir über diesen Angriff etwas verschweigen.“

Sam ließ sich nichts anmerken. „Jetzt kommt es erst einmal darauf an, sie wieder auf die Beine und hier herauszubekommen.“

„Würden Sie es mir erzählen? Wenn da noch mehr wäre als die Entführung und die Prügel?“

„Nein.“

Er brauchte einen Moment, um das zu verdauen. „Tja, ich schätze, das kann ich verstehen.“ Er sah zu Jeannie und meinte: „Ich hoffe nur, sie weiß, dass ich sie liebe und alles für sie tun würde.“

„Ich habe keinen Zweifel daran, dass genau das ihr sehr hilft. Los, gehen Sie und holen Sie sich etwas zu essen. Ich werde mich zu ihr setzen."

„Sie spricht in den höchsten Tönen von Ihnen. Ich begreife langsam, warum."

„Danke", erwiderte Sam, ein wenig perplex wegen des Kompliments. „Das ist schön zu hören."

„Ich bin gleich wieder da."

„Ich werde hier sein."

Michael beugte sich herunter und küsste Jeannie auf die Stirn, bevor er das Zimmer verließ.

Sam trat ans Bett.

„Danke", flüsterte Jeannie, die Augen noch immer geschlossen. „Dafür, dass du es ihm nicht gesagt hast."

„Ist nicht meine Sache, ihm irgendwas mitzuteilen. Das ist deine Angelegenheit."

Tränen liefen über Jeannies Gesicht. „Ich kann mir nicht vorstellen, es ihm zu sagen. Es überhaupt jemandem zu sagen …"

„Darüber brauchst du dir jetzt auch noch keine Gedanken zu machen." Sam legte tröstend die Hand auf ihre. „Kann ich etwas für dich tun?"

„Ich hätte gern ein bisschen Wasser."

Sam schenkte etwas aus dem Krug auf dem Nachttisch in ein Glas und hielt den Strohhalm an Jeannies rissige Lippen.

Sie zuckte zusammen, als sie trank. „Heute tut alles weh."

„Das glaube ich."

„Du willst wissen, was passiert ist. Deshalb bist du hergekommen."

„Das ist nicht der einzige Grund, weshalb ich hier bin."

„Du musst es wissen, um in dem Fall weiterzukommen."

„Aber nur, wenn du dich dazu in der Lage fühlst, mir davon zu berichten."

Der Schmerz spiegelte sich in Jeannies Gesicht wider, als sie sich aufzusetzen versuchte.

Sam drückte den Knopf am Krankenhausbett. Unwillkürlich musste sie an die schlimmen Tage nach den Schüssen auf ihren Vater denken und an die vielen Stunden, die sie an seinem Bett ausgeharrt hatte. „Geht es so besser?"

„Ja", erwiderte Jeannie. Mit schmerzverzerrtem Gesicht griff sie nach einem Gerät, das am Bettgitter befestigt war, und betätigte einen großen roten Knopf. „Schmerzmedikamente."

„Wir können das später machen, wenn du willst."

„Ich würde es gern hinter mich bringen."

Sam versuchte, ihr Notizbuch möglichst beiläufig aus ihrer Gesäßtasche zu ziehen. „Du erwähntest, das Letzte, woran du dich erinnerst, sei ein Stich in den Hals gewesen."

„Ja. Ich war noch ungefähr zwei Blocks von Michaels Haus entfernt." Sie nannte Sam die Adresse im Stadtviertel Foggy Bottom. „Man kriegt einfach nie einen Parkplatz in der Nähe der Eye Street, deshalb gehe ich das kurze Stück immer zu Fuß."

„Hast du jemanden bemerkt, der außer dir dort unterwegs war?"

Jeannie schüttelte den Kopf. „Ich hatte es eilig, denn Michael hat nicht viel Zeit, bevor er zur Arbeit muss. Um ehrlich zu sein, ich habe nicht darauf geachtet. Ich habe bloß daran gedacht, ihn zu sehen."

„Das kann ich verstehen. Er scheint sehr an dir zu hängen."

„Das tut er", bestätigte sie mit sanfter Stimme. „Obwohl, nach alldem …"

„Jeannie, er liebt dich. Was passiert ist, wird für ihn nichts ändern."

Erneut rannen Tränen über ihre Wangen. „Wir werden sehen." Vorsichtig wischte sie ihr verletztes Gesicht ab und schien ihre Kräfte zu sammeln, um mit der Geschichte fortzufahren. „Das Letzte, was ich weiß, ist, dass mich jemand von hinten angestoßen hat. Danach spürte ich die Nadel im Nacken. Alles wurde dunkel."

„Und als du wieder zu dir kamst? Kannst du beschreiben, wo du warst?"

Jeannie schloss die Augen. „In einem Raum, in dem sich nur ein Bett befand. Die Wände waren gelb, und es gab ein kleines Fenster. Sie hatten … Er hatte … meine Kleidung. Sie war fort, und ich war ans Bett gefesselt. Ich zitterte so heftig, und ich erinnere mich, dass ich ganz dringend pinkeln musste. Ich fing an zu schreien. Ich schrie, bis mein Hals wehtat, aber lange kam niemand."

Sam überlegte, ob ihr Entführer zu dem Zeitpunkt unterwegs gewesen war, um ihren Wagen von Foggy Bottom in die Gegend um die Capitol Mall zu fahren. „Was glaubst du, wie lange bist du bei Bewusstsein gewesen, bis er auftauchte?"

„Eine Stunde, vielleicht zwei. Es war wirklich kalt in dem Raum, und ohne Kleidung fror ich. Deshalb und vor lauter Angst zitterte ich wie Espenlaub."

Sam hatte viele Aussagen von Opfern in ihrer zwölfjährigen Karriere aufgenommen, aber diese war wohl eine der quälendsten. Sie zwang sich, konzentriert zu bleiben, damit Jeannie es so schnell wie möglich hinter sich bringen konnte. „Was geschah dann?"

„Ein Schlüssel wurde in die Tür geschoben."

„Hörte es sich an wie ein Vorhängeschloss, wie ein Türriegel oder wie etwas anderes?"

„Wie ein Türriegel, eindeutig. Er …" Sie holte tief Luft. „Als er hereinkam, trug er eine Skimaske über dem Gesicht, doch ich konnte seine Augen sehen." Sie erschauerte bei der Erinnerung und atmete schneller. „Es waren dunkle und böse

Augen. Ich konnte in den Augenwinkeln Falten entdecken, also glaube ich nicht, dass er jung war."

„Kannst du seine Statur beschreiben?"

„Groß, über eins achtzig, breite Schultern. Ziemlich muskulös, als verbringe er viel Zeit im Fitnessstudio."

„Wie steht's mit der Hautfarbe?"

„Weiß."

„Hat er irgendetwas gesagt?"

„Nein", murmelte Jeannie. „Er fing nur an, sich auszuziehen. Ich weinte und flehte ihn an, mich gehen zu lassen. Aber er sagte kein Wort, während er bis auf die Skimaske alles ablegte."

„Kannst du seinen Körper beschreiben? Hatte er Narben, Tätowierungen, besondere Merkmale?"

„Es war viel Grau in seinen Brusthaaren, und er hatte Kratzer am Hals. Viel mehr ist mir allerdings nicht aufgefallen."

„Was passierte als Nächstes?"

Jeannie wischte sich frische Tränen fort. „Er … er stieg aufs Bett." Sie wurde von Schluchzern geschüttelt.

Sam wollte aufstehen, doch Jeannie hob die Hand, um sie aufzuhalten. Sie brauchte einen Moment, bis sie sich wieder im Griff hatte. „Ich fragte ihn, warum er das tue. Was ich ihm getan hätte. Er lachte bloß." Schniefend und sich hektisch das Gesicht wischend, richtete sie den Blick auf einen Punkt an der Wand. „Und dann … dann fing er an, mich zu vergewaltigen. Ich schrie, er solle aufhören, und er schlug mir ins Gesicht. Zweimal. Ich glaube, ich verlor für kurze Zeit das Bewusstsein. Als ich wieder zu mir kam, war er … in mir. Ich versuchte mich zu wehren, aber ich konnte mich nicht bewegen, weil ich ans Bett gefesselt war. Ich biss ihn in die Schulter, und er schlug mich erneut."

„Gönn dir eine Pause", sagte Sam, deren Hände inzwischen auch zitterten.

„Nachdem er … fertig war, umfasste er meinen Hals und drückte zu. Er näherte sich meinem Ohr und meinte: ‚Richte deiner Chefin aus, sie soll sich von den toten Huren fernhalten, oder sie wird die Nächste sein.'"

Ein Schauer überlief Sam. Dieser Fall erschütterte sie wie selten einer.

„Ich glaube wirklich, das war sein Ernst, Lieutenant. Du musst auf der Hut sein."

„Mach dir meinetwegen keine Sorgen. Kümmere dich jetzt ganz um dich." Sam klopfte mit dem Stift auf ihr Notizbuch. „Hatte er einen Akzent oder Dialekt?"

„Ist mir nicht aufgefallen."

„Was geschah, nachdem er das gesagt hat?"

„Er vergewaltigte mich ein weiteres Mal. Es schien ewig zu dauern. Ich weinte und schrie die ganze Zeit. Ich dachte, es hört nie mehr auf. An irgendeinem Punkt verlor ich wieder das Bewusstsein. Vielleicht hat er mir erneut etwas verabreicht."

„An eine Spritze kannst du dich aber nicht erinnern?"

Jeannie schüttelte den Kopf. „Das Nächste, was ich weiß, ist, dass ich mit dir zusammen im Krankenwagen war."

„Wie hast du dir das Handgelenk gebrochen?"

„Ich nehme an, das geschah, als er mich in der Gasse hinauswarf. In dem Raum war es jedenfalls noch nicht gebrochen."

„Was ist mit deinem Hals?"

„Ich weiß nicht, wann das passiert ist. Vermutlich nachdem ich das Bewusstsein verloren hatte, denn ich habe nichts davon gespürt."

Sam drückte sanft den Arm der Kollegin. „Du hast dich großartig gehalten und mir viele Anhaltspunkte geliefert."

„So viel war das doch gar nicht."

„Es könnte uns aber auf die entscheidende Spur bringen."

„Und wenn wir ihn nie fassen? Wie werde ich je wieder eine Straße entlanggehen können, ohne Angst zu haben, wer gerade hinter mir ist?"

„Wir kriegen ihn", versprach Sam ihr. „Das ganze Department ist auf der Suche nach dem Täter. Ich möchte jetzt nicht in seiner Haut stecken."

„Es wird ihn nicht interessieren, dass wir alle nach ihm suchen", meinte Jeannie.

„Warum sagst du das?"

„Er glaubt, dass er über dem Gesetz steht. Das ist der einzige Grund, weshalb er so dreist ist und sich eine Polizistin schnappt."

„Lindsey ist derselben Ansicht." Sams Handy klingelte. Eine SMS von Gonzo informierte sie darüber, dass die Handydaten nun vorlagen. Sie gab das an Jeannie weiter.

„Hat ja auch lange genug gedauert", bemerkte sie.

„Allerdings. Ich hatte gehofft, es sei Nick, der sich meldet. Er ist heute Morgen nach Cleveland geflogen. Ich wüsste gern, ob er heil angekommen ist."

Erstaunlicherweise kicherte Jeannie. „Deine Flugangst überträgst du auch auf andere Leute?"

„Ja", gab Sam zerknirscht zu, fand Jeannies humorvolle Bemerkung jedoch ermutigend.

„Was ist denn in Cleveland?"

„Seine schmarotzende Mutter. Die liegt im Krankenhaus und hat irgendwie niemanden, den sie anrufen kann, außer den Sohn, den sie seit fünf Jahren nicht mehr gesehen hat, der aber kürzlich zu einem Haufen Geld gekommen ist."

Jeannie verzog das Gesicht. „Autsch."

„Ich mache mir Sorgen, dass das übel für ihn laufen wird. Nach alldem mit John und Julian …"

„Mehr kann er momentan wirklich nicht gebrauchen."

„Nein“, stimmte Sam ihr zu. „Sorry, ich sollte meine Sorgen nicht ausgerechnet bei dir abladen.“

„Es muss dir nicht leidtun. Es ist ganz angenehm, mal an etwas anderes als meine eigenen Probleme zu denken. Außerdem stelle ich mir vor, dass wir nach allem, was wir gestern durchgemacht haben, von guten Kollegen zu guten Freundinnen geworden sind.“

Sam beugte sich über das Bett, um Jeannie behutsam zu umarmen. „Absolut“, flüsterte sie, ein wenig überrumpelt von ihren eigenen Emotionen. „Ruf mich an, wenn du dich noch an irgendetwas anderes erinnerst oder falls du etwas brauchst. Jederzeit, Tag und Nacht.“

„Mach ich. Danke.“

„Wir helfen dir, mit dieser Geschichte klarzukommen, Jeannie. Das verspreche ich dir.“

Tränen schimmerten in Jeannies Augen, als sie nickte.

„Ich komme später wieder.“

„Ich werde hier sein – mindestens noch bis morgen, hat der Arzt gesagt.“

Sam trat auf den Flur hinaus, wo Michael an der Wand lehnte.

Als er sie sah, richtete er sich auf. „Ich dachte mir, dass ihr zwei für eine Weile Cops sein müsst.“

„Stimmt. Danke.“

„Ich will wissen, was mit ihr passiert ist, aber ich bin mir nicht sicher, ob ich es ertrage. Verstehen Sie?“

„Fürs Erste reicht es ihr, zu wissen, dass Sie da sind und sie lieben und dass sich nichts zwischen Ihnen ändern wird.“

„Das wird es nicht.“

„Versichern Sie ihr das immer wieder, denn genau das muss sie im Augenblick hören.“

„Okay. Und danke." Er schien seine Kräfte zu sammeln, ehe er in Jeannies Zimmer ging.

Sam beneidete die zwei nicht um den langen Weg, den sie vor sich hatten, während Jeannie sich von dem traumatischen Überfall erholte. Doch Sam war heute Morgen optimistischer als gestern Abend, dass Jeannie es schaffen würde.

Eines Tages ...

Kaum hatte das Flugzeug auf der Landebahn aufgesetzt, schaltete Nick sein Handy wieder ein, um Sam eine Nachricht zu schicken. Er wusste, wie ängstlich sie war, wenn irgendjemand flog, den sie liebte. Noch ehe er seinen Text geschrieben hatte, kündigte ein Piepen eine eingehende SMS an.

Sagen Sie Ihrer Freundin, sie soll sich zurückziehen, bevor sie verletzt wird.

Nick setzte sich in seinem Sitz auf und suchte die Nummer des Absenders, die jedoch unterdrückt war. Umgehend rief er Sam an.

„Hey", meldete sie sich. „Bist du gut angekommen?"

„Liebes." Er war erleichtert, ihre Stimme zu hören. „Ich habe eine Nachricht erhalten." Er wiederholte sie.

„Verdammt", murmelte Sam. „Wie ist er an deine Nummer gekommen? Es sei denn, es handelt sich um jemanden, den du kennst und der die Nummer deshalb schon hatte."

„Sam! Es ist mir völlig egal, wie der an meine Nummer gelangt ist! Was wirst du wegen dieser Drohung gegen dich unternehmen?"

„Mir wurden Bewacher zugeteilt, also beruhige dich."

„Das bedeutet, es war nicht die erste Drohung." Er knirschte mit den Zähnen. „Rede lieber, Lieutenant. Und zwar sofort."

„Du hast heute genug mit deiner Mom um die Ohren. Ich erzähle dir davon, wenn du zurück bist."

„Samantha, ich beende dieses Gespräch nicht eher, bis du mir erzählt hast, was zum Geier los ist."

„McBride kam mit einer Botschaft für mich zurück. Sie lautete ähnlich wie die, die du bekommen hast."

Nick schloss die Augen und lehnte sich zurück, während das Flugzeug zum Gate rollte. „Ich wäre nie hierhergeflogen, wenn ich das gewusst hätte."

„Du kannst nichts unternehmen, was nicht ohnehin unternommen wird. Wie schon erwähnt, Farnsworth hat mir Bewacher zur Seite gestellt."

„Wogegen du garantiert protestiert hast."

„Es ist doch auch lächerlich! Ich brauche keine zwei Streifenpolizisten, die mir überallhin folgen, als käme ich nicht allein zurecht."

„Samantha, ich schwöre bei Gott, du wirst exakt das tun, was sie dir sagen, oder du bekommst es mit mir zu tun."

„O Mann, ich liebe es, wenn du mich so herumkommandierst. Macht mich heiß."

„Das ist kein Scherz!" Er redete inzwischen laut genug, sodass seine Sitznachbarn ihn ansahen. Er senkte die Stimme. „Das ist nicht witzig. Er hat schon eine von deinen Detectives entführt und ihr weiß der Himmel was angetan. Sei bloß nicht so vermessen, zu glauben, er käme nicht auch an dich heran."

„Ich bin nicht vermessen, keine Sorge."

„Ich soll mir keine Sorgen machen. Na klar."

„Bekomme ich die Erlaubnis, deine Handydaten auszuwerten? Möglicherweise können wir den Absender der Nachricht zurückverfolgen."

„Was immer du tun musst."

„Versuch doch bitte, dir nicht so viele Gedanken zu machen. Wir treffen jede Vorsichtsmaßnahme."

Unwillkürlich musste Nick an jenen Tag in der noch nicht

lange zurückliegenden Vergangenheit denken, an dem er geglaubt hatte, sie sei in Reeses Haus erschossen worden. Tatsächlich war Freddie derjenige gewesen, der angeschossen worden war. Doch der Schock saß noch immer tief. „Nicht *jede* Vorsichtsmaßnahme. Wenn es nach mir ginge, würdest du irgendwo weggesperrt, bis der Irre gefasst ist."

„Ich komme klar, Nick, und das werde ich auch weiterhin. Konzentriere dich jetzt auf deine Mutter und den Grund, weshalb du heute dort bist. Ich werde auf dich warten, wenn du heute Abend nach Hause kommst."

„Versprochen?"

„Versprochen."

„Ich werde dir nicht mal sagen, dass du vorsichtig sein sollst."

„Bin ich immer. Das weißt du."

„Ich verlass mich darauf."

„Halte mich auf dem Laufenden, wie es mit deiner Mutter läuft."

„Ich rufe dich an, sobald ich wieder am Flughafen bin."

„Ich werde darauf warten."

„Pass auf, dass meiner Verlobten nichts zustößt", sagte er mit rauer Stimme. „Ich liebe sie sehr."

„Sie liebt dich auch. Wir reden später."

Nick folgte dem Strom der Leute, die das Flugzeug verließen. Vom Terminal aus rief er Skip Holland an. Als Celia das Telefon weiterreichte, meinte Nick zu ihm: „Ich fand, du solltest wissen, dass der Kerl, der sich McBride geschnappt hat, nun Sam bedroht."

Sam würde stinksauer auf ihn sein, weil er ihren Vater informiert hatte. Doch Nick zweifelte nicht daran, dass Skip dafür sorgen würde, dass die Cops ihr Bestes gaben, um sie zu beschützen.

19. Kapitel

Im Taxi, das ihn zum Krankenhaus brachte, bereitete Nick sich innerlich auf das Wiedersehen mit seiner Mutter vor. Er wollte nicht darauf hoffen, dass sich seit ihrer letzten Begegnung irgendetwas geändert hatte, sondern einfach akzeptieren, dass sie nie die Mutter sein würde, nach der er sich sein ganzes Leben lang gesehnt hatte. Er hasste es, dass die Gedanken an sie ihn sofort an das winzige Apartment erinnerten, das er mit seiner Großmutter bewohnt hatte, die wegen der ungewollten Verantwortung, das Kind ihres Sohnes großzuziehen, verbittert gewesen war. Mit Vorliebe hatte sie ihm immer wieder gern ins Gedächtnis gerufen, was für eine nutzlose Schlampe ihn zur Welt gebracht hatte, weshalb sie ihn jetzt am Hals habe.

Und wie viele Male hatte seine Mutter angerufen, um Besuche zu vereinbaren, die dann doch nie zustande gekommen waren. Doch sooft sie ihn auch enttäuscht hatte, die Hoffnung, sie könne sich eines Tages ändern, erlosch nie. Dabei gab sie ihm nur äußerst selten Grund zu dieser Hoffnung. Er hatte lange und hart daran gearbeitet, sich ein eigenes Leben aufzubauen, das nicht auf Bitterkeit und Enttäuschung fußte. Seine Mutter zu treffen warf ihn jedes Mal zurück, wie nichts anderes es vermochte. Das war ihm früher passiert, und es würde wieder passieren, wenn er nicht aufpasste.

Diesmal war er entschlossen, sich nicht verletzen zu lassen. Er war ein erwachsener Mann, der demnächst die Liebe seines Lebens heiraten und dadurch eine neue Familie bekommen würde, die er sehr schätzte und respektierte. Außerdem hatte er großartige Freunde und Kollegen, stand seinem Vater näher denn je und hatte überdies Johns Angehörige, die ihn als Familienmitglied betrachteten. Mit all diesen positiven Dingen im Kopf betrat Nick den Fahrstuhl.

Als er sich ihrem Zimmer näherte, kam gerade der Arzt heraus. „Senator Cappuano?"

„Ja", bestätigte Nick und schüttelte ihm die Hand. „Wie geht es ihr?"

„Sie freut sich auf Ihren Besuch. Ich habe ihr gesagt, dass Sie unterwegs sind."

Zu hören, dass sie sich freute, machte Nick gleich wachsam. Seines Wissens hatte sie sich sein gesamtes Leben lang noch nie darauf gefreut, ihn zu sehen. Zumindest konnte er sich nicht daran erinnern. Er war gewarnt und sollte lieber auf der Hut sein.

„Wann kann sie nach Hause?", erkundigte er sich bei dem Arzt.

„Wir warten auf die Ergebnisse verschiedener Tests. Vorausgesetzt, dass alles in Ordnung ist, kann sie heute Nachmittag gehen."

„Okay, danke."

Der Arzt ging davon, und Nick stand vor der Zimmertür. Er verspürte ein flaues Gefühl im Magen – wie früher, als er einen ganzen Samstag am Fenster gesessen und auf seine Mutter gewartet hatte, die doch nicht gekommen war. Ein letztes Mal tief einatmend, öffnete er die Tür und trat ein.

„Oh! Da ist er! Sehen Sie ihn sich an", forderte Nicoletta die Krankenschwester auf, die die Monitore überprüfte. „Mein Sohn, der Senator der Vereinigten Staaten!" Sie streckte die Arme aus. „Komm her, mein Liebling. Umarme deine Mutter."

Nicoletta war oft mit Sophia Loren verglichen worden, wegen ihrer kastanienbraunen Haare, der makellosen Haut und des strahlenden Lächelns. Als er sich ihr jetzt näherte, um sie zu umarmen, bemerkte er Falten in ihrem Gesicht, die beim letzten Mal noch nicht da gewesen waren.

Seine Mutter drückte ihn an sich, und Nick atmete ihren vertrauten Duft ein. Dann ließ sie ihn los, hielt jedoch sein Gesicht umfasst. „Sieht er nicht fabelhaft aus, Roberta? Hab ich's Ihnen nicht gesagt?"

„Ja, das tut er, und Sie haben es gesagt", erwiderte die Krankenschwester. „Ich lasse Sie beide allein. Klingeln Sie, falls Sie irgendetwas brauchen, Nicoletta."

„Danke." Zu Nick sagte sie: „Nun sieh dich an. So groß und gut aussehend. Danke, dass du gekommen bist, mein Lieber."

Trotz aller Warnungen, die er sich selbst gegenüber vor diesem Besuch im Stillen ausgesprochen hatte, wirkten diese Komplimente und das Kosewort wie Nahrung für einen Verhungernden. „Hm, kein Problem."

Sie ließ die Hände sinken. „Ich weiß, wie viel du um die Ohren haben musst. Als ich hörte, dass du Senator geworden bist … tja, da konnte ich es kaum glauben!"

„Ich dachte, ich höre mal von dir." Nick ärgerte sich darüber, dass er sich wie ein kleiner trauriger Junge anhörte, der noch Mutters Anerkennung brauchte.

„Ich wollte wirklich anrufen, aber dann schob ich es immer wieder auf und wollte dich nicht behelligen."

Er setzte sich auf einen Stuhl neben ihrem Bett. „Schade, dass du dich nicht gemeldet hast. Du hättest vielleicht zur Vereidigung kommen können. Der Präsident und die First Lady waren da." Nick tadelte sich im Stillen für diese alberne Angeberei.

„Was du nicht sagst! Ich würde den Präsidenten gern einmal kennenlernen. Was für ein Glück du hast!"

„In letzter Zeit hatte ich viel Glück. Ich weiß nicht, ob du schon mitbekommen hast, dass ich verlobt bin."

„Ich habe es in der Zeitung gelesen. Herzlichen Glückwunsch."

„Es wurde *hier draußen* über unsere Verlobung berichtet?"

„Ich habe online eine Zeitung aus Washington gelesen", meinte sie bekümmert. „Ich war so neugierig, nachdem ich erfahren hatte, dass du das Amt angetreten hast."

Sams Warnungen kamen ihm in den Sinn, beharrlicher denn je. Wenn seine Mutter von der Verlobung gelesen hatte, wusste sie mit Sicherheit auch von der Zwei-Millionen-Dollar-Lebensversicherung. „Ihr Name ist Samantha, doch sie wird Sam genannt. Sie ist Detective bei der Mordkommission in Washington."

„Und du bist glücklich mit ihr, Nicky?"

Der Kosename war ein Volltreffer ins Herz. Seine Eltern waren die einzigen Menschen, die ihn je so genannt hatten. „Ich war nie glücklicher in meinem Leben."

„Ich freue mich für dich." Das klang aufrichtig. „Du verdienst es, glücklich zu sein."

„Ja, bestimmt."

Nicoletta senkte den Blick auf ihre Hände im Schoß, dann schaute sie ihm wieder ins Gesicht. „Ich weiß, ich habe kein Recht, dich zu behelligen und hierherzubitten. Es ist sicher nicht mir zu verdanken, dass aus dir ein Mann geworden ist, der zu seiner Mutter eilt, wenn sie ihn braucht, denn schließlich habe ich das für dich nie getan."

Dem konnte Nick nicht widersprechen, daher schwieg er.

„Es ist nur so … na ja, dass ich gerade schwierige Zeiten durchmache. Und dann war da noch dieser Unfall …"

Jetzt kommt es, dachte Nick. „Was ist denn aus Mel geworden?" Das war der Mann, den sie bei seinem letzten Besuch geheiratet hatte. Es war die dritte Hochzeit gewesen, und sie hatte sich geweigert, ihn als ihren Sohn vorzustellen. Es ging doch nichts darüber, das wandelnde Symbol einer jugendlichen Unbesonnenheit zu sein.

„Der ist schon seit einer Weile weg."

„Was willst du von mir, Nicoletta?" Sie hatte ihn auf der Hochzeit gebeten, sie so zu nennen. Offenbar fiel es ihr leichter, ihn als alten Freund vorzustellen und nicht als den Sohn, den sie nie gewollt hatte.

Wie aufs Stichwort kullerten dicke Tränen über ihre makellosen Wangen. „Mel hat alles mitgenommen. Eine Weile hatte ich einen Job, aber dann wurde ich entlassen, und jetzt bekomme ich keine Sozialleistungen mehr. Ich wusste nicht, an wen ich mich sonst wenden sollte."

„Du dachtest dir also, dies sei ein guter Zeitpunkt, dich die Treppe hinunterzustürzen?"

Ihre Augen weiteten sich angesichts seines kalten Tons. „Sei nicht albern! Ich hätte sterben können! Ich bin über den Läufer gestolpert." Sie hob beide Arme, um ihm die Prellungen zu präsentieren, die sie sich bei dem Sturz zugezogen hatte. Erneut betrachtete sie ihn intensiv, in ihren Augen schimmerten Tränen. „Du wirst mir doch helfen, Nick, oder?"

Nick hoffte, dass sein Gesicht völlig ausdruckslos blieb. „Wie viel brauchst du?"

Gonzo ging die Telefondaten durch, die die Telefongesellschaft endlich bereitgestellt hatte, und unterstrich die Nummern, die sowohl bei Regina als auch bei Maria auftauchten. Es waren drei, immerhin ein Hinweis, dem Sam nachgehen konnte. Er wollte ihr gerade davon berichten, als sein Handy klingelte.

„Tommy, hier spricht Andy", sagte der Anwalt. „Ich hatte

eben ein Telefonat mit der Vertreterin des Jugendamtes, die den Hausbesuch gemacht hat."

„Und?"

„Anscheinend waren die Zustände dort dermaßen übel, dass sie das Kind gleich mitgenommen hat."

Gonzo horchte auf. „Wo ist der Junge?"

„Momentan bei einer Pflegefamilie. Aber es gibt gute Neuigkeiten: Ein Familiengericht ist bereit, Ihren Sorgerechtsanspruch zu prüfen. Und zwar heute."

„Auf welcher Grundlage? Wir konnten sie ja bisher nicht einmal dazu bewegen, dem DNA-Test zuzustimmen, um meine Vaterschaft zu klären."

„Das müssen wir nicht mehr", erwiderte Andy und klang geradezu überschwänglich.

„Okay, das verstehe ich nicht."

„Tommy, sie hat Sie als Vater in der Geburtsurkunde eingetragen!"

Gonzo stieß geräuschvoll die Luft aus. „Im Ernst?"

„Ja. Normalerweise gibt es eine schriftliche Vorladung zur Anhörung, doch der Richter hat in diesem Fall darauf verzichtet."

„Wer ist es denn?", wollte Gonzo wissen, obwohl er es ahnte.

„Morton. Kennen Sie ihn?"

„Ich habe vor zwei Jahren den Mörder seiner Schwester gefasst. Hab den Burschen lebenslänglich hinter Gitter gebracht, ohne Aussicht auf vorzeitige Entlassung."

„Nun, das erklärt es. Wenn er im Gericht nichts sagt, erwähnen Sie es auch nicht. Sollte er Ihnen einen Gefallen tun, müssen wir es ja nicht gleich an die große Glocke hängen."

„Keine Sorge, ich sage kein Wort."

„Natürlich wird der Richter einen offiziellen Vaterschaftstest anordnen. Der Entscheidung, Ihnen heute das vorläufige Sorgerecht zuzusprechen, sollte jedoch nichts im Wege stehen. Können Sie in einer Stunde im Gericht sein?"

Gonzo dachte an den Fall, an dem sie arbeiteten, und an Sams Anordnung, jeglicher Urlaub sei bis auf Weiteres gestrichen. Aber dies ging sicher als Notfall durch, oder?

„Ich werde da sein", antwortete er.

„Ich will nicht voreilig sein, doch ich hoffe, dass ich noch vor Ende dieses Tages ‚Herzlichen Glückwunsch, Dad' zu Ihnen sagen kann. Also, bis gleich."

Dad. Das Wort löste alle möglichen Gefühle in ihm aus. Freude kämpfte mit Furcht, weil er im Grunde ja überhaupt nichts über Babys wusste. Vermutlich würde er das lernen. Wenn es bedeutete, dass er seinen Sohn nach Hause holen konnte, würde er alles möglich machen, was dazu nötig war. Er rief Sam an.

Sie meldete sich mit den Worten: „Gib mir etwas, irgendwas."

Er grinste über den vertrauten Spruch und informierte sie darüber, was er bei der Auswertung der Handydaten herausgefunden hatte. „Ich prüfe jetzt die gemeinsamen Nummern und schaue mal, was wir finden."

„Ausgezeichnete Arbeit. Danke."

„Wie geht es McBride?" Bei dem Gedanken daran, was der Freundin und Kollegin passiert war, sah Gonzo rot. Er wollte bei der Jagd auf dieses Ungeheuer dabei sein, doch heute hatte er noch etwas anderes zu tun.

„Ein wenig besser. Es wird ein langer Weg werden."

„Ja. Also, Lieutenant, es hat sich etwas ergeben, und deshalb müsste ich mal weg. Es ist eine Art Notfall."

Am anderen Ende der Leitung herrschte Schweigen.

Hastig berichtete Gonzo von dem Anruf Andys. „Ich weiß,

es ist das denkbar ungünstigste Timing, und du hast sämtlichen Urlaub gestrichen. Aber wenn ich das Sorgerecht bekommen soll, muss ich vor Gericht erscheinen. Der Richter muss sich ein Bild davon machen, dass ich ein geeigneter Vater bin und …"

„Gonzo! *Gonzo!* Selbstverständlich musst du dort sein, überhaupt keine Frage."

„Aber der Fall …"

„Wir schaffen das. Geh und kümmere dich um dein Kind."

„Jeannie …"

„Würde dir dasselbe sagen."

„Na schön", sagte er und atmete erleichtert auf. „Sam …"

„Ja?"

„Was um alles in der Welt mache ich mit einem Baby? Meine Eltern verbringen den Winter in Arizona, und meine Schwestern wohnen mehrere Autostunden von hier entfernt. Was mach ich denn bloß?"

Lachend antwortete sie: „Ich werde meine Schwestern anrufen. Die werden dir alles beibringen, was du wissen musst. Überlass das nur ihnen."

„Das kann ich nicht von ihnen verlangen – oder von dir."

„Tust du ja auch gar nicht. Ich habe es dir angeboten, und glaub mir, die lieben es, sich in die Angelegenheiten anderer Leute einzumischen. Die haben dir im Nullkommanichts geholfen."

„Wow, danke. Ernsthaft."

„Ich tue es nicht für dich, sondern für das arme Kind."

Gonzo lachte. „Und dafür wird es dir auch ewig dankbar sein."

„Wie heißt er eigentlich?", erkundigte sie sich.

„Ich werde ihn Alejandro nennen, nach meinem Vater. Aber wir werden ihn Alex rufen."

„Das ist ein wundervoller Name."

Nach einer langen Pause meinte er: „Glaubst du wirklich, ich bekomme das hin?"

„Absolut. Ich habe nicht den geringsten Zweifel daran, dass du großartig sein wirst. Erzähl mir nachher, wie es für dich vor Gericht gelaufen ist. Ich rufe meine Schwestern an und gebe ihnen deine Nummer."

„Vielen, vielen Dank – dafür und für die Flexibilität."

„Geh und kümmere dich um deine Familie. Und halte mich auf dem Laufenden."

Seine Familie. Die ganze Geschichte warf ihn einfach um. „Mach ich." Er beendete das Gespräch und rief danach Christina an, um sie auf den neuesten Stand zu bringen. „Kannst du zum Gericht kommen? Ich bin echt in Panik hier."

„Ich kann leider nicht", erwiderte sie unglücklich. „Nick musste heute wegen eines Notfalls in der Familie weg, und ich habe alle Hände voll zu tun damit, seine Termine und Meetings auf morgen zu verschieben. Es ist das reinste Irrenhaus, und mein Stellvertreter ist immer noch nicht aus seiner Reha zurück. Ich kann nicht glauben, dass ich diesen Termin verpasse."

Und Gonzo konnte nicht glauben, dass er das alles ohne sie hinter sich bringen musste. „Ich wünschte, du könntest da sein."

„Ich doch auch", jammerte sie. „Ich werde sterben vor Ungeduld, während ich darauf warte, etwas von dir zu hören."

„Ich rufe dich an, sobald ich kann."

„Ich liebe dich, Tommy. Ich freue mich schrecklich für dich."

Diese Worte waren immer noch so neu, dass er jedes Mal wieder überrascht war. „Ich liebe dich auch. Danke für deine Unterstützung. Ohne dich hätte ich das alles nicht durchstehen können."

„Es ist nett von dir, das zu sagen. Aber das Sorgerecht zu bekommen, wird sich möglicherweise noch als der leichte Teil erweisen“, gab sie amüsiert zurück.

„Was du nicht sagst. Ich melde mich später.“

„Viel Glück.“

Sobald Sam das Telefonat mit Gonzo beendet hatte, rief ihr Vater an. „He, Skippy, was gibt's?“ Sie sah ihn vor sich in der Küche mit dem Headset, das ihm das Telefonieren ermöglichte.

„Ich wollte bloß mal hören, wie es meiner Tochter geht, die wieder einmal bedroht wird.“

„Woher weißt du das?“ Weder Malone noch Farnsworth hätten gewollt, dass er sich deshalb Sorgen machte. Blieb also nur noch … „Nick. Ah, den knöpfe ich mir vor.“

„Er macht sich eben Gedanken, Sam – und zu Recht. Wenn dieser Kerl sich McBride schnappen konnte, was sollte ihn dann davon abhalten …?“

„Ist ja gut. Farnsworth hat mir Bewacher zur Seite gestellt. Die sind hier neben mir.“ Sam schaute zu den beiden jungen Polizisten, die ihr zuwinkten. Als sie ihnen einen finsteren Blick zuwarf, besaßen sie immerhin so viel Anstand, woanders hinzuschauen. Grünschnäbel, frisch von der Akademie. Aber wenigstens waren sie bewaffnet.

„Sollte mir zu Ohren kommen, dass du sie abhängst oder irgendetwas anderes tust als das, was deine Vorgesetzten anordnen, bekommst du Ärger mit mir. Verstanden?“

„Dir ist schon klar, dass ich inzwischen vierunddreißig bin und nicht mehr tun muss, was du mir sagst, oder?“

„Du wirst tun, was ich dir sage, solange ich noch atme, Fräulein.“

Sam lachte. „Hast du mich echt gerade Fräulein genannt? Das habe ich seit der Schule nicht mehr gehört.“

„Du hast mich mit deiner Unverfrorenheit dazu getrieben."

„Ich entschuldige mich für meine Unverfrorenheit und verspreche, zu gehorchen. Jetzt zufrieden?"

„Ich werde erst zufrieden sein, wenn du diesen Bastard fängst."

„Das werde ich", versicherte sie ihm seufzend. „Glaub mir."

„Komm vorbei, wenn ich helfen kann."

„Freddie und ich schauen später rein, um ein paar Dinge mit dir zu besprechen."

„Ich bin da."

„Ich verlass mich darauf."

„Gleichfalls. Pass auf dich auf."

Gonzo saß im Gerichtssaal und wünschte, er hätte noch Zeit gehabt, nach Hause zu fahren und sich umzuziehen. In einem Raum voller Anzugträger fühlte er sich schwer underdressed in Jeans und Pullover, seiner Arbeitskleidung. Obwohl es warm im Saal war, behielt er seine schwarze Lederjacke an, weil er sich dadurch ein wenig besser gekleidet vorkam. Allerdings hatte er den Reißverschluss geöffnet, sodass die an den Gürtel geklemmte goldene Polizeimarke sichtbar war. Das musste doch etwas zählen, oder?

Andy kam gehetzt aussehend herein und setzte sich neben Gonzo in die vordere Sitzreihe. Eine Minute später tauchten Lori und Rex auf. Lori bedachte Gonzo mit einem vernichtenden Blick. Rex hatte sich extra für das Gericht schick gemacht, indem er sein Kopftuch weggelassen hatte. Gonzo schenkte ihnen danach keine Beachtung mehr. Lori war nicht sein Problem. Stattdessen galt seine gesamte Aufmerksamkeit dem Baby, das von einer Frau in einem Kostüm hereingetragen wurde. Die Frau hatte eine Aktenmappe unter den Arm geklemmt, und über der Schulter trug sie eine gelbe Wickeltasche.

Beim Anblick des Babys schrie Lori auf und brach sofort in Tränen aus, doch Rex hielt sie zurück.

Gonzo rieb mit feuchten Handflächen über seine Jeans.

Kurze Zeit danach trat der Richter ein und rief das Gericht zur Ordnung. Gonzo kam sich vor, als würde er einen Film sehen, statt einer Szene aus seinem eigenen Leben beizuwohnen. Er verfolgte den weiteren Ablauf mit einer eigenartigen Distanziertheit. Sicherlich verstand jemand all diese juristischen Formulierungen und Ausdrücke, die hier über Kompetenz und die Interessen des Kindes geäußert wurden, ihm jedoch blieb vieles unverständlich. Der Richter befragte ausgiebig die Sozialarbeiterin über die Zustände in Loris Wohnung, außerdem über ihr und Rex' Strafregister.

Loris Anwalt erhob sich. „Euer Ehren, darf ich etwas sagen?"

„Nein. Setzen Sie sich."

Jetzt stand Andy auf. „Euer Ehren, Andrew Simone, ich vertrete Detective Thomas Gonzales, den Vater des Kindes."

„Detective, bitte treten Sie vor." Der Richter ließ sich nicht anmerken, dass sie sich kannten.

Andy nickte Gonzo zu, er solle nach vorn gehen, und folgte ihm.

„Nach meinem Kenntnisstand wussten Sie bis zum vergangenen Wochenende nichts von dem Kind", wandte sich der Richter an Gonzo. „Stimmt das?"

„Ja, Euer Ehren."

Der Richter sah zu Lori, die leise weinte, während Rex den Arm um sie gelegt hatte.

„Und Sie glauben, Sie können dem Kind ein liebevolles Zuhause bieten?"

„Ja, das glaube ich, Euer Ehren."

„Besitzen Sie ein Kinderbett, einen Kindersitz fürs Auto und andere notwendige Dinge?"

„Das alles wird in diesen Minuten von zwei erfahrenen Müttern für mich besorgt. Die eine wird jeden Moment den Kindersitz vorbeibringen."

„Haben Sie sich je zuvor um einen Säugling gekümmert?"

Gonzo schluckte. „Nein, Euer Ehren. Doch ich lerne schnell, und ich habe Freunde, die mir zeigen können, was ich wissen muss. Meine Eltern werden auch kommen. Es gibt nichts, was ich nicht tun würde, um dem Baby ein sicheres, sauberes und behagliches Heim zu bieten."

Der Richter schaute angewidert zu Lori. „Und werden Sie es für angemessen halten, ihm einen Namen zu geben?"

„Ja, Euer Ehren. Er wird Alejandro heißen, nach meinem Vater, und Alex als Kurzform."

Der Richter schien mit der Antwort zufrieden zu sein. „Ich übertrage das Sorgerecht vorübergehend auf Detective Gonzales. Miss Avery", wandte er sich an die Sozialarbeiterin, „bitte statten Sie Detective Gonzales wöchentlich einen Besuch ab und berichten Sie dem Gericht. Wir werden uns in dreißig Tagen wieder zusammenfinden, um zu klären, wie das Arrangement funktioniert."

Gonzo brauchte etwas Zeit, um die Worte des Richters zu verarbeiten. Er konnte nicht fassen, dass das alles wirklich geschah. Fast glaubte er, jeden Moment aufzuwachen und festzustellen, dass er alles nur geträumt hatte.

Erneut stand Loris Anwalt auf. „Euer Ehren, wird der Mutter gestattet sein, das Baby zu sehen?"

„Zwei Stunden pro Woche, unter Aufsicht", erklärte der Richter. „Arbeiten Sie einen Besuchsplan aus, der Detective Gonzales und Miss Avery passt."

„Das können Sie nicht machen!", kreischte Lori. „Er ist *mein* Baby! Sie geben ihn bloß dem Vater, weil der ein Cop ist!"

Der Richter kniff äußerst missvergnügt die Augen zu schmalen Schlitzen zusammen. „Wenn Sie nicht einige Nächte im Stadtgefängnis verbringen wollen, schlage ich vor, Sie unterlassen derartige Ausbrüche in meinem Gerichtssaal. Haben Sie mich verstanden?"

Lori nickte schluchzend.

„Ich übergebe dem Vater das Kind, weil Ihr Zuhause ein Schweinestall ist, in dem Kriminelle verkehren."

Rex zog sie wieder herunter auf ihren Platz.

„Zwei Stunden pro Woche. Akzeptieren Sie oder lassen Sie es." Der Richter ließ den Hammer heruntersausen. „Nächster Fall."

Einfach so war es vorbei, und Miss Avery übergab Gonzo seinen Sohn. Das Baby sah mit großen runden Augen vertrauensvoll zu ihm auf und kräuselte die Lippen auf dieselbe süße Weise wie neulich bei ihrem ersten Kennenlernen. Gonzo hielt den winzigen Körper an seine Brust geschmiegt, erfüllt von ehrfürchtigem Staunen darüber, wie klein das Baby war. War es neulich auch schon so klein gewesen? Oder kam es ihm kleiner vor, weil er jetzt die Verantwortung für das Kind hatte? Die Bedeutung dieses Augenblicks wurde Gonzo nun mit voller Wucht bewusst.

Um Himmels willen, dachte er. *Wie um alles in der Welt soll ich das hinbekommen?*

20. Kapitel

„Was hast du aus den Müttern herausbekommen?", fragte Sam ihren Kollegen Freddie Cruz am Telefon, nachdem sie ihr Team mit der Befragung der Anwohner in Foggy Bottom, wo Jeannie entführt worden war, hatte beginnen lassen.

„Leider nicht viel. Keine der Frauen hat mit ihrer Mutter über etwas anderes als die Familie, die Arbeit und den Einwanderungsstatus gesprochen, wenn sie zu Hause anriefen."

„Verdammter Mist", sagte Sam. „Wie haben sie das Geld erklärt?"

„Reginas Mutter hat erzählt, ihre Tochter habe ihren Lohn von der Reinigungsfirma gespart – zumindest hat Regina das behauptet."

„Nie und nimmer hat eine Putzfrau, die für siebzehn Dollar die Stunde arbeitet, fünf Riesen irgendwo herumliegen. Schon gar nicht, wenn sie in dieser Stadt wohnt. Was hat Marias Mutter über das Geld gesagt?"

„Sie meinte, sie wisse nicht, woher es kommt. Sie hat gar nicht daran gedacht, zu fragen, weil doch jeder in den USA reich ist. Das scheint sie jedenfalls zu glauben. Und was jetzt?"

„Gonzo hat die Telefonnummern überprüft, die sowohl auf Reginas als auch auf Marias Handy zu finden waren. Hast du diesen Bericht erhalten?"

„Noch nicht. Die Computer-Typen hängen ein bisschen hinterher. Sie haben es bis zum Ende des Tages versprochen."

Am liebsten hätte Sam frustriert geschrien. War diesen Leuten denn nicht klar, dass sie hier in einem Mordfall ermittelte? „Ich wünschte wirklich, Farnsworth ließe mich die DNA der Senatoren überprüfen."

„Das wird nicht passieren", entgegnete Freddie. „Jedenfalls nicht ohne hinreichenden Verdacht."

„Dann lass uns einen finden."

„Definiere ‚finden'."

„Es ist vielleicht an der Zeit, die Senatoren mal genauer unter die Lupe zu nehmen."

„Muss ich?"

„Ja, musst du. Wir reden mit Skip darüber. Eventuell weiß er eine Möglichkeit, wie wir das anstellen, ohne unsere Jobs dabei zu verlieren."

„Das wäre mir auch lieber. Wir treffen uns dort."

„Gibt es schon etwas über Nicks Telefon?"

„Noch nicht."

„Hast du Druck gemacht?"

„Na klar."

Sam seufzte. Weitere Verzögerungen. „Na schön, wir sehen uns bei Skip."

Auf dem Weg zum Haus ihres Vaters überlegte sie, ob sie Nick anrufen sollte. Sie wollte gern wissen, wie es in Cleveland lief – und ihm sagen, was sie davon hielt, dass er ihrem Vater von der Drohung gegen sie erzählt hatte. Doch jedes Mal, wenn sie sich vorstellte, dass Nicks Mutter von ihm lediglich sein Geld wollte, fühlte sie mit ihm. Natürlich hoffte sie inständig, sich zu irren, aber ihr Instinkt verriet ihr, dass ihre Sorge berechtigt war. Am Ende beschloss sie, ihn nicht anzurufen. Sie würde warten, bis er zu Hause war, obwohl sie es vor Ungeduld kaum aushalten konnte.

Sie ignorierte den Streifenwagen, der ihr folgte, parkte in der Ninth Street und lief die Rampe zum Haus ihres Vaters hinauf. Nach kurzem Klopfen betrat sie das Wohnzimmer, wo sie Celia und Skip vor dem Fernseher fand.

„Was habe ich dir über das Anklopfen gesagt?", meinte Celia, ohne den Blick vom Fernseher zu lösen.

„Nächstes Mal mache ich es besser", versprach Sam. „Was ist denn los?"

„Senator Lightfeather tritt zurück", erklärte Skip.

„O Mann." Sam war überrascht.

„... und daher habe ich beschlossen", sagte Lightfeather im Fernsehen, „dass ich so viel Zeit wie möglich mit meiner Familie verbringen muss, um den Schaden wiedergutzumachen, den ich angerichtet habe." Neben ihm stand seine Frau mit schmallippiger Miene. Das Podium trug das Washington-Hilton-Logo, also hatte er zumindest nicht das Gebäude verlassen, in dem er nach Sams Anordnung bleiben sollte. „Deshalb gebe ich heute meinen Rücktritt als Senator der Vereinigten Staaten von Amerika bekannt. Ich habe jeden Moment genossen in all den Jahren, in denen ich die Menschen des wunderbaren Bundesstaates Arizona vertreten durfte. Ich danke den Bürgern für ihr Vertrauen in mich, und ich werde für den Rest meines Lebens daran arbeiten, eines Tages wieder dieses Vertrauen zu verdienen. Ich bitte darum, das Bedürfnis nach Privatsphäre meiner Familie in dieser schwierigen Zeit zu respektieren."

Kaum hatte er das Podest verlassen, begannen der Moderator und der politische Analytiker über Lightfeathers Verbindung zu den beiden ermordeten Frauen von Capitol Cleaning Services zu spekulieren. „Eine verlässliche Polizeiquelle berichtete gegenüber Capitol News, dass Regina Argueta de Castro ein Baby von Lightfeather erwartete", meinte der Analytiker.

Sam stieß einen Schrei aus. „Woher zur Hölle wissen die das? Verdammt noch mal!" Sie nahm ihr Handy und rief sofort im Hauptquartier an. „Lieutenant Holland hier. Verbinden Sie mich umgehend mit dem Chief." Als man sie darüber informierte, er sei in einer Besprechung, erwiderte sie nur: „Dann unterbrechen Sie die."

Eine Minute später war der Chief am Apparat. „Lieutenant."

„Tut mir leid, Ihre Besprechung zu stören, aber wir haben ein Leck." Sie erzählte ihm, was sie von dem Reporter gehört hatte. „Ich garantiere Ihnen, dass keiner meiner Leute auch nur ein Wort gegenüber der Presse fallen gelassen hat. Ich will also wissen, wer diese ‚verlässliche Polizeiquelle' ist."

„Ich auch."

„Vielleicht sollten Sie mal mit Stahl anfangen."

„Er mag es ja auf Sie persönlich abgesehen haben, doch der würde nie bei der Presse petzen gehen."

„Sind Sie sich da sicher?"

„Nicht so sehr, wie ich es gern wäre. Haben Sie Detective McBride heute schon besucht?"

„Ja, sie hält tapfer durch."

„Ich möchte sie besuchen oder ihr etwas schicken, aber bisher war ich unsicher, ob ich sie tatsächlich aufsuchen sollte …"

Diese Unsicherheit war ganz untypisch für ihn. „In diesem Fall scheint es mir das Beste zu sein, Blumen zu schicken. Ein Besuch vom Chief wäre möglicherweise mehr, als sie momentan verkraftet."

„Gut, dann werde ich das machen. Halten Sie mich weiterhin über die Ermittlungen auf dem Laufenden."

„Finden Sie den Maulwurf", erwiderte Sam.

„Bin dran."

Sam steckte das Handy wieder in die Manteltasche und wandte sich an ihren Vater und ihre Stiefmutter.

„Wie geht es Jeannie?“, erkundigte sich Celia mit einem besorgten Ausdruck auf dem hübschen Gesicht.

„Den Umständen entsprechend.“

„Hat er …?“

Sie wussten, dass Sam ihnen keine Einzelheiten verraten konnte, und hätten das auch nie von ihr verlangt. Allerdings sprach ihr Schweigen für sich.

„Um Himmels willen“, stieß Celia seufzend hervor. „Ich hatte gehofft …“

„Ich auch.“

„Wie ist der Stand der Ermittlungen?“, wollte Skip wissen, und Sam merkte seinem Ton an, dass ihn zutiefst berührte, was McBride zugestoßen war. Auch als behinderter Pensionär war er einer von ihnen. Dafür sorgten Sam, Farnsworth und Malone ebenso wie Skips zahlreiche Freunde innerhalb des Departments.

„Wir treten auf der Stelle“, antwortete Sam und ließ sich aufs Sofa fallen. „Ich bin überzeugt davon, dass wir einen Senator suchen oder jemanden mit ähnlich viel Macht. Aber Farnsworth lässt mich ohne hinreichenden Verdacht keine DNA-Probe anordnen.“

„Dann wirst du dir einen Verdacht basteln“, meinte Skip.

„Das ist der Plan.“

„Du musst sehr vorsichtig sein.“

„Das weiß ich selbst. Was schlägst du vor, wie soll ich es angehen?“

Bevor er etwas erwidern konnte, klingelte Sams Handy erneut. Sie kannte die 202-Vorwahl nicht, nahm den Anruf jedoch trotzdem entgegen.

„Holland.“

„Darren Tabor.“

Sam unterdrückte ein Stöhnen. „Ich habe zu tun, Darren.“

„Ich sah Detective Gonzales mit einem Baby auf dem Arm aus dem Gerichtsgebäude kommen. Ich dachte, der hätte keine Kinder, deshalb wittere ich da eine Story.“

Während Sam sich für Gonzo freute, der vor Gericht offenbar gesiegt hatte, verhieß die Tatsache, dass Darren davon wusste, nichts Gutes. „Lassen Sie das, Darren. Bitte. Ich bitte Sie darum als persönlichen Gefallen.“

„Dann sind Sie mir was schuldig.“

Sam verzog das Gesicht. „Was wollen Sie?“

„Bestätigen Sie mir, dass es eine Verbindung zwischen McBrides Entführung und den toten Putzfrauen gibt.“

„Es gibt eine Verbindung, aber mehr kann ich im Augenblick nicht dazu sagen.“

„Und wann können Sie etwas sagen?“

„Ich werde an Sie denken.“

„Ausgezeichnet.“

„Und Sie vergessen diese Sache mit Gonzales?“

„Welche Sache?“

Erleichtert atmete Sam auf. „Danke. Wo ich Sie gerade am Apparat habe – Sie könnten mir noch einen Gefallen tun.“

„Damit stehen Sie ganz schön in der Kreide bei mir“, meinte er, klang jedoch belustigt.

„Es dürfte sich lohnen, wenn es Ihnen gelingt, das Leck zu finden, aus dem die Information über Reginas Baby gesickert ist.“

„Stimmt es denn? Ist es Lightfeathers?“

„Vielleicht, vielleicht auch nicht. Wie dem auch sei, ich wüsste gern, wie die Medien an diese Information gelangt sind.“

„Ich höre mich mal um. Mal schauen, was ich herausbekomme.“

„Behalten Sie für sich, dass Sie das in meinem Auftrag machen.“

„Lieutenant, ich bin die personifizierte Diskretion."

„Na klar", gab Sam lachend zurück. „Geben Sie mir Bescheid, wenn Sie etwas in Erfahrung gebracht haben."

„Vielleicht sollten Sie meine Nummer speichern, damit Sie sie gleich parat haben, wenn Sie mich in Zukunft brauchen."

„Ich mache jetzt Schluss."

„Wohin ist Nick heute geflogen?", fragte Darren.

Sam klappte ihr Handy zu.

„Wenn ich es nicht besser wüsste", sagte Skip, „könnte man glatt meinen, dir machen diese kleinen Scharmützel mit dem Jungen Spaß."

„Er ist nicht so übel wie viele andere von denen."

„Nach Johnson hat er dir ziemlich zugesetzt."

Unwillkürlich musste Sam an das Kind zurückdenken, das bei einer Schießerei in einem Crackhaus, für die sie verantwortlich war, getötet worden war. Sie erschauerte. „Er hat uns gewarnt, als der *Reporter* uns fertigmachen wollte", erinnerte sie ihren Vater.

„Das stimmt", räumte Skip ein.

Sam bereitete es immer noch extremes Unbehagen, dass die Stadt damals von ihrer Beinahe-Abtreibung erfahren hatte – eine Abtreibung, die sie auf dem College machen lassen wollte und die nur durch eine Fehlgeburt verhindert worden war. Eine Angestellte des Frauenarztes, der sie behandelt hatte, wollte Sams neue Berühmtheit zu Geld machen. Doch sie waren ihr zuvorgekommen und hatten ihr ein juristisches Verfahren angehängt, das sie noch die nächsten Jahre beschäftigen würde.

„Du möchtest also wissen, wie man diese hochrangigen Typen zum Reden bringt?", fragte Skip.

Da sie sich dringend von diesem viele Jahre zurückliegenden Albtraum ablenken wollte, der ihrer Überzeugung nach zu ihren heutigen Empfängnisproblemen geführt hatte, nickte Sam. „Ja, verrate mir, was du tun würdest."

Sam und Freddie nahmen das Esszimmer in Nicks Haus in Beschlag und benutzten ihre Laptops, um im Internet jedes Detail über das Leben der Senatoren zu recherchieren, die regelmäßig Kontakt zu Regina und Maria gehabt hatten. Die den ganzen Tag andauernde Befragung in Foggy Bottom hatte zu zwei Überwachungskameras geführt, die jedoch nur schemenhafte Bilder lieferten. Ansonsten gab es keinen einzigen Zeugen, der die Entführung beobachtet hatte. Die gründliche Untersuchung der Gasse, in der Jeannie abgelegt worden war, hatte ebenfalls keine brauchbaren Ergebnisse geliefert. Sam stand kurz davor, sich frustriert die Haare zu raufen.

„Hör dir das an", sagte Freddie. „Trent war in seinem letzten Jahr auf der Highschool in einen Autounfall verwickelt."

„Tote?"

„Zwei, beides Mädchen. Er fuhr, und seine Hose war offen, als die Cops ihn aus dem Wagen zogen."

„Betrunken?"

„High. Man fand Marihuana im Wagen."

„Moment mal. Wieso hat die Presse nie darüber berichtet?"

„Haben sie." Er drehte den Laptop so, dass sie sich das Video ansehen konnte, das Freddie gefunden hatte. Es handelte sich um ein Interview mit Trent und Oprah Winfrey, in dem er die volle Verantwortung dafür übernahm, was er einen „Fehler durch jugendlichen Leichtsinn" nannte. Die Wähler in Montana hatten ihm diese Geschichte abgekauft und ihn vor zehn Jahren nach Washington geschickt, als Nachfolger eines Senators, der nach einem Skandal zum Rücktritt gezwungen gewesen war. Bei der letzten Wahl hatte Trent den Sitz im Senat dann aus eigener Kraft errungen.

„Wieder einmal steht die brave kleine Ehefrau loyal an der Seite ihres Gatten, während er gesteht, ein Mistkerl zu sein“, bemerkte Sam zu dem Oprah-Video, das Trent und seine Frau zeigte.

„Damit hast du ein echtes Problem, was?“

„Ich verstehe diese Frauen einfach nicht, die ein dermaßen geringes Selbstwertgefühl haben müssen, dass sie bedingungslos zu solchen Typen halten.“

„Was würdest du denn tun, wenn die Presse dahinterkommen würde, dass Nick in seiner Jugend eine Dummheit begangen hat? Käme es zu einem Medienrummel, würdest du da nicht auch zu ihm halten?“

„Nick macht keine Dummheiten.“

„Jeder macht an irgendeinem Punkt in seinem Leben Dummheiten.“

„Nick hat nie welche gemacht.“ Sam kaute auf ihrem Kugelschreiber und fragte sich zum wiederholten Mal, wie es mit Nick und seiner Mutter lief. „Er ist unter schwierigen Bedingungen aufgewachsen, da gab es für ihn nicht viele Gelegenheiten für Dummheiten.“ Tatsächlich war sie sich ziemlich sicher, dass er so sehr auf Hockey, die Schule und sein großes Ziel, mit einem Stipendium in Harvard zu studieren, fokussiert gewesen war, dass ihm überhaupt keine Zeit für jugendlichen Blödsinn geblieben war.

„Warum ziehst du so ein besorgtes Gesicht?“

„Tue ich das?“

Freddie nickte.

Sam berichtete ihm, wo Nick sich aufhielt und mit wem er zu tun hatte. Sie erzählte ihm auch von ihrer Sorge, Nicks Mutter könnte es bloß auf sein Geld abgesehen haben.

„Wow“, meinte Freddie. „Eine solche Mutter zu haben, das ist unvorstellbar.“

„Apropos Mutter – findet dein geplantes Abendessen statt?"
„Ich weiß nicht, ob ich das wirklich machen soll. Da ist unser Fall und die Sache mit McBride …"
„Du musst dieses Problem ein für alle Mal lösen und darfst nicht länger zwischen deiner Mutter und Elin stehen, wie du es momentan tust."
„Mal abwarten, was der Freitag bringt. Ich habe beide gebeten, sich den Abend frei zu halten, aber ich weiß nicht, ob Elin auftaucht. Sie war nicht allzu begeistert von der Idee. Falls sie tatsächlich kommt, führe ich die beiden vielleicht lieber zum Essen aus, statt selber zu kochen. An einem öffentlichen Ort können die zwei sich nicht gegenseitig die Augen auskratzen."
„Stimmt." Sam konzentrierte sich wieder auf den Fall und klopfte mit dem Kugelschreiber auf die Tischplatte, während sie fieberhaft nachdachte.
„Was überlegst du?"
„Mir geht etwas nicht aus dem Kopf, das Jeannie heute zu mir gesagt hat."
„Und was war das?"
„Die Nachricht, die er ihr mitgegeben hat. ‚Richte deiner Chefin aus, sie soll sich von den toten Huren fernhalten, oder sie wird die Nächste sein.'"
„Was ist damit?"
„Er hat sie Huren genannt."
„Und?"
„Nichts in unseren bisherigen Ermittlungen deutet auf Promiskuität hin. Obwohl beide schwanger waren und Regina ein Verhältnis mit Lightfeather hatte, haben wir keinen anderen Mann gefunden, der mit einer der beiden etwas gehabt hätte."
„War es nur so dahingesagt?"
„Möglicherweise", räumte Sam ein. „Aber mir geht das

Geld nicht aus dem Kopf, das sie nach Hause geschickt haben. Woher hatten die das? Du meintest, sie hätten es mit Drogen, Glücksspiel oder Prostitution verdient. Erinnerst du dich?"

„Ja. Also glaubst du, sie haben nebenbei angeschafft?"

„Gonzo hat mit Marias Nachbarin gesprochen, und die erwähnte, es sei bei ihr stets dieselbe Routine gewesen, sieben Tage die Woche. Maria kam von der Arbeit und duschte. Die Frau über ihr hörte jeden Morgen die Rohre klappern."

„Okay …"

„JoAnn Smithson erzählte uns, dass die Frauen an fünf Abenden in der Woche arbeiten, von Montag bis Freitag. Was also hat Maria an den anderen beiden Abenden gemacht?"

„Gute Frage."

„Eine, die wir ihrer Freundin Selina stellen sollten. Wir können auch bei Lightfeather noch mal wegen Reginas Wochenenden nachhaken. Bis dahin lass uns die Recherche über die Senatoren zu Ende bringen. Ich würde zu gern eine Leiche in Stenhouse' oder Cooks Keller finden."

„Wenn es da eine gibt, werden wir sie ausgraben."

Gegen elf hatten Sam und Freddie alles gelesen, was über die fünf Senatoren aufzutreiben gewesen war, ohne auf etwas Skandalöses zu stoßen. „Ich schlage vor, wir fangen morgen früh mit Trent an", sagte Sam.

„Hört sich gut an. Soll ich dich hier abholen?"

„Wir treffen uns erst mal im Hauptquartier, um zu prüfen, ob die von der dritten Schicht heute Abend schon etwas herausgefunden haben. Außerdem will ich wissen, ob es endlich DNA-Ergebnisse bei Maria gibt. Schaust du mal nach, ob inzwischen ein Bericht über Nicks Handy vorliegt?"

„Ich logge mich gerade ein." Er scrollte durch die E-Mails. „Noch nicht."

„Warum brauchen die so lange? Alles dauert bei diesem Fall eine Ewigkeit!"

„Zwei tote Putzfrauen erzeugen eben nicht dieselbe Dringlichkeit wie ein toter Senator oder ein Kandidat für den Obersten Gerichtshof."

„Für mich sind diese Fälle genauso wichtig."

„Das macht dich ja auch zu einer außergewöhnlichen Frau, Lieutenant."

Sie verzog das Gesicht, obwohl seine Schmeicheleien sie wie immer amüsierten.

Beim Geräusch der Haustür, die auf- und zuging, packte Freddie seinen Laptop ein. „Wir sehen uns morgen früh im Hauptquartier."

Voller Sorge folgte Sam ihm ins Wohnzimmer. Nick hängte eben seinen Mantel auf. Ein Blick auf dieses attraktive, aber müde Gesicht, und Sam wusste, dass er keinen guten Tag gehabt hatte.

Freddie sagte kurz Hallo und verschwand.

Sam ging zu Nick, legte die Arme um ihn und schmiegte sich an seine Brust. Zuerst fühlte sie seine Anspannung, doch dann lockerte sich seine Rückenmuskulatur, und er schloss sie in die Arme.

„Du hattest recht", sagte er nach langem Schweigen.

Sam fühlte mit ihm, als sie den Schmerz in seiner Stimme hörte. „Das tut mir leid." Gern hätte sie gefragt, was ihn dieser Tagesausflug denn letztlich gekostet hatte, aber sie ließ es sein, um ihn nicht in Verlegenheit zu bringen.

„Ich hätte es wissen sollen." Der bittere Ton war ganz untypisch für ihn. „Leute wie sie ändern sich nicht."

Sam sah ihn an und umfasste sein Gesicht. „Wir brauchen sie nicht. *Du* brauchst sie nicht."

Er nickte zustimmend.

„Sie weiß nicht, was ihr entgeht. Sie wird diesen wundervollen, freundlichen, liebenden, großzügigen Mann, der hier vor mir steht, nie kennenlernen – einfach, weil sie viel zu selbstsüchtig ist."

Mit den Händen auf ihren Hüften hielt er Sam nah bei sich. „Ich konnte es nicht erwarten, zu dir nach Hause zu kommen. Den ganzen Tag habe ich mich nur darauf konzentriert, und es hat mir geholfen, das alles zu überstehen. *Du* hast mir geholfen."

„Ich habe mich so hilflos gefühlt und wollte unbedingt irgendetwas für dich tun", erklärte sie und umarmte ihn erneut.

„Das hast du, Liebes. Indem du hier auf mich gewartet hast." Er küsste sie. „Ich habe genug von diesem Tag. Gehen wir ins Bett."

21. Kapitel

Gonzo stand vor dem Kinderbettchen und betrachtete seinen schlafenden Sohn. An nur einem einzigen erstaunlichen Abend hatte er gelernt, ein Baby zu füttern, anzuziehen und es zu baden, außerdem es richtig zu halten und zu trösten. Er hatte erfahren, dass ein Lächeln in diesem Alter meistens bedeutete, dass das Baby pupsen musste. Sams Schwestern Angela und Tracy hatten Stunden damit zugebracht, das freie zweite Zimmer in ein Kinderzimmer zu verwandeln. Sie brachten ihm alles bei, was er wissen musste, um für den kleinen Alex zu sorgen.

Jetzt beobachtete er fasziniert, wie sich der kleine Brustkorb bei jedem Atemzug hob und senkte. Die Ärmchen lagen über dem Kopf, und wenn Gonzo eine der winzigen Hände berührte, schloss sie sich erstaunlich fest um seinen Finger. Sein Herz zog sich zusammen. Seit Miss Avery ihm den Jungen in die Arme gelegt hatte, war er innerlich aufgewühlt.

Christina trat hinter ihn und schlang die Arme um seine Taille. „Du solltest auch schlafen, wenn er schläft", flüsterte sie. „In ein paar Stunden wird er wieder wach sein und Hunger haben."

„Ich habe Angst, ihn allein zu lassen. Was ist, wenn er plötzlich nicht mehr atmet oder so was?"

„Das wird nicht passieren", beruhigte sie ihn. „Das verspreche ich."

Gonzo sah das Baby noch eine weitere Minute an, ehe er seinen Finger aus Alex' Griff löste und sich von Christina aus dem Raum führen ließ.

Obwohl sein Schlafzimmer gleich gegenüber lag, überprüfte er vorsichtshalber das Babyfon, das Tracy angeschlossen hatte. Als er sich umdrehte, beobachtete Christina ihn belustigt.

„Sind alle frischgebackenen Eltern dermaßen durch den Wind?“, fragte er, während er sein T-Shirt auszog.

„Wahrscheinlich. Allerdings haben die meisten neun Monate Zeit, um sich auf alles vorzubereiten. Dir blieben bloß ein paar Tage.“

„Was hältst du von Angelas Angebot, auf ihn aufzupassen, während ich arbeite?“

„Hört sich für mich ideal an. Du vertraust ihr, und sie weiß, was sie tut.“

Er setzte sich neben sie auf das Bett und ergriff ihre Hand. „Ich kann nicht glauben, wie sich alles zum Guten gewendet hat. Vor einer Woche noch wusste ich nicht einmal von seiner Existenz. Und jetzt …“

Christina legte den Kopf an seine Schulter. „Und jetzt kannst du dir ein Leben ohne ihn nicht mehr vorstellen.“

„Ja, genau.“ Er drückte ihre Finger, dankbar dafür, dass sie offenbar Verständnis für seine Gefühle hatte. „Ich muss einen Weg finden, meinen Eltern von dieser Sache zu erzählen. Und zwar möglichst bald.“

„Die werden sich bestimmt für dich freuen und das nächste Flugzeug von Arizona hierher nehmen.“

„Ich hoffe nur, sie sind nicht enttäuscht darüber, wie es passiert ist. War keine Sternstunde von mir.“

„Aber sieh doch nur, was daraus entstanden ist: ein wundervoller Sohn.“

„Das ist wahr.“

„Deine Eltern sind vielleicht anfangs verstört vom Zustandekommen des Kindes, aber sobald sie es sehen, mit diesem Kinngrübchen, werden sie es in ihr Herz schließen.“

„Ich hoffe, du behältst recht."

„Komm." Sie zog ihn Richtung Bett. „Du brauchst Schlaf."

„Sollte ich nicht lieber noch einmal nach ihm sehen?"

Sie lachte. „Dem geht's gut."

Widerstrebend ließ er sich zum Bett führen. Wenn Christina nicht wäre, würde er vermutlich die ganze Nacht vor dem Kinderbettchen stehen. Nachdem sie das Licht gelöscht hatte, streckte er die Hand nach ihr aus. Als sie ihre übliche Position eingenommen hatte – den Kopf an seine Brust geschmiegt, den Arm über seinem Bauch und ein Bein unter seines geschoben –, atmete er zufrieden aus. So fühlt es sich also an, eine Familie zu haben, dachte er. Eine Frau, die für ihn unverzichtbar geworden war, und ein Baby, das er auf den ersten Blick ins Herz geschlossen hatte.

Er war nicht auf die herkömmliche Weise Vater geworden, was seiner Mutter zweifellos lieber gewesen wäre. Aber irgendwie war es eben passiert.

„Woran denkst du?", wollte sie wissen.

„Dass ich das mag – dich hier bei mir zu haben, während er nebenan schläft."

„Du klingst überrascht."

„Das bin ich wohl auch ein bisschen. Ich habe nie für möglich gehalten, dass mein Leben sich in diese Richtung entwickelt."

„Und welche Richtung ist das?"

„Richtung Familiengründung."

„Ist das denn schlecht?"

Er hörte die Verletzlichkeit in ihrer Frage und wollte sie beruhigen. Also küsste er sie auf den Kopf und sagte: „Nein, das ist gut. Sehr gut sogar. Ich weiß, es ist ein bisschen viel für dich, Christina. Du hattest keinen Mann mit Baby auf dem Schirm …"

„Ich hatte dich auf dem Schirm, und Alex gehört nun einfach dazu. Mach dir meinetwegen bloß keine Gedanken." Sie legte die Finger auf seine Lippen. „Blende das alles für eine Weile aus und schlaf ein wenig. Du wirst es brauchen."

Er versuchte, nicht mehr nachzudenken, den ständigen Gedankenstrom abzustellen, denn Christina hatte recht. Das Baby würde wach sein, ehe die Nacht vorüber war, und er musste die Chance auf Schlaf nutzen. Noch lange, nachdem sie eingeschlummert war, starrte er in die Dunkelheit. Als er sicher war, dass sie tief und fest schlief, befreite er sich aus ihrer Umarmung, um aufzustehen und sich Boxershorts anzuziehen. Dann schlich er über den Flur. Er musste einfach nachschauen, ob sein Sohn noch atmete.

Sam wachte auf und stellte fest, dass Nick an die Decke starrte. Sie drehte sich auf die Seite und legte die Hand auf seine Brust. „Hast du geschlafen?"

„Ein bisschen."

Das bedeutete: nicht viel. „Möchtest du darüber reden?"

„Nein." Zu ihrer Verblüffung erhob er sich unvermittelt und ging unter die Dusche.

„Hm", sagte Sam ins leere Zimmer. Da sie nicht wusste, wie sie mit dieser Situation umgehen sollte, blieb sie noch einige Minuten liegen und grübelte. Dann stand sie ebenfalls auf, trat ins Bad und machte die Duschkabinentür auf. „Möchtest du Gesellschaft?"

„Klar."

Diese einsilbigen Antworten gingen ihr auf die Nerven, trotzdem sagte sie nichts, sondern fing an, ihre Haare zu waschen. Normalerweise tat er das gern für sie, aber heute bot er es nicht an, und sie bat ihn nicht darum. Nach dem Mord an Julian Sinclair hatte sie gelernt, ihn manchmal in Ruhe zu lassen, weil er mit einigen Dingen allein fertigwerden musste.

Doch Sam war seinetwegen besorgt, weil er einen weiteren Nackenschlag hatte einstecken müssen, während er noch immer um seine Freunde trauerte.

„Ich frage mich, wie es Gonzo mit dem Baby geht", meinte Sam, da sie annahm, dass er lieber über etwas anderes reden würde als darüber, was ihn beschäftigte.

„Hat er das Sorgerecht bekommen?", fragte Nick.

Immerhin wurden die Sätze schon länger. Das war ein Fortschritt. „Ja." Sam berichtete ihm, was am Tag zuvor geschehen war.

„Wow. Das ist ja erstaunlich. Gut für ihn."

„Heftiges Timing, mitten in einem Fall."

„Kann ich mir vorstellen."

Unter normalen Umständen hätte Sam wohl versucht, mit ihm darüber zu sprechen, dass sie gemischte Gefühle hatte, seit sie erfahren hatte, dass Gonzo das Sorgerecht für den Sohn zugesprochen worden war, den er erst seit einigen Tagen kannte. Denn sie wünschte sich sehnlichst ein Baby und konnte höchstwahrscheinlich keines bekommen. Dafür war ihrem Freund und Kollegen eines in die Arme gefallen. Natürlich freute sie sich aufrichtig für Gonzo, aber ein gewisser Neid ließ sich einfach nicht leugnen. Da Nick jedoch gerade mit eigenen Problemen rang, war es der falsche Zeitpunkt, ihre zur Sprache zu bringen.

Sie absolvierten die morgendliche Routine aus Anziehen und Frühstücken ein wenig mechanisch, und Nick blieb die ganze Zeit still und in sich gekehrt.

Sam räumte ihre Müslischale in die Spülmaschine und beobachtete anschließend Nick. Er schien versunken zu sein in die Lektüre der *Washington Post*, aber sie fragte sich, ob er tatsächlich las oder die Zeitung benutzte, um nicht mit ihr reden zu müssen. Sie ging zu ihm, legte die Hände auf seine Schultern und beugte sich für einen Kuss auf seine glatt rasierten Wangen herunter. „Darf ich etwas sagen?“

Widerstrebend, zumindest kam es ihr so vor, nickte er.

„Ich weiß, dass du früher diese Dinge immer mit dir selbst ausgemacht hast, weil da niemand war, mit dem du reden konntest. Doch jetzt gibt es jemanden. Du musst mit dieser oder irgendeiner anderen Sache nicht mehr allein fertigwerden.“

Er nahm ihre Hand und führte sie an die Lippen. „Ich bin dir dankbar, dass du mir helfen willst, Liebling, und sobald ich herausgefunden habe, was ich brauche, wirst du es als Erste erfahren. Einverstanden?“

„Klar, ist okay. Ich kann dich nur nicht still leiden sehen.“

Nick drehte sich ein wenig zur Seite, zog sie auf seinen Schoß und schloss sie in die Arme. So saßen sie eine Weile da, bis Sam seine Wange streichelte und ihn küsste. „Ich liebe dich. Ich wünschte, ich hätte die Zeit, um nach Cleveland zu fliegen und ihr zu sagen, was ich von ihr halte.“

Das entlockte ihm ein kurzes Lachen. „Die wüsste gar nicht, wie ihr geschieht.“

„Vielleicht wäre es genau das, was sie mal nötig hätte.“

„Keine Frage, aber das würde auch nichts ändern. Die Dinge sind nun einmal, wie sie sind.“

„Kommst du zurecht heute?“

„Ich habe einen weiteren langen Tag vor mir und abends ein Essen mit Richard und Judson im Old Ebbitt“, erklärte er und meinte damit die Führung der Demokratischen Partei Virginias.

Bei der Erinnerung daran, dass John O’Connor am letzten Abend seines Lebens genau dasselbe getan hatte, erschauerte Sam.

„Was?“

„So hat John seinen letzten Abend verbracht."

„Ja."

Die Traurigkeit auf seinem Gesicht ließ sie bereuen, dass sie es erwähnt hatte – vor allem, da ihn ja ohnehin schon etwas anderes bedrückte.

„Das Leben geht weiter", sagte er. „Selbst wenn man glaubt, dass es das nicht tut."

Bei diesen Worten musste sie an die Zeit nach ihrer Eileiterschwangerschaft während ihrer Ehe mit Peter denken, die sie fast das Leben und den Verstand gekostet hatte. „Ich bin hier, falls du mich heute brauchst." Sie stand von seinem Schoß auf. „Ruf ruhig an. Für dich bin ich nie zu beschäftigt."

„Du bist extra rücksichtsvoll, nicht wahr?"

„Ich werde bewacht." Mit skeptischer Miene schaute sie auf ihre Uhr. „Mein Trupp müsste eigentlich jeden Moment hier sein." Und wie aufs Stichwort klingelte es an der Tür. Sam zwang sich zu einem Lächeln. „Pünktlich."

Nick stand auf und umarmte sie. „Ich weiß, du hasst es, aber denk einfach daran, dass es nur vorübergehend ist. Je schneller du den Mörder findest, umso eher wirst du deine Bewacher wieder los."

„Ich weiß, ich weiß. Ich frage mich bloß, ob die auch auf Bewacher bestanden hätten, wenn ein männlicher Kollege bedroht worden wäre."

„Wahrscheinlich schon."

„Na klar doch …"

„Ich habe nicht vergessen, dass ich dir versprochen habe, mich mal wegen der Senatoren umzuhören, für die Regina und Maria geputzt haben. Das erledige ich heute."

„Danke. Wenn du dabei bist, frag doch mal, ob Christina in dieser Woche irgendwem deine Handynummer gegeben hat."

„Sei heute vorsichtig, Sam."

„Bin ich immer." Sie umfasste sein Gesicht mit beiden Händen und verließ ihn nach einem letzten Kuss. „Lass dich nicht unterkriegen, Senator."

„Nie."

„Sagen Sie mir, dass Sie *irgendetwas* für mich haben", bat Sam Lindsey McNamara.

„Nur Sachen, die Sie bereits erwartet haben: Die bei Maria sichergestellte DNA entspricht der des zweiten Mannes bei Regina, und er ist nicht in unserer Datei. Reginas Baby war definitiv von Lightfeather."

„Na schön. Ich brauchte die Bestätigung, obwohl wir es längst wussten. Also danke dafür. Wie lange wird es dauern, bis wir sicher sein können, dass Mann Nummer zwei Jeannie entführt hat?"

„Ich analysiere es gerade." In Lindseys grüne Augen trat ein mitfühlender Ausdruck. „Wie geht es ihr?"

„Nicht gut", gestand Sam. „Es war eine besonders bösartige und brutale Vergewaltigung. Wahrscheinlich, weil sie Polizistin ist."

Lindsey schüttelte angewidert den Kopf. „Unglaublich. Geben Sie mir Bescheid, wenn ich noch etwas tun kann, um dieses Schwein zu fassen."

„Bestimmt. Danke, Doc."

Malone kam herein, als Lindsey ging.

„Was gibt's?", fragte Sam ihn.

„Wir hatten kein Glück bei der Suche nach dem Maulwurf."

„Haben Sie mit Stahl gesprochen?"

„Er bestritt es vehement und war *zutiefst beleidigt,* dass Sie ihm das zutrauen."

„Ja, ja, was auch immer."

„Es gibt einen Termin für Peters Anhörung."

Sam wappnete sich. „Wann?"

„Morgen."

„Ich kann nicht glauben, dass die das wirklich machen."

„Das kann niemand hier verstehen, aber Sie müssen sich vorbereiten, Sam."

„Wie bereite ich mich denn darauf vor, dass mein Exmann, der mich und meinen Verlobten umbringen wollte, wieder auf freiem Fuß ist?"

„Wenn er einmal versagt hat, kann es ihm wieder passieren. Und dann haben wir ihn."

„Bevor oder nachdem er mich oder Nick umgebracht hat?" Bei der Erinnerung an die gewaltige Explosion und die Druckwelle, die Sam durch die Luft und in die Büsche vor Nicks ehemaligem Haus in Virginia geschleudert hatte, an die Gerüche, das Blut auf Nicks Gesicht, das zersplitterte Glas, das Klingeln in ihren Ohren, überlief sie eine Gänsehaut.

„Wir werden ihn jedenfalls im Auge behalten, Lieutenant. Verlassen Sie sich darauf."

„Tja, da mein Leben und Nicks vermutlich davon abhängen, verlasse ich mich wirklich darauf, dass wir den im Auge behalten." Sie sah zu ihm auf. „Sie glauben, dass er freikommt."

Er nickte kurz. „Leider ja."

„Manchmal ist unser Rechtssystem einfach Mist."

„Ist es, aber wir haben kein anderes. Ich fühle mich, als hätten wir gründlich versagt."

Sam schüttelte den Kopf. „Nein, haben Sie nicht. Ich war ebenso verantwortlich für das, was in jener Nacht passiert ist. Ich hätte es besser wissen müssen."

„Werden Sie morgen zur Anhörung gehen?"

Sam dachte für eine Minute darüber nach. „Nein, ich glaube nicht. Warum sollte ich ihm die Befriedigung verschaffen, dass er glaubt, er sei in irgendeiner Weise wichtig für mich? Sie werden dort sein, oder?"

„Darauf können Sie wetten."

„Sorgen Sie wenigstens dafür, dass er ein dickes richterliches Verbot aufgebrummt bekommt und sich weit genug von mir, Nick und meinen Angehörigen fernhalten muss. Ich will die Namen von sämtlichen Mitgliedern meiner Familie auf diesem richterlichen Beschluss sehen."

„Immerhin das kann ich wohl für Sie tun", versprach er, schon auf dem Weg hinaus.

Allein die Vorstellung, dass Peter sich wieder frei bewegen konnte, machte sie ganz krank. Sie brauchte einen Moment, um wieder einen klaren Gedanken fassen zu können.

Einige Minuten später kam Freddie herein.

„Ist ja der reinste Bahnhof hier heute Morgen", bemerkte Sam.

„Was ist denn los mit dir? Du bist ja bleich wie ein Gespenst."

„Peters Anhörung ist morgen."

„Verdammt."

„Ja", sagte sie und schüttelte es ab. Zeit, wieder an die Arbeit zu gehen. Sie weigerte sich, diesem Dreckskerl noch ein weiteres Quäntchen ihrer Energie zu geben. Er hatte schon zu viel bekommen. „Was ist los?"

„Da ist jemand, der dich sprechen möchte, Boss."

„Wer?"

„Patricia Donaldson", flüsterte er.

Sam staunte. Das war die Mutter von John O'Connors Sohn – derjenige, der seinen Vater und mehrere andere Menschen umgebracht hatte. „Was will sie?"

„Mit dir reden. Mehr hat sie nicht gesagt."

„Bäh, das hat mir heute noch gefehlt. Während ich mich mit

ihr unterhalte, besorgst du mir die Namen und Adressen zu den auf beiden Handys der toten Frauen auftauchenden Nummern. Richte Archie aus, dass er dreißig Minuten hat, um mir die Datenauswertung von Lightfeathers und Nicks Handys zu beschaffen." Damit meinte sie Lieutenant Archelotta, der die IT-Abteilung leitete. „Ist mir egal, wie viel er um die Ohren hat."

„Ich wollte dir gerade ausrichten, dass die Telefongesellschaft eine Vollmacht für Nicks Handy will."

„Dann sollen die doch ihn anrufen, damit er es ihnen genehmigen kann. Jesus."

Freddie warf ihr einen tadelnden Blick zu, weil sie den Namen des Herrn benutzt hatte. „Soll ich Patricia hereinbitten?"

Sam stöhnte. „Wenn es sein muss …"

Eine gut gekleidete blonde Frau kam eine Minute später herein. Sie wirkte nervös und fehl am Platz. „Ich danke Ihnen sehr, dass Sie mich empfangen, Lieutenant."

„Keine Ursache. Bitte nehmen Sie doch Platz."

Sie setzte sich auf die äußerste Kante des Sessels vor Sams Schreibtisch. „Soweit ich weiß, waren Sie der Detective, der in Johns Fall ermittelt hat."

„Das war ich, stimmt."

„Ich wollte mich bei Ihnen für die schnelle Arbeit bedanken, um John Gerechtigkeit widerfahren zu lassen. Obwohl ich natürlich wünschte, die Wege der Justiz hätten nicht zu meinem Sohn geführt."

„Miss Donaldson …"

Sie nestelte an einem Taschentuch herum, das sie ihrer Handtasche entnommen hatte. „Es ist nur … Ich habe mich gefragt, ob Sie sich absolut sicher sind, dass es mein Thomas war, der seinen Vater getötet hat."

Um Himmels willen, dachte Sam. *Nein!*

„Die beiden standen sich nah, deshalb kann ich mir schwer vorstellen, dass mein Sohn die schrecklichen Dinge getan hat, derer man ihn bezichtigt. Ich nehme an, dass Sie mir die Wahrheit sagen. Ich weiß einfach nicht mehr, wem ich glauben soll."

„Ich bin mir absolut sicher, dass es Thomas war", bestätigte Sam. „Es tut mir leid, wenn es nicht das ist, was Sie hören wollen, aber die Beweise sind unwiderlegbar. Zusätzlich zu diesen Beweisen hat er auch noch in meinem, Senator O'Connors sowie Senator Cappuanos Beisein gestanden. Ich fürchte, die Anschuldigungen sind absolut fundiert."

Ihre Augen füllten sich mit Tränen. „Er muss eine Art Nervenzusammenbruch erlitten und nicht gewusst haben, was er tat. Der Junge, den ich großgezogen habe, würde niemals jemandem wehtun – schon gar nicht seinem Vater oder anderen Menschen, die er nicht einmal kannte." Zwei Exliebhaberinnen sowie der Ehemann der einen hatten zu Thomas' Opfern gehört.

„Ich bin mir sicher, sein Anwalt wird das berücksichtigen", erklärte Sam. Sie wollte dieses unerträgliche Gespräch dringend beenden. „Zu erfahren, dass sein Vater Ihnen untreu war, hat etwas in ihm ausgelöst."

„Wie Sie inzwischen sicher wissen, erwägt man, auf Unzurechnungsfähigkeit zu plädieren."

„Davon habe ich gehört."

„Tut mir leid, dass ich Ihre Zeit in Anspruch genommen habe. Ich war bloß auf der Suche nach Antworten."

„Ich wünschte, ich hätte Ihnen mehr helfen können." Sam fiel etwas ein. „Ich kenne jemanden, mit dem Sie reden könnten und der versteht, was Sie gerade durchmachen."

Patricia horchte hoffnungsvoll auf. „Wen?"

„Laine O'Connor."

Patricias Hoffnung wich augenblicklich Verzweiflung. „Die wird nicht mit mir reden. Sie glauben, ich hätte Johns Leben zerstört, indem ich schwanger wurde. Bestimmt geben die mir auch die Schuld an seinem Tod."

„Das tun sie nicht", versicherte Sam ihr. „Die beiden machen sich höchstens selbst Vorwürfe, weil sie John dazu gezwungen haben, ein Doppelleben zu führen. Ich habe sie in den vergangenen Monaten recht gut kennengelernt und bin daher sehr zuversichtlich, dass Laine die Möglichkeit willkommen heißen würde, sich mit Ihnen auszusöhnen." Zumindest hoffte Sam das. Sie redete über Dinge, die sie nichts angingen und in die sie sich vernünftigerweise lieber nicht einmischen sollte. Seit Jahrzehnten schon herrschte böses Blut zwischen den O'Connors und Patricia. „Möchten Sie, dass ich sie anrufe?"

„Wenn Sie überzeugt davon sind, dass es ihr nichts ausmacht."

„Bin ich."

22. Kapitel

„Das war gut, was du da gemacht hast“, meinte Freddie, als er und Sam im Wagen saßen.

„Was denn?“

„Patricia mit Laine zusammenzubringen. Zwei trauernde Mütter, zwei Frauen, die John O’Connor geliebt haben. Das war eine gute Sache.“

„Das hoffe ich“, sagte Sam. „Ich rechne halbwegs mit einem Beschwerde-Anruf von Nick.“

„Unsinn.“ Freddie biss in den ersten der drei Sahne-Donuts, die er am Stand direkt vor dem Hauptquartier gekauft hatte. „Er wird es gutheißen. Ich sage es nur ungern, Lieutenant, aber du wirst sensibel auf deine alten Tage. Dass du verliebt bist, hat dich weich gemacht.“

„Leck mich.“

Er prustete und verschlang den zweiten Donut.

Beim Duft von Zucker und Sahne lief Sam das Wasser im Mund zusammen. „Wenn du damit fertig bist, dich vollzustopfen, verrate mir, was wir über Bradford Tillinghast wissen.“

„Das ist ein Lobbyist des Unternehmens Tillinghast-Young. Die repräsentieren die Interessen von Ölfirmen im Kongress.“

„Was hat seine Nummer in den Handydaten unserer beiden toten Reinigungsfrauen zu suchen?“

„Das ist tatsächlich eine sehr gute Frage.“

Sam grinste. „Ich habe das Gefühl, diese Befragung wird das Highlight des Tages.“ *Sensibel. Was auch immer.* Nichts mochte sie lieber als zu erleben, wie selbstgerechte, arrogante Machtmenschen – oder solche, die sich für Machtmenschen hielten – aus der Fassung gerieten, sobald sie im Fokus einer Mordermittlung standen.

„Was ist mit unserem Plan, zuerst mit Senator Trent zu sprechen?", wollte Freddie wissen.

„Zu dem kommen wir noch. Wird ein langer Tag."

Im schön eingerichteten Bürogebäude von Tillinghast-Young in der K Street wurde Sam und Freddie mitgeteilt, Mr. Tillinghast befinde sich in einer Sitzung und dürfe nicht gestört werden.

„Ich liebe diese Antwort", sagte Sam zu Freddie. „Liebst du diese Antwort nicht auch?"

„Ist eine von meinen Lieblingsantworten", bestätigte er.

Die hübsche Rezeptionistin schaute die beiden abwechselnd an, und Sam bemerkte ein leichtes Zittern ihrer manikürten Hände.

Sam lehnte sich auf den Empfangstresen und brachte ihr Gesicht nah an das der Frau. „Passen Sie mal auf: Sie gehen jetzt los und informieren Mr. Tillinghast, dass zwei Detectives von der Mordkommission des MPD warten und ihn sprechen wollen. Sagen Sie ihm, dass wir das entweder hier machen können, in seinem gemütlichen Büro, oder wir verhaften ihn und unterhalten uns in einem der weitaus weniger gemütlichen Verhörräume. Verstanden?"

Die Rezeptionistin eilte einen langen Flur hinunter, als stünde sie in Flammen.

„Böse und beängstigend", meinte Freddie.

„Von wegen weich und sensibel."

„Du und sensibel? Wer behauptet denn so was?"

Sie warf ihm einen düsteren Blick zu. „Halt den Rand, sonst zeig ich dir gleich, wie sensibel ich sein kann."

„Jawohl, Ma'am." Er grinste.

„Du bist ja in einer guten Stimmung, also für einen Mann, der momentan nicht zum Zug kommt."

Sein Grinsen verschwand. „Nach dem morgigen Abend sitze ich wieder im Sattel."

„Bist du dir sicher, dass Elin auftauchen wird?"

„Natürlich wird sie das. Sie ist nicht bloß am Sex interessiert."

„Auch da bist du dir sicher?"

„Ja", antwortete er, doch ganz überzeugt klang er nicht. „Sie wird auftauchen."

„Hm, das hoffe ich."

„Ach ja? Hoffst du das wirklich?"

Bevor Sam etwas erwidern konnte, kehrte die Rezeptionistin zurück und bedeutete ihnen mit der Hand, ihr zu folgen.

„Mit dieser Art von Kooperation gewinnt man schon viel eher die Gunst des MPD", sagte Sam zu Freddie, der nur die Augen verdrehte.

Bradford Tillinghast sah exakt so aus, wie Sam ihn sich vorgestellt hatte: groß, blond, gebaut wie ein ehemaliger College-Footballspieler und gekleidet in einen dunkelblauen Nadelstreifenanzug, der für ihn maßgeschneidert worden war. Das luxuriöse Büro vervollständigte das Bild der typisch amerikanischen Erfolgsstory.

„Was kann ich für euch tun, Leute?", erkundigte er sich mit breitem Texas-Akzent.

„Sie können uns verraten, wie gut Sie Regina Argueta de Castro und Maria Espanosa kannten."

Für einen kurzen Moment wirkte er perplex, dann wurde seine Miene wieder ausdruckslos. Sam registrierte jedoch einen Anflug von Furcht.

„Wen?"

„Verarschen Sie uns nicht, Mr. Tillinghast. Ihre Nummer befand sich auf den Handys der Frauen. Falls Sie dieses Gespräch nicht im Polizeigebäude fortsetzen möchten, bleiben Ihnen genau fünf Sekunden, um mir zu erklären, wie gut Sie die beiden kannten."

Sein Adamsapfel hüpfte auf und ab.

„Ich würde gern mit meinem Anwalt sprechen."

„Großartig", erklärte Sam. „Dann bestellen Sie ihn für einen Plausch mit Ihnen ins Hauptquartier des MPD." Sie gab Freddie ein Zeichen, der prompt die Handschellen herausholte.

„Warten Sie." Tillinghast schaute vorsichtig zu den Kollegen, die so taten, als beobachteten sie nicht genau, was hinter den Glasscheiben dieses Büros vor sich ging. „Sind Handschellen denn unbedingt nötig?"

„Wir transportieren grundsätzlich niemanden ohne Handschellen."

Als er sich mit zittrigen Fingern durchs wohlfrisierte Haar fuhr, sah Sam einen Ehering blitzen.

„Was ist nun?", drängte sie. „Hier oder dort?"

Er atmete tief ein und wieder aus. Die Hände auf den Hüften, richtete er den Blick auf die Wand, an der seine Trophäen und gerahmten Urkunden ausgestellt waren. Das Leben hatte es gut gemeint mit Bradford Tillinghast. Bis heute.

„Ich habe sie für Sex bezahlt", stieß er hastig hervor. „Ich wusste weder ihren Nachnamen noch sonst irgendetwas über sie. Und ich habe jede von ihnen nur zweimal getroffen."

Innerlich triumphierend über den ersten echten Durchbruch in diesem Fall, sagte Sam: „Wo haben Sie sich getroffen?"

„Im Ambassador." Das war ein Viersternehotel in der Innenstadt Washingtons.

„Wie kam es zu dem Kontakt mit den Frauen?"

Zögernd wandte er den Kopf und schaute zum Fenster. „Ich würde jetzt wirklich gern mit meinem Anwalt reden."

Offenbar bereitete es ihm mehr Sorge, die Information darüber preiszugeben, wie der Kontakt zu Regina und Maria entstanden war, als in Handschellen aus dem Büro abgeführt zu werden. Interessant. Sam gab Freddie ein Zeichen, ihm Handschellen anzulegen.

Freddie ließ die Metallfesseln um Tillinghasts Handgelenke zuschnappen und erklärte ihm seine Rechte. Tillinghast hielt den Kopf gesenkt, als sie an den schockierten Mitarbeitern vorbeigingen.

Sam wollte kein moralisches Urteil fällen, doch sie fand, dass dieser schmachvolle Gang das Mindeste war, was ein verheirateter Mann dafür verdiente, dass er gegen Geld Sex mit anderen Frauen gehabt hatte. Sie fragte sich, wie lange es wohl dauern würde, bis sich Tillinghasts Verhaftung in Washington herumgesprochen hatte.

Kaum hatte sie diesen Gedanken zu Ende geführt, klingelte ihr Telefon. Auf dem Display erschien Nicks Nummer. Sie hoffte, dass er nicht verärgert war, weil sie Laine gebeten hatte, sich mit Patricia zu treffen.

„Hey", meldete sie sich.

„Hast du wirklich gerade Brad Tillinghast verhaftet?"

„Du meine Güte. Das ging ja schnell. Woher weißt du das?"

„Trevor hat es auf Twitter gelesen", erwiderte er und meinte damit den Leiter seiner Kommunikationsabteilung.

„Na klasse." Tillinghasts Mitarbeiter hatten bei der Verbreitung der Neuigkeit keine Zeit verschwendet.

„Du bist ziemlich mutig, Holland. Was hat er denn getan?"

„Den Mund nicht aufgemacht. Mehr kann ich dir momentan nicht verraten."

„Die Nachricht hat das Regierungsviertel in Aufruhr versetzt.“

„Warte ab, bis du den Rest der Geschichte hörst.“

„Darauf freue ich mich schon.“

„Hm, übrigens kann es sein, dass Laine sich heute bei dir meldet.“

„Hat sie bereits.“

„Ist sie sauer? Die Idee war ausgesprochen, bevor ich nachdenken konnte …“

„Sie findet die Idee großartig, Schatz. Sie meint, hätte sie es schon Jahre früher getan, wäre ihr Sohn noch am Leben.“

„Oh, na ja, ich bin jedenfalls froh, dass sie nicht wütend ist. Ich dachte mir nur, dass sie sich vielleicht gegenseitig helfen können, weil sie doch beide John geliebt haben.“

„Das hast du gut gemacht, Samantha.“

Das Lob abschüttelnd, fragte sie: „Wie geht es dir?“

„Ganz okay.“

Sam stand in der K Street und beobachtete, wie Freddie den verhafteten Tillinghast auf den Rücksitz ihres Wagens verfrachtete. „Wirklich? Oder sagst du das nur so?“

„Für gewöhnlich brauche ich etwa eine Woche, um über eine Begegnung mit ihr hinwegzukommen.“ Er gab ein bitteres Lachen von sich. „Man sollte meinen, ich hätte inzwischen gelernt, meine Hoffnungen nicht zu hoch zu schrauben.“

Sam schloss die Augen. Der Schmerz, den sie aus seiner Stimme heraushörte, war ihr unerträglich. „Ich möchte, dass du sie nicht mehr siehst. Ab einem gewissen Punkt musst du ihr klarmachen, dass es reicht.“

„Ich glaube, dieses Mal bin ich möglicherweise an diesen Punkt gelangt.“

„Gut“, sagte sie. „Hm, nicht gut, natürlich, aber du weißt, was ich meine.“

„Ja, Schatz, ich weiß, was du meinst."

„Wir haben jetzt einander. Wir brauchen niemanden, der uns runterzieht." Sie dachte an Peter, der aus der Haft entlassen werden würde – möglicherweise schon morgen –, und wusste, dass sie es ihm erzählen musste. „Ich hasse es, noch mehr Ärger anzuhäufen, doch ich habe erfahren, dass morgen Peters Anhörung ist. Aus Malones Mund klang es nicht so, als gäbe es irgendeine Chance, dass Peter nicht freikommt."

„Verdammter Mist", murmelte Nick. „Ich weiß, dass ich das schon gesagt habe, aber: Das soll wohl ein Witz sein. Immerhin hat der Kerl versucht, uns umzubringen!"

„Ich weiß, Liebling. Glaub mir, ich weiß." Es tat ihr leid, ihn zu allem anderen, was ihn bereits belastete, nun so aufgewühlt zu erleben. „Wir werden ihn keine Sekunde aus den Augen lassen. Der wird nicht so dumm sein, etwas Derartiges wie das mit den Bomben erneut zu probieren."

„Das hoffst du."

„Ich sage es nur ungern, aber ich muss los."

„Du versuchst nicht, deinen Bewachern zu entkommen, oder?"

Der Gedanke war ihr natürlich auch schon gekommen – mehr als einmal –, doch das würde sie ihm nie verraten. „Ich benehme mich so ordentlich wie möglich."

Das entlockte ihm ein kurzes Lachen. „Das möchte ich erleben. Bis später. Sei vorsichtig da draußen."

„Immer." Sam beendete das Gespräch und stieg in den Wagen. Ein wenig ängstlich fragte sie sich, was er wohl unternehmen würde, damit Peter im Gefängnis blieb.

„Hier ist Senator Nick Cappuano. Ich würde gern mit Mr. Forrester sprechen."

„Einen Moment bitte, Senator."

Obwohl Nick wusste, dass dieser Anruf weder vom politischen noch vom persönlichen Standpunkt betrachtet eine gute Idee war, musste er doch wenigstens diese letzte Anstrengung unternehmen, damit dieser Verbrecher Gibson im Gefängnis blieb, wo er hingehörte.

„Senator", meldete Forrester sich mit seinem nasalen New Yorker Akzent. „Was kann ich für Sie tun? Oder weiß ich es schon?"

„Sie können mir versichern, dass Sie alles in Ihrer Macht Stehende tun werden, damit dieser Bastard Gibson im Gefängnis bleibt."

Der Bundesanwalt räusperte sich. „Wie ich bereits bei unserem letzten Gespräch über dieses Thema erwähnte, fehlen mir die nötigen Beweise, um Mr. Gibson weiterhin in Haft zu behalten."

„Das ist doch Schwachsinn, und das wissen Sie auch."

„Senator, diese Unterhaltung liegt so weit außerhalb dessen, was angemessen ist, dass sich das Ethikkomitee des Senats dafür interessieren könnte."

„Nur zu, melden Sie mich. Aber ich an Ihrer Stelle würde mir mehr Sorgen darüber machen, dass Sie einen Mörder entlassen, der es zweifellos wieder auf meine zukünftige Frau abgesehen haben wird."

„Ich darf Sie daran erinnern, dass Mr. Gibson nur wegen versuchten Mordes angeklagt wurde. Ihre zukünftige Frau und deren Team haben sich nicht an die Regeln gehalten, Senator, und das ist der einzige Grund, weshalb wir uns jetzt unterhalten. Wenn die mir etwas anderes bringen, was einen Zusammenhang zwischen Gibson und den in seiner Wohnung gefundenen Gegenständen herstellt, werde ich selbstverständlich erneut Klage erheben. Bis dahin gibt es nichts, worüber wir reden könnten."

„Wenn ihr etwas zustößt, Forrester, werden Sie hoffentlich damit leben können."

„Mein Gewissen ist rein, Senator. Ihre Verlobte und ihre Kollegen hatten Gibson schon bei den Eiern. Die brauchten doch bloß auf den Durchsuchungsbeschluss zu warten. Aber sie haben sich entschieden, es nicht zu tun, und genau deshalb sind mir jetzt die Hände gebunden."

„Sie könnten einen Weg finden, um seine Freilassung hinauszuzögern, damit Sie mehr Zeit haben, um Beweise vorzulegen."

„Wenn es mehr Beweise gäbe, hätte ich die inzwischen. Das wissen Sie so gut wie ich."

„Es muss doch etwas geben, was Sie tun können ..."

„Ich muss wieder an die Arbeit, Sie gewiss auch. Ich wünsche Ihnen noch einen angenehmen Tag, Senator."

Bevor Nick etwas erwidern konnte, war die Leitung tot. Wütend schleuderte er sein Blackberry durch den Raum und beobachtete zufrieden, wie es gegen die Wand krachte und zersplitterte.

Christina betrat das Büro, betrachtete die Überreste des Telefons und sah schließlich ihn an. „Ist alles in Ordnung hier drin, Senator?"

„Nein." Er nahm sein Jackett und ging zur Tür. „Überhaupt nichts ist in Ordnung."

Nick marschierte aus seinem Büro im Hart Building und eilte durch die Unterführungen, die ins Kapitol mündeten. In einem der Gänge interviewte ein Nachrichtenreporter einen seiner Kollegen. Er wartete, bis sie fertig waren, dann winkte er den Kameramann und den Reporter zu sich. „Ich würde gern eine Erklärung abgeben."

Da Nick nur selten Interviews gewährte, obwohl es Anfragen genug gab, war der Reporter entsprechend angetan.

Sobald der Kameramann sich positioniert hatte, versuchte Nick, nicht an die politischen Folgen seiner Erklärung zu denken. „Wie viele von Ihnen inzwischen sicher wissen, hat Peter Gibson, der Exmann meiner Verlobten Lieutenant Sam Holland, im Dezember an ihrem und meinem Wagen Bomben angebracht. Als der an ihrem Auto angebrachte Sprengsatz detonierte, wurden wir beide verletzt. Später an diesem Tag drangen Polizisten in Gibsons Wohnung ein, weil man bei ihm Material zum Bau einer Bombe vermutete. Die Officer warteten nicht erst auf einen Durchsuchungsbeschluss. Tatsächlich entdeckten sie Sprengstoff, mit dem nicht nur Gibsons Wohngebäude hätte zerstört werden können, sondern die umliegenden ebenfalls. Obwohl sogar der Teil eines Fingerabdrucks auf der Bombe an meinem Wagen gefunden wurde, könnte die Klage gegen Gibson fallen gelassen werden, weil die Officer ohne Durchsuchungsbeschluss in sein Apartment eingedrungen sind. Bundesanwalt Forrester hat mir erklärt, er könne nichts dagegen unternehmen. Morgen um diese Zeit könnte Peter Gibson frei sein und das Bombenbasteln fortsetzen. Daher hielt ich es für notwendig, die Bürger der Stadt darüber zu informieren, damit sie auf der Hut sein können. Das ist alles, was ich zu sagen habe."

Kameramann und Reporter starrten ihn perplex an.

Nick wandte sich einfach ab und stellte dabei fest, dass Christina und sein Leiter der Kommunikationsabteilung ihn ebenfalls anstarrten.

„Du hast Forrester deswegen angerufen?", rief Christina, deren Stimme eine ganze Oktave höher war als sonst.

„Ja, das habe ich verdammt noch mal getan. Gibson hat versucht, uns umzubringen. Bist du wirklich der Meinung, er sollte aus dem Gefängnis entlassen werden?"

„Ich … äh … wow."

„Vergiss es", meinte Nick. Er musste hier raus. „Ich gehe ins Fitnessstudio. Richte Richard und Judson aus, dass ich mich heute Abend nicht mit ihnen treffen kann. Wir sehen uns morgen." Er ließ Mantel und Unterlagen im Büro und verließ das Kapitol durch den Südeingang. Auf dem Weg hinaus wollten ihn mehrere Reporter aufhalten, doch er winkte ab. Er hatte ihnen nichts mehr zu sagen.

23. Kapitel

Als Sam und Freddie den Verhörraum betraten, nahm Bradford Tillinghast Haltung an. Sein Anwalt, ein älterer Mann mit schlohweißem Haar, saß neben ihm.

„Dürfte ich bitte einen Anruf tätigen?", bat Tillinghast.

„Irgendwann sicher", erwiderte Sam.

„Ich muss mit meiner Frau sprechen, bevor sie es von jemand anderem erfährt."

So schnell, wie Nick es erfahren hatte, war es dafür vermutlich schon zu spät, aber das würde sie Tillinghast nicht sagen. Interessant, dass er jetzt an seine Frau dachte.

„Geben Sie uns Ihr Einverständnis, dieses Gespräch aufzuzeichnen?", fragte sie.

Der Anwalt gab seine Zustimmung. „Was ist mit dem Anruf?"

„Später."

Tillinghast gab ein gequältes Seufzen von sich, als ihm anscheinend klar wurde, dass seine Frau von seiner Verhaftung wohl nicht von ihm informiert werden würde.

„Ich wüsste gern, wie es zu dem Kontakt zwischen Ihnen und Regina sowie Maria kam", erklärte Sam.

„Ich möchte diese Information nicht preisgeben", antwortete Tillinghast, plötzlich rot im Gesicht.

Sam musterte den Anwalt, der seinem Mandanten zweifellos zu dieser Antwort geraten hatte. Danach wandte sie sich wieder an Tillinghast. „Werden Sie Details der verschiedenen Begegnungen mit den beiden Frauen preisgeben?"

Er sah zu seinem Anwalt, der nickte.

Ein Schweißtropfen rann Tillinghasts Gesicht hinunter. „Ich, äh … habe zuerst Maria kennengelernt. Wir … Ich, ähm, habe *Bedürfnisse*, die meine Frau abstoßend findet." Kaum hatte er den Schweißtropfen weggewischt, erschien der nächste.

„Und Maria? Fand sie Ihre *Bedürfnisse* auch abstoßend?"

„Falls ja, hat sie es jedenfalls nie gesagt."

„Wie viel zahlten Sie ihr für die Befriedigung Ihrer perversen Gelüste?"

Seine Augen funkelten wütend. „Ich bin nicht pervers! Ich mag nur einfach bestimmte Dinge …"

„Wie viel?"

„Zweitausend."

„Und wie viel Zeit für die Befriedigung Ihrer *Bedürfnisse* konnten Sie damit kaufen?"

„Vier Stunden", murmelte er.

„Dann sahen Sie sie also zweimal?"

Er bestätigte es.

„Ich möchte das Datum dieser beiden Treffen wissen."

Tillinghast schaute erneut zu seinem Anwalt.

„Erinnern Sie sich daran?", erkundigte sich der Anwalt.

„Nicht aus dem Kopf."

„Wo könnten die Termine stehen?", fragte Sam.

„In meinem Kalender im Büro."

Wie blöd kann man sein? fragte sie sich im Stillen. „Und wo genau?"

„Auf meinem Schreibtisch."

Sie schaute zu Freddie, der ihr zunickte. Er verließ kurz den Raum, um jemanden zu beauftragen, den Kalender abzuholen. Eine Minute später kehrte er mit einer Einverständniserklärung für Tillinghast zurück, die es ihnen gestattete, den Kalender zu holen und als Beweisstück sicherzustellen.

„Hatten Sie Kontakt zu den beiden – außerhalb der Organisation, für die sie gearbeitet haben?"

Er betrachtete seine Hände.

„Mr. Tillinghast?"

„Ich habe ihnen doppelt so viel geboten, wie ihnen der Service bezahlt hat, und zwar bar, für ein zweites Treffen."

„Daher hatten Sie ihre Handynummern."

„Ja."

Sam überlegte, ob die „freiberufliche" Tätigkeit der beiden ein Mordmotiv war. „Wo waren Sie letzten Freitag und Samstag?"

„Bei einer Familienfeier, einer Hochzeit in Long Island. Meine Frau und meine Kinder können das ebenso bestätigen wie andere Verwandte, die dort gewesen sind und mich gesehen haben."

„Besteht die Möglichkeit, dass Maria von Ihnen schwanger war?", fragte Sam.

Nun wechselte Tillinghasts Gesichtsfarbe von Rot zu Kalkweiß.

„Schwanger?", krächzte er.

„Ganz recht."

„Nein. Auf keinen Fall."

„Und woher wissen Sie das?"

„Weil ich Kondome benutzt habe."

„Ihre eigenen oder Marias?"

Diese Frage schien ihn stutzig werden zu lassen. „Ihre. Sie bestand darauf."

Sam sah ihn durchdringend an und wartete darauf, dass er begriff.

„Um Himmels willen", sagte er so leise, dass Sam Bedenken hatte, ob es vom Aufnahmegerät erfasst wurde. „Wollen Sie damit andeuten …?"

„Sie war zum Zeitpunkt ihres Todes schwanger."

„Und Sie glauben, das Kind war von mir?"

„Ich habe keine Ahnung, wer der Vater ist." Sam fragte sich, ob Maria es gewusst hatte. Aber dieses Sinnbild typisch amerikanischer Männlichkeit hatte ganz sicher einen interessanten Kandidaten dargestellt für eine Frau, die sich in diesem Land verankern wollte. „Würden Sie einem DNA-Test zustimmen?"

In Panik wandte Tillinghast sich an seinen Anwalt.

„Wenn die DNA meines Klienten mit der von Marias Fötus übereinstimmt, mit welchen Anschuldigungen sähe er sich dann konfrontiert?"

„Mit gar keinen – es sei denn, es würde eine Übereinstimmung mit der DNA des Mannes geben, der sie vergewaltigt und ermordet hat."

„Ich habe sie nicht ermordet!", schrie Tillinghast. „Ich habe sie nur zweimal getroffen. Wir hatten Sex, ich bezahlte sie dafür und ging nach Hause. Danach habe ich sie nie wiedergesehen! Ich habe mich nicht mal in der Stadt aufgehalten, als sie getötet wurde!"

„Wenn das zutrifft, sollten Sie einen DNA-Test doch begrüßen."

Nach einem Moment des Schweigens meinte der Anwalt: „Wir willigen ein."

„Detective Cruz, bitten Sie Dr. McNamara, zu uns zu kommen." Nachdem Freddie den Raum verlassen hatte, sagte Sam: „Wie lange nach Ihrer Liaison mit Maria trafen Sie Regina?"

„Ein paar Wochen später."

„Warum haben Sie zu einer anderen Frau gewechselt?"

„Maria wollte mich nicht mehr sehen nach dem zweiten Mal."

„Warum nicht?"

„Müssen wir wirklich ins Detail gehen?"

„Ja, müssen wir wirklich."

Seufzend presste er seine gefalteten Hände zusammen, bis die Fingerknöchel weiß hervortraten. „Ich war ihr zu grob."

„Aber Regina machte das nichts aus?"

„Nach dem zweiten Mal wollte sie mich auch nicht mehr treffen."

„Sie sind ja ein Herzchen, Mr. Tillinghast."

„Hören Sie, ich kann nichts dafür ..."

„Sparen Sie sich das. Gab es noch andere Frauen?"

„Nur eine."

„Ihr Name?"

„Ich kenne ihren Nachnamen nicht."

„Und der Vorname?"

„Selina."

Sam ließ sich den Schreck nicht anmerken. „Wann haben Sie sie zuletzt gesehen?"

„Gestern Abend", gestand er widerstrebend.

Wieder fügten sich Teile des Puzzles wunderbar zusammen. „Ich muss wissen, wie Sie diese Frauen überhaupt gefunden haben."

„Dazu werde ich keine Angaben machen." Die Überlegenheit, die er früher zur Schau gestellt hatte, war offenbar Furcht gewichen.

„Was hat man Ihnen gesagt, was geschehen würde, wenn Sie in eine Situation wie diese geraten?"

„Ich bin nicht bereit, mit Ihnen darüber zu sprechen."

„Bis Sie bereit dazu sind, werden Sie unser Gast im Stadtgefängnis sein."

Er sprang von seinem Stuhl auf. „Dazu haben Sie kein Recht! Ich habe diese Frauen nicht umgebracht! Ich habe ein Alibi!"

„Sie verweigern Informationen, die für die Ermittlungen in

einem Mordfall von Bedeutung sein können. Damit machen Sie sich zu einem Komplizen bei einem Mord."

Tillinghast wandte sich an seinen Anwalt. „Tun Sie doch was!"

„Sagen Sie ihm", erklärte Sam ihrerseits dem Anwalt, „dass Sie nichts tun können."

„Ich kann nichts tun", entgegnete der Anwalt tatsächlich und zupfte seinen Klienten am Ärmel, damit er sich wieder hinsetzte.

Tillinghast ließ sich auf seinen Platz sinken. Seine einst gesunde Gesichtsfarbe war im Licht der Neonlampen des Hauptquartiers verschwunden. Er sah jetzt blass und teigig aus.

Sam grinste. „Sehen Sie? Habe ich Ihnen doch gesagt."

Freddie kehrte mit Lindsey McNamara zurück.

„Er gehört Ihnen, Doc." Sam rief Detective Arnold aus dem Kommissariat zu sich. „Sobald Dr. McNamara mit Mr. Tillinghast fertig ist, bringen Sie ihn in Untersuchungshaft. Cruz, du kommst mit mir."

„Wohin fahren wir, Lieutenant?"

„Unsere alte Freundin Selina Rameriz abholen. Unser neuer Freund Tillinghast hat sich gestern Abend mit ihr getroffen."

„Nicht möglich."

„Doch." Da sie besorgt war, Tillinghasts Verhaftung könne sich herumsprechen, benutzte Sam ihr Funkgerät, um so schnell wie möglich Polizisten zu Selinas Apartment zu schicken. In ihrem Auto schaltete Sam die Scheinwerfer und die Sirene ein und beeilte sich, nach Columbia Heights zu kommen.

Zwei Streifenwagen parkten vor dem Gebäude, in dem sich Selinas Wohnung befand. Beklommen fragte Sam sich, ob sie eine Zeugin oder ein weiteres Opfer antreffen würden. Freddies angespannte Miene verriet, dass er dasselbe dachte.

Zu Sams Erleichterung sah sie Selina aus dem Haus kommen, in Begleitung von zwei Streifenpolizisten. Die junge Frau weinte und wehrte die Versuche ab, sie zur Straße zu geleiten. Aber sie lebte. Sam beobachtete die Menge, die sich versammelt hatte, und war überzeugt davon, dass der Killer Selina erwischt hätte, wenn die Polizei nicht so schnell gewesen wäre. Sobald sie im Hauptquartier mit ihr gesprochen hatten, wollte Sam sie in einem geheimen Unterschlupf unterbringen, bis sie den Kerl geschnappt hatten.

Obwohl Tillinghast zu beiden ermordeten Frauen Kontakt gehabt hatte, glaubte Sam ihm, dass er sie nicht getötet hatte. Außerdem hatte er blaue Augen, und Jeannie hatte die Augen des Täters als dunkel und bösartig beschrieben. Die DNA würde es beweisen, genau wie das Alibi, das Freddie sich gerade von Tillinghasts Frau bestätigen ließ.

„Warum verhaften Sie mich?“, schrie Selina. „Ich habe nichts getan!“

Sam trat zu der Frau in Handschellen. „Kundenanwerbung und Prostitution. Klingelt’s da bei Ihnen, Miss Rameriz?“

„Ich weiß nicht, wovon Sie sprechen“, erwiderte Selina, obwohl gleichzeitig sämtliche Farbe aus ihrem Gesicht wich.

„Sie wissen genau, wovon ich spreche.“ Sie gab Freddie ein Zeichen. „Fahren wir zum Hauptquartier mit ihr.“

„Bitte“, jammerte Selina mit tränenüberströmtem Gesicht. „Bitte tun Sie das nicht. Ich brauchte das Geld. Ich war verzweifelt.“

„Wenn Sie mit uns bei den Ermittlungen in den Morden an Ihren beiden Kolleginnen kooperieren, bin ich unter Umständen bereit, mit dem stellvertretenden Staatsanwalt über Straferlass für Sie zu sprechen.“

„Was muss ich dafür tun?“, fragte sie misstrauisch.

„Reden wir im Hauptquartier darüber.“

Vor dem Polizeigebäude wurde Sam vom üblichen Pulk Reporter empfangen, die sie mit Fragen bombardierten.

„Lieutenant, was halten Sie vom öffentlichen Statement des Senators?“

„Haben Sie ihn dazu gebracht, Forrester wegen Gibson anzurufen?“

„Warum haben Sie Brad Tillinghast verhaftet?“

Sam schob sich an ihnen vorbei und wies Freddie an, Selina in einen Verhörraum zu bringen, während sie in ihr Büro ging, wo Captain Malone sie bereits erwartete.

„Was hat Nick getan?“, wollte sie wissen.

„Er wandte sich an Forrester und an die Medien wegen Gibson. Hat ein interessantes Statement abgegeben.“

„Shit“, murmelte Sam. „Das hätte er nicht tun dürfen.“

„Es scheint aber in der Stadt einen Nerv getroffen zu haben. Wir werden mit Anrufen überhäuft.“

„Na klasse.“ Sam fragte sich, was Nick sich dabei gedacht hatte.

„Die Leute rufen auch Forrester an“, fuhr Malone fort, „und *der* ist gar nicht begeistert.“

„Es wird nicht verhindern, dass Gibson entlassen wird, und Nick hat sich jetzt eine ganze Menge politischen Ärger eingehandelt.“ Genau deswegen hatte sie Bedenken gehabt, als die Demokraten Virginias Nick gebeten hatten, John O’Connors Amtszeit zu Ende zu führen – nämlich, dass Sams Probleme plötzlich zu seinen werden und ihm Schwierigkeiten bescheren würden.

„Das ist allein seine Sache, Sam. Sie haben ihn schließlich nicht darum gebeten, Forrester anzurufen.“ Malone zögerte. „Oder etwa doch?“

„Nein! Sie wissen genau, dass ich diesen kumpelhaften Netzwerk-Mist hasse, der in dieser Stadt üblich ist.“ Frustriert löste sie ihre Haarklammer und schüttelte die schulterlangen

Haare. „Er hatte gestern eine unangenehme Begegnung mit seiner schnorrenden Mutter, deshalb ist er heute wahrscheinlich nicht gut drauf. Ich habe keine Ahnung, warum er dieses Statement abgegeben hat. Er muss doch wissen, dass sich die Medien auf uns stürzen."

„Vielleicht hilft es ja."

„Wir werden sehen." Sam bezweifelte allerdings, dass es Nick mehr einbringen würde als politische Probleme. Es würde Peter zudem freuen, dass Nick sich über seine Entlassung dermaßen aufregte. Mal abgesehen davon, dass es ihr vollkommen egal war, was Peter dachte.

Bevor sie zu Freddie in den Verhörraum ging, versuchte sie es bei Nick, doch der Anruf wurde sofort auf seine Mailbox umgeleitet. Sie überlegte, ob er den Apparat wegen des Medienansturms ausgeschaltet hatte oder wegen ihres Anrufs, mit dem er sicher rechnete.

Als Sam den Verhörraum betrat, erschrak Selina und wischte sich die Tränen aus dem Gesicht – eine nutzlose Geste, da sie unablässig weiterströmten.

„Werden Sie mich der Einwanderungsbehörde melden?", fragte sie mit leichtem Akzent.

„Das hängt davon ab, ob Sie mit uns kooperieren."

„Was wollen Sie wissen?" Sie schaute nervös zwischen Freddie und Sam hin und her.

„Gestatten Sie, dass ich dieses Gespräch aufzeichne?", fragte Sam.

Selina starrte eine Weile das Aufnahmegerät an, ehe sie nickte.

„Verraten Sie uns, wie es dazu kam, dass Sie für Geld Sex verkauften", forderte Sam sie auf.

„Sie müssen das verstehen. Wenn ich nicht so verzweifelt gewesen wäre, hätte ich das nie, niemals getan."

„Wir sind nicht hier, um Sie moralisch zu verurteilen, Miss

Rameriz", sagte Sam. „Wir wollen bloß herausbekommen, wer Ihre Kolleginnen umgebracht hat. Also, wie kam es dazu, dass Sie käuflichen Sex anboten?"

„Es war während einer Pause bei der Arbeit", begann sie mit leiser Stimme. „Ich erwähnte, dass meine Mutter eine Operation brauche und wir nicht genug Geld dafür hätten. Regina meinte, sie könne mir vielleicht helfen."

Das warf Fragen auf, doch Sam blieb still und gab Selina die Gelegenheit, ihre Gedanken zu ordnen.

„Regina sagte, sie kenne jemanden, der Frauen wie uns hilft, die schnell Geld bräuchten."

„Wer war diese Person, von der sie sprach?"

„Ich weiß es nicht", antwortete Selina. „Regina gab mir eine Telefonnummer und wies mich an, dort anzurufen, falls ich interessiert sei. Sie erzählte, ich könnte Tausende Dollar in einer einzigen Nacht verdienen."

„Wussten Sie, was Sie erwartete, als Sie diese Nummer anriefen?"

Selina schüttelte den Kopf. „Man ließ mich in dem Glauben, wir seien Begleiterinnen für Männer, die eine Veranstaltung nicht allein besuchen wollten. Ich dachte, das wäre alles. Offenbar bekommt man als Mitarbeiterin einen Bonus, wenn man der Organisation eine neue Frau empfiehlt. Das habe ich später herausgefunden."

„Welche Informationen wollte man von Ihnen, bevor man Sie nahm?"

„Ich musste ein Foto schicken, ein Gesundheitsattest, persönliche Angaben machen. Solche Sachen."

Sam konnte nicht glauben, dass Selina bei dem Gesundheitsattest nicht sofort klar geworden war, worauf diese Männer aus waren. „Wie fanden Sie heraus, dass es um mehr ging als um eine Partybegleitung?"

„Als ich zum ersten Mal anrief, war die Frau, mit der ich sprach, sehr nett. Sie meinte, ein Mann wünsche eine Begleitung zu einer Gala und sei bereit, für eine schöne Frau zu zahlen. Ich müsse mich nur schick anziehen und den Mann auf der Veranstaltung treffen."

„Die wo stattfand?"

„Im Reagan Building in der Innenstadt. Ich wurde angewiesen, das Gebäude durch den Eingang in der Fourteenth Street zu betreten und innerhalb des Sicherheitsbereiches auf ihn zu warten."

„Und wann war das?"

„Am achtzehnten Januar."

„Hat Ihr Kontakt Ihnen den Namen des Mannes genannt, den Sie treffen sollten?"

Sie schüttelte den Kopf. „Man sagte mir, er würde mich finden. Kurz nach meiner Ankunft ging er an den Sicherheitsleuten vorbei und auf mich zu."

„Wie sah er aus?"

„Älter, beginnende Glatze, übergewichtig." Die zierliche Selina erschauerte.

„Er nannte Ihnen seinen Namen nicht?"

„Er stellte sich als John vor und bat mich, mit niemandem zu sprechen, andere höchstens zu grüßen."

Sam musste beinah lachen über die Absurdität, dass dieser Mann den Namen John benutzt hatte. „Sie besuchten dann mit ihm die Veranstaltung?"

„Wir zeigten uns kurz, begrüßten einige Leute, doch es war offensichtlich, dass er dort nicht sein wollte. Ich konnte nicht verstehen, warum er diesen Aufwand betrieb und diese Kosten für mich aufbrachte, wenn er gar nicht zu der Party wollte. Wie dem auch sei, ich hielt ihn für einen wichtigen Mann. Die Leute gaben sich ihm gegenüber sehr beflissen."

Sie trank einen Schluck aus dem Glas, das Freddie ihr besorgt hatte.

„Wie lange waren Sie auf der Veranstaltung?"

„Keine Stunde."

„Was geschah, nachdem Sie von dort weggegangen sind?"

Selinas Hände zitterten jetzt so heftig, dass sie das Wasser im Glas zu verschütten drohte. „Ein Wagen wartete bereits auf ihn, und er meinte, er bringe mich nach Hause. Wir fuhren jedoch nicht zu der Adresse, die ich ihm genannt hatte. Als ich ihn fragte, wohin es geht, gab er mir keine Antwort. Noch im Wagen fing er an, mich anzufassen." Ihre Stimme war beinah nur noch ein Flüstern.

„Was taten Sie?"

„Ich bat ihn, damit aufzuhören. Ich erklärte ihm, es sei nicht das, wozu ich eingewilligt hätte, doch er lachte nur. Er sagte, er liebe es, wenn die Frauen sich zierten. Wir fuhren eine Weile, bis der Wagen schließlich vor einem Hotel außerhalb der Stadt hielt. Ich wusste nicht, wo wir uns befanden. Da bekam ich richtig Angst. Ich konnte nicht glauben, dass Regina mir so etwas angetan hatte." Sie trank noch einen Schluck Wasser. „Er meinte, wenn ich nicht will, dass man mir wehtut, soll ich genau das machen, was mir gesagt wird. Dann entließ er den Fahrer und schleppte mich buchstäblich ins Hotel."

„Meldete er sich an der Rezeption an?"

„Nein, er hatte schon einen Zimmerschlüssel."

„Mussten Sie durch eine Lobby, oder befanden sich die Zimmer außen?"

„Außen."

Dieses Hotel hat er bewusst ausgewählt, dachte Sam. *Damit niemand sieht, wie er eine Frau, die Widerstand leistet, hineinzerrt.*

„Was geschah dann in dem Zimmer?"

Selina sah erst zu Freddie, dann wandte sie sich mit flehendem Blick an Sam.

„Detective Cruz“, sagte Sam. „Würde es Ihnen etwas ausmachen, mich einige Minuten mit Miss Rameriz allein zu lassen?“

„Überhaupt nicht“, erwiderte Freddie.

Auf ihren Notizblock schrieb Sam: *Besorg Infos über die Veranstaltung am 18. Jan. im Reagan. Video. Zeugen, die sie mit Kahlkopf gesehen haben.*

Er nickte, stand auf und verließ den Raum.

„Was passierte im Hotel, Selina?“

„Er … er befahl mir, mich auszuziehen. Ich bettelte, er möge mich nicht anfassen. Ich bot ihm an, er könne sein Geld zurückbekommen und dass ich es niemandem erzählen würde, wenn er mich gehen ließe. Er lachte mich aus, und als ich zur Tür stürmte, packte er mich und zerrte mich zurück. Er schlug mich so hart, dass ich Sterne sah. Danach war ich benommen, aber ich bekam mit, wie er mich auszog und anfasste.“ Ihre Stimme stockte, und sie schluchzte. „Ich flehte ihn weiterhin an, aufzuhören, doch das tat er nicht. Er sagte, er habe für Sex bezahlt, und deshalb würde er nicht eher gehen, bis er bekommen habe, wofür er das Geld hingelegt habe.“ Inzwischen weinte sie so heftig, dass sie kaum noch sprechen konnte.

Sam gab ihr ein paar Minuten, damit sie ihre Fassung wiedergewann. „Hatten Sie Sex mit ihm, Selina?“

Sie bejahte. „Er tat mir weh. Ich schrie und weinte, daher hielt er mir den Mund zu. Ich konnte nicht atmen. Ich glaube, eine Weile war ich nicht bei Bewusstsein. Als ich zu mir kam … Er war … Ich lag mit dem Gesicht nach unten auf dem Bett, und er war … Es tat so schrecklich weh. Nie habe ich solchen Schmerz gespürt.“

Sam ergriff ihre Hand. „Er hat Sie vergewaltigt, Selina. Anal.

Ganz gleich, wofür er bezahlt hat – in dem Augenblick, wo Sie Nein sagten, wurde es zu einer Vergewaltigung."

„Ich war so dumm", stieß sie zwischen den Schluchzern hervor. „Wie konnte ich bloß so naiv sein? Natürlich war es das, was er wollte. Niemand bezahlt Tausende von Dollar für eine Partybegleitung."

„Wie lange waren Sie mit ihm in diesem Zimmer?"

„Die ganze Nacht", flüsterte sie. „Es ging immer weiter. Ich verlor immer wieder das Bewusstsein. Jedes Mal, wenn ich zu mir kam, war er auf mir und in mir. Ich dachte, es würde nie aufhören." Sie wischte die Tränen weg. „Irgendwann wachte ich auf, und er war fort."

„Sie haben ihn nie wiedergesehen?"

Sie schüttelte den Kopf. „Ich habe endlos lange geduscht und zog mich an. Dann rannte ich hinaus und winkte ein Taxi heran, das mich nach Hause brachte."

„Haben Sie das Kleid noch, das Sie an jenem Abend getragen haben?"

Selina wirkte erschrocken. „Das befindet sich ganz hinten in meinem Schrank in einem Koffer, zusammen mit den anderen Sachen, die ich an dem Abend anhatte."

Sam triumphierte im Stillen. „Was hat Sie veranlasst, diese Sachen zu behalten?"

„Ich erinnerte mich an diese Praktikantin, die mit dem Präsidenten geschlafen hat … Niemand glaubte ihr, bis sie das Kleid präsentierte. Ich dachte mir, ich behalte es vorsichtshalber für den Fall, dass sich die Chance ergibt, ihn dafür zu bestrafen, was er mir angetan hat."

„Das war eine sehr gute Überlegung. Bekommen wir die Erlaubnis, es zu holen?"

„Ja, selbstverständlich." Selina faltete die Hände auf dem Tisch, und Sam bemerkte, dass sie immer noch zitterten.

Sam stand auf und ging zur Tür, um jemanden zu Selinas Wohnung zu schicken und den Koffer zu holen. „Bringen Sie die Sachen direkt ins Labor“, wies sie den Officer an, nachdem Selina eine Einverständniserklärung für eine Durchsuchung unterschrieben hatte. Danach setzte sie sich wieder an den Tisch und ermutigte Selina, ihre Geschichte weiterzuerzählen.

„Am nächsten Tag wurden dreitausend Dollar auf mein Konto überwiesen. Das war genug, um eine Anzahlung für die Operation zu leisten, die meine Mutter dringend brauchte.“

„Haben Sie sich medizinisch versorgen lassen?“, wollte Sam wissen, doch sie kannte die Antwort bereits.

Selina verneinte. „Ich habe keine Krankenversicherung, und das ganze Geld überwies ich an meine Familie.“

„Waren Ihre Verletzungen schlimm genug, dass Sie medizinische Versorgung benötigt hätten?“

„Wahrscheinlich. Alles ... da unten ... tat weh. Ich hatte überall Prellungen und konnte mich tagelang kaum bewegen. Zum ersten Mal, seit ich bei der Reinigungsfirma arbeitete, musste ich mich krankschreiben lassen.“

„Was haben Sie bei Ihrer nächsten Begegnung zu Regina gesagt?“

„Ich habe sie gefragt, wie sie mich in dem Glauben lassen konnte, es handele sich bloß um ein Date. Sie schien entsetzt zu sein, dass ich anscheinend nicht gewusst hatte, was ‚Date‘ bedeutete, wenn Tausende von Dollar im Spiel waren. Sie entschuldigte sich mehrmals und meinte, was mir passiert sei, habe sie nie erlebt. Ich glaube, sie hat den Kerl gemeldet.“

„Wem?“

„Den Leuten, die den Service leiten.“

„Und wer ist das?“

„Das weiß ich nicht. Ich erhielt nur eine Telefonnummer, um das erste Date zu vereinbaren.“

„Haben Sie diese Nummer noch?“

„Die ändert sich ständig.“

„Wie erfahren Sie von einer Änderung?“

„Ich erhalte eine Textnachricht von einer nicht erreichbaren Nummer.“

„Wie kam es dazu, dass Sie zu einem weiteren Date gingen?“

Selina ließ die Schultern hängen. „Ich brauchte mehr Geld. Die Operation meiner Mutter kostet vierzigtausend Dollar.“

„Es fällt mir schwer, zu glauben, dass Sie sich dazu überwinden konnten, nach dem, was Ihnen beim ersten Mal widerfahren ist.“

„Ich hatte schreckliche Angst. Aber noch mehr Angst hatte ich davor, dass der Krebs meine Mutter umbringen würde, bevor sie sich der Operation unterziehen konnte, von der die Ärzte meinen, dass sie ihr das Leben retten würde.“

„Sie waren also in der Lage … es zu tun, trotz Ihrer Angst?“

Selina senkte kurz den Blick, ehe sie Sam wieder ansah. „Die Angst … die Angst schien sie anzumachen. Seitdem weiß ich, dass Angst ein Fetisch ist.“

Sam nahm sich zusammen, um nicht zu erschauern. Dabei hatte sie geglaubt, in ihrem Beruf bereits alles erlebt zu haben. „Wie viele andere Männer gab es?“

„Achtzehn“, gestand Selina kummervoll. „Nach der vergangenen Nacht habe ich die benötigte Summe zusammen. Ich bin fertig damit.“

Brad Tillinghast ist also der Letzte gewesen, dachte Sam. „Aufzuhören ist eine Option?“

Selina schien diese Frage zu überraschen. „Wie meinen Sie das?“

„Die Leute, die diesen … Service leiten, erlauben den Frauen, einfach aufzuhören?“

„Natürlich tun sie das. Warum sollten sie nicht?“

„Nun, ich frage mich, ob Maria und Regina vielleicht aufhören wollten."

Selinas Augen weiteten sich. „Sie glauben, die wurden umgebracht, weil sie nicht weitermachen wollten?"

„Das wäre eine Möglichkeit."

Selina legte ihre Hand aufs Herz. „Um Himmels willen!"

„Haben Sie irgendwem erzählt, dass Sie nach der vergangenen Nacht aufhören wollen?"

„Noch nicht."

Das hatte ihr möglicherweise das Leben gerettet. Sam fragte: „Was hat man Ihnen über Diskretion gesagt?"

„Dass ich auf keinen Fall mit irgendwem über diese Liaisons reden darf. Hätte ich sowieso nicht getan." Sie biss sich auf die Lippen, als müsse sie ein Schluchzen zurückhalten. „Ich schämte mich viel zu sehr. Wenn meine Eltern auch nur ahnen würden, woher dieses Geld stammt ..."

„Was denken die denn, woher Sie es haben?"

„Ich habe ihnen erzählt, ich hätte einen lieben, wohlhabenden Mann kennengelernt, der mir das Geld gegeben hat."

„Und das haben sie Ihnen geglaubt?"

Selina nickte. „Meine Mutter ist sehr krank."

„Gab es für Ihre Familie keine andere Methode, um das Geld aufzutreiben?"

„Wir haben alles versucht, selbst den Verkauf des Hauses in Santa Elena; wir konnten jedoch keinen Käufer finden. Und meine Mutter wurde immer kränker. Wir brauchten das Geld, und wir brauchten es schnell."

„Ich muss die Einzelheiten jedes Zusammentreffens wissen. Namen, Alter, Beschreibung, wo es stattfand, welche Art von Sex Sie mit den Männern hatten, was Ihnen sonst noch auffiel."

Selina starrte sie an. „Das kann nicht Ihr Ernst sein."

„Und ob es mein Ernst ist. Wenn Sie wollen, dass ich diesen Kerl erwische, bevor er Sie zu seinem nächsten Opfer macht, erzählen Sie mir alles, was Sie über diese Männer wissen sowie über den Service, der Sie mit ihnen zusammengebracht hat."

„Das habe ich Ihnen doch schon erzählt! Ich weiß überhaupt nichts über den Service. Ich kenne nur die jeweils aktuelle Nummer."

„Gut, fangen wir damit an."

„Und wenn ich die Zusammenarbeit verweigere?"

„Dann lasse ich Sie einfach gehen."

Selina strahlte angesichts dieser Möglichkeit.

„Ich hoffe nur, Sie haben Ihre Angelegenheiten geregelt, da Sie höchstwahrscheinlich nicht mehr lange zu leben haben, sobald Sie hier raus sind."

„Sie wollen mir bloß Angst machen, damit ich kooperiere."

„Sie sollten auch Angst haben. Dieser Kerl hat bereits zwei Ihrer *Kolleginnen* brutal vergewaltigt und ermordet. Außerdem hat er eine meiner Kolleginnen vergewaltigt. Wenn Sie glauben, dass Sie nach dem Gespräch mit mir verschont bleiben, sind Sie naiver, als ich dachte."

„Sie könnten mich beschützen! Sie könnten mir Polizisten zur Seite stellen, die auf mich aufpassen!"

„Warum sollte ich das tun, wenn Sie mir nicht helfen wollen?"

„Ich habe Ihnen alles erzählt, was ich weiß!"

„Nein, haben Sie nicht, und solange Sie das nicht getan haben, werde ich leider nichts für Sie tun können." Sam hoffte inständig, dass der Bluff funktionierte. Unter gar keinen Umständen würde sie Selina aus dem Polizeigebäude gehen lassen, mit oder ohne Bewacher. Aber das wusste Selina nicht.

„Ich kenne ihre Namen nicht. Die haben Nummern. Mehr habe ich nie erfahren. Die meisten sagten mir einen Namen, mit dem ich sie ansprechen sollte, wenn wir zusammen waren. Doch ihre richtigen Namen kannte ich nicht."

„Ich nehme, was immer Sie mir anbieten können, einschließlich der aktuellen Telefonnummer."

Selina starrte eine ganze Weile an die gegenüberliegende Wand, während sie zweifellos ihre Möglichkeiten abwägte. Offenbar fand sie keine davon besonders verlockend.

„Also, was kriege ich?", drängte Sam.

Noch immer herrschte Schweigen, das sich allmählich in die Länge zog. Schließlich sah Selina wieder Sam an. „Könnte ich Papier und Stift bekommen?"

24. Kapitel

„Heute kaufe ich dir eine Prostituierte", meinte Sam zu ihrem Partner Freddie, als sie sich vor den Schautafeln zum Fall trafen, die er aktualisiert hatte, während sie bei Selina gewesen war.

Er fragte sich, ob sie nun endgültig den Verstand verloren hatte. „So verzweifelt bin ich nicht. Noch nicht."

Sam lachte und wedelte ihm mit einem Blatt Papier vor dem Gesicht herum. „Die Telefonnummer, die Selina benutzt, um mit dem Callgirl-Ring in Kontakt zu treten."

„Lass mich raten – ich werde diese Nummer anrufen und ein Date vereinbaren."

„Du hast es erfasst. Archie richtet uns eine sichere Leitung ein. Das Ziel ist es, so lange wie möglich in der Leitung zu bleiben, um den Anruf zurückverfolgen zu können. Du wirst also eine lange Liste mit Vorlieben haben, die alle befriedigt werden müssen."

Ein entsetzlicher Gedanke kam ihm. „Ich muss doch nicht wirklich Sex mit dieser Frau haben, oder?"

„Na, Freddie, würde ich dir das antun?"

„Da bin ich mir nicht sicher."

Sie zog ein Gesicht. „Du musst nur das Treffen arrangieren und die Verabredung einhalten. Um den Rest kümmern wir uns. Wenn wir noch eine Frau zum Reden bringen, kommen wir den Freiern vielleicht auf die Spur. Und die werden uns zur Organisation führen."

„Das hoffst du."

„Ja, das hoffe ich."

„Was ist mit deinem komischen Verdacht gegen die Senatoren?"

„Ich bin mir nach wie vor ziemlich sicher, dass einer von ihnen in die Sache verwickelt ist, womöglich auch gleich mehrere. Überleg doch mal: Die kamen an all diese Frauen heran. Alle Frauen steckten in finanziellen Schwierigkeiten, ihre dauerhafte Aufenthaltserlaubnis war in Gefahr, und daheim waren Menschen von ihnen abhängig. Jemand, der wusste, dass sie leichte Ziele sind, hat sie angeworben. Und es wird sich herausstellen, dass dieser Jemand einer von Nicks Kollegen war. Merk dir meine Worte. Wenn wir nicht direkt an sie herankommen, dann eben durch die Frauen."

„Hast du mit Nick gesprochen, seit er dieses Statement abgegeben hat?"

„Er geht nicht ans Telefon."

Ihr Telefon summte; offenbar eine neue SMS. „Vielleicht ist er das endlich." Sie schaute auf das Display und las: *Halt dich raus, Schlampe, oder du bist tot.* „Er war's nicht", sagte sie und zeigte Freddie den Text.

„Woher haben die deine Nummer?"

„Das ist eine sehr gute Frage."

„Soll ich Archie mal darauf ansetzen und eine Fangschaltung installieren lassen?"

„Du kannst es ja versuchen, aber ich wette, es handelt sich um ein weiteres Wegwerftelefon."

„Vielleicht können wir den Funkturm orten."

„Ist einen Versuch wert. Ich will außerdem per Computerprogramm Phantombilder einiger Freier anfertigen lassen. Kannst du Officer Jackson dafür so schnell wie möglich hierherbeordern? Mir gefällt seine Arbeit."

„Mach ich."

„In der Zwischenzeit werde ich noch einmal mit Tillinghast

reden. Hoffentlich kann ich ihn dazu bringen, mir zu verraten, ob es da einen Code oder so etwas gibt, den man nennen muss, wenn man ein Date wünscht."

„Viel Glück dabei."

„Von deinem Erfolg hängen meine Pläne für den Abend ab."

Freddie schaute ihr hinterher und wusste nicht recht, ob er sich wünschen sollte, dass sie bei Tillinghast weiterkam. Möglicherweise würde seine Mutter Elin sympathischer finden, wenn sie erfuhr, dass er sich mit einem Callgirl verabreden wollte. Während er über diese absurde Idee lachte, klingelte sein Handy. Freddie nahm den Anruf von Gonzo entgegen.

„He, Mann, wie geht's?" Im Hintergrund hörte Freddie Geschrei. „Ist das ein Baby?" Was hatte das zu bedeuten?

„Das ist mein Sohn Alex", erklärte Gonzo.

„*Dein Sohn?* Was redest du da?"

„Ich rede von meinem Sohn, von dessen Existenz ich bis zum letzten Wochenende nichts wusste."

„Und jetzt lebt er bei dir?"

„Vorläufig. Ich hoffe jedoch, dass er dauerhaft bleibt."

„Wow. Ich weiß gar nicht, was ich sagen soll."

„Eine Gratulation reicht."

„Na klar. Ja. Ich gratuliere dir! Kein Wunder, dass du weg bist."

„Glaub mir, nichts anderes hätte mich nach dem, was McBride passiert ist, von der Arbeit abhalten können. Ich werde Montag wieder da sein. Ich brauche nur ein paar Tage, damit er sich eingewöhnt. Aber ich rufe an, weil ich heute Morgen herumtelefoniert habe, um weitere Informationen über den Besitzer von Reeses Haus zu sammeln."

„Hast du was erreicht?"

„Ich habe einen Namen. Bin mir nicht sicher, ob er echt ist, doch es wäre ein Anfang. Kannst du ihn für mich überprüfen? Ich habe meinen Laptop nicht."

„Klar, mach ich."

„Gerald Price."

Als Freddie den Namen in das System eingab, klopfte sein Herz vor Hoffnung und Erwartung. Könnte das der Mann sein, nach dem sie suchten, seit eine Kugel vor zwei Jahren Skip Holland in den Rollstuhl gebracht hatte? „Na schön, auf geht's." Er überflog die Informationen über Prices kriminelle Vorgeschichte auf dem Monitor. „Sechsundfünfzig Jahre alt, langes Vorstrafenregister. Sitzt in Jessup", las Freddie vor und meinte damit das Staatsgefängnis in Maryland. „Hauptsächlich Drogendelikte."

„Wie lange sitzt er schon?"

„Vierzehn Monate, sechs hat er noch. Das bedeutet, zum Zeitpunkt der Schüsse war er draußen."

„Verdammt", meinte Gonzo. „Ich kann da im Augenblick nicht hinfahren."

„Ich auch nicht. Sam will, dass ich mich mit Prostituierten verabrede."

„Wie bitte?"

„Du hast richtig gehört."

„Wow, da hab ich mir ja die falsche Woche ausgesucht, um Dad zu werden."

„Da kann ich dir nicht widersprechen. Du wärst viel besser geeignet als ich."

Gonzo prustete los. „Bin mir nicht sicher, ob ich das als Beleidigung oder als Kompliment auffassen soll."

„Wahrscheinlich beides."

„Sobald dieser Fall abgeschlossen ist, fahren wir mal nach Jessup. Was hältst du davon?"

„Ich bin dabei."

„Sag Sam, dass ich angerufen habe. Aber das mit Price bleibt unter uns, bis wir mehr wissen."

„Einverstanden. Hast du schon gehört, dass Gibsons Anhörung morgen stattfindet? Malone hat Sam erzählt, dass er mit hoher Wahrscheinlichkeit entlassen wird."

„Mann, das haben wir echt vermasselt."

„Und wie."

„Ich darf gar nicht dran denken."

„Geht mir genauso."

„Vielleicht können wir es ein bisschen wiedergutmachen, wenn diese Price-Spur irgendwo hinführt."

„Mann, wie gern würde ich Skips Fall endlich lösen – für Sam ebenso wie für ihn."

„Ja, ich auch. Viel Glück bei den Prostituierten. Wir sehen uns Montag."

„Noch mal herzlichen Glückwunsch zum Baby."

„Danke, Mann."

Im Stadtgefängnis bat Sam den Officer am Empfang, Tillinghast in einen Raum führen zu lassen.

„Sofort, Lieutenant."

Als Sam einige Minuten später den Raum betrat, traf sie einen ganz anderen Bradford Tillinghast an als den K-Street-Star, der er vor wenigen Stunden noch gewesen war. Mittlerweile trug er einen Overall statt seines handgenähten Anzugs. Seine teure Golduhr und der Ehering waren verschwunden. Im Gefängnis-Orange sah er aus wie jeder durchschnittliche Weiße.

„Scheiße noch mal, ich musste eine Leibesvisitation über mich ergehen lassen! Die haben mich wie einen Kriminellen behandelt!"

„Beihilfe zum Mord ist ein schweres Verbrechen, Mr. Tillinghast."

„Ich hatte nichts zu tun mit diesen Morden, und das wissen Sie."

„Sie verfügen über Informationen, die zu einer Verhaftung führen könnten. Sind Sie immer noch nicht bereit, diese Informationen mit uns zu teilen?"

Er schüttelte den Kopf. „Nein."

„Womit hat man Ihnen gedroht? Dass man Ihrer Frau etwas antun würde und Ihren Kindern, falls Sie je erwischt werden?"

Er geriet sichtlich in Panik.

„Das ist es, habe ich recht?"

„Ich kann nicht zulassen, dass meiner Familie etwas passiert. Dieser Gefahr kann ich sie nicht aussetzen."

„Ich nehme sie in Schutzhaft." Das würde Sam ohnehin machen, auch wenn er nicht kooperierte. Solange er hier war, schwebte seine Familie in Gefahr. „Verraten Sie mir, wer diese Leute sind, Brad. Ich kann Ihnen nicht helfen, wenn Sie mir nicht helfen."

Er blieb stur. „Ich werde dieses Risiko nicht eingehen."

„Sie mussten doch schon bei Ihrem ersten Anruf bei diesem Escortservice gewusst haben, was Sie riskieren."

„Ich hatte keine Ahnung", erwiderte er und nahm sich gleich wieder zusammen. Der unvorsichtige Moment war so rasch vorüber, wie er gekommen war.

„Wie funktioniert das, wenn man sich eine Frau bestellt? Können Sie mir wenigstens das schildern?"

Er zögerte, dann stand er auf, um hin und her zu gehen. „Werden Sie sich um meine Familie kümmern? Ich habe versucht, meine Frau zu erreichen, aber sie nimmt meine Anrufe nicht entgegen. Ich muss wissen, dass sie alle in Sicherheit sind."

„Ich werde mich um Ihre Familie kümmern."

„Ich habe zwei Mädchen, fünf und sieben. Ich kann nicht zulassen, dass ihnen etwas geschieht."

„Ich werde alles in meiner Macht Stehende tun, doch je länger ich hier bei Ihnen bin, umso größer wird die Gefahr für sie. Die Nachricht von Ihrer Verhaftung hat sich in der ganzen Stadt verbreitet. Die Leute, wegen denen Sie in Sorge sind, wissen mit Sicherheit längst, wo Sie sich befinden."

Forsch fuhr er sich durch sein blondes Haar. „Verdammt, was habe ich mir nur dabei gedacht! Ich hätte niemals ..."

Sam schlug mit der flachen Hand auf den Tisch. „Brad! Sagen Sie mir endlich, was ich wissen muss, damit ich mich um Ihre Familie kümmern kann!"

Er erschrak und starrte sie an. Dann begann er zu erzählen. „Wenn ich anrufe, tippe ich meine Nummer ein. Die haben eine Datei mit Männern und ihren Vorlieben, damit die passende Frau gefunden werden kann. Ich tippe das Datum ein, wann ich die Frau treffen will, sowie die Postleitzahl des Ortes, an dem das Treffen stattfinden soll. Um alles andere kümmern die sich."

„Sie reden also nie persönlich mit jemandem?"

Er schüttelte den Kopf.

„Haben Sie eine Ahnung, wer hinter der Organisation steckt?"

„Ich habe Gerüchte gehört."

„Und diese Leute sind mächtig?"

„Sehr."

„Wie haben Sie von diesem Service erfahren?"

„Durch einen Kollegen. Er schwor, es sei absolut sicher und vollkommen anonym. Sicher und anonym, von wegen."

„Wie haben Sie bezahlt?"

„Ich besaß eine Kreditkarte speziell für diesen Zweck."

„Wissen Sie die Nummer?"

Er seufzte und sagte sie auf.

Sam ging zur Tür. „Reden Sie weiter, dann sorge ich vielleicht dafür, dass die Klage gegen Sie fallen gelassen wird."

„Lieutenant.“

Sie kam zurück.

„Sie müssen äußerst vorsichtig sein. Wenn die Gerüchte stimmen, reicht das bis in die allerhöchsten Regierungskreise. Ist Ihnen klar, was das bedeutet?“

Sam bekam Herzklopfen. „Über welche allerhöchsten Regierungskreise reden wir? Die legislativen, exekutiven oder juristischen?“

„Alle.“ Er drehte ihr den Rücken zu. „Und das ist alles, was ich sage, bis Sie mir beweisen können, dass meine Familie sicher ist.“

„Ich komme wieder.“

Sam ging ins Kommissariat, riss die Seite aus ihrem Notizbuch, auf der Brad Tillinghasts Kreditkartennummer stand, und reichte sie Freddie. „Er benutzt diese Karte, um für die Callgirls zu bezahlen. Prüfe sie und schau, was du findest. Aber vorher schickst du die US-Marshals zu Tillinghasts Haus in Potomac. Ich will, dass seine Frau und seine Kinder umgehend in Schutzhaft genommen werden.“

„Verstanden. Gonzo hat angerufen. Er kommt Montag wieder.“

„Okay, gut.“ Sie schaute auf ihre Uhr. Fast sechs, und noch keine Nachricht von Nick.

„Äh, dann weißt du von seinem Baby?“

„Er hat es mir erzählt, als er um freie Tage wegen eines Notfalls bat.“

„Warum hast du es mir nicht erzählt?“

„Das war nicht meine Sache. Ich muss telefonieren, und dann werde ich mich noch mal mit Lightfeather unterhalten.“

„Worüber?“

„Über etwas, was Tillinghast eben gesagt hat. Ich frage

mich, ob dieser Callgirl-Ring möglicherweise das am schlechtesten gehütete Geheimnis Washingtons ist." Zu gern hätte sie gewusst, ob Nick jemals Gerüchte darüber zu Ohren gekommen waren. Wenn er nur an sein verdammtes Telefon gehen würde!

„Diesmal war Tillinghast also ein bisschen entgegenkommender?"

„Die Leibesvisitation und der Gefängnisoverall scheinen seine Einstellung ein wenig geändert zu haben."

„Ja, diese Wirkung haben solche Dinge häufig."

„Sag mir Bescheid, was bei der Überprüfung der Karte herauskommt." Sam ging in ihr Büro und schloss die Tür, um Gonzo anzurufen. „Hey", begrüßte sie ihn, als er sich meldete. „Wie läuft es bei dir?"

„Langsam, aber sicher kriege ich den Bogen raus. Hat Cruz dir ausgerichtet, dass ich angerufen habe?"

„Ja, danke, dass du dich erkundigt hast. Hör mal, du könntest mir einen Gefallen tun." Sie kniff sich in den Nasenrücken und hoffte, die sich ankündigenden Kopfschmerzen aufhalten zu können. „Ist Christina zufällig da?"

„Ja, warum?"

„Ich bekomme Nick nicht zu fassen, und ich mache mir allmählich Gedanken. Es sieht ihm gar nicht ähnlich, stundenlang nicht erreichbar zu sein. Und nach seiner *Vorstellung* heute Nachmittag bin ich erst recht in Sorge."

„Warte, ich hole sie eben."

Kurz darauf war Christina am Apparat. „Hallo, Sam."

„Hallo." Sam lief inzwischen in ihrem Büro auf und ab. Es war ihr unangenehm, Nicks Stabschefin anzurufen wie eine klammernde, nörgelnde Freundin. „Ich nehme an, Gonzo hat dir schon erzählt, dass ich Nick zu erreichen versuche."

„Sein Handy ist kaputt." Christina berichtete ihr von

dem Vorfall in seinem Büro. „Danach marschierte er wütend hinaus, um den Reporter zu finden. Den Rest kennst du wohl."

Sam seufzte. „Ich kann nicht glauben, dass er vor laufender Kamera die Beherrschung verloren hat."

„Oder dass er Forrester angerufen hat. Er kann von Glück sagen, wenn sich die Ethikkommission des Senats nicht mit dieser Sache befasst."

„Verdammt. Was hat er sich nur dabei gedacht?"

„Ich nehme an, er hat an den Kerl gedacht, der aus der Haft entlassen wird, obwohl der versucht hat, euch beide umzubringen."

„Hast du eine Ahnung, wo er sein könnte?"

„Er meinte, er wolle ins Fitnessstudio. Bestimmt hat er dort Freunde getroffen, ein bisschen Basketball gespielt und ist dann noch mit ihnen auf ein paar Bierchen losgezogen. Wahrscheinlich ist er jetzt längst zu Hause."

Sie hatten keinen Festnetzanschluss in der Ninth Street legen lassen, da sie beide Handys besaßen, deshalb konnte Sam ihn dort nicht anrufen. Aber sie konnte ihre Stiefmutter kontaktieren und sie bitten, einmal nachzuschauen, ob er zu Hause war. „Danke für die Informationen, Christina. Vielen Dank."

„Ich hoffe, es geht ihm gut. Er war wirklich aufgebracht heute."

„Ich bin sicher, es ist alles in Ordnung. Ich melde mich später noch mal." Sie beendete das Gespräch und fand Celias Nummer unter der Schnellwahlfunktion. Nachdem Sam ihr erklärt hatte, was los war, bat sie Celia, zu Nicks Haus zu gehen, um herauszufinden, ob er da war.

„Ich mache mich gleich auf den Weg. Hast du ihn heute im Fernsehen erlebt? So wütend habe ich ihn noch nie gesehen."

„Nein, ich habe es nicht gesehen, aber davon gehört." Der Kopfschmerz setzte sich inzwischen durch, trotz all ihrer Bemühungen, ihm entgegenzuwirken.

„Das Haus ist dunkel, und es macht niemand auf."

„Dann ist er wohl doch noch nicht zu Hause. Ich werde irgendwann auch da sein. Danke, dass du vorbeigegangen bist, Celia."

„Du machst dir Sorgen, das merke ich dir an."

„Es ist ganz untypisch für ihn, sich nicht zu melden."

„Wie lief es denn mit seiner Mutter gestern?"

„Wie ich es erwartet habe. Sie wollte nicht ihn, sondern sein Geld."

Celia seufzte. „Armer Kerl. Das und Peter, der möglicherweise aus dem Gefängnis entlassen wird …"

„Ja. Nicht gut."

„Melde dich, falls du heute Abend irgendetwas brauchst, Schätzchen. Ich bin für dich da."

Das war tröstlich, wie Sam sich eingestehen musste. „Mach ich. Danke."

25. Kapitel

Kaum hatte Sam das Telefonat mit Celia beendet, klopfte Lieutenant Archelotta an ihre Tür.

„He, Archie. Hast du das präparierte Handy?“, fragte Sam den großen, dunkelhaarigen und gut aussehenden Officer, wobei sie wieder einmal zu vergessen versuchte, dass sie ihn einmal nackt gesehen hatte. Sie hatten eine kurze Affäre nach Peter gehabt, und bei jeder Begegnung fragte sie sich nun, ob er sie sich nackt vorstellte.

Er gab ihr ein Handy. „Gib vorher Bescheid, wenn du das Telefonat führen willst, dann starten wir die Anrufverfolgung.“

„Können wir gleich loslegen?“

„Klar.“ Er nahm sein eigenes Telefon und rief seine Abteilung an. „Lieutenant Holland ist bereit. Alles fertig?“ Er machte eine Pause und nickte. „Gut. Stand-by.“ Zu Sam sagte er: „Du kannst loslegen. Wir können allerdings höchstens die Signale des Funkturms orten und somit die Gegend eingrenzen, in der sich der Angerufene befindet.“

„Ich bin mit allem zufrieden, was ihr mir anbieten könnt.“ Da Tillinghast ihr erklärt hatte, das System sei automatisiert, rief Sam selbst an und gab Brads Zugangscode ein. „Guten Abend“, meldete sich die Stimme vom Band. „Danke für Ihren Anruf. Bitte geben Sie ein Datum ein, wann Sie den Service wünschen.“ Sam tippte das Datum des heutigen Tages ein. „Vielen Dank. Ihr Date wird Sie um neun Uhr heute Abend im Ambassador Hotel, Zimmer 482 erwarten. Ihr Schlüssel wird an der Rezeption für Sie bereitliegen. Soll die registrierte Kreditkarte belastet werden? Falls ja, drücken Sie die Rautetaste. Möchten Sie eine andere Kreditkartennummer eingeben, drücken Sie die Sterntaste." Sam betätigte die Rautetaste. „Benötigen Sie einen besonderen Service heute Abend? Wenn ja, drücken Sie die Rautetaste für die Auswahl."

Sam sah zu Archie, der sie mit einem kaum verhohlenen Funkeln in den Augen beobachtete. „Das ist so widerlich", sagte sie.

„Hast du dir noch nie ein Callgirl bestellt, Lieutenant?"

Sie verdrehte die Augen, drückte die Rautetaste und bereitete sich innerlich darauf vor, sich die Auswahl anzuhören.

„Für Domination drücken Sie bitte die Eins. Für Zwang drücken Sie die Zwei. Für Tiere drücken Sie bitte die Drei."

„Ach du Schande", flüsterte Sam. „Mir wird schlecht."

Archie kicherte.

„Für Analverkehr drücken Sie bitte die Vier. Für autoerotische Asphyxie drücken Sie bitte die Fünf. Für Peitschen, Ketten und SM drücken Sie bitte die Sechs."

Sam entschied, dass sie mehr als genug gehört hatte, und drückte die Eins.

„Vielen Dank für Ihre Wahl. Ihr Date wird bereit sein, jede Fantasie mit Ihnen auszuleben. Bitte rufen Sie bald wieder an. Auf Wiedersehen."

Nachdem sie aufgelegt hatte, schaute sie zu Archie. „Ich brauche eine Dusche."

Er lachte und nahm ihr das Telefon ab. „Wer ist der glückliche Freier?"

„Cruz. Der kann es kaum erwarten."

„Was hast du vor mit ihm?"

„Ach, nur ein bisschen Domination. Ich fand, Tiere sind vielleicht ein bisschen zu viel für ihn."

Archie verzog das Gesicht. „Ah, eklig."

„Absolut.“

„Ich gehe mal nachfragen, ob wir den Funkturm orten konnten.“

„Danke.“

„He, Sam, diese Sache mit Gibson stinkt zum Himmel.“

„Tja, kann man nichts machen. Ich komme schon irgendwie klar damit.“

„Du weißt hoffentlich, dass jeder Cop in dieser Stadt den Kerl im Auge behalten wird. Der wird es nicht wagen, noch mal aus der Reihe zu tanzen.“

„Ja, wahrscheinlich. Und wenn wir ihn das nächste Mal festnageln, dann aber richtig.“

„Darauf kannst du dich verlassen.“

„Danke für eure Unterstützung.“

„Ich hatte noch gar keine Gelegenheit, dir zur Verlobung zu gratulieren. Hast dir anscheinend einen guten Mann geangelt.“

Sie lächelte. „Ja, danke, ich mag ihn.“

„Du verdienst es jedenfalls, glücklich zu sein, nach allem, was du durchgemacht hast.“

Sam erinnerte sich daran, dass sie Archie in einem schwachen Moment von den Fehlgeburten während der Ehe mit Peter erzählt hatte. „Danke.“

„Ich melde mich, sobald ich mehr über die Gesprächsortung weiß.“ Er winkte zum Abschied, und Sam schaute ihm hinterher. Er war der einzige Kollege, mit dem sie je etwas gehabt hatte. Keiner der anderen hatte davon etwas mitbekommen. Sie war froh, dass die zurückliegende Beziehung heute das kollegiale Verhältnis nicht belastete.

Sam nahm ein Funkgerät von ihrem Schreibtisch und holte ihren Mantel. Im Kommissariat fand sie Freddie, der gerade telefonierte. Als er auflegte, sagte sie: „Neun Uhr im Ambassador. Sag allen von der zweiten Schicht, dass ich sie zur Unterstützung brauche."

„Was hast du denn für mich bestellt? Oder will ich das lieber nicht wissen?"

„Ist vermutlich besser, wenn du es nicht weißt. Wie läuft es mit Selina und Jackson?"

„Zäh. Er hat Schwierigkeiten, sie dazu zu bringen, sich zu konzentrieren."

„Schick mir eine Nachricht, sobald ihr ein Bild habt. Nick kennt jeden in dieser Stadt, also könnte er den Kerl möglicherweise identifizieren."

„Hast du von ihm gehört?"

„Noch nicht. Ich bin auf dem Weg zu Lightfeather. Wir sehen uns dann gegen halb neun in der Lobby vom Ambassador."

„Ich werde dort sein."

„Ruf mich an, falls du bis dahin etwas herausfindest."

„Sam?"

Sie drehte sich noch einmal um.

„Gehst du morgen zum Gericht? Zu Peters Anhörung?"

„Zur Hölle, nein."

„Warum nicht?"

„Ich werde ihm die Befriedigung nicht verschaffen, zu glauben, er sei mir wichtig genug, um einen Teil meines Tages seinetwegen zu vergeuden." Nick hätte von ihr dieselbe Antwort bekommen, wenn er sie gefragt hätte, ehe er vor laufender Kamera den Verstand verloren hatte.

„Ich habe mir Sorgen gemacht, wie du es wohl aufnehmen würdest."

„Er hat vier lange Jahre versucht, mein Leben zu dominieren. Der kriegt keine einzige Minute mehr von mir."

„Es könnte Nick helfen, wenn du ihm das sagst."

„Da hast du wohl recht. Und das werde ich auch tun, sobald ich ihn gefunden habe."

„Falls du Hilfe bei der Suche brauchst, weißt du ja, wo du mich findest. Ansonsten sehen wir uns in einigen Stunden."

Auf dem Weg zu Lightfeather dachte sie über Freddies Worte nach. Sie wünschte, sie wüsste, wo Nick sich aufhielt. Dann würde sie gleich im Anschluss an das Gespräch mit dem Senator zu ihm fahren. Hoffentlich war er bis dahin zu Hause.

Sams Handy klingelte, und in der Hoffnung, dass Nick es war, drückte sie die Mithörtaste. „Holland."

„Sam, hier ist Shelby Faircloth. Passt es gerade nicht?"

„Tinker Bell", begrüßte Sam sie, „in meiner Welt passt es nie so richtig. Deshalb brauche ich Sie ja auch."

Shelbys mädchenhaftes Kichern entlockte Sam ein Lächeln. „Stets zu Diensten. Ich habe heute einen Anruf von Vera Wang erhalten."

„*Die* Vera Wang?"

„Genau die. Sie hat Fotos von Ihnen gesehen, auf denen Sie bei einem Besuch im Weißen Haus eines ihrer Kleider getragen haben. Deshalb lässt sie fragen, ob sie ein Kleid für Sie entwerfen darf."

Jetzt musste Sam ein mädchenhaftes Kichern unterdrücken. „Vera Wang – *die* Vera Wang – will etwas für *mich* entwerfen?"

„Sie haben richtig verstanden. Ich dachte mir, dass Sie einverstanden sein würden, deshalb schickt sie Ihnen per Nachtexpress ein paar Vorschläge. Könnte ich die morgen nach der Arbeit vorbeibringen?"

„Sicher, nur stecke ich mitten in einer Mordermittlung. Ich kann Ihnen also nicht versprechen, dass ich zu einer bestimmten Zeit da bin."

„Das macht nichts. Ich werde mit einer Anprobe für Ihre

Schwestern beginnen und dann zu Ihnen kommen, sobald Sie sich losmachen können. Wäre halb acht in Ordnung?"

„Ich werde dafür sorgen, dass die zwei da sind, und dann so schnell wie möglich nachkommen."

„Vielleicht sollten Sie außerdem dafür sorgen, dass der Bräutigam andere Pläne hat."

„Oh, ja, gute Idee."

„Bis dann."

Nachdem Sam einen höchst unpolizeilichen Jubelschrei ausgestoßen hatte, rief sie ihre Schwestern an, um ihnen die Neuigkeit mitzuteilen. Angela und Tracy erklärten sich bereit, nachdem sie ebenfalls Jubelschreie ausgestoßen hatten, sich mit Shelby in Nicks Haus zu treffen. Tracy versprach, ihre Töchter Brooke und Abby mitzubringen, die Sams Junior-Brautjungfern sein würden. Sam konnte es kaum erwarten, Nick zu erzählen, dass sie tatsächlich während eines langen Arbeitstages einige Hochzeitsangelegenheiten organisiert hatte.

Im siebten Stock des Hotels traf Sam auf dieselben zwei Polizisten, die Lightfeathers Tür bewachten. „Irgendetwas Besonderes?", erkundigte sie sich.

„Die haben sich gestritten", berichtete der eine.

„Ging den ganzen Tag so", ergänzte der andere. „Was meinen Sie, wie lange müssen wir noch hier bleiben?"

„Hoffentlich nicht mehr lange." Sam klopfte an die Tür.

„Gott sei Dank", murmelten die beiden Polizisten.

Annette Lightfeather machte auf und verzog das Gesicht, als sie Sam sah, die ihre Polizeimarke hochhielt. „Was ist denn jetzt schon wieder?"

„Dürfte ich bitte mit Ihrem Mann sprechen?"

Annette trat zur Seite, um Sam hereinzulassen. Auf dem Boden stand ein Koffer.

„Wollen Sie weg?“, fragte Sam.

„Nach Hause zu meinen Kindern.“

„Lieutenant“, begrüßte Henry sie. „Was kann ich für Sie tun?“

Er wirkte, als hätte er seit Tagen nicht mehr geschlafen. Er trug ein Poloshirt und eine zerknitterte Kakihose. Seine Augen waren gerötet, und das Rasieren schien er aufgegeben zu haben.

Während Sam auf ihn zuging, hörte sie Annettes Koffer über die Fliesen rollen. Die Zimmertür wurde geöffnet, dann schnappte das Schloss hinter Annette leise zu.

„Tja“, meinte Henry. „Ich schätze, das war’s.“

„Sir?“

„Sie will die Scheidung.“

„Das tut mir leid.“

„Kein Job, keine Frau und wahrscheinlich auch keine Kinder, da sie geschworen hat, um das Sorgerecht zu kämpfen. Und das Beste ist, dass ich nur mir selbst die Schuld an allem geben kann.“

Da Sam nicht wusste, was sie dazu sagen sollte, setzte sie sich in denselben Sessel wie bei ihrem letzten Besuch. „Ich fürchte, ich habe ein paar Neuigkeiten, die Ihre Stimmung nicht gerade verbessern werden.“ Er schien sich innerlich auf weitere Katastrophen einzustellen. „Regina gehörte zu einem Callgirl-Ring.“

Seine Kinnlade klappte herunter, dann machte er den Mund wieder zu. „Das kann nicht wahr sein.“

Sam hatte gelernt, in solchen Momenten zu schweigen. Die Leute mussten zu ihren eigenen Schlüssen kommen und die Zeit dafür haben, die sie benötigten. Es ein zweites Mal zu sagen, würde die Sache nicht besser machen.

„Sind Sie sicher?“, fragte er schließlich.

„Ja.“

Henry stand auf und ging zum Fenster. Er hatte die Hände in den Taschen und ließ die Schultern hängen. „Wissen Sie, was mich in dieser ganzen Woche, in der mein Leben den Bach runterging, aufrecht gehalten hat?“ Er drehte sich zu Sam um. „Das Wissen, dass sie mich geliebt hat. *Geliebt.*“

„Sie brauchte das Geld. Das bedeutet nicht, dass sie Sie nicht geliebt hat.“

Er nahm ein Glas und rollte es zwischen den Händen. Plötzlich holte er aus und schleuderte es quer durch den Raum. Es zersplitterte, als es gegen die Wand prallte. Sam fragte sich, ob Nick ebenso wütend ausgesehen hatte, als er sein Handy quer durch sein Büro geworfen hatte.

„Ich habe *alles* für sie aufgegeben, und sie vögelte mit anderen Männern, während sie mich vögelte?“

Sam verkniff sich eine Antwort und gab ihm die Gelegenheit, diesen nächsten Schlag zu verdauen.

Ihm kam ein weiterer Gedanke. „Das Baby …“

„War von Ihnen. Das hat die DNA-Analyse bestätigt.“

Nachdem er einen Punkt an der Wand fixiert hatte, richtete er den Blick nun auf sie. „Warum erzählen Sie mir das alles?“

„Ich glaube, es gibt einen hochkarätigen Callgirl-Ring in der Stadt. Jeder weiß davon, nur die Polizei nicht.“

Er kehrte zum Sofa zurück und setzte sich. „Ich weiß auch nichts davon.“

„Ihnen sind nie Gerüchte zu Ohren gekommen? Andeutungen? Gerede? Irgendetwas?“

„Ich bin im Regierungsviertel als Familienmensch bekannt – zumindest war ich das. Da redete man in meiner Gegenwart wohl kaum über Nutten.“

„Wir glauben, dass Regina, Maria und deren Kollegin Selina Rameriz von einem Ihrer Kollegen für diese Organisation angeworben wurden.“

Lightfeather wirkte perplex. „Sie meinen, von einem meiner Senatoren-Kollegen?"

Sam nickte. „Jemand, dessen Büro sich im Hart Building befindet. Alle drei Frauen haben dort gearbeitet."

„Viele Leute arbeiten im Hart Building. Manche aus dem Stab eines Senior Senators üben hinter den Kulissen ebenso viel Macht aus wie die Senatoren selbst."

„Wir werden jeden überprüfen, der in dem Gebäude tätig ist. Aber ich verwette meine Polizeimarke darauf, dass es niemand aus einem Mitarbeiterstab ist. Alles, was Sie mir erzählen, könnte uns bei der Suche nach Reginas Mörder weiterhelfen."

„Nachdem ich gerade erfahren habe, dass sie durch die Betten gesprungen ist, soll es mich noch interessieren, wer sie umgebracht hat?"

„Je eher wir den Killer finden, umso eher dürfen Sie dieses Hotelzimmer verlassen. Dann können Sie versuchen, Ihr Leben wieder in Ordnung zu bringen."

Lightfeather fuhr sich durchs Haar. „Reden Sie mit Bob Cook", sagte er und meinte damit den Senior Senator aus Virginia. „Im Regierungsviertel geschieht nichts, wovon er nichts erfährt."

„Was ist mit Trent?", wollte Sam wissen.

„Abgesehen von dem Autounfall in seiner Jugend ist der absolut sauber. Zumindest, soweit ich informiert bin." Er lachte kurz auf. „Bis vor einer Woche hätten die Leute über mich noch das Gleiche behauptet."

Sam stand auf. „Danke für Ihre Offenheit, Senator."

„Ich bin kein Senator mehr."

„Ich bin Ihnen trotzdem dankbar für Ihre Offenheit. Melden Sie sich, falls Ihnen noch etwas einfällt, was uns bei unseren Ermittlungen weiterhelfen könnte."

26. Kapitel

Freddie rief an, als Sam auf dem Heimweg war. „Tillinghasts Frau weigert sich, in Schutzhaft genommen zu werden."

„Ach du Schande. Die Marshals sollen mich anrufen, damit ich mit ihr reden kann."

„Geht klar."

Sam klappte ihr Handy zu und wartete auf den Rückruf. Als der kam, meinte sie gleich: „Geben Sie sie mir."

„Hier ist sie, Lieutenant."

„Ich weiß, was Sie sagen werden, aber …"

„Halten Sie den Mund und hören Sie mir zu", fuhr Sam sie in bester Cop-Manier an. „Der Mann, vor dem wir Sie und Ihre Töchter beschützen, hat zwei Frauen brutal vergewaltigt und ermordet, und er hat eine meiner Kolleginnen vergewaltigt. Ich will, dass Sie jetzt Ihre Sachen packen und zusammen mit den Marshals in den verdammten Wagen steigen. Habe ich mich klar genug ausgedrückt?"

„Ja." Die Frau am anderen Ende der Leitung klang schon ein wenig kleinlauter. „Na gut. Was ist mit meinem nichtsnutzigen Mann?"

„Der ist im Gefängnis wahrscheinlich sicherer als bei Ihnen."

„Keine Frage."

„Kooperieren Sie mit den Marshals, damit wir Sie und Ihre Mädchen in Sicherheit bringen können. Kein Gezicke mehr."

„Und wie lange?"

„So lange, wie es eben nötig ist. Und verraten Sie niemandem, wohin Sie fahren."

„Überall ist es besser als hier. Draußen verstopfen die TV-Übertragungswagen die Straße."

„Dann machen Sie, dass Sie von dort wegkommen."

Als Sam kurze Zeit später in der Ninth Street parkte, war sie sofort besorgt, weil das Haus immer noch dunkel und Nicks Auto weit und breit nicht zu sehen war. „Wo steckt er bloß?" Für einen kurzen schrecklichen Moment malte sie sich aus, wie der kranke Irre, den sie jagte, ihn geschnappt hatte, um an sie heranzukommen. „Nein", flüsterte sie und weigerte sich schlicht, diese Möglichkeit in Betracht zu ziehen. Er war irgendwo mit seinen Freunden unterwegs, und weil er wusste, dass sie mit dem Fall schwer beschäftigt war, hatte er es nicht eilig, nach Hause zu kommen.

Da ihr noch neunzig Minuten blieben, bis sie Freddie und die anderen im Ambassador traf, nahm sie ihr Funkgerät und ging hinein. Sie hoffte, dass Nick vielleicht noch auftauchte, bevor sie wieder losmusste. In der Küche überlegte sie, ob sie sich etwas zu essen machen sollte, doch beim Gedanken ans Essen drehte sich ihr der Magen um. Sam lief ins Wohnzimmer. Die Vorstellung, Nick könnte etwas Unvorhergesehenes zugestoßen sein, ließ sie einfach nicht los. „Vielleicht sollte ich mich auf die Suche nach ihm machen", sagte sie zu sich selbst. Aber wo mit der Suche beginnen? Sie wusste ja nicht einmal, in welchem Fitnessstudio er trainierte.

Gerade als sie Freddie anrufen wollte, um ihn zu fragen, ob er fand, sie sollten nach Nick suchen, klingelte es an der Tür. Sam lief hin, machte auf und sah zu ihrer grenzenlosen Erleichterung Nick und seinen Freund, den Arzt Harry. Nach der gründlichen Untersuchung durch Harry vor Kurzem war Sam ein wenig befangen und konnte ihm kaum in die Augen sehen.

„Ich glaube, das hier gehört Ihnen", meinte Harry, dessen

sündhaft attraktives Gesicht noch anziehender wurde, sobald er lächelte.

Nick trat ins Licht, und Sam erschrak, als sie das Veilchen unter seinem rechten Auge bemerkte. „Was ist passiert? Bist du etwa in eine Schlägerei geraten?“ Sie war so froh, ihn zu sehen, dass es ihr egal war, ob er sich geprügelt hatte.

„So etwas Dramatisches war es nicht, Liebes“, erwiderte er etwas schleppend. „Ein Ellbogen auf dem Basketballfeld.“

Sam ließ die beiden herein, und Harry führte Nick zum Sofa. Sobald Nick darauf Platz genommen hatte, lehnte er sich zurück und schloss die Augen. Sein weißes Hemd war schmutzig, seine Krawatte locker und schief. Sam hatte ihn nie auch nur beschwipst erlebt, deshalb war sie sehr erstaunt, ihn jetzt betrunken und zerzaust vor sich zu haben.

„Ich bin erst nach der Happy Hour zu ihnen gestoßen“, erklärte Harry leise. „Deshalb habe ich es nicht mehr geschafft, mich genauso zu betrinken.“

„Hat irgendwer ihn in diesem Zustand gesehen?“ Sam fragte sich, wie die Medien das aufgreifen würden, nachdem er heute schon vor laufender Kamera die Beherrschung verloren hatte.

„Nur seine engsten Freunde. Wir passen auf uns auf, Lieutenant.“

Da Nick zu schlafen schien, sagte Sam: „Er hat harte Tage hinter sich.“

„Er erwähnte, dass er gestern seine Mutter besucht hat, doch das hatten wir uns bereits gedacht, weil er sich nur nach solchen Begegnungen betrinkt.“

„Das ist also schon mal vorgekommen?“

„Einige Male in den vergangenen Jahren. Nach ihrer letzten Hochzeit war er eine Woche lang betrunken. Später fanden wir heraus, dass sie ihn nicht als ihren Sohn vorstellen wollte, weil sie ihren neuen Mann über ihr Alter belogen hatte. Sie wissen vermutlich, dass dieses jüngste Treffen ihn fünfundzwanzig Riesen gekostet hat. Nachdem sie jetzt weiß, dass er Geld hat, wird sie sicher noch mehr haben wollen."

„Was für ein Miststück." Sam hatte damit gerechnet, dass Nick seiner Mutter Geld gegeben hatte, aber nicht so viel. „Mit der möchte ich mal zwei Minuten allein sein, um ihr die Meinung zu geigen."

„Sie und jeder andere, der ihn gernhat. Vor Jahren hat er mir mal in einem schwachen Moment erzählt, dass er bereits beim Duft ihres Parfums zusammenbricht. Ich glaube, es war Chanel No. 5 oder irgendein billiges Imitat. Jedes Mal, wenn er es riecht, wirft es ihn aus der Bahn. Er meinte, als Kind konnte er sie nach einem Besuch noch tagelang riechen, bis seine Großmutter ihn zwang, ein Bad zu nehmen."

Sam fühlte mit dem kleinen Jungen, der sich nach der Liebe und Aufmerksamkeit der Mutter gesehnt und beides nie bekommen hatte. „Wird er danach klarkommen?"

„Normalerweise braucht er eine oder zwei Wochen, um darüber hinwegzukommen. Da jedoch auch noch Ihr Exmann aus der Haft entlassen werden soll, könnte es diesmal länger dauern. Das nimmt ihn nämlich ebenfalls ziemlich mit."

Während sie Nicks Freund zuhörte, wurde ihr klar, dass sie nach wie vor viel über den Mann, den sie liebte, zu lernen hatte. „Danke, dass Sie ihn nach Hause gebracht haben, Harry."

„Kein Problem." Er ging zur Tür. „Zwischen uns ist längst eine kleine Unterhaltung angebracht."

„Ach ja?"

„Stellen Sie sich nicht dumm, Lieutenant."

Sam grinste und dachte daran, wie sehr sie seinen Humor bei ihrer ersten Begegnung – auf dem Untersuchungstisch – gemocht hatte.

„Wie geht's denn mit dem Cola-Entzug?", erkundigte er sich.

„Bin mächtig gereizt, aber dem Magen geht es besser."

„Ist ja ein Ding! Tja, vielleicht waren die drei Liter Cola light am Tag tatsächlich der Grund für die Magenschmerzen. Könnte doch sein, was?"

„Lernt man diesen Sarkasmus im Medizinstudium?"

„Der ist angeboren. Was ist mit der anderen Sache, die ich erwähnt habe?"

Sams Lächeln erstarb, und ihr Herz klopfte.

„Drüber nachgedacht?"

Sie warf ihm einen vernichtenden Blick zu. „Was glauben Sie wohl?"

„Und?"

„Ich bin … überfällig." Sie war bisher nicht einmal imstande gewesen, über diese Möglichkeit, die sie in ihrem Unterbewusstsein beschäftigte, nachzudenken. Geschweige denn, es laut auszusprechen.

Harry musterte sie ernst, was ihn von einem Moment zum anderen wieder in den seriösen Arzt verwandelte. „Definieren Sie ‚überfällig'."

„Eine Woche, vielleicht zwei. Ich kontrolliere das nicht genau, weil meine Periode unberechenbar ist. Aber ich müsste wohl längst dran sein." Sie räusperte sich. „Inzwischen."

„Ich habe Ihnen gesagt, dass es möglich wäre, wenn alle Organe …"

Sie fasste ihn am Arm. „Ich kann nicht schwanger sein, Harry. Das geht einfach nicht."

Lachend drückte er sie sanft in einen Sessel und ging vor ihr in die Hocke. „Natürlich können Sie das."

Sam schüttelte den Kopf. „Ich kann das nicht noch einmal durchmachen. Ich kann kein weiteres Baby verlieren." Lieber wollte sie in den Lauf einer geladenen Schusswaffe blicken, als wieder durch diese Hölle zu gehen.

„Passen Sie mal auf: Morgen habe ich frei, also kommen Sie Montag in meine Praxis. Dann machen wir einen Test und vergewissern uns. Okay?"

„Nein, es ist nicht okay." Kein anderes Thema weckte derart viele und heftige Emotionen in ihr, gegen die sie völlig machtlos war.

Er nahm ihre Hände in seine und drückte sie. „Es wird alles gut, das verspreche ich. Sollten Sie ..." Klugerweise vermied er das Wort „schwanger" in diesem Moment. „Eine Freundin von mir ist eine ausgezeichnete Gynäkologin und Geburtshelferin. An die werde ich Sie überweisen." Mit einem schiefen Lächeln fügte er hinzu: „Um ehrlich zu sein, wir sind seit einer Weile zusammen, nur habe ich das den Jungs noch nicht gebeichtet. Behalten Sie mein Geheimnis für sich?"

„Wenn Sie meines nicht verraten. Zumindest, bis wir Gewissheit haben ... Nick ist mit seiner Mutter und allem anderen schon genug belastet."

„Meine Lippen sind versiegelt. Zeigen Sie mir mal Ihr Handy."

„Wozu?"

„Nun geben Sie schon her."

Verwirrt zog sie es aus der Tasche, legte es in seine ausgestreckte Hand und schaute zu, wie er seine Telefonnummer in ihr Adressbuch eingab. „Sollte irgendetwas sein, rufen Sie mich an. Tag und Nacht."

„Das ist nett von Ihnen. Danke."

Er stand auf und half ihr aus dem Sessel. Dann umarmte er sie kurz und gab ihr einen Kuss auf die Wange. „Passen Sie gut auf meinen Kumpel auf", meinte er mit Blick auf Nick.

„Das werde ich."

„Und machen Sie sich keine Sorgen. Es wird alles gut."

„Ich hoffe, Sie haben recht."

Er ließ sein charmantes Grübchen-Lächeln aufblitzen, das ihn so hinreißend wirken ließ. „Ich hatte recht mit der Cola, oder?"

„O Mann. Das werde ich mir ewig anhören müssen, was?"

„Vermutlich. Schlafen Sie gut."

Nachdem sie Harry hinausbegleitet hatte, betrachtete sie ihren schlafenden Verlobten. Die Vorstellung, dass er sich betrank, weil er Kummer hatte, schockierte sie. Der Nick, den sie kannte, hatte gern alles unter Kontrolle. Wenn seine Mutter, die Versagerin, auf der Bildfläche erschien, änderte sich das jedoch offenbar. Sam durfte ihn jetzt nicht zusätzlich belasten, indem sie ihm anvertraute, dass sie möglicherweise schwanger war – und „möglicherweise" war hier das entscheidende Wort. Sie lehnte sich mit dem Rücken gegen die geschlossene Haustür und rief Freddie an.

„Was ist los, Boss?"

„Mir ist was dazwischengekommen, ich kann heute Abend nicht dort sein. Kriegt ihr das allein hin? Ihr kennt ja die Prozedur: Verhaftet das Mädchen wegen Anstiftung und Prostitution. Bietet ihr einen Deal an, wenn sie ihr Wissen über die Organisation preisgibt. Informiert Malone." Das hätte sie selbst machen müssen, doch sie hatte es bislang nicht geschafft.

„Wir kommen klar. Ich habe soeben von Archie erfahren, dass die Fangschaltung erfolglos war. Die Signale waren alle blockiert."

„Verdammter Mist. Eine weitere Sackgasse."

„Der Ansagetext kam von einem Wegwerfhandy, wie wir vermutet haben. Wir versuchen es zurückzuverfolgen."

„Damit kommen wir auch nicht weiter."

„Ich weiß. Ist alles in Ordnung? Hast du Nick gefunden?"

„Ja, habe ich, aber ich kann ihn im Augenblick unmöglich allein lassen." Sie zweifelte nicht daran, dass er sie im umgekehrten Fall ebenfalls nicht sich selbst überlassen würde. Nichts, auch nicht der ihr alles abverlangende Job, war wichtiger als er. Und wenn es je eine Zeit gegeben hatte, es zu beweisen, dann jetzt. „Ich erzähle dir morgen davon. Ruf mich an, sobald alles gelaufen ist, ja?“

„Das werde ich.“

„Sorgt für Rückendeckung und seid vorsichtig.“

„Machen wir.“

Sam beendete das Gespräch, steckte das Telefon ein und schickte ihre beiden Bewacher nach Hause. Dann setzte sie sich zu Nick.

„Wie spät ist es?“, murmelte Nick.

Sam stellte ihren Laptop zur Seite. „Fast neun.“

„Wie bin ich hierhergekommen?“

„Du erinnerst dich nicht? Harry hat dich nach Hause gebracht.“

„Oh, ach ja, stimmt.“ Er rieb sich das Gesicht und zuckte zusammen, als er das Veilchen berührte. „Andys Ellbogen. Wusstest du, dass er Gonzo mit dem Baby geholfen hat?“

„Ich habe davon gehört.“

„Tut mir leid, dass du mich so sehen musstest. Wird nicht wieder vorkommen.“

Sam streichelte seine Wange. „Du brauchst dich nicht zu entschuldigen. Du musstest eben Dampf ablassen, und ich bin froh, dass du deine Freunde dabeihattest.“

„Tja, im Fernsehen habe ich vorher auch schon Dampf abgelassen.“

„Das ist mir ebenfalls zu Ohren gekommen.“

„Bist du sauer?“

„Nein. Ich hatte nie jemanden, der mich vor Peter in Schutz nimmt. Früher musste ich mit ihm und seinen Spielchen allein fertigwerden. Also ist es mal eine angenehme Abwechslung, jemanden auf meiner Seite zu haben."

Er nahm ihre Hand und führte sie an seine Lippen. „Ich werde immer auf deiner Seite sein, Liebes. Du musst mit gar nichts mehr allein fertigwerden."

„Du auch nicht." Sie legte den Kopf an seine Schulter.

„Es haut mich jedes Mal um, sie zu treffen. Immer schon. Man sollte meinen, nach all den Jahren sei man besser gewappnet, doch ich habe bis heute nicht herausgefunden, wie das funktioniert."

„Ich wünschte, ich könnte irgendetwas für dich tun."

„Du tust schon etwas für mich, indem du bei mir bist. Ich möchte duschen. Ich rieche bestimmt wie das Innere einer Whiskyflasche."

„Ich könnte auch eine Dusche gebrauchen. Komm, gehen wir zusammen."

Gemeinsam gingen sie die Treppe hinauf. Im Badezimmer half sie ihm aus seiner Kleidung und in die Dusche, dann folgte sie ihm. Er zog sie fest an sich, während das warme Wasser auf sie herabprasselte.

„Das hilft bereits sehr gegen das, was mich plagt", sagte er und gab einen Seufzer von sich, der ein bisschen nach Zufriedenheit klang.

„Gut." Sam schloss die Augen und hielt ihn eng umschlungen. Sie war froh darüber, dass sie sich entschlossen hatte, bei ihm zu Hause zu bleiben, statt wieder zur Arbeit zu fahren. Nach einer Weile nahm sie seine Shampooflasche und wusch ihm die Haare. Als sie damit fertig war, revanchierte er sich.

Er goss flüssige Seife in seine Hände und ließ seine Finger andächtig über Sams Körper gleiten.

Sam beobachtete ihn dabei und fragte sich, was er dachte.

„Ich habe ihr fünfundzwanzigtausend gegeben", gestand er.

„Harry hat es mir erzählt."

Er sah sie mit einem gequälten Ausdruck in den Augen an. „Bist du entsetzt?"

Sam strich ihm die nassen Haare aus der Stirn. „Natürlich nicht. Du hast getan, was du für nötig gehalten hast."

„Wenn das weg ist, wird sie wahrscheinlich mehr wollen."

„Ja, vermutlich." Sam stellte das Wasser ab und griff nach den Handtüchern. „Doch nächstes Mal werden wir auf sie vorbereitet sein."

Die Andeutung eines Lächelns huschte über sein Gesicht. „Werden wir?"

„Nächstes Mal wird sie sich mit mir auseinandersetzen müssen", erklärte sie und küsste ihn.

Er lachte in sich hinein. „Da tut sie mir fast leid."

Sam wickelte erst ihm und dann sich selbst ein Handtuch um die Hüften. „Spar dir dein Mitleid für sie. Die hat es nicht verdient, dass du einen Gedanken an sie verschwendest. Peter übrigens genauso wenig."

„Das ist was anderes."

„Nein, im Grunde nicht. Wir dürfen diesen Menschen keine Macht über uns geben. Denn sobald wir das tun, haben sie gewonnen."

„Dann soll ich mir etwa keine Sorgen darüber machen, was er dir antun könnte, wenn er aus dem Gefängnis heraus ist?"

„Wir werden jede nur denkbare Vorsichtsmaßnahme treffen. Doch es besteht überhaupt kein Grund dafür, ihm die Befriedigung zu verschaffen, dass wir uns mit ihm befassen."

„Wenn das deine Einstellung ist, bist du bestimmt sauer wegen dem, was ich heute getan habe."

„Ich bin eher besorgt darüber, welche politischen Folgen das für dich haben könnte. Aber sauer bin ich deswegen nicht. Von jetzt an sollten wir allerdings aufhören, ihm diesen Gefallen zu tun, und uns nicht mehr mit ihm beschäftigen."

„Wird ihn das nicht wütend machen?"

„Der ist längst wütend. Was wir tun oder nicht tun, wird daran nichts ändern. Denk dran, es ist uns egal."

„Mir ist es jedenfalls nicht egal, wenn er meiner Frau etwas antun will. Ganz bestimmt nicht."

Sie legte die Hände auf seine Brust. „Die kann sehr gut auf sich selbst aufpassen. Vergiss das lieber nicht."

Er schloss sie in seine Arme. „Das mag sein, doch selbst sie hat nicht damit gerechnet, dass er Bomben an unseren Autos befestigt."

„Heute weiß sie es besser, und sie wird auf die erstbeste Chance lauern, ihn wieder hinter Gitter zu bringen. Nur wird sie ihn das nicht wissen lassen."

„Bist du dir sicher, dass das die vernünftigste Methode ist, mit der Sache umzugehen?"

„Viel Lärm zu machen, hat uns nirgendwohin gebracht, oder? Damit sind wir nicht weitergekommen, die lassen ihn trotzdem frei."

„Also halten wir ab jetzt einfach den Mund und lassen es geschehen?"

„Uns bleibt ja keine andere Wahl. Wie wäre es, wenn unser Glück unsere Rache ist? Schließlich will er das, was er nie mehr haben kann. Früher oder später wird er das begreifen."

„Ich habe dennoch Angst davor, dass er versuchen wird, dir etwas anzutun."

„Und ich habe Angst davor, dass er versuchen wird, *dir* etwas anzutun. In seiner Gedankenwelt bist du das einzige Hindernis zwischen ihm und seinem Ziel. Er hat vergessen, dass wir schon ein Jahr geschieden waren, bevor wir beide wieder zusammengekommen sind. Für ihn bist du die Wurzel allen Übels, und daher musst du mindestens genauso auf der Hut sein wie ich."

„Hoffentlich hat ihn sein Gefängnisaufenthalt zur Vernunft gebracht, und er lässt uns in Zukunft in Ruhe."

„Ja, hoffentlich."

„Du glaubst nicht daran, oder?"

„Wer weiß? Wir werden es wohl früh genug herausfinden." Sie sah ihm in die Augen. „Können wir bitte das Thema wechseln?"

„Absolut."

Sam folgte ihm ins Schlafzimmer und berichtete von Shelbys Anruf und dem Termin am nächsten Abend. „Du musst allerdings verschwinden, damit du das Kleid nicht siehst."

„Ich hätte nie gedacht, dass du abergläubisch bist", bemerkte er.

„Bin ich normalerweise auch nicht. Aber ich habe bereits eine gescheiterte Ehe hinter mir. Und bei dieser lasse ich es lieber nicht darauf ankommen."

Er setzte sich aufs Bett und streckte die Hand nach ihr aus. „Diese Ehe wird nicht die geringste Ähnlichkeit mit der ersten haben."

Sie nahm seine Hand und setzte sich neben ihn. „Nein, wird sie nicht. Trotzdem bekommst du das Kleid nicht vor dem sechsundzwanzigsten März zu sehen." Sie gab ihm einen Kuss. „Netter Versuch."

Er legte den Arm um sie und zog sie für einen weiteren Kuss an sich. „Hast du es geschafft, etwas zu essen?"

„War nicht hungrig. Und du?"

„Ich hab mit den Jungs Pizza gegessen." Er küsste ihren Hals, knabberte an ihrem Ohrläppchen und zupfte an ihrem Handtuch. „Wollen wir ins Bett?"

„Bald. Ich warte noch auf eine Nachricht von Freddie. Heute Abend findet ein Einsatz statt."

Nick schaute sie an. „Solltest du nicht dabei sein?"

Sie zuckte mit den Schultern. „Ich habe es den Kollegen überlassen."

„Samantha …"

„Was? Es ist keine große Sache. Ich zog es vor, hier bei dir zu bleiben."

Seine Miene entspannte sich, und er stahl sich noch einen Kuss. „Danke."

„Du hättest dasselbe für mich getan."

Er drückte sie und meinte: „Ich liebe dich. Ich glaube, das habe ich dir heute noch nicht gesagt."

„In der Hinsicht solltest du bloß nicht nachlässig werden, bevor wir überhaupt verheiratet sind", warnte sie ihn herausfordernd grinsend.

„Keine Chance", erwiderte er und gab ihr einen Kuss, der jeden anderen Gedanken aus ihrem Kopf vertrieb.

Dass Sam zu Hause geblieben war, um sich um ihn zu kümmern, löste starke Emotionen in Nick aus. Niemand hatte ihn je so geliebt wie sie, und diese Liebe half sehr, den Schmerz zu lindern, den er mit sich herumschleppte, seit er denken konnte.

Er wünschte, er könnte ihr sagen, was sie ihm bedeutete. Wahrscheinlich würde es ihm nie gelingen, die richtigen Worte dafür zu finden.

Er umfasste eine ihrer Brüste und reizte die Brustwarze mit seiner Zunge und seinen Zähnen.

Sam sog scharf die Luft ein und schob ihn von sich.

„Was ist denn?", fragte er überrascht, da ihr das normalerweise gefiel.

„Nichts", antwortete sie, wirkte dabei jedoch beinah panisch.

Nick wurde stutzig. „Was ist los, Liebes? Was hast du?" Erschrocken bemerkte er, dass sie ein Schluchzen niederkämpfte. Es gab nur ein Thema, das diese mutige, furchtlose Polizistin jedes Mal aus dem seelischen Gleichgewicht brachte. „Samantha?"

Sie sah ihn mit diesen Augen an, die direkt in seine Seele blickten. „Es kann nicht sein", flüsterte sie, während ihr die Tränen über die Wangen liefen. „Es kann einfach nicht sein."

„Liebes, du machst mir Angst. Wovon redest du?"

Sie verschränkte die Arme vor der Brust. „Die einzige Zeit, in der sie derart empfindlich waren …"

Plötzlich begriff er, und es war, als wiche sämtliche Luft auf einmal aus seinen Lungen. „Sam …"

„Ich weiß es nicht! Sieh mich nicht so an! Die haben mir gesagt, es geht nicht …" Sie schluchzte. „Die haben gesagt, ich kann keine mehr haben. Das haben sie mir gesagt. Und ich habe ihnen geglaubt!"

Überwältigt von Freude und Aufregung und Furcht, schloss Nick sie in die Arme. „Wie lange weißt du es schon?", fragte er nach einigen Minuten der Stille.

„Ich weiß es ja gar nicht. Jedenfalls nicht sicher. Mir sind nur ein paar … Anzeichen aufgefallen. Und gerade eben, als du das gemacht hast …"

„Das hier?" Er küsste ihren Hals, bewegte sich langsam abwärts, umspielte die Brustwarze mit der Zunge und saugte fest daran.

Sam schrie auf und krallte die Finger in seine Haare. „Nick …"

„Hm?"

„Ich kann's nicht. Ich kann das nicht."

„O Liebes, natürlich kannst du. Da habe ich keine Zweifel." Er küsste einen Pfad von ihren überempfindlichen Brüsten hinunter zu ihrem Bauch. Allein die Vorstellung, dass sie sein Kind unter dem Herzen tragen könnte, rührte ihn beinah zu Tränen.

„Neun Monate Angst halte ich nicht aus. Wie soll ich denn arbeiten oder überhaupt etwas anderes machen, als Angst zu haben?"

Er legte das Gesicht auf ihren Bauch und schlang die Arme um sie. Dann hob er den Kopf und sagte: „Du wirst ganz einfach das tun, was du immer tust, und alles Weitere auf dich zukommen lassen."

„Was ist, wenn ich …? Und dann … Was ist …?"

„Wenn das Schlimmste eintritt, werden wir beide damit fertigwerden müssen und es noch einmal probieren. Und wir hören erst auf, es zu versuchen, wenn wir es hinbekommen haben."

„Ich habe solche Angst. Ich habe einige Anzeichen bemerkt, doch ich habe es nicht über mich gebracht, diese Möglichkeit auch nur in Betracht zu ziehen. Die anderen Male … Meine Brüste sind bereits seit einer Weile so empfindlich, und das waren sie bisher bloß, als ich schwanger war. Es ist fast eine Bestätigung."

Er arbeitete sich küssend von ihrem Bauch bis zu ihren Lippen hinauf. „Du musst zu Harry."

„Montag." Sie umfasste sein Gesicht und zog ihn für einen sanften, zärtlichen Kuss zu sich herunter. Er war vollkommen machtlos und gehörte ganz ihr. Es gab nichts, was er nicht für sie tun würde, nichts, was er ihr nicht geben würde, nichts, was er nicht tun würde, um sie zu beschützen, auch wenn sie seinen Schutz gar nicht wollte. Und jetzt vielleicht auch noch ein Baby …

„Samantha", flüsterte er dicht an ihren Lippen, während er in sie eindrang. „Ich liebe dich so sehr."

„Ich dich auch." Sie schlang Arme und Beine um ihn, hielt ihn ganz fest und sah ihn an. In ihren Augen waren immer noch Tränen zu sehen, aber auch die Liebe zu ihm.

Ehe sie zu ihm zurückgekehrt war, hatte er nicht gewusst, was ihm gefehlt hatte. Jetzt gehörte sie so sehr zu ihm, dass er sich ein Leben ohne sie nicht mehr vorstellen konnte. Da er wusste, was ihr gefiel, wollte er das Tempo beschleunigen, doch er beherrschte sich, um ihr und dem Baby nicht wehzutun.

„Nick …"

„Was denn, Liebes?"

„Schneller."

„Wir müssen vorsichtig sein, für alle Fälle."

„Es ist in Ordnung." Sie ließ ihre Hände über seinen Rücken gleiten. „Wirklich."

Er fasste sie an den Hüften, damit sie stillhielt, und gab ihr, was sie wollte, indem er immer wieder und in schnellem Tempo tief in sie eintauchte. Sein Herz pochte vor Anstrengung und Emotionen, bis er glaubte, es würde ihm aus der Brust springen.

Als Sam aufschrie, krallte sie ihm die Fingernägel in den Rücken und brachte ihn damit zu einem geradezu nicht enden wollenden Höhepunkt, der ihn bis in die Tiefen seiner Seele erschütterte. Hinterher rang er nach Atem, während Sam ihn streichelte.

„Ich kann es nicht glauben, dass ich dich gekratzt habe", sagte sie lachend.

Er lag auf ihr, die Lippen an ihren Hals gepresst. „Das macht mir nichts aus."

„Wie gut, dass du zur Arbeit ein Hemd tragen musst."

„Denen habe ich ohnehin schon für eine Weile genug Gesprächsstoff geliefert."

Sam fuhr ihm durchs Haar, eine liebevolle Geste, die ihn stets aufs Neue berührte. Sie hatte ihm genau das gegeben, was er am meisten brauchte. Dabei hatte er selbst nicht einmal geahnt, dass er es brauchte. Sie hatte es einfach gewusst.

„Kannst du für mich etwas tun?“, fragte sie.

„Alles. Worum geht’s?“

„Ich muss mich voll auf diesen Fall konzentrieren, bis wir ihn gelöst haben. Können wir über das andere nicht danach reden? Wenn ich mich damit verrückt mache, wird das meine Konzentration beeinträchtigen. Inzwischen bin ich Expertin für Abschottung geworden, damit ich bei der Arbeit funktioniere.“

„Natürlich. Das verstehe ich.“

Sie stieß einen zufriedenen Seufzer aus. „Das tust du immer.“

Er küsste sie auf die Stirn. „Ich versuche es.“

Bon Jovi unterbrach diesen friedlichen Moment mit dem Song *Livin’ on a Prayer*.

„Ich muss rangehen“, erklärte Sam. „Wahrscheinlich ist es Freddie.“

Nick rollte zur Seite, nahm das Telefon vom Nachttisch und gab es ihr.

Während sie den Anruf entgegennahm, verschränkte sie ihre Finger mit seinen, um ihn wissen zu lassen, dass sie nach wie vor ganz bei ihm war.

Gerührt von dieser Geste, betrachtete er sie von der Seite.

„Wie ist es gelaufen?“, erkundigte sie sich.

Nick beobachtete, wie sie verarbeitete, was Freddie ihr berichtete.

„Was?“, fragte sie lachend. „Die haben nach deinen Vorlieben gefragt. Ich dachte, eine Domina würde dir gefallen. Habe ich mich da etwa geirrt?“

Nick musste ebenfalls lachen, als er sich Freddies Empörung vorstellte.

„Sie wollte absolut nichts über die Organisation preisgeben?" Sam lauschte. „Tja, lassen wir sie über Nacht im Gefängnis schmoren, schließlich haben wir sie immer noch wegen Anwerbung und Prostitution am Haken. Vielleicht ist sie morgen früh ein bisschen entgegenkommender. Gute Arbeit, danke."

„Will ich das alles wissen?", fragte Nick, nachdem sie das Gespräch beendet hatte.

„Hast du je etwas über einen hochkarätigen Callgirl-Ring in der Stadt gehört? Wir reden hier über die Beteiligung allerhöchster Kreise."

„Im Lauf der Jahre sind mir immer wieder Gerüchte zu Ohren gekommen, aber nichts Konkretes."

„Was für Gerüchte?"

„Nur, dass er existiert, sonst nichts."

Ein wenig verlegen erkundigte sie sich: „Warst du jemals in Versuchung, dir eine Frau zu bestellen?"

Er verzog das Gesicht. „Nein!"

Sam grinste über seine Empörung. „Nein, bestimmt nicht, das hattest du nicht nötig. Laut deinem Kumpel Harry hast du die Mädchen magisch angezogen."

Er verdrehte die Augen. „Was auch immer."

„Du sprichst nie über sie."

„Über wen? Meine Freunde?"

„Die Frauen."

„Welche Frauen denn? Du bist die Einzige, die mir je etwas bedeutet hat. Das weißt du."

„Demnach hast du also in den sechs Jahren zwischen unserer ersten Begegnung und dem Wiedersehen wie ein Mönch gelebt?"

„Absolut. Ich saß zu Hause und dachte an dich."

Sie stieß ihn in die Rippen. „Scherzkeks. Ich hatte wirklich gehofft, du kennst die Wahrheit über die Callgirls.“

„Tut mir ja leid, dich enttäuschen zu müssen. Andererseits kann ich nicht glauben, dass du der Meinung warst, ich wüsste darüber Bescheid. Ich sollte wohl beleidigt sein.“

„Hast du denn nie jemanden darüber reden hören? Ich dachte, Männer erzählen sich gern schmutzige Details.“

„Männer quatschen über viele Sachen, allerdings nicht über Huren. Und schon gar nicht in dieser Stadt, wo allein das Wort ‚Prostituierte‘ das Ende von Macht und Karriere bedeuten kann.“

„Ich werde mich morgen wohl oder übel mit Cook unterhalten müssen. Nach unserem letzten freundlichen Plausch hatte ich die Hoffnung, das vermeiden zu können.“

„Was hat Cook denn damit zu tun?“, wollte Nick wissen. Er hatte seine eigene Erfahrung mit dem Senior Senator aus Virginia gemacht.

„Tillinghast meint, wenn jemand etwas weiß, dann Cook. Nach seinen Angaben kriegt Cook alles mit, was im Regierungsviertel geschieht.“

Nick griff nach seinem Telefon.

Sam gähnte. „Wen rufst du an?“

„Jemanden, der noch besser als Cook über alles Bescheid weiß, was sich im Regierungsviertel tut.“

27. Kapitel

„Bist du sicher, dass es ihnen nichts ausmacht, wenn wir so spät noch aufkreuzen?“, erkundigte Sam sich, als sie sich dem Haus seiner Ersatzeltern Senator Graham O’Connor und dessen Frau Laine in Leesburg näherten.

„Da bin ich mir vollkommen sicher. Die zwei sind Nachteulen.“

„Dein Wagen ist jedenfalls deutlich angenehmer zu fahren als meiner“, meinte Sam über Nicks BMW, hinter dessen Steuer sie zum ersten Mal saß.

„Das hoffe ich mal.“

Sie zog ein Gesicht. „Du bist vielleicht ein Snob.“

„Nur bei Autos – und Prostituierten. Da gebe ich mich nur mit dem Besten zufrieden.“

„Sehr witzig.“

„Erklär mir noch mal schnell, was der Callgirl-Ring mit dem Fall zu tun hat.“

„Regina und Maria sowie eine weitere Frau namens Selina Rameriz von Capitol Cleaning Services haben für diesen Ring gearbeitet. Es könnten noch mehr gewesen sein, bis jetzt wissen wir mit Bestimmtheit aber bloß von diesen dreien.“

„Wow“, entgegnete Nick. „Ich kann mir Maria nicht als Callgirl vorstellen. Sie war so still und bescheiden.“

„Es ging allein ums Geld. Die Frauen haben jeden Dollar nach Hause geschickt.“ Sam bog in die Auffahrt der O’Connors. „Unserer Theorie nach wussten sie, dass sie nicht mehr viel Zeit hier hatten, weshalb sie auf jede erdenkliche Art Geld zusammenbekommen mussten, bevor man sie abschieben würde. In Selinas Fall brauchte sie das Geld für die Operation ihrer Mutter." Sams Telefon gab ein Piepen von sich, das eine ankommende Nachricht signalisierte. „Schaust du bitte mal für mich nach?" Sie reichte ihm das Handy.

„Warum lasst ihr Zeichnungen von Jack Bartholomew anfertigen?"

„Wer ist das?"

„Stabschef des Vizepräsidenten."

Sam stieß einen leisen Pfiff aus. „Als Tillinghast von höchsten Regierungskreisen sprach, war das anscheinend nicht übertrieben."

„Soll das etwa heißen, Bartholomew hat etwas mit dem Callgirl-Ring zu tun?"

„Er ist mindestens ein Kunde. Er hat Selina Rameriz angegriffen und vergewaltigt."

„Da habt ihr den Falschen, Sam. Auf keinen Fall hat der was damit zu schaffen."

„Glaubt man Selina, sieht die Sache anders aus. Sie hat den ganzen Nachmittag mit dem Computerspezialisten für Phantombilder zusammengearbeitet."

Perplex lehnte Nick sich zurück. „Ich kann es nicht glauben. Das könnte die gesamte Regierung erschüttern."

Sie hielt vor der Garage. Ihr Verstand arbeitete fieberhaft. „Wie gut kennst du Bartholomew?"

„Gar nicht gut, allerdings habe ich ihn öfter zu Gesicht bekommen, seit ich mein Amt angetreten habe. Der Vizepräsident führt die Bemühungen des Präsidenten um mehr Transparenz und Verantwortlichkeit an, und Bartholomew ist die Speerspitze des Vizepräsidenten. Er hat an einer Reihe von Sitzungen teilgenommen, bei denen ich in den letzten Wochen dabei gewesen bin."

„Wenn Selinas Aussage stimmt, ist er ein ziemlich kranker Mistkerl."

„Du meinst, er könnte diese Frauen umgebracht haben, um sie zum Schweigen zu bringen?"

„Er passt ins Profil. Wir gehen doch schon von Anfang an davon aus, dass es jemand sein muss, der glaubt, niemals gefasst zu werden. Er hat überall seine DNA hinterlassen. Wenn er es also ist, haben wir ihn."

„Was wirst du tun?"

Sie dachte einen Moment darüber nach, dann klappte sie ihr Handy auf und rief Freddie an. „Jack Bartholomew", sagte sie, „Goodings Stabschef."

„Wow. Woher weißt du das?"

„Nick hat ihn anhand des Phantombildes erkannt. Überprüfe ihn und besorg mir seine Adresse."

„Wir werden zu ihm fahren und ihn dort befragen?"

„Wir werden zu ihm fahren und ihn dort verhaften."

„Verdammt", bemerkte Nick.

Manchmal liebte Sam ihren Job wirklich. „Mir ist egal, wer er ist. Wenn er in meiner Stadt einen Prostituiertenring führt und Frauen tötet, um sich ihr Schweigen zu sichern, verhafte ich ihn."

„Ganz deiner Meinung, Boss."

„Setz heute Nacht jemanden auf Bartholomew an, bis wir die Genehmigungen für die DNA-Probe und seine Telefondaten haben. Ich will nicht, dass er in der Zwischenzeit jemanden umbringt. Wir treffen uns um halb sieben im Hauptquartier, dann schauen wir gemeinsam da vorbei."

„Verstanden."

„Arbeitet Selina immer noch mit Jackson zusammen, um einige der anderen Kunden zu identifizieren?"

„Er probiert es noch eine Stunde lang, aber allmählich geht

ihnen die Puste aus. Ich habe einen Unterschlupf für sie vorbereiten lassen. Dorthin kann sie, sobald die beiden fertig sind."

„Fahr danach nach Hause. Morgen haben wir einen weiteren langen Tag vor uns, und du musst dich außerdem auf einen sehr wichtigen Abend vorbereiten."

„Danke, dass du mich daran erinnerst", murmelte Freddie.

„Bis morgen." Zu Nick sagte sie: „Mal sehen, was dein Freund Graham weiß."

Graham und Laine führten Sam und Nick ins Wohnzimmer ihres komfortablen Farmhauses, das ein Kaminfeuer in ein gemütliches bernsteinfarbenes Licht tauchte.

Sam war erstaunt, Terry O'Connor zu sehen, der sogleich vom Sofa aufsprang. „Senator", begrüßte er Nick. Beinah widerstrebend fügte er hinzu: „Lieutenant."

Die beiden Männer schüttelten sich die Hand.

„Du siehst großartig aus, Terry", meinte Nick.

Terry trug Freizeithosen und ein Georgetown-T-Shirt. Seit der letzten Begegnung mit Sam schien er mindestens zehn Kilo verloren zu haben. Seine Augen wirkten ebenfalls klarer – wobei er Sam allerdings keines Blickes würdigte. Seit sie ihn als Verdächtigen des Mordes an seinem Bruder verhört hatte, war das Verhältnis zwischen ihnen angespannt. Aber er würde Nicks Stabschef werden, und deshalb wollte Sam wenigstens den Versuch unternehmen, freundlich zu sein. „Sie sehen wirklich gut aus", sagte sie daher.

„Danke", erwiderte Terry, schaute jedoch nur ganz flüchtig zu ihr. Er fuhr sich durch das vorzeitig ergraute Haar, als müsse er irgendetwas mit den Händen tun.

„Was führt euch um diese späte Uhrzeit hierher?", wollte Graham wissen.

„Sam arbeitet an einem Fall, bei dem du uns möglicherweise helfen kannst", erklärte Nick.

„Jederzeit. Ich werde tun, was ich kann", sagte Graham und bot den beiden das Zweiersofa an.

„Das weiß ich sehr zu schätzen", gab Sam zurück. „Bitte verraten Sie mir, was Sie über Luxuscallgirls in Washington wissen."

Laine schnappte nach Luft, und Terry kicherte.

„Nun, äh, ich …", stammelte Graham.

„Ich bin bei diesem Thema vermutlich versierter als mein lieber alter Dad", meldete Terry sich zu Wort und wirkte dabei ein wenig bekümmert.

Laine bedachte ihr ältestes Kind mit einem abschätzigen Blick. „Also wirklich, Terry."

„Ich bin nicht stolz auf meinen früheren Lebenswandel, Mutter, aber die Wahrheit ist nun einmal, dass ich einige Callgirls kennengelernt habe."

Sam gab ihm ein Blatt Papier. „Ist Ihnen diese Telefonnummer schon irgendwo begegnet?"

„Nein, doch das heißt nichts. Falls es sich um die Organisation handelt, die ich vermute, ändert sich die Nummer ständig."

„Wie bleiben die Kunden in Kontakt?"

„Per SMS."

„Haben Sie eine Ahnung, wer diese Organisation leitet?"

„Nicht direkt. Es gibt allerdings Gerüchte und Spekulationen."

„Lassen Sie mal hören."

„Mir ist Goodings Name zu Ohren gekommen", berichtete er und meinte damit den Vizepräsidenten. „Und Daniels."

„Der Sprecher des Repräsentantenhauses?", hakte Nick fassungslos nach.

Adrenalin pumpte durch Sams Adern und beschleunigte ihren Herzschlag.

„Cooks Name ist mir in dem Zusammenhang auch mal begegnet“, warf Graham ein.

Die anderen drei starrten ihn an.

„Das soll wohl ein Witz sein“, meinte Nick.

Graham zuckte mit den Schultern. „Ich dachte immer, das seien bewusst gestreute Gerüchte der Republikaner.“

„Wenn das, was Sie mir da erzählen, stimmt“, sagte Sam, „dann sind die Republikaner im Vergleich zu den Demokraten vollkommen sauber.“

„Genau das wollen wir hören“, entgegnete Graham und sah zu Nick. „Das könnte der reinste Albtraum für uns werden.“

Es gefiel Sam, dass Graham stets im Präsens über Politik sprach, so als würde er nach wie vor mitmischen. Vermutlich traf das durch seinen Protegé Nick in dem Amt, das einst er selbst innegehabt hatte, sogar zu.

„Ich kann nicht glauben, dass Bob Cook etwas mit Callgirls zu tun haben soll“, schaltete Laine sich ein. „Millie wird ihn umbringen.“

„Ich halte es für möglich“, hielt Graham dagegen. „Er ist ein geldgieriges Schwein.“

„Graham!“, rief Laine schockiert. „Er ist ein guter Freund von uns. Wie kannst du so etwas sagen?“

„Weil es stimmt, Mutter.“ Terry schlug sich auf die Seite seines Vaters. „Bei den strengen Auflagen, die der Senat den Mitgliedern für Nebeneinkünfte erteilt, würde es mich nicht wundern, wenn Cook etwas in der Art am Laufen hätte.“

„Etwas, das seine Karriere und seine Ehe ruinieren könnte?“, gab Laine zu bedenken.

„Millie genießt den Lebensstandard, den er ihr bietet“, erklärte Graham. „Und dass er diesen Callgirl-Ring leitet, muss ja nicht zwangsläufig bedeuten, dass er mit seinen Angestellten schläft."

„Na klar doch", kommentierte Terry spöttisch. „Als könnte er dieser Versuchung widerstehen."

„Das ist dermaßen schockierend …", murmelte Laine.

„Ich muss Ihnen nicht auseinandersetzen, dass es für meine Ermittlungen absolut wichtig ist, dass niemand von Ihnen mit jemandem über diese Unterhaltung spricht", erinnerte Sam die Anwesenden.

„Natürlich reden wir mit niemandem darüber, meine Liebe", versicherte Laine ihr. „Das würden wir einem Mitglied unserer Familie niemals antun."

Nick schenkte Laine ein Lächeln, und sie drückte seine Hand.

„Nun, Sie haben mir einige Denkanstöße geliefert", sagte Sam.

„Seien Sie vorsichtig", warnte Terry sie zu ihrem Erstaunen. „Wenn das alles zutrifft, gibt es nichts, was die nicht tun würden, um ihre goldene Gans und ihren Ruf zu verteidigen."

„Die haben ja bereits dafür gemordet", meinte Sam.

„Deshalb würden sie auch nicht davor zurückschrecken, eine Polizistin ins Visier zu nehmen. Was hätten sie schon zu verlieren?"

„Ich weiß diese Warnungen zu schätzen, aber ich kann auf mich selbst aufpassen."

„Das höre ich in letzter Zeit dauernd." Nick grinste. „Sie hält sich für kugelsicher."

Eine weitere halbe Stunde lang unterhielten sie sich über die Hochzeitspläne und Neuigkeiten aus dem Leben der O'Connors.

Als Sam und Nick aufstanden, um zu gehen, schüttelte Terry ihm die Hand.

„Bist du bereit, am Montag anzufangen?“, erkundigte Nick sich.

„Ich werde da sein.“ Terry zögerte, als wolle er etwas hinzufügen. „Ich möchte dir nur klarmachen … Ich habe diese Reha überstanden, weil ich ständig die Chance vor Augen hatte, die du mir bietest. Das gab mir Halt und die Möglichkeit, nach vorn zu schauen. Das hatte ich sehr lange nicht.“ Seine Alkoholabhängigkeit hatte seine vielversprechende politische Karriere zerstört, kurz bevor er seine Kandidatur für das Amt seines Vaters bekannt geben sollte. Dadurch war der Weg für seinen jüngeren Bruder John frei gewesen, der für ein Amt kandidiert hatte, das er gar nicht hatte haben wollen. Seitdem war es mit Terry bergab gegangen – bis vor Kurzem.

„Ich freue mich darauf, dich in meinem Team zu haben“, erklärte Nick. „Christina wird froh sein, dass du den Wahlkampf übernimmst, zumal sie und Tommy sich neuerdings um ein Baby kümmern müssen.“

„Sie hat ein Baby bekommen?“

„Nein.“ Nick unterrichtete Terry in kurzen Worten darüber, wie Gonzo zu seinem Sohn gekommen war.

„Das ist ja erstaunlich“, meinte Laine. „Er wusste überhaupt nichts von dem Kind?“

„Absolut nichts“, antwortete Sam.

„Wir schlafen heute im Ferienhaus“, sagte Nick. „Ruft uns an, falls euch noch etwas einfällt, das bei den Ermittlungen weiterhelfen könnte.“

„Machen wir“, versprach Graham, während er und Laine sie zur Tür begleiteten.

„Ihr seid doch am Sonntag zum Abendessen da, oder?“, fragte Laine.

„Das würde ich mir nie entgehen lassen“, erwiderte Nick und gab ihr einen Kuss auf die Wange. „Ich hoffe, es ist okay, dass ich einen Freund eingeladen habe. Keine Sorge, der isst nicht viel. Er ist erst zwölf."

Laine lachte. „Du weißt doch, dass du einladen kannst, wen du möchtest. Deine Freunde sind auch unsere Freunde." Sie umarmte ihn und küsste ihn auf die Wange. „Und wenn wir uns Sonntag sehen, erzählst du mir, weshalb du so bekümmert dreinblickst, junger Mann."

„Ja, mach ich." Er war sichtlich verblüfft darüber, dass sie ihn durchschaut hatte.

Laine wandte sich an Sam. „Ich möchte Ihnen dafür danken, dass Sie den Kontakt zwischen mir und Patricia hergestellt haben. Wir hatten eine angenehme Begegnung und fühlten uns beide hinterher besser."

„Freut mich zu hören. Ich war mir nicht sicher, ob ich das Richtige tue."

Laine drückte Sams Arm. „Es war genau das Richtige, und ich bin Ihnen dankbar."

„Ach, gern geschehen", murmelte Sam.

„Wir sehen euch am Sonntag", sagte Graham und umarmte Nick und Sam.

Sam konnte während der kurzen Fahrt zum Ferienhaus, das John seinem Freund Nick hinterlassen hatte, nicht mehr aufhören zu gähnen.

„Bist du jetzt nicht froh, dass ich dich eine Tasche habe packen lassen?", fragte Nick, der auf dem Beifahrersitz saß.

„Doch, Liebling."

„Du solltest dich daran gewöhnen, das zu sagen. Ich habe nämlich vor, die meiste Zeit recht zu haben."

Sie verdrehte die Augen. „Wenn du meinst." Sie nahm ihr Handy und tippte die Schnellwahltaste vier.

„Ich schlafe", meldete sich Malones raue Stimme.

„Ich brauche Sie", erklärte Sam.

„Wollen Sie mir schon wieder Jahre meines Lebens rauben?"

„Na ja, wenn Ihnen meine Bitte um richterliche Beschlüsse für die Auswertung von Handydaten und für eine DNA-Probe vom Vizepräsidenten, seinem Stabschef, dem Sprecher des Repräsentantenhauses sowie vom Senior Senator Virginias kein Sodbrennen verursacht, dann weiß ich es auch nicht."

Malone gab einen gequälten Laut von sich. „Sie nehmen mich auf den Arm."

„Ich wünschte, es wäre so."

„Reden Sie."

Sam berichtete ihm, was sie wusste.

„Weil Rameriz ihn identifiziert hat, ist es gerechtfertigt, dass wir um Bartholomews Handydaten und einen DNA-Test bitten. Bei den anderen nicht", erklärte Malone. „Wir werden aufgrund von Gerüchten nicht gegen den Vizepräsidenten, den Sprecher und den Senior Senator ermitteln. Bringen Sie uns Bartholomew. Vielleicht können Sie ihn dazu bewegen, die anderen zu belasten, wenn Sie ihm zu verstehen geben, dass nur er zur Rechenschaft gezogen wird."

„Tja, dann begnüge ich mich eben mit dem, was ich bekommen kann. Warten Sie bis nach sieben, bevor Sie um die Verfügungen bitten. Ich will nicht, dass er gewarnt wird."

„Kann ich sonst noch etwas für Sie tun, Lieutenant?"

„Wir haben heute einen Koffer zum Labor gebracht. Darin befinden sich die Kleidungsstücke von Selina Rameriz, die sie trug, als Jack Bartholomew sie vergewaltigt hat. Sie müssen dafür sorgen, dass wir den Bericht schnellstmöglich erhalten."

„Betrachten Sie es als erledigt."

„Das wäre vorerst alles, Captain. Schlafen Sie gut."

„Sie sind mein Sargnagel, Holland. Im Ernst."

Lachend beendete Sam das Gespräch. Als sie vor dem

Ferienhaus hielten, kündigte der Signalton ihres Telefons eine neue Nachricht an. *Sie tun nicht das, was man Ihnen gesagt hat. Es wird Zeit, Ihnen eine Lektion zu erteilen.* Sam schluckte und klappte ihr Handy zu.

„Was ist denn?“, wollte Nick wissen.

„Nichts.“ Sam folgte ihm ins Haus und war plötzlich froh, dass außer den O'Connors niemand ihren Aufenthaltsort kannte.

Nick schaltete das Licht in dem gemütlichen Wohnzimmer ein, in dem überall noch Dinge von John O'Connor standen. „Ich sollte mal herumgehen und Johns Sachen für seine Eltern zusammenpacken.“

„Wenn du bereit dafür bist. Es besteht doch kein Grund zur Eile.“

Er nahm ein Foto von John und seiner kleinen Nichte sowie dem Neffen in die Hand. „Diese beiden Kinder hat er geliebt.“ Er betrachtete das Bild eine Weile, dann stellte er es zurück ins Regal und hielt Sam die Hand hin. „Gehen wir ins Bett.“

Kurze Zeit später schmiegte Sam sich an ihn und erinnerte sich an die erste Nacht, die sie während der Ermittlungen im Fall O'Connor in dem Ferienhaus verbracht hatten.

Nick hatte den Arm um sie gelegt und gab ihr einen Kuss auf die Stirn. „Woran denkst du?“

„An unsere erste gemeinsame Nacht unter diesem Dach.“

„In getrennten Schlafzimmern.“

„Damals habe ich versucht, das Richtige zu tun, indem ich dir widerstehe.“

„Was natürlich völlig falsch war.“

Sam lachte, küsste seine Brust und atmete seinen anziehenden Duft ein. „Total falsch.“

„Und davon bist du nach wie vor überzeugt, auch wenn du

wegen der Beziehung zu mir mitten in einem Fall suspendiert wurdest?“

„Ich habe gelernt, dass es nicht klug ist, dem widerstehen zu wollen, was einem vorherbestimmt ist.“

„Sehr tiefgründig, Samantha.“

„Und sehr wahr.“

„Allerdings.“ Er drückte sie an sich, und dann schlief Sam ein.

Minuten später, zumindest kam es ihr so vor, weckte ihr Handy sie wieder auf. Ein Blick auf den Digitalwecker auf dem Nachtschrank verriet ihr, dass es kurz nach drei war. Sie räusperte sich und griff nach dem Telefon. „Holland.“

„O Sam!“ Celia klang, als sei sie außer sich. „Dem Himmel sei Dank, dass ich dich erreiche.“

Sam setzte sich im Bett auf. „Ist was mit Dad?“

„Es brennt bei euch! Ihr müsst da sofort raus!“

„Celia, wir sind in Leesburg. Es brennt?“

Auch Nick war jetzt wach und richtete sich auf.

„O, wie gut, dass ihr nicht da seid!“, rief Celia. Sam hörte, wie sie Skip berichtete, dass sie gar nicht zu Hause waren. „Ja, euer Haus steht in Flammen. Wir sind von der Feuerwehr wach geworden.“

„Ach du Schande.“ Zu Nick sagte Sam: „Das Haus in der Ninth Street brennt.“

„Verdammt.“ Nick sprang aus dem Bett und zog seine Jeans an, während Sam das Gleiche tat.

„Wir sind unterwegs“, erklärte Sam Celia, und als sie sich an die SMS auf ihrem Handy erinnerte, bekam sie ein flaues Gefühl im Magen.

Schon kurz darauf verließen sie das Ferienhaus. Nick saß am Steuer und fuhr so schnell, wie es ging.

„Das ist meine Schuld“, sagte Sam nach einigen Minuten angespannten Schweigens.

„Wie kommst du darauf?"

„Ich habe eine Textnachricht erhalten. Darin hieß es, man wolle mir eine Lektion erteilen, weil ich mich nicht aus den Ermittlungen zurückgezogen habe."

Er richtete kurz den Blick auf sie und schaute dann wieder auf die Straße. „Warum hast du nichts gesagt?"

„Nach dem Tag, den du hattest, wollte ich dich nicht zusätzlich belasten."

„Wenn wir im Haus gewesen wären, hätten wir ums Leben kommen können!"

„Das ist mir klar."

„Wen rufst du an?"

„Malone. Er muss darüber informiert werden."

„Ach, aber ich nicht?" Er schüttelte den Kopf. „Wann immer ich denke, dass wir echte Fortschritte machen, enthältst du mir wieder wichtige Dinge vor."

Nachdem Sam ihrem Vorgesetzten Bericht erstattet hatte, wandte sie sich an Nick. „Ich wollte es dir morgen früh erzählen, nachdem du dich ausgeschlafen hast."

„Wie gut, dass ich in Leesburg geschlafen habe und nicht in der Ninth Street."

„Es tut mir leid um das Haus", sagte sie.

Er schlug mit dem Handballen auf das Lenkrad. „Das Haus ist mir vollkommen egal, Sam! Das ist versichert. Alles darin kann ersetzt werden. Das muss dir also nicht leidtun."

„Ich gebe mir Mühe." Nach jahrelangem Zusammenleben mit dem besitzergreifenden Peter war Sam ein Profi darin, ihrem Partner Dinge zu verschweigen. „Ich kann mich aber nicht über Nacht ändern. Ich tue mein Bestes."

„Dann streng dich mehr an."

„Verzeih mir, dass ich dachte, du hättest für einen Tag schon genug um die Ohren gehabt."

„Du hättest es mir erzählen sollen."

Sam verkniff sich eine Bemerkung, die ganz sicher diese Meinungsverschiedenheit zu einem handfesten Streit hätte ausufern lassen. Den Rest der Fahrt über schwiegen sie.

Einsatzfahrzeuge versperrten die Straße, in der ihr Haus stand. Nick parkte auf dem ersten freien Platz, den er in einer Nebenstraße finden konnte, und rannte los, gefolgt von Sam.

Sie zeigte den Feuerwehrleuten ihre Dienstmarke. „Lieutenant Holland, MPD. Das ist mein Haus. Wissen Sie schon etwas?"

„Da haben Sie Glück gehabt, Lieutenant. Jemand rief die Feuerwehr, deshalb waren wir hier, bevor sich die Flammen über das erste Zimmer hinaus ausbreiten konnten. Im ersten Stock werden Sie Rauch- und Wasserschäden haben, außerdem ein zerbrochenes Fenster und eine aufgebrochene Tür. Aber das wäre schon alles."

„Wie ist der Brand entstanden?", wollte Nick wissen.

Der junge Feuerwehrmann schien erst jetzt zu erkennen, wen er vor sich hatte. Er machte große Augen. „Oh, Senator. Äh, warten Sie, ich hole schnell den Captain."

„So schlimm sieht es nicht aus", bemerkte Sam mit Blick auf das Haus, aus dessen kaputtem Fenster Qualm aufstieg.

Nick schaute in dieselbe Richtung, schwieg jedoch.

„Senator, Lieutenant, ich bin Captain Grayson. Unser Ermittler wird bald eintreffen. Es scheint etwas durch das Fenster geflogen zu sein, was den Teppich drinnen in Brand gesetzt hat. Aber ich überlasse es dem Brandursachenermittler, Ihnen den offiziellen Befund zukommen zu lassen."

„Die Scheibe wurde also von außen zerstört?", hakte Sam nach.

„Es scheint so. Sie können es sich gern selbst ansehen."

Sie folgten ihm durch einen Pulk aus Polizisten und Feuerwehrleuten sowie neugierigen Nachbarn, die der Kälte trotzten, um das Schauspiel verfolgen zu können. Ein Kamerablitzlicht blendete Nick.

„Verdammt“, murmelte er. Die Pressegeier waren zweifellos begeistert von dieser neuen Story, zusätzlich zu seiner Schimpftirade früher am Tag.

Der Gestank von Rauch und Wasserpfützen empfing sie drinnen. Die vorderen Fußböden, Wände und Decken waren beschädigt. Nick beobachtete, wie Sam das Fenster untersuchte und die vom Feuer geschwärzten Glassplitter auf dem Boden.

„Einige Scherben sind dicker als Fensterglas“, stellte sie fest. „Sieht nach einer Flasche aus.“

„Ich tippe darauf, dass wir am Flaschenglas Gas oder irgendeinen Brandbeschleuniger finden werden“, meinte der Captain. „Haben Sie eine Idee, wer Ihnen einen Molotowcocktail durchs Fenster werfen könnte?“

„Ich ermittle in einem heiklen Fall und habe per SMS Drohungen erhalten.“

„Ich habe ebenfalls eine Drohung erhalten“, sagte Nick.

„Wann kam die letzte?“, fragte der Captain.

„Vor einigen Stunden. Darin stand, es sei wohl an der Zeit, mir eine Lektion zu erteilen.“

„Nun, das ist mal eine Aussage“, meldete sich eine neue Stimme zu Wort.

Sam und Nick drehten sich zu Chief Farnsworth um, der im Türrahmen stand.

„Sind Sie beide wohlauf?“, erkundigte er sich.

„Ja, Sir“, antwortete Sam. „Wir waren nicht hier.“

„Was hat es mit diesen Drohungen auf sich?“, wollte er mit strenger Miene von Sam wissen.

„Ich habe sie gemeldet", erklärte sie und räusperte sich. „Jedenfalls die meisten. Sir."

„Wo sind Ihre Bewacher?"

„Die habe ich nach Hause geschickt, weil ich nicht mehr loswollte."

„Trotzdem waren Sie nicht hier, als das Feuer in Ihrem Haus ausbrach." Der Chief trat näher und betrachtete das zerbrochene Glas auf dem Boden genauer. „Ich bin zwar seit Jahren kein Detective mehr, Lieutenant, aber wenn Sie nicht hier waren, als das Feuer ausbrach, muss ich zwangsläufig daraus schließen, dass Sie irgendwo hingefahren sind." Er schaute zu Sam auf. „Und zwar ohne die Bewacher, die Ihre Vorgesetzten Ihnen zugewiesen haben, bis der aktuelle Fall abgeschlossen ist. Kann das möglich sein?"

Captain Grayson spürte, dass Ärger im Anmarsch war, und machte sich auf den Weg zur Tür. „Ich warte mal draußen auf den Brandinspektor."

„Ich wollte ja auch gar nicht weg", verteidigte Sam sich. „Doch Nick dachte, Senator O'Connor könne uns vielleicht bei dem Fall weiterhelfen, also brachen wir auf nach Leesburg. Und da wir schon dort waren, blieben wir in Nicks Ferienhaus, statt den ganzen Weg zurück in die Stadt zu fahren. Wie sich gezeigt hat, war das die richtige Entscheidung."

„Das mag sein, und ich weiß Ihr Engagement nach Feierabend zu schätzen. Sollten Sie sich jedoch noch ein einziges Mal ohne Ihre Bewacher irgendwohin begeben – es sei denn, ich sage etwas anderes –, ziehe ich Ihre Dienstmarke ein. Habe ich mich klar genug ausgedrückt?"

„Ja." Erneut musste sie sich räuspern. „Sir."

„Sie werden das Gebäude verlassen müssen, bis der Brandinspektor seine Arbeit getan hat. Ich nehme an, Sie werden sich unterdessen bei Ihrem Vater aufhalten?"

„Ja, Sir."

„Ihre Bewacher werden morgen früh dort sein."

„Danke, Sir."

Als sie dem Chief aus dem Haus folgten, zog Sam eine Grimasse, und Nick musste sich ein Lachen verkneifen. Nach dem, was sie ihm verschwiegen hatte, gefiel ihm die Standpauke, die der Chief ihr gehalten hatte. Allerdings würde er das ihr gegenüber auf keinen Fall zugeben.

Farnsworth überließ den Brandort den Experten und begleitete Nick und Sam zu Skips Haus. Sams Vater und Celia warteten im Wohnzimmer.

„Sind alle wohlauf?", erkundigte Skip sich.

„Uns geht's gut." Sam beugte sich herunter und gab ihm einen Kuss auf die Stirn. „Der Schaden am Haus ist auch nicht allzu schlimm."

„Stimmt das, Joe?", fragte Skip seinen alten Freund, den Chief.

„Ja, es hat den Anschein."

„Celia wollte mich nicht rauslassen, damit ich es mir selbst ansehen kann." Skip warf seiner Frau einen vorwurfsvollen Blick zu.

„Es ist zu kalt draußen", rechtfertigte sie sich. „Das ist nicht gut für deine Lungen."

Skip verdrehte die Augen.

„Ich fahre wieder nach Hause", verkündete Farnsworth. An Sam gewandt, fügte er hinzu: „Wir sehen uns morgen – mit den zu Ihrem Schutz abgestellten Polizisten."

„Ja, Sir."

„Schön, euch zwei frisch Vermählte zu sehen", sagte er zu Skip.

„Freut mich auch, dich zu sehen, Joe. Danke, dass du gekommen bist."

„Jederzeit."

Nachdem der Chief gegangen war, fragte Sam ihren Vater: „Du hast ihn angerufen? Wozu um alles in der Welt?"

„Wenn jemand einen Brandbeschleuniger ins Haus meiner Tochter wirft, und zwar während der laufenden Ermittlungen in einem Fall, dann muss er informiert werden."

„Deinetwegen habe ich mir einen Vortrag anhören müssen, weil ich ohne meine Bewacher unterwegs war."

„Gut", meinte Skip. „Du solltest nicht ohne sie wegfahren."

Nick verfolgte den Dialog und vermutete, dass Sam überhaupt nicht mehr an ihren Schutz gedacht hatte, als sie nach Leesburg aufgebrochen waren. Keiner von ihnen beiden hatte daran gedacht.

„Was habt ihr denn in Leesburg gemacht?", erkundigte Celia sich.

„Wir haben mit Senator O'Connor über einige Details in dem Fall gesprochen", antwortete Sam. „Und danach beschlossen wir, im Ferienhaus zu übernachten."

„Dem Himmel sei Dank!", rief Celia.

„Gibt es noch etwas, das du mir erzählen möchtest?" Skip musterte seine Tochter scharf.

„Der Fall wird langsam richtig heikel", erwiderte Sam. „Wir haben einen Callgirl-Ring entdeckt, zu dem allerhöchste Regierungskreise Kontakt haben. Morgen früh verhaften wir den Stabschef des Vizepräsidenten."

„Was du nicht sagst ..." Skip war erstaunt. „Was hat er denn getan?"

„Wir wissen mit Sicherheit, dass er eine Frau vergewaltigt hat, und wir vermuten, dass er einer der Hintermänner der Organisation ist. Sollte sich das als wahr herausstellen, liefert uns das ein starkes Motiv für die Morde."

„Ich frage mich, was er mehr wird schützen wollen", meinte

Skip gedankenverloren. „Den Callgirl-Ring oder seinen Ruf."

„Eine sehr gute Frage", räumte Sam ein. „Ich hoffe, morgen um diese Zeit eine Antwort darauf zu haben."

„Ich glaube, ihr zwei könnt einen Schlafplatz für die nächsten Stunden gebrauchen", stellte Skip fest. „Dein altes Zimmer ist frei, Sam."

„Danke!", sagte Nick.

„Ich hole euch ein paar Handtücher." Und damit lief Celia schon die Treppe hinauf.

Sam schaute auf die Uhr. „Mir bleiben noch ungefähr zwei Stunden."

„Dann geh und mach die Augen zu, solange du kannst", riet Skip ihr. „Morgen wird wahrscheinlich ein höllischer Tag."

28. Kapitel

Obwohl Sam dringend Schlaf benötigte, lag sie in ihrem alten Zimmer wach, starrte an die Decke und dachte über jeden Aspekt des Falls nach. Dieser hatte sich von Anfang an unstimmig angefühlt mit dem frühen Verdächtigen Lightfeather, der ein wasserdichtes Alibi vorweisen konnte. Seitdem gab es keine Person von Interesse mehr. Da der Verbrecher nicht davor zurückgeschreckt war, zwei Polizisten anzugreifen, war deutlich, dass er jeden Schritt der Polizei genau verfolgte.

„Warum schläfst du nicht?", fragte Nick.

Sam wandte sich zu ihm um. „Und warum schläfst du nicht?"

„Jemand hat einen Brandsatz durch mein Fenster geworfen, nachdem er meine Verlobte bedroht hat. Solche Dinge können einen schon ein klein wenig beunruhigen."

„Bist du noch immer sauer auf mich?"

„Ja", antwortete er, doch sein Ton verriet ihr, dass sein Zorn einigermaßen verraucht war.

Sie seufzte. „Ich dachte einfach, noch mehr schlechte Nachrichten kannst du nicht gebrauchen."

„Du solltest mir nichts verschweigen, Sam. Bitte tu das nicht."

„Auch nicht, wenn es möglicherweise besser für dich ist?"

Er nahm ihre Hand und verschränkte seine Finger mit ihren. „Das Beste für mich ist, wenn ich weiß, was mit dir los ist. Selbst wenn es sich um schwer erträgliche Dinge handelt."

„Ich gebe mir wirklich Mühe, dir gegenüber offener zu sein. Aber wie ich bereits sagte: Ich kann mich nicht über Nacht ändern."

„Ich würde dich niemals ändern wollen. Ich möchte bloß, dass du diese kleine ärgerliche Angewohnheit ablegst …"

„Ärgerlich sagtest du?"

„Sehr. Doch zum Glück, auch für dich, bist du wahnsinnig süß und sexy und auf perfekte Weise unperfekt."

Sam lächelte. „Perfekt unperfekt. Das gefällt mir." Sie drehte sich auf die Seite, um ihn erst auf die Brust und dann auf den Mund zu küssen. „Versuch jetzt ein bisschen zu schlafen."

„Wohin gehst du?"

„Ich kann ohnehin nicht schlafen, also starte ich mal früh in den Tag."

„Aber mit deinen Beschützern."

„Ja, Liebling."

„Ich liebe es, wenn du das sagst."

Lachend zog Sam Jeans und Pullover an. „Bevor dieser Tag zu Ende ist, muss ich vielleicht den verdammten Sprecher des Repräsentantenhauses verhaften. Oder noch besser: den Vizepräsidenten. Nicht gerade ein ereignisloser Arbeitstag."

„Hast du überhaupt ereignislose Arbeitstage?"

Sam gab vor, darüber nachdenken zu müssen. „Hm, nein. Anders würde ich es allerdings auch gar nicht haben wollen." Sie beugte sich über das Bett, um Nick einen letzten Kuss zu geben.

Er griff in ihre Haare. „Sei vorsichtig da draußen."

„Immer."

„Heute noch mehr als sonst."

„Versprochen." Sie küsste ihn ein weiteres Mal. „Ich muss los."

Nick begutachtete den Schaden am Haus und hoffte, dass er reingehen und sich Kleidung für die Arbeit holen konnte. Das Tatort-Absperrband war entfernt worden, und übrig geblieben waren die verkohlte Fassade sowie die aufgebrochene Tür. Ein Polizist hielt draußen Wache.

„Darf ich hinein?", fragte Nick den Officer.

„Ja, Sir, Senator. Der Brandexperte hat seine Arbeit beendet. Ich soll aufpassen, weil die Tür aufgebrochen wurde und weil der Lieutenant diese Drohung erhalten hat."

„Danke dafür." Einige ihrer Lieblingsreporter hätten sicher gern Zugang zum Haus gehabt und dies als günstige Gelegenheit betrachtet.

„Ist anscheinend eine ziemliche Verwüstung, Senator."

Nick drehte sich um und entdeckte einen Mann, der ihm in der Nachbarschaft schon häufig aufgefallen war. Er war jung, hatte blonde Haare, die einen Frisör gebrauchen konnten, und ein freundliches, einnehmendes Lächeln.

„Craig Lawton", stellte er sich vor und streckte die Hand aus.

„Nick Cappuano. Nett, Sie kennenzulernen."

„Gleichfalls. Was ist passiert?"

„Molotowcocktail. Hieß es zumindest."

„Es muss furchtbar ärgerlich sein, wenn so etwas passiert."

Nick lachte. „Solche Dinge passieren leider viel zu oft in unserem Leben."

„Ja, davon habe ich gelesen. Ich bin mir nicht sicher, ob es helfen würde, aber ich bin Bauunternehmer und könnte Sie gern noch dazwischenschieben."

„Das wäre großartig. Haben Sie wirklich noch Termine frei?"

Verschmitzt erwiderte Craig: „Dieser Auftrag wäre gute Werbung für mich. Dafür werde ich einen Termin freischaufeln."

„Kommen Sie“, forderte Nick ihn amüsiert auf, „ich zeige Ihnen, was gemacht werden muss.“

Craig folgte ihm ins Haus, und wie die meisten Besucher staunte er über die Größe des Doppelstadthauses. Während sie den Schaden inspizierten und über die nötigen Arbeiten sprachen, holte Craig ein Maßband hervor und machte sich Notizen.

„Hat das vielleicht mit einem Fall zu tun, an dem Ihre Verlobte arbeitet?“

„Unglücklicherweise ja.“

„Ich habe sie ein paarmal gesehen. Ihr Dad ist der gelähmte Mann im Rollstuhl, nicht wahr?“

„Ja.“ Nick betrachtete den beschädigten Türrahmen. „Ich würde gern etwas mit Ihnen besprechen …“

„Nur zu.“

„Wie wäre es, wenn wir hier eine Rampe anbauen? Ich habe mir überlegt, dass Sam bestimmt mal ihren Vater zu Besuch haben will.“

„Das sollte nicht allzu schwierig sein. Ein Freund von mir arbeitet im Bauamt, dem lege ich Ihren Vorschlag vor. Es wird sicher keine Probleme geben, wenn ich von Sams Dad erzähle.“

„Würde er uns entgegenkommen, aufgrund unserer Prominenz?“ Solche Dinge weckten nach wie vor Nicks Unbehagen, und er wusste, dass sie auch Sam unangenehm waren. Allerdings würde sie in diesem Fall vermutlich darüber hinwegsehen.

„Ein wenig vielleicht. Aber Skip Holland ist ein Held in dieser Stadt. Die würden alles für ihn tun.“ Craig deutete zur Tür. „Der ganze Rahmen und der Tritt müssen ohnehin erneuert werden. Es wäre also die ideale Gelegenheit, die Stufen durch eine Rampe zu ersetzen.“

„Absolut." Nick schüttelte ihm die Hand. „Machen Sie das. Und zwar so bald wie möglich."

„Die Genehmigung vom Bauamt vorausgesetzt, könnte ich die Eingangsstufen schon am Abend entfernt haben. Sie werden für eine Weile die Hintertür benutzen müssen."

„Das ist kein Problem."

„Müssen Sie auf Nachricht von der Versicherung warten?"

Nick verneinte. „Fangen Sie einfach an. Ich zahle, was immer es kostet. Ich würde gern vergessen, dass das hier je passiert ist."

„Wird gemacht, Senator. Bin schon dabei."

Sam gönnte sich eine seltene Tasse Kaffee, weil sie nach der schlaflosen Nacht dringend einen Kick brauchte. Sie loggte sich in ihren E-Mail-Account ein und suchte nach dem Laborbericht über Selinas Kleidung. „Mist", sagte sie. „Noch nichts. Ist in Ordnung, Jack." Sie rief das am Computer erstellte Phantombild Jack Bartholomews auf. „Eines der Opfer hat dich identifiziert. Wir werden eine Gegenüberstellung arrangieren, und dann haben wir dich. Allerdings habe ich den Verdacht, dass Selina nur die Spitze des Eisbergs ist."

„Führen Sie Selbstgespräche, Lieutenant?"

Sam entdeckte Lieutenant Stahl im Türrahmen. „Was wollen Sie?"

„Hab gehört, bei Ihnen zu Hause gab's letzte Nacht ein bisschen Aufregung."

„Wo haben Sie das gehört? Waren Sie etwa dort?"

Angesichts dieser Andeutung kniff er die Augen zu schmalen Schlitzen zusammen. „Das hätten Sie wohl gerne, was?"

„Dass Sie für immer aus meinem Leben verschwinden? Klar, werfen Sie ruhig einen Molotowcocktail durch mein Fenster. Nur zu."

„Diese Befriedigung würde ich Ihnen niemals verschaffen."

„Die werde ich dann eben auf andere Weise bekommen, früher oder später."

„Sieht nicht danach aus, als würden Sie die bei Gibson bekommen."

„Den schnappe ich mir auch noch. Arschlöcher wie ihr zwei enden immer dort, wo sie hingehören."

Stahls rundes Gesicht nahm eine ungesunde violette Farbe an, wie oft bei den Unterhaltungen mit Sam. „Sie können ruhig das letzte Wort haben. Ich habe heute bereits bekommen, was ich wollte."

Was hatte das nun wieder zu bedeuten? „Wie schön für Sie. Im Gegensatz zu Ihnen von der Rattentruppe habe ich allerdings tatsächlich zu arbeiten. Wenn es Ihnen also nichts ausmacht ..."

„Ich wünsche Ihnen noch einen tollen Tag, Lieutenant." Er schenkte ihr ein gruseliges Grinsen, bei dessen Anblick sie erschauerte, und ließ sie allein.

„Arsch", flüsterte sie. Sie hatte die ganze Zeit den Verdacht gehabt, dass er etwas mit Peters drohender Entlassung zu tun hatte. Jetzt war sie sich sicher. Sobald sie ein wenig Zeit für sich hätte, würde sie mal genauer unter die Lupe nehmen, welche Rolle ihr Erzfeind in dieser Sache gespielt hatte. Bis dahin aber musste sie erst einmal einen mordenden Vergewaltiger fangen. Darauf konzentriert, druckte sie Bilder vom Vizepräsidenten, vom Sprecher des Repräsentantenhauses, von Senator Robert Cook sowie von drei weiteren Mitgliedern des Kongresses aus, gegen die ermittelt wurde. Um sicherzustellen, dass ihr Aufgebot an Fotos das Gericht beeindruckte, war sechs die magische Zahl. Sie nahm die Bilder mit zu dem sicheren Unterschlupf, in dem Freddie Selina untergebracht hatte.

Auf dem Weg hinaus begegnete sie Freddie. „Du bist früh dran."

„Konnte nicht schlafen."

Das kannte Sam.

„Ich bin froh, dass ich dich erwischt habe", sagte er. „Die Spurensicherung hat etwas zwischen Reginas Sachen gefunden, was dich interessieren wird." Er hielt eine Beweismitteltüte hoch, in der sich eine aufgeklappte Valentinstagskarte befand. Die Nachricht hatte Regina auf Spanisch geschrieben.

Freddie übersetzte für Sam: „Mein Liebling Henry, welch ein Glück, dass ich dich kennengelernt habe! Ich liebe dich so sehr und kann es kaum erwarten, bis unser Baby da ist. Dein für immer, Regina."

Sam dachte daran, wie niedergeschlagen Henry von der Nachricht gewesen war, dass Regina für einen Callgirl-Ring gearbeitet hatte. Jetzt empfand sie eine seltsame Erleichterung darüber, dass Henrys Leben nicht allein dafür ruiniert worden war, damit Regina nach der Geburt des Babys im Land bleiben konnte.

„Was soll ich damit machen?", wollte Freddie wissen.

„Bring sie ihm."

„Willst du sie nicht als Beweismittel behalten?"

Sam winkte ab. „Ich werde noch einmal mit Selina sprechen. Ich melde mich hinterher."

„Klingt gut."

Um zwanzig nach fünf am Morgen waren die Straßen der Stadt noch fast verlassen. Trotzdem schaute Sam immer wieder in den Rückspiegel, um sich zu vergewissern, dass sie von niemand anderem als ihren beiden Bewachern in dem Zivilfahrzeug verfolgt wurde – als wäre das nicht für jeden, der sie beobachtete, schon verräterisch.

Vor dem Haus hielten zwei Polizisten Wache. Obwohl Sam sie kannte, zeigte sie ihre Dienstmarke vor und gab ihnen einen

Moment, um sie genauestens zu mustern, so wie es den Vorschriften entsprach.

„Sie können hinein, Lieutenant."

„Danke."

Sam fand Selina auf dem Sofa im Wohnzimmer, wo sie es sich mit einer Decke und einem Becher Tee gemütlich gemacht hatte.

„Konnten Sie auch nicht schlafen?", erkundigte Selina sich.

„Jemand hat letzte Nacht einen Molotowcocktail durch das Fenster meines Hauses geworfen. Wissen Sie, was das ist?"

Erschrocken nickte Selina. „Wurde jemand verletzt?"

Sam setzte sich ihr gegenüber. „Glücklicherweise waren mein Verlobter und ich nicht zu Hause."

„Das ist gut."

„Wissen Sie, warum ich Ihnen das erzähle?"

Selina schüttelte den Kopf.

„Um Ihnen begreiflich zu machen, dass diese Leute nicht davor zurückschrecken, das Haus einer ranghohen Polizistin und eines US-Senators in Brand zu setzen. Erwähnte ich schon, dass mein Verlobter Senator ist?"

Selina schluckte und schüttelte erneut den Kopf.

Sam legte die sechs Fotos, die sie mitgebracht hatte, auf den Couchtisch. „Hat irgendeiner dieser Männer jemals Ihre sexuellen Dienstleistungen in Anspruch genommen?"

Eine Träne rann über Selinas Wange. Ihren geröteten Augen nach zu urteilen war das nicht die erste, die sie in dieser langen Nacht vergossen hatte. „Der da", erklärte sie und zeigte auf den Sprecher des Repräsentantenhauses. Die zierliche Frau schüttelte sich. „Und der." Sie zeigte auf Cook und verzog dabei das Gesicht.

„Was ist mit dem hier?"

„Nein, ich hatte keinen Sex mit dem Vizepräsidenten der Vereinigten Staaten."

„Nun“, meinte Sam, „da sind wir schon mal erleichtert. Der Sprecher des Repräsentantenhauses sowie der Senior Senator aus Virginia reichen ja auch erst einmal.“

Entsetzt fuhr Selina zusammen. „Du liebe Zeit, das habe ich nicht gewusst! Ich hatte keine Ahnung, wer diese Männer sind!“

„Das weiß ich, Selina, und sie wussten es auch. Genau aus diesem Grund verlangten sie Einwanderinnen.“ Weitere Teile des Puzzles fügten sich zusammen. „Eben weil Sie sie nicht erkennen würden. Darauf verließen die sich. Obwohl einige der Frauen in Capitol Hill arbeiteten, kümmerten sie sich wahrscheinlich nicht um Politik.“

„Was wird jetzt mit mir passieren?“

„Ich brauche Ihre Aussage.“

„Das kann ich nicht machen! Meine Familie darf nicht erfahren, wie ich mein Geld wirklich verdient habe. Mit dieser Schande könnte ich nicht leben.“

„Könnten Sie denn damit leben, dass eine weitere Frau vergewaltigt und ermordet wird, weil Sie mir nicht geholfen haben, diese Dreckskerle aufzuhalten?“

Tränen liefen über das Gesicht der jungen Frau. „Wie konnte das alles nur passieren? Ich wollte meiner Mutter helfen … Ich wusste doch nicht, was ich sonst tun sollte, um sie zu retten.“

„Ich kann Ihnen helfen, Selina. Aber ich muss sicher sein, dass ich mich auf Ihre Aussage verlassen kann, bevor ich Bartholomew verhafte.“ Sam ließ ihre Worte erst wirken, ehe sie unerbittlich konkret wurde. „Sie werden ihn bei einer Gegenüberstellung identifizieren und später vor Gericht erscheinen müssen. Sie werden detailliert berichten müssen, was er Ihnen angetan hat.“

Mit der Hand vor dem Mund, um ihre Schluchzer zu dämpfen, schüttelte Selina heftig den Kopf.

„Wenn Sie sich weigern, auszupacken, wird die Beweislage allein davon abhängen, ob er in der Tatnacht DNA-Spuren auf Ihrer Kleidung hinterlassen hat. Selbst wenn das der Fall sein sollte, könnte der stellvertretende Generalstaatsanwalt sich jedoch weigern, ohne Ihre Aussage Anklage zu erheben. Das bedeutet, er kommt ungestraft davon und kann das erneut jemandem antun. Er kann Frauen weiterhin drangsalieren, während er einen hohen Regierungsjob innehat."

Selinas erstickte Schluchzer hallten in dem stillen Raum wider.

„Ich brauche Sie, Selina. Regina und Maria brauchen Sie."

„Regina kann zur Hölle fahren! Das ist alles ihre Schuld."

„Das mag ja sein, aber immerhin hat sie Ihnen einen Weg gezeigt, wie Sie das Geld für die Operation Ihrer Mutter zusammenbekommen. Und glauben Sie mir ruhig, wenn ich Ihnen sage, dass niemand verdient hat, was ihr angetan wurde. Niemand."

Sam saß da und ließ Selina, die bitterlich weinte, über alles nachdenken.

„Ich habe das College besucht, wissen Sie? In Belize. Ich habe Wirtschaft studiert und kam hierher in der Hoffnung, etwas aus mir zu machen." Sie wischte sich das Gesicht mit dem Ärmel ihrer Bluse trocken. „Doch als ich herkam, war alles nur schlimm. Niemand wollte mich einstellen, weil ich keine amerikanische Staatsbürgerin war oder sie schon jemand Besseres hatten. Ich hatte Glück, den Job in der Reinigungsfirma zu bekommen."

„Ich bin sicher, dass Sie sehr hart gearbeitet haben", sagte Sam und versuchte, weiterhin geduldig zu sein.

„Ich habe geschuftet, bis ich Blasen an den Fingern hatte. Ich habe Überstunden gemacht und an den Wochenenden gearbeitet, aber es reichte nicht. Wenn meine Mutter bloß nicht krank geworden wäre, dann wäre nichts von alldem passiert."

„Mein Vater wurde vor zwei Jahren angeschossen", erzählte Sam ihr. „Er war Polizist und führte eine Routine-Verkehrskontrolle durch. Der Fahrer des Wagens hat auf ihn geschossen. Seitdem ist mein Vater gelähmt und sitzt im Rollstuhl. Wir wissen bis heute nicht, wer das getan hat. Manchmal, wenn ich mir vorstelle, dass der Täter irgendwo dort draußen sein Leben weiterführt, während mein Vater an den Rollstuhl gefesselt ist, dann …" Sam hatte plötzlich einen Kloß im Hals. „Ich verstehe also, dass Sie alles für Ihre Mutter tun würden, was möglich ist."

„Selbst wenn es etwas Illegales ist?"

„Was immer Sie tun mussten."

„Werde ich angeklagt?"

„Sobald wir hier fertig sind, spreche ich mit der stellvertretenden Staatsanwältin über Straffreiheit. Doch zuerst muss ich wissen, ob ich mich auf Ihre Aussage verlassen kann. Das wird auch ihre erste Frage sein."

„Wie kann ich vor Gericht den Leuten erzählen, was dieses Tier mir angetan hat? Wie soll ich das schaffen?"

„Wir werden Ihnen jemanden zur Seite stellen, der Ihnen bei jedem Schritt hilft. Wir haben Psychologen, die speziell darin geschult sind, Opfern sexueller Gewalt beizustehen und sie auf das Gerichtsverfahren vorzubereiten. Sie bekommen von mir alle Hilfe und Unterstützung, die ich Ihnen geben kann."

„Und wie wollen Sie mich lange genug am Leben erhalten, bis ich die Aussage machen kann?"

„Unser ganzer Fall hängt von Ihnen ab. Also werden wir uns sehr gut um Sie kümmern. Darauf haben Sie mein Wort."

Nach weiterem Schweigen, das sich endlos hinzuziehen

schien, lehnte Sam sich nach vorn, die Ellbogen auf die Knie gestützt. „Werden Sie mir helfen, Selina? Soll ich Jack Bartholomew verhaften, damit er dafür bezahlt, was er Ihnen und höchstwahrscheinlich anderen Frauen angetan hat?"

„Werden die anderen auch aussagen, damit Ihr Fall nicht nur von mir abhängt?"

„Das können wir nur hoffen. Doch bis dahin dreht sich alles um Sie."

„Wenn ich aussage, versprechen Sie mir dann, dass es nicht umsonst gewesen sein wird? Er ist ein mächtiger Mann. Ich will nicht erleben, dass er freigesprochen wird."

„Ich werde alles in meiner Macht Stehende tun, damit er seine gerechte Strafe erhält." Sie dachte an Peter, der aus dem Gefängnis entlassen wurde, und musste sich eingestehen, dass ihre Macht begrenzt war. „Ich werde Ihnen nichts versprechen, was ich nicht halten kann. Wir werden unser Bestes geben. Mehr kann ich nicht tun."

„Werden Sie die anderen beiden Männer ebenfalls verhaften? Den Sprecher und den Senator?"

„Das weiß ich noch nicht. Doch auf jeden Fall werden wir gegen jeden Anklage erheben, der in diese Organisation verstrickt ist – sei es als Strippenzieher, Serviceanbieter oder Kunde. Und sollten der Sprecher des Repräsentantenhauses oder der Senator dazugehören, dann ist es eben so."

Selina dachte über alles nach.

Sams Herz pochte. Jetzt kam es darauf an. Die Sache hing nun von einer zierlichen kleinen Frau ab, die mit der Situation vollkommen überfordert war.

„Da ich Sie für mein Überleben genauso dringend brauche wie Sie mich für die Aussage, sind wir wohl oder übel beide aufeinander angewiesen."

„Ganz genau."

„Okay“, sagte Selina und schien sich endlich in ihr Schicksal zu fügen. „Ich mache es.“

Sam drückte ihre Hand. „Danke.“

Sam fühlte sich, als habe sie in der halben Stunde mit Selina bereits die Hälfte ihrer Tagesenergie verbraucht. Dafür hatte sie bekommen, was sie brauchte, und das allein zählte. Bevor sie sich im Hauptquartier mit Freddie traf, machte sie sich auf den Weg zum Washington Hospital Center. Obwohl es noch früh war, hoffte sie, Jeannie McBride wach anzutreffen.

Michael kam gerade aus Jeannies Zimmer, als Sam sich der Tür näherte.

„Wie geht es ihr?“, erkundigte Sam sich.

„Es scheint ihr heute ein bisschen besser zu gehen. Sie wird im Lauf des Tages entlassen.“

„Das ist gut.“

Er zuckte mit den Schultern.

„Ist alles in Ordnung mit Ihnen?“

„Sie weigert sich, mit mir darüber zu reden, was passiert ist. Ich versuche, sie nicht zu drängen, aber es ist … na ja, es ist schwer. Nicht zu wissen …“

Sam legte die Hand auf seinen Arm. „Versuchen Sie weiter, sie nicht zu drängen. Sie wird es Ihnen erzählen, wenn sie so weit ist. Bis dahin müssen Sie geduldig sein und ihr beistehen. Denn Beistand ist das, was sie im Augenblick von Ihnen braucht.“

„Ich weiß.“

„Halten Sie durch. Es ist schließlich erst wenige Tage her.“

Er nickte. „Sie haben recht. Es geht in erster Linie darum, was für sie gut ist.“

„Hat sie mit dem Psychologen gesprochen?“

„Den hat sie weggeschickt. Meinte, sie brauche ihn nicht.“

Das hörte Sam nur sehr ungern. „Ich hoffe, dass sie es sich noch einmal anders überlegen wird. Vielleicht sollten Sie sich auch mit dem Psychologen unterhalten. Schaden kann es sicher nicht."

„Ich werde darüber nachdenken. Sie ist übrigens wach, falls Sie hineingehen wollen. Ich lasse Sie eine Weile mit ihr allein."

„Danke." Sam trat ein und fand Jeannie im Bett sitzend vor. „Hey, wie fühlst du dich?"

„Ein bisschen besser. Hast du Michael gesehen?"

„Auf dem Flur. Er scheint ein echt netter Kerl zu sein."

„Ist er auch." Jeannie seufzte. „Er will, dass ich ihm erzähle, was passiert ist."

„Dazu besteht keine Eile. Du musst nicht darüber reden, solange du dich dafür nicht bereit fühlst."

„Und wenn ich mich nie dazu bereit fühle?"

„Na ja, da wäre eventuell noch die Notwendigkeit deiner Aussage vor Gericht ..."

Jeannie winkte ab, als sei diese Vorstellung momentan einfach zu viel.

„Willst du wirklich nicht mit dem Psychologen sprechen?"

„Nein. Wenigstens ist der HIV-Test negativ ausgefallen – vorläufig. Ich muss mich in drei Monaten noch mal testen lassen."

„Das ist doch sicher eine riesige Erleichterung."

„Es ist schon mal etwas, und vorläufig muss ich mich damit zufriedengeben."

„Ich frage nur ungern, aber denkst du, du bist imstande, dir ein paar Fotos anzusehen?"

Jeannie wirkte sofort misstrauisch. „Fotos wovon?"

„Von möglichen Verdächtigen."

Jeannie hielt die Decke so fest umklammert, dass ihre Fingerknöchel weiß hervortraten. „Muss ich?"

„Ich könnte deine Hilfe gebrauchen. Wir können mit ziemlicher Sicherheit einem von ihnen Vergewaltigung nachweisen, die Morde jedoch nicht. Jedenfalls noch nicht."

„Ich habe bloß seine Augen gesehen …"

„Dann werde ich dir auch nur die zeigen. Einverstanden?"

Jeannie biss die Zähne zusammen und nickte.

Sam brauchte einen Moment, bis sie die sechs Fotos so gefaltet hatte, dass nur die Augen der Männer zu sehen waren. Dann legte sie alle nebeneinander auf das Bett. „Lass dir Zeit." Sie beobachtete, wie Jeannie sich innerlich wappnete, dann das erste Bild und schließlich auch die übrigen betrachtete.

„Nein, von denen war es keiner."

„Bist du dir sicher?"

„Ich werde diese Augen niemals vergessen. Nie."

„Danke, dass du dir die Fotos angesehen hast. Ich weiß, es war schwer für dich."

„Mir ist klar, dass du meine Hilfe und meine Aussage brauchst. Ich muss nur einen Weg finden, vorher mit Michael darüber zu reden."

Sam nahm Jeannies Hand. „Darf ich einen Vorschlag machen?"

„Natürlich."

„Ich habe den Eindruck, dass der Gedanke, es ihm zu erzählen, dich sehr bedrückt. Und das kannst du zusätzlich zu allem anderen nicht gebrauchen. Wenn du dir einfach einen Ruck gibst und es ihm sagst, hast du vielleicht eine Sorge weniger."

„Hm, das ist gar kein so schlechter Vorschlag."

Sam grinste. „Na vielen Dank."

Jeannie dachte einen Moment nach. „Ja, so mache ich es. Ich werde es hinter mich bringen. Er kann es dann meiner Mutter sagen, denn das schaffe ich nicht auch noch."

„Es ist immer hilfreich, einen Plan zu haben. Vergiss nicht, dass er dich liebt. Er denkt nur an dich und deine Bedürfnisse."

Jeannie biss sich auf die Lippe. „Er war wundervoll bis jetzt." Sie kämpfte gegen die Tränen. „Er ist mir kaum von der Seite gewichen, seit es passiert ist."

„Wohin wirst du nach deiner Entlassung gehen?"

„Sein Haus ist alarmgesichert, also werde ich wohl dort bleiben, auch wenn es in der Gegend liegt, in der ... es passiert ist."

„Die Alarmanlage ist gut – zumindest, bis wir den Kerl geschnappt haben." Sam schaute auf ihre Uhr. „Es tut mir leid, aber ich muss mich sputen. Wir verhaften heute Morgen den Stabschef des Vizepräsidenten."

„Wow! Ich wünschte, ich könnte dabei sein."

Das kurz erwachende Interesse der Kollegin machte Sam Mut. „Du wirst bald wieder bei uns sein, ganz bestimmt. Bis dahin konzentriere dich auf deine Genesung und alles, wodurch es dir besser geht."

„Mir wird es besser gehen, wenn ihr den Kerl gefunden habt, der mir und den anderen das angetan hat."

„Ich werde ihn finden, und dann wird er für seine Taten bezahlen."

„Ich verlasse mich darauf."

Sam drückte ihre Kollegin. „Ich schaue morgen wieder nach dir."

„Danke. Falls du Michael draußen triffst, sagst du ihm bitte, dass ich mit ihm reden muss?"

„Gern." Sam verließ den Raum und fand Michael im Wartezimmer am Ende des langen Flurs. „Ich denke, sie ist jetzt bereit, darüber zu reden ..."

Er sprang auf. „Wirklich?"

„Ich muss Sie warnen ... Ich habe schon jede Menge abscheuliche Dinge gehört in den zwölf Jahren, seit ich diesen Job mache. Aber was ihr widerfahren ist, war übel. Stellen Sie sich lieber darauf ein."

Ein Muskel in seiner Wange zuckte vor Anspannung. „Danke für die Warnung."

„Falls einer von Ihnen mich braucht, hat sie meine Nummer."

„Danke für alles."

„Kein Problem."

29. Kapitel

Sams nächster Punkt auf der Tagesordnung war ein Anruf im Büro des Generalstaatsanwaltes auf der Rückfahrt zum Hauptquartier, wo sie sich mit Freddie treffen wollte.

„Was gibt es, Lieutenant?“, fragte die stellvertretende Staatsanwältin Faith Miller.

Sam erläuterte die Beweislage gegen Jack Bartholomew. „Ich brauche eine Genehmigung für eine DNA-Probe, die hoffentlich identisch sein wird mit der, die wir möglicherweise auf der Kleidung finden, die Selina am betreffenden Abend getragen hat. Unabhängig von dem DNA-Abgleich ist Selina bereit für eine Gegenüberstellung. Sie wird außerdem eine Aussage machen. Daher hoffe ich, dass sich nach seiner Verhaftung weitere Opfer melden werden. Wir kriegen ihn auf jeden Fall wegen Vergewaltigung und Kontaktanbahnung dran.“

Faith schwieg eine Weile. „Hat sie sich medizinisch versorgen lassen?“

Mit dieser Frage hatte Sam gerechnet. „Das konnte sie sich nicht leisten. Sie hat alles Geld nach Hause zu ihrer Familie geschickt. Aber sie hat sich einige Tage freigenommen, nachdem es passiert ist. Ich kann die Besitzerin des Reinigungsunternehmens dazu bewegen, das zu bestätigen.“

„Sie hat niemandem erzählt, was passiert ist?“

„Nein.“

Faith schwieg erneut.

„Kommen Sie, das reicht, und das wissen Sie auch.“

„Ich will nicht erleben, dass ein weiterer Fall platzt, bevor wir vor Gericht gehen."

„Das ist eine Anspielung auf Gibson, nicht wahr?"

„Forrester ist nicht gerade begeistert davon. Er hat uns gewarnt, in Zukunft vorsichtiger zu sein und dafür zu sorgen, dass alle Beweise hieb- und stichfest sind, ehe wir handeln."

„Und was heißt das für den Fall Bartholomew?"

„Melden Sie sich wieder, sobald Sie wegen der Spuren auf Selinas Kleidung etwas vom Labor gehört haben. Bis dahin halten Sie sich zurück."

„Sie wollen mich wohl auf den Arm nehmen …"

„Sam, ich werde keinen Millimeter nachgeben. Wir reden hier vom Topberater des Vizepräsidenten der Vereinigten Staaten. Ich will absolut stichhaltige Beweise, bevor Sie gegen ihn vorgehen."

„Na schön, Sie wollen stichhaltige Beweise, dann besorge ich Ihnen solche Beweise."

„Ausgezeichnet. Ich bin bereit, sobald Sie es sind."

Sam beendete das Gespräch und stieß einen frustrierten Laut aus. Dann rief sie den Chief an. Seine Sekretärin stellte sofort durch.

„Guten Morgen, Lieutenant."

„Ich brauche Ihre Hilfe beim Labor." Sie erläuterte ihm die Dringlichkeit. „Können Sie da Druck machen?"

„Ich werde mal schauen, was ich machen kann."

„Bartholomew ist der Schlüssel zu allem. Wenn ich ihn mir richtig vornehme, kann ich ihn vielleicht zu einer Aussage gegen die anderen bewegen. Der wird nicht allein für alles geradestehen wollen. Nur muss ich jetzt dringend vom Labor wissen, dass es männliche DNA-Spuren auf der Kleidung des Opfers gibt. Die können wir dann mit einer DNA-Probe von ihm abgleichen, sobald wir ihn verhaftet haben."

„Ich werde mich gleich darum kümmern. Wo ist Ihr Begleitschutz?"

Sam schaute in den Rückspiegel. „Die hängen mir direkt am Hintern, wo sie hingehören."

„Das klingt ziemlich … unangenehm."

„Kann man wohl sagen."

Prustend vor Lachen legte der Chief auf.

Jetzt konnte Sam nur noch warten – und hoffen, dass der Killer nicht erneut zuschlug, während die Laborergebnisse ausstanden.

Nick und Christina befanden sich in einem Meeting mit anderen Wahlkampfhelfern und gingen gerade die Termine der kommenden Woche durch, als eine der Sekretärinnen sie unterbrach.

„Verzeihen Sie die Störung, Senator, aber Judson Knott ist hier, zusammen mit Mitchell Sanborn."

Erstaunt sah Nick zu Christina.

Sie wirkte ebenso verblüfft und zuckte mit den Schultern.

„Schicken Sie die beiden herein", bat Nick. Zu den anderen im Raum sagte er: „Würden Sie uns einen Moment entschuldigen?"

Die Mitarbeiter sammelten ihre Sachen ein und kamen auf ihrem Weg hinaus an Knott und Sanborn vorbei.

„Gentlemen." Nick schüttelte beiden die Hand und forderte sie auf, Platz zu nehmen. „Das ist eine nette Überraschung." Bei seiner letzten Begegnung mit dem Vorsitzenden der nationalen Organisation der Demokratischen Partei hatte dieser eröffnet, die Partei sei an einer Kandidatur Nicks für das Weiße Haus in vier Jahren interessiert. Er konnte es immer noch nicht ganz fassen, dass er Teil dieser Unterhaltung gewesen war. „Was kann ich für Sie tun?"

„Wir haben beunruhigende Gerüchte gehört", erklärte Sanborn mit seinem ausgeprägten Kentucky-Akzent. Der ehemalige Gouverneur des „Bluegrass State“ hatte sandfarbenes Haar mit silbernen Strähnen und intensive dunkle Augen. „Dinge, die uns mit … Sorge erfüllen.“

Nick gab sich überrascht und schaute zu Judson, dem Vorsitzenden der Demokraten. „Was denn für Gerüchte?“

Sanborn kniff die Augen zusammen. „Dass Ihre Freundin …“

„Verlobte“, korrigierte Nick ihn.

„Ich bitte um Entschuldigung“, sagte Sanborn. „Dass Ihre Verlobte also gegen Mitglieder unserer Partei ermittelt, weil sie Umgang mit Callgirls gehabt haben sollen. Ich muss Ihnen nicht erst erklären, was das für ein Skandal für die Partei wäre – besonders angesichts der Wahlen in einigen Monaten.“

Nick entschied, es sei das Beste, sich dumm zu stellen. „Ich fürchte, Sie sind mir da ein Stück voraus. Davon höre ich nämlich zum ersten Mal.“ Im Grunde war ihm klar, dass er mit dem Besuch der beiden hatte rechnen müssen. Wenn sie allerdings wüssten, wen Sam im Visier hatte, würde sie sicherlich der Schlag treffen. Immerhin hätte das zur Folge, dass sie Nick dann in Ruhe ließen.

„Senator, ich stelle mir immer gern vor, dass wir Demokraten eine große glückliche Familie sind.“ Sanborn schenkte ihm ein charmantes Lächeln, das sein attraktives Gesicht aufhellte. „Sie nicht auch?“

„Ja, doch.“

„Und in einer Familie kümmert man sich umeinander, habe ich recht?“

Nicht in meiner Familie, wollte Nick antworten, tat es jedoch nicht. „Mitchell, warum sparen Sie uns nicht viel Zeit und sagen mir direkt, was Sie von mir wollen?“

„Reden wir lieber erst einmal davon, was ich *für* Sie will,

Senator. Ich glaube, Sie erinnern sich an unsere letzte Unterhaltung, in der ich Ihnen zu verstehen gab, welche großen Hoffnungen die Partei in Sie als unseren hellsten neuen Stern am Himmel setzt."

Allmählich ahnte Nick, worauf das hinauslief. „Sie werden sich Ihrerseits noch daran erinnern, dass ich entgegnet habe, ich sei für ein solches Gespräch noch nicht bereit."

„Natürlich erinnere ich mich daran. Doch sollten Sie irgendwann bereit sein, wird die Partei Ihnen die Unterstützung zukommen lassen, die Sie benötigen."

„Im Gegenzug für was?"

Jeder liebenswürdige Ausdruck wich aus Sanborns Gesicht. „Richten Sie Ihrer Verlobten aus, sie soll die Finger von der Sache lassen."

„Moment mal", schaltete Knott sich ein und schoss beinah aus dem Sessel. „Das war nicht abgesprochen!" Zu Nick meinte er: „Diese Wortwahl habe ich nicht gebilligt. Er bat mich nur, ihn zu einem Besuch bei Ihnen zu begleiten. Davon war nie die Rede!"

Nick hob die Hand. „Bleiben wir alle doch mal ruhig, Judson. Lassen Sie mich das für uns ganz einfach machen."

„Das wäre wünschenswert", erwiderte Sanborn.

„Verschwinden Sie aus meinem Büro."

Sanborn stutzte und lief rot an. „Sie können nicht … Ich werde nicht …"

Nick erhob sich zu seiner vollen Größe von über einem Meter neunzig. „Verschwinden Sie, und zwar auf der Stelle."

Langsam richtete Sanborn sich auf und strich seinen Anzug glatt. „Sie schaffen sich gerade einen mächtigen Feind, junger Mann."

„Für Sie immer noch Senator. Und wenn ich der Parteiführung von Ihrem Anliegen berichte, das Sie mir eben vorgetragen haben, wird nicht mehr viel Macht übrig sein. Genießen Sie sie also, solange Sie sie noch haben."

„Judson", meinte Sanborn. „Wir gehen."

„Tun Sie das, aber tun Sie es allein. Mit Ihnen gehe ich nirgendwo mehr hin."

Sanborn machte auf dem Absatz kehrt und marschierte hinaus.

„Und so schwinden sie dahin, meine Chancen auf die Präsidentschaft", murmelte Nick amüsiert, um damit die gespannte Atmosphäre ein wenig aufzulockern.

„Es tut mir schrecklich leid, Senator", erklärte Judson. „Ich hatte wirklich keine Ahnung ..."

Nick legte dem älteren Mann die Hand auf die Schulter. „Machen Sie sich deswegen keine Gedanken." Judson und der Rest der Demokratischen Partei Virginias hatten ihn und seine Mitarbeiter voll unterstützt, seit John O'Connors plötzlicher Tod ihr Leben auf den Kopf gestellt hatte.

„Wenn er mir verraten hätte, was er vorhat, hätte ich ihm gleich klargemacht, dass er bloß seine Zeit vergeudet", sagte Judson.

„Was hat er Ihnen denn erzählt, was er von mir will?"

„Über den Wahlkampf reden und hören, wie es läuft."

„Tja, jetzt weiß er, wie es läuft."

„Und er läuft erst mal weg", meldete Christina sich zu Wort.

„Die müssen wirklich Angst haben", bemerkte Nick, und dann fiel ihm etwas anderes ein. Er zog sein Blackberry aus der Tasche. „Würden Sie mich bitte eine Minute entschuldigen?"

„Selbstverständlich, Senator", antwortete Judson und verließ gemeinsam mit Christina leise den Raum. Sie schlossen die Tür hinter sich.

Sobald er allein war, wählte er Sams Nummer. „Hallo, Liebes."

„Hey, hallo."
„Was ist los?"
„Woher weißt du, dass etwas los ist?"
„Weil ich dich kenne."
„Die stellvertretende Staatsanwältin will mich nicht gegen Bartholomew vorgehen lassen, bis wir mehr Beweise haben als Selinas Aussage. Und nun warte ich auf die verdammten Laborergebnisse, und die brauchen da anscheinend den ganzen Tag! Sag mir, dass es bei dir besser läuft."
„Bis vor wenigen Minuten war das tatsächlich der Fall." Er berichtete ihr von Sanborns Besuch und davon, wie wütend der Vorsitzende gewesen war, weil Nick sich nicht in die laufenden Ermittlungen einmischen wollte.
„Wow, du hast mir gerade einen weiteren Verdächtigen geliefert."
„Genau das habe ich auch gedacht."
„Habe ich dir eigentlich in letzter Zeit mal gesagt, dass ich dich liebe?"
Er grinste. „Ich freue mich immer, es zu hören. Egal, wann."
„Tut mir leid, dass du jetzt in dieser Lage steckst."
„Das ist ganz sicher nicht deine Schuld."
„Ich hab's dir gesagt", meinte sie.
„Was hast du mir gesagt?"
„Dass unsere beruflichen Probleme sich überlagern würden."
„Ach, ich mag es, wenn sich bei uns beiden was überlagert."
„Puh, wie zweideutig. Ich versuche hier, dem Ernst der Lage gerecht zu werden."
„Und ich versuche dir klarzumachen, dass es mir völlig egal ist, wenn unsere beruflichen Probleme sich überlagern. Ich tue für die Menschen in Virginia alles, was ich kann. Wenn ich nicht gewählt werde, weil die Leute unzufrieden sind, dann ist

es eben so. Ich werde diesem Job jedenfalls nicht die ganze Macht über mein Leben geben."

„Du hast dich ganz schön entwickelt. Wie hast du das angestellt?"

„Dank dir und den Morden an zwei meiner guten Freunde weiß ich, was im Leben wirklich zählt. Und ich weigere mich einfach, Leute wie Sanborn glauben zu lassen, ich sei käuflich."

„Das macht mich echt an."

Nick lachte. „Davon habe ich jetzt auch nichts."

„Du hast Glück, denn es wird vorhalten, bis wir uns wiedersehen."

„Hm, kann es kaum erwarten."

„Danke für die neue Spur und dafür, dass du dich gegen Sanborn zur Wehr gesetzt hast. Ich bin stolz auf dich."

„Dann hat es sich gelohnt", gab er zurück. „Es hat sich auf jeden Fall gelohnt."

„Wir sehen uns irgendwann."

Kurz überlegte er, ob er ihr von der Rampe an seinem Haus erzählen sollte, beschloss dann aber, dass es eine Überraschung werden sollte. „Pass auf meine Verlobte auf. Ich liebe sie nämlich über alles."

„Nick, du machst mich ganz flatterig. Das ist noch keinem gelungen. Wie schaffst du das bloß?"

Zufrieden grinste er. „Was soll ich sagen? Es ist Magie. Pass auf dich auf, Schatz."

Während Sam auf die Laborergebnisse wartete, holte sie Informationen über Mitchell Sanborn ein. Als sein Foto auf dem Computerbildschirm erschien, bekam sie eine Gänsehaut. Diese Augen … Sofort fiel ihr Jeannies Beschreibung des Täters ein. Sam las seine beeindruckende Biografie, zu der ein Studium an einer Eliteuniversität ebenso gehörte wie der anschließende kometenhafte Aufstieg bei den Demokraten. Doch immer wieder kam sie auf das Foto und diese Augen zurück …

Sie druckte es zusammen mit fünf anderen von zufällig ausgewählten Männern aus und schnappte sich ihr Funkgerät. „Cruz!“

Er erschien in ihrem Büro, ein Klecks Sahne an der Unterlippe. „Bin schon da, Boss.“

„Gehen wir.“

Er holte seinen Trenchcoat und folgte ihr. „Wohin denn?“

„Zuerst zu Jeannie, und anschließend verhaften wir hoffentlich ein paar üble Bastarde.“

„Oh, ich liebe es, wenn wir üble Bastarde verhaften!“

„Würdest du bitte diesen Donut aufessen, damit ich ihn nicht riechen muss?“

„Möchtest du auch einen?“

„Ja, aber mein Hintern wird in einem solch alarmierenden Tempo größer, dass ich mein Hochzeitskleid dann eher von einem Zeltmacher als von Vera Wang nähen lassen müsste. Also halte die Dinger lieber fern von mir.“

„Ach, so groß ist dein Hintern gar nicht. Nicht dass ich hingesehen hätte …“

Sam warf ihm einen vernichtenden Blick zu.

Er aß das letzte Stück vom Donut. „Macht Vera Wang dir wirklich ein Kleid? Sogar ich habe schon von ihr gehört.“

„Anscheinend. Da fällt mir etwas ein …“ Sie zog ihr Handy aus der Tasche und schrieb eine SMS an Shelby und ihre Schwestern, um das Treffen am Abend in das Haus ihres Vaters zu verlegen, da ihr eigenes ja noch vom Feuer beschädigt war.

„Ist mit Nick alles in Ordnung? Ich nehme an, er ist gestern Abend doch noch aufgetaucht.“

„Ja. Er ist ein bisschen durch den Wind, nachdem er seine

nichtsnutzige Mutter diese Woche gesehen hat. Sie hat fünfundzwanzig Riesen von ihm geschnorrt."

Freddie stieß einen leisen Pfiff aus. „Der arme Kerl. Hat in letzter Zeit wirklich genug einstecken müssen."

„Da muss ich dir recht geben. Was ist mit dir? Alles bereit für den heutigen Abend?"

Seine Laune kippte sofort. „Glaub schon."

„Was von Elin gehört?"

Niedergeschlagen schüttelte er den Kopf. „Nicht mehr, seit ich ihr gesagt habe, sie soll heute Abend kommen."

„Bereust du es, ihr ein Ultimatum gestellt zu haben?"

„In gewisser Weise. Ich mag sie, und ich will nicht, dass es vorbei ist."

„Du rechnest nicht damit, dass sie vorbeischaut?"

„Nein."

„Vielleicht hast du einfach nicht genug Vertrauen in sie."

Er zuckte mit den Schultern. „Warum sollte sie sich die Abneigung meiner Mutter antun? Sie kann jeden Typen haben, den sie will."

„Mir scheint, sie will dich."

„Tja, das werden wir sehen, oder?"

Über das Dach ihres Wagens hinweg erwiderte Sam: „Es gibt viele Frauen, Freddie. Wenn es mit der nicht klappt, schwimmen noch jede Menge anderer Fische im Meer."

„Ich habe neunundzwanzig Jahre gebraucht, um diesen an Land zu ziehen. Ich bin noch nicht bereit, ihn wieder ins Wasser zu werfen."

Nachdem sie eingestiegen waren, startete Sam den Motor und ließ ihn eine Minute warmlaufen. Ihr Handy klingelte, und sie nahm den Anruf von Captain Malone entgegen.

„Bitte sagen Sie mir, dass Sie Neuigkeiten vom Labor haben", meinte Sam.

„Dazu kommen wir noch. Aber vorher möchte ich Sie darüber informieren, dass Peter Gibson soeben aus der Haft entlassen wurde.“

Sam hatte gewusst, dass das passieren würde, doch es jetzt zu hören, verursachte ihr trotzdem Magendrücken. Sie legte die Hand auf den Bauch. „Okay.“

„Es tut mir leid, Sam.“

„Ist ja nicht Ihre Schuld.“ Furcht kroch in ihr hoch und drohte sie aus der Fassung zu bringen. „Was haben Sie vom Labor gehört?“

„Man fand Sperma auf der Kleidung.“

„Dem Himmel sei Dank.“

„Sie müssen sich bei Bartholomew zurückhalten, bis wir wissen, dass es sich um seine DNA handelt.“

„Wir wissen, dass es seine ist.“

„Wir wissen lediglich, dass ein Callgirl behauptet, es sei seine. Bis das Labor es uns bestätigt, müssen Sie ihn wie jemanden behandeln, dem unser Interesse gilt, aber nicht wie einen Verdächtigen. Das kommt übrigens direkt von Farnsworth und Forrester.“

„Wortklauberei“, entgegnete Sam verächtlich. „Haben Sie mir den richterlichen Beschluss besorgt, eine DNA-Probe von ihm zu nehmen?“

„Unterschrieben und fertig.“

„Cruz und ich machen uns jetzt auf den Weg. Ich muss McBride noch einmal aufsuchen, danach holen wir uns Mr. Bartholomew.“

„Was erwarten Sie sich denn da von McBride?“

„Bin mir noch nicht sicher. Könnte etwas sein. Oder nichts.“

„Melden Sie sich, falls Sie etwas haben.“

„Mach ich.“

„Wo sind Ihre Bewacher?“

Sam stellte fest, dass sie die beiden Polizisten wieder einmal vergessen hatte, und schaute in den Rückspiegel. „Genau da, wo sie hingehören."

„Ausgezeichnet. Halten Sie mich auf dem Laufenden."

Sam verstaute ihr Telefon in der Tasche und nahm sich einen Moment Zeit, um die Nachricht zu verarbeiten, dass Peter Gibson auf freiem Fuß war. Sie hielt das Lenkrad mit beiden Händen fest, ohne jedoch einen Gang einzulegen.

„Gibson?", erkundigte Freddie sich.

Sie nickte.

Er stieß einen derben Fluch aus, der so untypisch für ihn war, dass Sam lachen musste.

„Er wird wieder Mist bauen, und wenn er das tut, werden wir bereit sein", schwor Freddie.

„Daran zweifle ich nicht."

„Es tut mir leid, Sam."

„Ist nicht deine Schuld. Wir haben es alle vermasselt, und nun müssen wir mit den Konsequenzen leben. Das Beste, was wir tun können, ist, für Gerechtigkeit für unsere aktuellen Opfer zu sorgen. Die verlassen sich darauf."

„Ich bewundere die Art, wie du damit umgehst."

„Was bleibt mir anderes übrig?"

„Nichts, nehme ich an."

„Mir kam heute Morgen eine wichtige Erkenntnis, als ich mich mit Selina Rameriz unterhielt", sagte Sam zu Freddie, als sie vom Parkplatz vor dem Polizeigebäude fuhren.

„Und welche?"

„Der Grund, weshalb sie ausgerechnet Einwanderinnen für den Callgirl-Ring angeworben haben – damit die Frauen die Mistkerle, die sie für ihre Dienste bezahlten, nicht wiedererkennen. Sicher, den Präsidenten und Vizepräsidenten würden auch Einwanderinnen erkennen. Aber wie viele Amerikaner wüssten genau, wer der Sprecher des Repräsentantenhauses ist? Ganz zu schweigen von den Senatoren Virginias."

„Na ja, alle Amerikaner kennen Nick."

„Zum Glück hat der keinen Bedarf an Callgirls", bemerkte Sam trocken.

„Cook ist ein ziemlich bedeutender Name in der amerikanischen Politik."

„Leute, die neu ins Land kommen, würden ihn trotzdem nicht kennen."

„Stimmt auch wieder."

„Also ist es definitiv schlau von denen gewesen, schöne junge Einwanderinnen zu rekrutieren, die keine Ahnung haben, wem sie zu Diensten sind", meinte Sam.

„Und deren plötzlicher Tod kein Misstrauen weckt."

„Die Person, die sie umgebracht hat, dürfte allerdings nicht damit gerechnet haben, dass sich ein Senator in eine dieser Frauen verliebt."

„Er hat außerdem nicht mit uns gerechnet", ergänzte Freddie.

„Die dachten wahrscheinlich, das MPD würde sich nicht groß für ein paar tote Putzfrauen interessieren."

„Da haben sie sich aber geirrt."

„Worauf du deinen Arsch verwetten kannst."

„Was für eine Ausdrucksweise, Lieutenant", sagte Freddie in tadelndem Ton.

Sam zeigte ihm den Finger.

„Jetzt bin ich beleidigt."

„Du wirst es überstehen."

„Weswegen besuchen wir McBride?"

„Ich will ihr ein Foto zeigen. Ist nur so eine Ahnung."

„Deine Ahnungen sind meistens ein Treffer ins Schwarze."

„Wenn das diesmal auch der Fall ist, dann haben wir unseren Killer."

30. Kapitel

Jeannies heftiger Reaktion auf eines der sechs Fotos nach zu urteilen, die Sam ihr zeigte, hatten sie ihren Mann gefunden.

Als Sam die Fotos wegschob, fing Jeannie an zu schluchzen.

Michael, dessen abgehärmtes Gesicht mit den geröteten Augen verriet, wie er die Information über ihre Vergewaltigung aufgenommen hatte, legte sich sofort zu ihr ins Bett und schlang die Arme um sie.

„Wer ist es?", flüsterte Jeannie.

Sam faltete das Foto und steckte es in ihre Manteltasche. „Mitchell Sanborn, Vorsitzender des Democratic National Committee, der nationalen Organisation der Demokratischen Partei."

„Gütiger Himmel, die Presse wird sich darauf stürzen."

„Ja."

„Wirst du ihn gleich verhaften?"

„Ich mache mich von hier auf den Weg zu ihm." Sam zögerte, aber nur kurz, ehe sie Jeannies Hand nahm. „Wenn es noch jemanden gibt, der von dir selbst hören sollte, was dir passiert ist, wäre dies der geeignete Zeitpunkt."

„Meine Mutter." Jeannie sah Michael beinah panisch an. „Meine Familie."

„Ist bereits geklärt", sagte Michael. „Ich habe deine Mutter angerufen. Sie bringt deine Schwester mit. Ich werde mit ihnen reden."

„Nicht genug damit, dass das passieren musste, jetzt wird es auch noch in sämtlichen Nachrichten verbreitet“, meinte Jeannie, deren Trauer sich in Wut verwandelte.

„Wir stehen das gemeinsam durch“, versprach Sam ihr und drückte Jeannies Finger. „Ich hatte da eine Idee, aber die scheint sinnlos zu sein …“

„Was für eine Idee?“, fragte Jeannie.

„Erinnerst du dich daran, als der *Reporter* drauf und dran war, eine Story über meine Beinahe-Abtreibung vor Jahren zu bringen?“

„Ja“, antwortete Jeannie.

„Nick ermutigte mich, der Story einfach zuvorzukommen, indem ich alles selbst und in meinen Worten erzählte, bevor die Medien irgendwelche verfälschten Versionen verbreiten konnten.“

„Du willst mir nicht wirklich vorschlagen, ich solle mit den Medien reden …?“

„Ich will nur vorschlagen, dass du in Erwägung ziehen solltest, mit *einem* Reporter zu sprechen. Dem erzählst du, dass es dir den Umständen entsprechend gut geht, dass du es überlebt hast und dich auf dem Weg der Besserung befindest. Zeig ihm und dem Rest der Welt, dass der Täter dich nicht kaputtgemacht hat.“

„Da bin ich mir noch gar nicht sicher.“

„Das müssen die Leute ja nicht wissen.“

„Wenn ich das mache, würde es nicht den Ermittlungen schaden?“

„Nur wenn du Dinge preisgeben würdest, die allein zwei Personen wissen können: du und er. Ich schlage eine anspruchsvolle Story vor, in deinen Worten geschildert, ohne die Ermittlungen zu gefährden. Du weißt selbst am besten, was du erwähnen kannst und was nicht.“

Jeannie schaute zu Michael. „Was denkst du?“

„Es liegt natürlich ganz allein bei dir, aber ich muss Sam zustimmen. Es ist eine Überlegung wert."

„Ich kann mir nicht vorstellen, einem Fremden zu berichten …" Ihre Stimme wurde zu einem Flüstern, und ihre Augen füllten sich erneut mit Tränen.

„Deinen persönlichen Schmerz Fremden zu offenbaren, ist schwierig", pflichtete Sam ihr bei. „Doch in meinem Fall hatte Nick recht. Nachdem wir unser Statement abgegeben hatten, verloren die Lügen, die der *Reporter* gedruckt hatte, an Bedeutung. Ich bezweifle, dass ich diese Episode so gut überstanden hätte, wenn ich nicht die Chance bekommen hätte, die Geschichte auf meine Weise zu erzählen."

„Kennst du denn jemanden? Einen Reporter, mit dem ich reden könnte?"

„Ich habe sogar genau den Richtigen. Der wird es angemessen bringen. Es ist Darren Tabor vom *Star*. Er hat das gemeinsame Interview mit mir und Nick geführt."

„Ich fand dieses Interview fantastisch. Er hat da einen tollen Job gemacht."

„Es war ganz okay", räumte Sam widerwillig ein. Mit Reportern über ihr Privatleben zu sprechen, würde ihr nie behagen. Sie hatte es für Nick und seinen Wahlkampf getan.

„Würdest du dabei sein?", fragte Jeannie Michael.

„Immer. Ich bin da, solange du mich brauchst."

Jeannie lächelte dankbar und drückte seine Hand fester. „Na schön, ich mache es."

„Ich rufe ihn an und schicke ihn am Nachmittag zu Michaels Haus, wo du dich mit ihm treffen kannst. Auf diese Weise kannst du erst mal nach Hause und hast etwas Zeit für dich."

„Danke, Sam. Ich fühle mich schon besser dadurch, dass ich jetzt weiß, wer dahintersteckt und dass du ihn verhaften wirst."

„Den werfe ich ins Gefängnis", schwor Sam. „Der wird büßen für das, was er dir und den anderen angetan hat."

„Ich verlasse mich darauf."

Gonzo erwachte und setzte sich mit pochendem Herzen auf. Stundenlang hatte sein Sohn Alex fast ununterbrochen geschrien. Schließlich war das Baby vor knapp einer Stunde erschöpft eingeschlafen. Gonzo und Christina waren ins Bett gefallen, um die Chance auf ein wenig Schlaf zu nutzen. Dank des Babyfons konnte Gonzo die leisen Laute hören, die das Baby von sich gab, während es schlief. Sams Schwester hatte ihn beruhigt, die Furcht um das Baby würde irgendwann verschwinden. Das hoffte er, denn es war anstrengend, in ständiger Angst leben zu müssen.

Gonzo sah zu Christina. Er wollte sie so gern küssen, doch nachdem sie den Großteil der Nacht wach gewesen war und ihm bei dem Baby geholfen hatte, wollte er sie nicht stören. Er drehte sich auf die Seite, legte den Arm um sie und zog sie näher an sich. Sosehr er das Baby auch liebte, er vermisste die ungestörte Zeit mit ihr.

Sie murmelte im Schlaf. Gonzo küsste sie auf den Kopf und atmete ihren wundervollen Duft ein.

„Tommy", flüsterte sie.

„Hm?"

„Warum schläfst du nicht?"

„Ich bin aufgewacht und konnte ihn nicht hören. Da habe ich mir Sorgen gemacht."

„Ihm geht's gut. Dir geht's auch gut. Uns allen geht's gut."

„Tatsächlich?"

Lächelnd sah sie ihn an. „Natürlich."

„Ich liebe dich so sehr, Christina. Ich habe mein ganzes Leben damit zugebracht, eine solche feste Beziehung zu vermeiden.

Jetzt, da ich eine habe, kann ich überhaupt nicht mehr verstehen, warum ich nie eine wollte. Und das sage ich nicht bloß, weil du mir bei dem Baby hilfst."

„Das weiß ich." Sie streichelte sein Gesicht. „Ich liebe dich auch. Ich kann nicht fassen, wie schnell alles gegangen ist und wie zufrieden ich bin."

Er berührte ihren Nacken und küsste ihre Lippen. Während er sich dem Kuss widmete, begriff Gonzo mit nie gekannter Klarheit, dass sie die Richtige für ihn war – die Frau, auf die er gewartet hatte, ohne sich dessen bewusst gewesen zu sein.

Er schob sich auf sie und genoss es, ihre zarte Haut zu spüren.

Ihre Hände glitten über seinen Rücken, beruhigend und erregend zugleich. Sie hob einladend das Becken, und er drang geschmeidig in sie ein. Keine andere Frau hatte je eine solche Wirkung auf ihn gehabt. Anfangs hatte er noch damit gerechnet, ihrer überdrüssig zu werden, wie es bei all den anderen gewesen war. Doch je mehr Zeit er mit ihr verbrachte, desto mehr wollte er sie. Allmählich erkannte er, dass er niemals genug von ihr haben würde. Und das war definitiv noch nie da gewesen.

Er stützte sich auf die Ellbogen, strich ihr die Haare aus dem Gesicht und küsste sie. „Du bist wunderschön und eine echte Lady."

„Nicht immer", entgegnete sie herausfordernd grinsend und ließ die Hände zu seinem Po hinuntergleiten. Sie griff zu, was ihm ein Stöhnen entlockte.

Sie weckte etwas Primitives in ihm, etwas Besitzergreifendes und völlig Neues, während er sie leidenschaftlich liebte.

Hinterher blieb er auf ihr liegen und sorgte sich wie stets darum, dass er so viel größer war als sie. Sie fuhr ihm durch die Haare und strich mit ihrem Fuß an seinem Bein auf und ab.

Gonzo atmete ihren Duft ein und wollte sie erneut, für alle Zeiten. „Heirate mich", sagte er. Die Worte waren heraus, ehe er deren Tragweite bedenken konnte.

Sie erschrak. „Tommy …"

„Tut mir leid. Ich wollte dich damit nicht überfallen. Ich habe ja nicht einmal einen Ring, und eine Klassefrau wie du hat einen romantischen Antrag verdient …" Beim Anblick ihrer Tränen und ihres Lachens stutzte er. „Was ist denn?"

„Wenn du nicht aufhörst zu reden, ruinierst du noch den romantischsten Augenblick meines Lebens."

Er war völlig verblüfft. „Ja?"

„Ja." Sie zog ihn für einen Kuss an sich, der ihn wie in einen Rausch versetzte.

„Lass es mich noch einmal versuchen … Christina Billings, ich liebe dich. Willst du mich bitte heiraten?"

„Ja", antwortete sie lachend, während die Tränen über ihre Wangen liefen. „Ja, ich will dich heiraten, Tommy Gonzales."

„Ich werde dir einen Ring besorgen. Sobald ich kann."

„Ich brauche keinen." Sie drückte ihn fest an sich. „Ich habe alles, was ich brauche."

Alex nutzte diesen Moment, um herzhaft zu schreien.

„Und noch mehr", flüsterte Christina und küsste Gonzo erneut.

Sam und Freddie saßen im Wagen vor dem Hauptsitz des Democratic National Committee in der South Capitol Street.

„Wie wollen wir vorgehen?", wollte Freddie wissen.

„Wir gehen da rein und verhaften Sanborn wegen Kidnapping und Vergewaltigung. Sobald wir ihn im Verhörraum haben, geben wir ihm den Rest."

„Was ist mit Bartholomew?"

„Der kommt als Nächster an die Reihe."

„Ist das dort drüben nicht Sanborn?“ Freddie zeigte auf zwei Männer, die eine erhitzte Diskussion zu führen schienen.

„Das ist er! Und Daniels ist bei ihm“, erklärte sie und meinte damit den Sprecher des Repräsentantenhauses. „Der ist der Dritte auf meiner Liste. Wow, ich frage mich, worüber die beiden sich streiten.“

„Wie wäre es, wenn wir mal hingehen und uns erkundigen?“

Sie stiegen aus und gingen mit Sams Bewachern auf den Fersen auf die zwei Männer zu, die sie erst bemerkten, als Sam und Freddie schon fast bei ihnen waren.

Als Sanborn Sam entdeckte, erbleichte er. Dann rannte er los. Daniels stürmte in die andere Richtung davon. „Schnapp du dir Daniels!“, rief sie Freddie zu, um sich selbst Sanborn vorzunehmen. „Einer begleitet ihn“, befahl sie ihrem Beschützerduo. Dem Cop, der bei ihr blieb, erklärte sie: „Halten Sie sich zurück und überlassen Sie das mir.“

„Jawohl, Ma’am.“

Sanborn rannte die South Capitol Street entlang, wobei er immer wieder Fußgängern ausweichen musste. Sams Beine und ihre Lungen brannten vor Anstrengung, doch als sie daran dachte, was dieses Ungeheuer Jeannie angetan hatte, sorgte ein neuer Adrenalinschub dafür, dass sie sich ihrer Beute bis auf eine Armeslänge näherte. Aus Furcht, er könne ihr dennoch entkommen, sprang sie ihn von hinten an und brachte ihn zu Fall. Der Aufprall machte sie beide für einen Moment benommen. Sam wollte ihm Handschellen anlegen, doch er wehrte sich und traf sie mit dem Ellbogen hart in den Unterleib.

„Lassen Sie mich los, Sie verdammte Schlampe! Sie haben ja keine Ahnung, mit wem Sie sich da anlegen!“

Der Ellbogenstoß raubte ihr den Atem. „Ich weiß genau,

mit wem ich es zu tun habe. Das Vergewaltigen und Ermorden von Frauen ist für Sie vorbei."

„Sie haben den Falschen erwischt, und ich werde dafür sorgen, dass Sie das Ihren Job kostet!"

„Wir werden die DNA die wahre Geschichte erzählen lassen."

Das schien ihn zum Schweigen zu bringen. Sam unterdrückte die aufsteigende Übelkeit und stemmte ihm ihr Knie in den Rücken. Auf diese Weise gelang es ihr, ihm die Handschellen anzulegen. Sie ließ ihn mit dem Gesicht nach unten auf dem Gehsteig liegen und richtete sich auf, um Verstärkung zu rufen. Ein scharfer Bauchschmerz veranlasste sie, sich zu krümmen. Die Hände auf den Knien, versuchte sie zu atmen, wie sie es getan hatte, als sie noch vom Colatrinken Bauchweh bekommen hatte. Dieser Schmerz fühlte sich allerdings anders an …

„Ist alles in Ordnung, Lieutenant?", erkundigte sich der eine ihrer Bewacher.

„Ja, alles bestens. Ich brauche bloß eine Minute."

„Den haben Sie klasse zu Boden geschickt."

„Danke." Ein neuer, stärkerer Schmerz durchfuhr sie, als sie sich wieder aufrichten wollte.

„Sie sehen nicht allzu gut aus, Lieutenant."

„Ich bin okay", stieß sie mühsam hervor.

Innerhalb von Minuten wimmelte es in der Straße von Polizisten und Polizeiwagen. Sam ordnete an, dass Sanborn ins Hauptquartier gebracht wurde. Dort sollte er in einem Verhörraum warten, bis sie eintraf.

„Ich glaube, Lieutenant Holland benötigt ärztliche Versorgung", meinte der junge, zu ihrem Schutz abgestellte Officer.

Sam warf ihm einen tödlichen Blick zu. „Brauche ich nicht. Ich habe doch schon gesagt, es geht mir gut."

„So sehen Sie aber nicht aus."

Sam marschierte in die Richtung, in der sie geparkt hatten, und hoffte, dass Freddie Daniels erwischt hatte. Sie bemerkte zwar, dass der junge Officer ihr folgte, doch ihre gesamte Aufmerksamkeit galt ihrer Atmung, mit deren Hilfe sie die nach wie vor schnell und heftig kommenden Wellen des Schmerzes zu beherrschen versuchte.

Natürlich kannte sie die Ursache für diese Schmerzen genau, denn schließlich hatte sie das bereits dreimal durchgemacht. Aber dieses Mal … dieses Mal … Wenn sie sich eingestand, was nun passierte, würde sie ihren Job im Namen Reginas, Marias und Jeannies nicht zu Ende bringen können. Also atmete sie weiter, lief weiter, funktionierte weiter, während ihr das Herz brach.

Vor dem DNC-Gebäude kam Freddie auf sie zu und fragte: „Hast du ihn erwischt?“

„Ja. Und du?“

„Verhaftet und auf dem Weg zum Hauptquartier.“

„Dann lass uns zurückfahren und Bartholomew verhaften.“

„Ist alles in Ordnung mit dir?“, erkundigte er sich und folgte ihr zum Wagen.

„Mir geht’s gut.“

„Warum bist du dann weiß wie ein Geist, schwitzt und atmest komisch?“

„Hab einen Ellbogen in den Bauch bekommen. Tut weh.“

„Vielleicht sollten wir einen Abstecher zur Unfallstation machen.“

Sie zog ihr Handy aus der Tasche, um Malone auf den neuesten Stand zu bringen. „Der einzige Ort, an den wir uns jetzt begeben, ist das Büro des Vizepräsidenten, und anschließend fahren wir zum Hauptquartier, um diese Dreckskerle festzunageln.“

„Klar, Boss.“

Sam und Freddie mussten ihre Feuerwaffen abgeben, um die Sicherheitskontrolle im Eisenhower Executive Office Building direkt neben dem Weißen Haus passieren zu dürfen. Ohne ihre Waffe fühlte Sam sich jedes Mal unruhig. Aber wenn dazu noch stetig stärker werdende Unterleibsbeschwerden kamen, löste das echte Besorgnis in ihr aus.

Sie wurden zur Bürosuite des Vizepräsidenten geführt, wo man ihnen eröffnete, Mr. Bartholomew befinde sich in einer Sitzung.

Sam und Freddie tauschten einen Blick.

Sam lehnte sich an den Empfangstresen, um ihr Gesicht nah an das des nervös aussehenden Mannes dahinter bringen zu können. „Los, holen Sie ihn", forderte sie ihn in finsterem Ton auf.

Der junge Mann wich zurück und verschwand in den Büroräumen.

Ein weiterer scharfer Schmerz nahm Sam den Atem.

„Sam ..."

„Es ist nichts."

„Es ist nicht nichts."

„Äh", sagte der Rezeptionist, als er zurückgekehrt war. „Hier entlang."

Sam und Freddie folgten ihm in ein großes Büro, das voller Bilder und politischer Erinnerungsstücke war – ein weiterer Schrein einer langen, erfolgreichen Karriere.

Bartholomew erhob sich hinter seinem Schreibtisch, als sie eintraten. Er war groß, schwer und kahl. Sam stellte sich vor, wie die arme Selina Rameriz versucht hatte, sich gegen ihn zu wehren. Sie hatte nicht den Hauch einer Chance gehabt.

„Was kann ich für Sie tun?"

„Jack Bartholomew?", fragte Freddie.

„Ja."

Freddie hielt seine Dienstmarke hoch. „Wir möchten, dass Sie mit uns zum MPD-Hauptquartier kommen, damit wir uns mit Ihnen über Selina Rameriz unterhalten können."

„Über *wen*?"

„Das Callgirl, das Sie anal vergewaltigt haben", antwortete Sam. „Erinnern Sie sich an sie?"

Bartholomew erbleichte. „Etwas Derartiges habe ich nicht getan! Ich weiß nicht, wovon Sie sprechen!"

„Sie wissen sehr genau, wovon ich spreche."

„Sie haben den Falschen!"

Sam musste darüber lachen, weil das alle behaupteten. „Wenn das stimmt, dann werden Sie sicher nichts dagegen haben, uns für die Entnahme einer DNA-Probe zu begleiten. Das wird die ganze Sache aufklären."

An diesem Punkt erschien eine Schweißperle auf seiner Stirn.

Sam gab ihrem Partner ein Zeichen.

Freddie trat auf den Mann zu und erklärte ihm seine Rechte.

„Das ist empörend!", rief Bartholomew und wehrte sich gegen Freddies Versuch, ihm Handschellen anzulegen.

„Was geht hier vor?", meldete sich eine Stimme vom Türrahmen.

Sam drehte sich um und entdeckte den Vizepräsidenten persönlich, der das Geschehen verfolgte.

„Mr. Bartholomew ist ein Verdächtiger in einem Fall übelster sexueller Gewalt", erklärte Sam.

Gooding stand für einen Moment mit offenem Mund da, ehe er seine Fassung wiedergewann.

„Mr. Vizepräsident", wandte Bartholomew sich an ihn, „Sie müssen mir glauben. Ich schwöre bei Gott, dass ich das nicht getan habe."

„Sie sollten lieber nicht bei Gott schwören", riet Freddie ihm. „Dafür kommen Sie in die Hölle."

Gooding musterte seinen Stabschef, doch seine Miene verriet nichts. Er war attraktiv mit seinen schneeweißen Haaren und den durchdringenden blauen Augen, und größer, als er im Fernsehen wirkte.

„Bill", flehte Bartholomew, während Freddie ihn abführte. „Helfen Sie mir, bitte!"

Sam blieb noch. „Wenn ich mir die Bemerkung erlauben darf, Sir: Sie machen keinen so schockierten Eindruck, wie ich es bei der Verhaftung Ihres Stabschefs wegen sexueller Gewalt erwartet hätte."

Endlich blinzelte Gooding. „Selbstverständlich bin ich schockiert. Ich kenne Jack Bartholomew seit fünfundzwanzig Jahren."

„Und Sie hatten nie einen Grund, zu glauben, er könne fähig sein, Frauen zu überfallen?"

„Absolut nicht", antwortete er, doch Sam bemerkte sehr wohl, dass seinen Worten jene Überzeugung fehlte, die jemand hervorbringen würde, der soeben Zeuge der Verhaftung seines Mitarbeiters geworden war. „Wird das in den Nachrichten gemeldet?"

„Dass der Stabschef des Vizepräsidenten der Vergewaltigung verdächtigt wird? Dass er und andere hochrangige Regierungsmitglieder einen Callgirl-Ring unterhielten, der zu den am schlechtesten gehüteten Geheimnissen Washingtons gehörte? Ja, ich denke, diese Meldung wird es höchstwahrscheinlich in die Nachrichten schaffen."

Jetzt machte Gooding doch ein besorgtes Gesicht. „Tja, ich habe noch … einiges zu erledigen …"

Sam bedeutete ihm, dass er ruhig gehen konnte. Sobald sie allein war, musste sie sich an einer Sessellehne festhalten, weil erneut der Schmerz aufflammte. Als sie in der Lage war, Bartholomews Büro zu verlassen, eilte sie auf die nächstgelegene

Toilette, die sie in diesem riesigen Bürogebäude finden konnte.

Mit zittrigen Fingern zog sie in der Kabine den Reißverschluss ihrer Jeans herunter. „Um Himmels willen", flüsterte sie beim Anblick von Blut – viel Blut. „Nein, nein, *nein* …" Sie riss sich zusammen und holte Binden aus dem Automaten an der Wand. Das Zittern ihrer Hände erschwerte ihre Bemühungen, sich zu reinigen und die Binde zu platzieren.

Ihr war übel, und sie schwitzte, deshalb schloss sie kurz die Augen, um mit dem Schock und den Schmerzen fertigzuwerden. Ihr klingelndes Telefon beendete diesen Moment. Sie klappte es auf und ließ es prompt zu Boden fallen. Natürlich schlitterte es weg und blieb außerhalb ihrer Reichweite liegen. Es gelang ihr, die Jeans zuzuknöpfen und die Kabine zu verlassen, um ihr Handy aufzuheben.

„Ja?", meldete sie sich. Wegen der Krämpfe ging ihr Atem schwer.

„Sam?" Es war Freddie. „Ich warte schon seit zwanzig Minuten hier unten. Warum brauchst du so lange?"

Zwanzig Minuten? „Tut mir leid."

„Hat Gooding dir Schwierigkeiten gemacht?"

„Was? Nein."

„Was hat dich dann aufgehalten?"

„Nichts. Ich bin unterwegs."

„Ist alles in Ordnung mit dir?"

„Ja." Sam beendete das Gespräch und scrollte durch ihre Kontakte auf der Suche nach der Nummer, die Harry in ihr Adressbuch eingegeben hatte. Sie wollte Nick anrufen. Sie *musste* Nick anrufen. Aber sie musste auch unbedingt den Fall abschließen, vorher durfte sie nicht zusammenbrechen. Und wenn sie seine Stimme hörte, *würde* sie zusammenbrechen.

„Hier spricht Sam Holland", sagte sie, als Harry sich meldete.

„Hey, Sam. Was gibt's?"

„Tut mir leid, Sie an Ihrem freien Tag zu stören, aber ich … ich fürchte, ich habe wieder eine Fehlgeburt."

„O nein. Was ist passiert?"

„Ich habe einen harten Schlag in den Bauch bekommen, und unmittelbar darauf setzten die Krämpfe ein. Und jetzt blute ich auch noch."

„Ist es mehr als bei einer normalen Periode?"

Sam schluckte, weil sie einen Kloß im Hals hatte, und antwortete: „Ja."

„Können Sie eine Notaufnahme erreichen? Ich könnte Sie dort treffen."

„Ich bin ungefähr zwei Stunden vom Abschluss eines wichtigen Falls entfernt, deshalb frage ich mich …" Tränen brannten in ihren Augen. „Wenn ich jetzt zur Notaufnahme fahre, würde man dort nichts ändern oder mir irgendwie helfen können, oder?"

„In welchen Abständen kommen die Krämpfe?"

„Etwa jede Minute."

Harry seufzte. „Das zusammen mit der Blutung … Ich bezweifle, dass man etwas machen kann. Es tut mir leid, Sam."

„Schon in Ordnung. Ist ja nicht so, als hätte ich das nicht alles bereits durchgemacht."

„Mir ist klar, dass Sie das momentan bestimmt anders sehen, doch im Grunde sind das gute Nachrichten."

„Wie um alles in der Welt sollen das gute Nachrichten sein?"

„Es beweist, dass Sie schwanger werden können."

„Das ist keine gute Nachricht, wenn es jedes Mal auf diese Weise endet."

„Das muss es nicht unbedingt. Sie haben einen harten Schlag abgekriegt. Die Eizelle hatte sich vermutlich noch nicht in der

Gebärmutterwand eingenistet, deshalb brauchte es nicht viel, um sie herauszulösen."

„Dieser Mist passiert aber nun mal in meinem Job. Ich bekomme harte Schläge ab. Sie können mich schlecht für neun Monate in Schaumstoff wickeln und erwarten, dass ich meine Arbeit tue."

„Wollen wir wetten?"

„Hören Sie ..."

„Rufen Sie mich an, sobald Sie zu Hause sind, dann komme ich mit Maggie vorbei, damit sie sich das mal anschaut."

„Ist das Ihre Freundin?"

„Ja. Sie schiebt mir gerade einen Zettel zu, auf dem steht, dass Sie sich sofort in eine Notaufnahme begeben sollen, wenn Ihnen schwummrig wird oder übel, die Schmerzen stärker werden und/oder konstant bleiben und die Blutung zunimmt. Andernfalls müsste es wie eine etwas heftigere Periode mit Krämpfen und Blutungen verlaufen. Okay?"

„Ja."

„Tut mir leid, dass Ihnen das schon wieder passiert."

„Mir auch. Danke für die Hilfe."

„Jederzeit."

Sie klappte ihr Handy zu und verstaute es in ihrer Manteltasche, entschlossen, diesen Fall zu lösen, bevor sie ihre vierte Fehlgeburt erlitt.

31. Kapitel

Sam gab Freddie den Autoschlüssel.

„Ist wirklich alles in Ordnung, Boss?"

„Fahr einfach."

„Ich habe Bartholomew mit dem Streifenwagen losgeschickt. Der erwartet uns im Verhörraum. Außerdem habe ich Faith Miller angerufen und sie gebeten, sich dort mit uns zu treffen."

„Gut. Danke."

„Was hat der Vizepräsident gesagt?"

Sam lehnte sich zurück und kämpfte gegen den emotionalen Tumult in ihrem Innern. Es gab so viel zu verarbeiten und so wenig Zeit dafür. „Er war besorgt, dass die Medien Wind von der Verhaftung seines Stabschefs bekommen würden."

„Ein Politiker durch und durch." Freddie steuerte den Wagen durch den Feierabendverkehr. „Wie lautet der Plan, wenn wir da sind?"

„Wir werden sie eine Weile schmoren lassen und dann jedem Einzelnen erzählen, dass die anderen ihn belastet hätten."

Freddie war einverstanden. „Gefällt mir. Keiner von denen wird alleine untergehen wollen."

„Das ist der Gedanke dahinter."

Nach längerem Schweigen richtete er den Blick von der Straße auf sie. „Ich hab schon begriffen, dass du mir nicht verraten willst, was mit dir los ist. Aber ich sehe, dass du aufgewühlt bist. Wahrscheinlich denkst du an Peter …"

„Ja." Mit tränenfeuchten Augen nahm sie die vorbeiziehenden Lichter und Gebäude nur verschwommen wahr. Sie senkte die Lider, um gegen die Tränen anzukämpfen. Wenn sie erst einmal anfing, würde sie so schnell nicht wieder aufhören. „Kaum zu glauben, dass der jetzt irgendwo dort draußen ist."

„Das wird er nicht lange sein."

„Ich hoffe, du hast recht." Als sie das Hauptquartier erreichten, ging Sam direkt in ihr Büro, wo sie drei der Schmerztabletten schluckte, die sie für Notfälle in der Schreibtischschublade aufbewahrte. Und dies war definitiv ein Notfall. „Na los, machen wir den Sack zu", sagte sie zu Freddie, als sie im Kommissariat zu ihm stieß. „Du hast schließlich noch was vor."

„Ich bleibe hier, bis wir fertig sind. Meine Pläne laufen mir nicht weg."

Captain Malone und Chief Farnsworth gesellten sich zu ihnen.

„Lieutenant", meinte der Chief. „Sie haben einige hochrangige Gäste in meinen Verhörräumen untergebracht."

„Ja, Sir."

Farnsworth legte den Kopf schief und musterte sie. „Was ist los mit Ihnen?"

„Nichts." Sam wandte sich an Malone: „Haben Sie die DNA-Proben?"

„Sind bereits unterwegs zum Labor."

„Gut."

Die stellvertretende Staatsanwältin Faith Miller betrat das Kommissariat. „Lassen Sie mal hören", forderte sie Sam auf. Die Miller-Drillinge waren drei der beeindruckendsten Frauen, denen sie je begegnet war. Sie hatten weiches braunes Haar, das jede anders frisiert trug, grüne Augen und eine Figur, die man eher von Topmodels als von Anwältinnen gewohnt war.

„Sanborn ist der Haupttäter“, erklärte Sam. „McBride hat ihn als ihren Angreifer identifiziert. Ich glaube, die DNA wird zeigen, dass er außerdem für die Morde an Regina Argueta de Castro sowie an Maria Espanosa verantwortlich ist. Daniels und Bartholomew will ich dazu benutzen, Sanborn zu belasten. Straffreiheit für die beiden wegen des Callgirl-Rings, aber wenn die DNA auf Selina Rameriz’ Kleidung mit der von Bartholomew übereinstimmt, klage ich ihn wegen Vergewaltigung an. Selina hat zusammen mit Jackson ein Phantombild erstellt, das zu Bartholomew passt. Ihre Arbeitgeberin wird bestätigen, dass sie nach der Vergewaltigung mehrere Tage krank war, obwohl sie nie vorher gefehlt hat. Die Kolleginnen werden zudem aussagen, dass ihnen die Hämatome im Gesicht und an den Armen aufgefallen sind.“

„Wir haben außerdem mehrere Leute, die auf der Gala im Reagan Building waren und Bartholomew an diesem Abend zusammen mit Selina gesehen haben“, ergänzte Freddie. „Und wir haben ein Videoband, das die beiden zusammen zeigt.“

Faith nickte. „Zusätzlich zur DNA reicht das, um Anklage zu erheben.“

„Das Labor arbeitet schnellstmöglich“, meinte Farnsworth.

„Freut mich, dass es etwas gibt, was die auf Touren bringt“, bemerkte Sam.

„Was haben Sie bei Daniels?“, wollte Faith wissen.

„Beteiligung am Callgirl-Ring, Kundenanwerbung, Prostitution. Wenn ich ihm Straffreiheit anbieten kann, bringe ich ihn vermutlich dazu, uns alles zu erzählen, was er weiß. Soweit ich das beurteilen kann, wird das Ende seiner politischen Karriere schon eine harte Strafe sein.“

Faith schien derselben Ansicht zu sein. „Tun Sie es.“ Dann nahm sie Sam genauer in Augenschein. „Fühlen Sie sich nicht gut?“

„Ich habe Krämpfe“, flüsterte Sam ihr zu, sodass die Männer es nicht hören konnten.

„Autsch.“

Sam winkte Freddie heran und begab sich zu den Verhörräumen. „Reden wir zuerst mit Daniels.“ Unterwegs stoppte sie an ihren Schautafeln und nahm einige Fotos ab.

Als sie das Zimmer betraten, sprang der Sprecher des Repräsentantenhauses auf. „Ich weiß nicht, warum ich hier bin. Was habe ich getan?“

„Mr. Daniels, ich muss Sie daran erinnern, dass Sie das Recht auf Aussageverweigerung haben.“ Sam erläuterte ihm noch einmal seine Rechte und erhielt von ihm die Erlaubnis, das Gespräch aufzuzeichnen. Freddie blieb an der Tür stehen. „Haben Sie Ihre Rechte in dieser Angelegenheit verstanden?“

„Ich habe nichts getan! Ich weiß überhaupt nicht, von welcher *Angelegenheit* Sie sprechen!“

„Wenn Sie nichts getan haben, warum sind Sie dann vor uns geflohen?“, konterte Sam.

„Weil Sanborn das auch gemacht hat. Ich hatte keine Ahnung, was los ist.“

„Verzeihen Sie mir, wenn ich das nur schwer glauben kann.“ Sam legte Selina Rameriz’ Foto auf den Tisch.

Daniels, ein kleiner, gedrungener Mann mit dunklen Haaren und beginnenden Hängebacken, saß völlig regungslos da und starrte auf das Bild.

„Kennen Sie sie, Mr. Daniels?“

„Die habe ich noch nie in meinem Leben gesehen.“

„Wären Sie bereit, sich einem Lügendetektortest zu unterziehen und diese Frage noch einmal zu beantworten?“

Daniels fing an, auf und ab zu gehen. „Sie verstehen nicht …“

Sam nahm sich einen Stuhl und setzte sich vorsichtig. „Was verstehe ich nicht?“

„Es war ein einziges Mal."

Sie lachte. „Na klar. Wenn ich Miss Rameriz frage, wird sie das bestätigen?"

„Vielleicht passierte es auch zweimal, aber der Punkt ist, dass es keine große Sache war."

„Es verstößt gegen das Gesetz", erinnerte sie ihn. „Besonders, wenn man anfängt, Frauen zu töten, um sie zum Schweigen zu bringen."

Unvermittelt blieb Daniels stehen und drehte sich zu ihr um. „Töten? Ich habe niemanden getötet! Meinetwegen führen Sie einen Lügendetektortest durch."

Sam zuckte mit den Schultern. „Merkwürdig, Sanborn sagt etwas anderes. Er behauptet, die ganze Sache sei Ihre Idee gewesen."

Daniels lief dunkelrot an. „Dieser Mistkerl. Er lügt! Wenn einer die Fäden zog, dann er!"

Sie beugte sich vor und stützte die Ellbogen auf den Tisch. „Ich will, dass Sie mir alles über den Callgirl-Ring erzählen, was Sie wissen. Und zwar jetzt. Wenn Ihre Informationen glaubwürdig sind, könnte ich bei der stellvertretenden Staatsanwältin eventuell Straffreiheit für Sie aushandeln."

„Ich muss gegen die anderen aussagen?"

„Ja." Sam beobachtete ihn. Vermutlich begriff er gerade, dass seine politische Karriere höchstwahrscheinlich vorbei war.

Er verzog das Gesicht und stieß ein hässliches Knurren aus. „Wie können Sie das Leuten aus der Partei Ihres zukünftigen Mannes antun?"

Sie lachte. „Sie glauben, das interessiert mich? Und glauben Sie vielleicht, *ihn* interessiert das? Wir wollen beide Gerechtigkeit für die Frauen, die einer von Ihnen umgebracht hat. Das ist es, was uns interessiert."

„Er wird keine große Karriere mehr machen, wenn er nicht lernt, seine Frau unter Kontrolle zu bringen", sagte Daniels.

Sam bedachte ihn mit ihrem einschüchterndsten Cop-Blick. „Machen Sie weiter mit diesem Scheiß, dann ist der Deal vom Tisch." Sie schaute auf ihre Uhr. „Sie haben eine Minute. Also, wie sieht's aus?"

„Ich will meinen Anwalt sprechen."

Die Krämpfe in ihrem Unterleib ignorierend, stand Sam auf. „In dem Fall gibt's keinen Deal. Ich brauche die Informationen, und zwar sofort. Sie haben die Wahl."

Während er dastand, die Fäuste in die Hüften gestemmt, und seine Möglichkeiten abwägte, konnte sie an seiner sich ändernden Körperhaltung ablesen, wie sein Widerstand bröckelte. „Es war alles Sanborns Idee."

„Was genau?"

„Ein Service ... für uns, von uns. Unsere Jobs sind stressig, und wir brauchten ein Ventil, um Dampf abzulassen und uns zu entspannen. Wir dachten uns, wenn wir die Kontrolle haben, können wir über die Kundschaft entscheiden und es geheim halten. Wir könnten die Frauen auswählen ..."

„Einwanderinnen, die die meisten von Ihnen nicht kennen würden."

Daniels seufzte und ließ sich auf einen Stuhl fallen. „Ja."

„Wie lange war die Organisation im Geschäft?"

„Zwölf Jahre."

Sam konnte es nicht fassen, dass sie während der ganzen Zeit nie Wind von der Sache bekommen hatte. „Warum mussten Regina und Maria sterben?"

„Das weiß ich wirklich nicht. Damit hatte ich nichts zu tun. Ich schwöre bei Gott."

„Aber Sie wissen, wer es getan hat."

„Ich habe einen Verdacht."

„War es das, worüber Sie sich mit Sanborn gestritten haben?“

„Ich wollte, dass er mir verrät, was er über die Sache wusste und warum die Cops im Regierungsviertel herumschnüffeln. Ich wollte außerdem wissen, was er über den weiblichen Police Officer weiß, der gekidnappt wurde.“

„Und was hat er gesagt?“

„Er meinte, das ginge mich nichts an, dass ich unbedingt den Mund halten und mich aus der Angelegenheit heraushalten müsse.“

„Wie funktionierte das? Der Service?“

„Wir engagieren eine Frau. Die arbeitet von zu Hause aus und kümmert sich selbst um alles Organisatorische.“

„Wer außer Ihnen und Sanborn steckt hinter der Organisation?“

„Bartholomew und Cook.“ Sam konnte es kaum erwarten, diesen Dreckskerl Cook zu verhaften. „Wir säßen gar nicht hier, wäre Cook nicht gierig geworden und hätte uns nicht gedrängt, den Service für jeden Anrufer zugänglich zu machen. Wir warnten ihn, das sei ein Fehler. Je mehr Leute davon wussten …“

„Wie ist Gooding in die Sache verstrickt?“, fragte sie, auf den Vizepräsidenten anspielend.

„Gar nicht, soweit ich weiß. Er und Bartholomew sind jedoch eng befreundet. Es würde mich nicht wundern, wenn er von der Existenz des Ringes gewusst hätte. Ich glaube allerdings nicht, dass er jemals Kunde war.“

„Aber mit Sicherheit wissen Sie es nicht.“

„Nein. Die einzige Person, die alles über das Wer, Was, Wann, Wo und Wie weiß, ist die Frau, die die Organisation leitet.“

Sam schob ihm Stift und Schreibblock zu. „Den Namen und die Adresse der Frau.“

„Sie ist unschuldig – eine Ehefrau und Mutter, die bloß ihren Lebensunterhalt zu verdienen versucht."

„Indem sie einen Callgirl-Ring für verwöhnte Politiker leitet? Das nennt man wohl kaum unschuldig."

Daniels ließ den Stift sinken. „Versprechen Sie mir, dass Sie sie schützen, sonst werde ich Ihnen nicht den Namen nennen."

„Geben Sie mir den Namen, sonst gibt es keinen Deal."

„Ich habe Ihnen gegeben, was Sie verlangt haben!"

„Ich habe Ihnen gesagt, es gibt nur dann einen Deal, wenn Sie absolut kooperativ sind."

Wütend starrte Daniels sie an.

Sam hielt seinem Blick stand.

Hastig schrieb er Namen und Adresse auf und schob den Block wieder zu ihr.

„Das war doch gar nicht so schwer, oder?" Sam stand vorsichtig auf. „Bleiben Sie sitzen, ich bin gleich wieder da."

„Wann? Ich muss hier raus, bevor meine Frau davon erfährt."

„Sie dürfen wohl getrost davon ausgehen, dass sie es mittlerweile erfahren hat", erwiderte Sam.

Stöhnend ließ Daniels den Kopf auf die verschränkten Arme sinken.

Malone erwartete sie und Freddie vor dem Verhörraum.

„Gibt es schon etwas vom Labor?", erkundigte Sam sich.

„Nein. Frühestens morgen, meinen die."

„Verdammter Mist."

„Lieutenant", mahnte Freddie wegen ihrer Ausdrucksweise.

„Mir fällt gerade ein, dass Ihre Verdächtigen vermutlich keine Ahnung haben, wie lange so eine DNA-Analyse dauert", sagte Malone und übergab ihr zwei amtlich aussehende Papiere.

Sam studierte sie und grinste. „Vom Verkehrsgericht?“

„Stecken Sie sie hier rein.“ Er reichte ihr einen Umschlag. „Dadurch sieht es sehr offiziell aus. Die wissen, dass es ihre DNA ist. Warum also auf die Bestätigung durch das Labor warten, wenn sie uns die selbst geben können?“

„Mir gefällt Ihre Art, zu denken, Captain.“

„Ich verfüge noch über ein paar funktionierende Gehirnzellen – trotz der vielen Jahre am Schreibtisch.“

„Das ist genau das, was ich brauche, um diese Mistkerle zu überführen.“

„Wie lautet der Plan?“

„Bartholomew zuerst, dann Sanborn. Je nachdem, wie es mit Bartholomew läuft, könnte es sein, dass Sie jemanden losschicken müssen, um Selina für eine Gegenüberstellung dicker, kahl werdender Männer mittleren Alters zu holen. Ihre Identifizierung wird die Anklage wegen brutaler Vergewaltigung untermauern. Können Sie das arrangieren, falls ich es nicht schaffe, ihn zum Reden zu bringen?“

„Absolut. Na los, packen wir's, Leute.“

Wenn sie sich nicht so elend gefühlt hätte, wäre Sam begeistert gewesen, diese beiden mächtigen Verbrecher von ihren hohen Podesten zu stoßen.

„Sind Sie sicher, dass mit Ihnen alles in Ordnung ist, Holland?“, wollte Malone wissen.

„Frauenprobleme“, antwortete sie nur, da sie wusste, dass er das Thema dann sofort fallen lassen würde.

Er räusperte sich. „Aha, nun denn. Machen Sie weiter.“

„Ich weiß, dass Sie seit zwölf Jahren einen Callgirl-Ring in Washington leiten“, sagte Sam dem Verdächtigen auf den Kopf zu. Da Freddie Bartholomew schon vorher seine Rechte vorgelesen hatte, verzichtete sie jetzt darauf.

Bartholomew wollte aufspringen, doch wegen seines Leibesumfangs sah das sehr träge aus. „Wer zur Hölle hat Ihnen das erzählt?"

„Das spielt keine Rolle. Stimmt es?"

„Selbstverständlich nicht. Ich hatte nichts zu tun mit irgendwelchen Callgirls. Ich arbeite für den Vizepräsidenten der Vereinigten Staaten von Amerika. Warum sollte ich meine Position gefährden, meine Karriere, meinen Ruf, nur um mich mit Callgirls zu vergnügen?"

„Tja, das ist eine sehr gute Frage. Nicht wahr, Detective Cruz?"

„Allerdings", pflichtete Freddie ihr bei. „Ich persönlich glaube ja, es ging ausschließlich ums Geld – und natürlich um den Sex."

„Ich hatte nie Sex mit einem Callgirl." Bartholomew schäumte. „Ich muss nicht für Sex bezahlen."

Demonstrativ musterte Sam den unattraktiven Mann. „Wenn Sie das sagen." Nun holte sie den Umschlag vor, den sie bisher hinter ihrem Rücken verborgen gehalten hatte. „Sind Sie sicher, dass Sie Selina Rameriz nie begegnet sind?"

Er schaute misstrauisch auf den Umschlag. „Absolut."

„Wie erklären Sie sich dann, dass Sie zusammen mit ihr auf einer Gala am achtzehnten Januar im Ronald Reagan Building beobachtet wurden?" Sie wandte sich an Freddie. „Detective Cruz, haben Sie nicht mehrere Zeugen, die auszusagen bereit sind, Mr. Bartholomew in Begleitung von Miss Rameriz auf der Gala gesehen zu haben?"

„Ja, die habe ich", bestätigte Freddie. „Wir haben uns außerdem das Überwachungsvideo aus dem Reagan Building besorgt, das Sie ebenfalls mit ihr zeigt."

Sam richtete den Blick wieder auf Bartholomew. „Sind Sie immer noch sicher, dass Sie die Frau nicht kennen?"

„Na schön, ich habe sie engagiert, um mich zu dieser Gala zu begleiten. Das macht mich noch nicht zu einem Vergewaltiger."

Sam zog eines der Formulare vom Verkehrsgericht aus dem Umschlag. „Nein, aber Ihr Sperma auf Selinas Kleidung schon."

Zu sehen, wie sämtliche Farbe aus seinem runden Gesicht wich, gehörte zu den befriedigendsten Momenten in Sams Karriere.

„Das kann nicht stimmen", stammelte er.

„Das Schöne an einer DNA-Analyse ist, dass sie im Gegensatz zu Menschen nie lügt."

Plötzlich glänzte er von Schweiß. „Na schön, vielleicht hatte ich Sex mit ihr. Aber auch das macht mich noch nicht zum Vergewaltiger."

„Detective Cruz, als wir uns mit Miss Rameriz unterhielten, hinterließ sie da bei Ihnen den Eindruck, der Sex mit Mr. Bartholomew sei in irgendeiner Weise einvernehmlich gewesen?"

„Nein, Ma'am."

„Und ist die Besitzerin von Capitol Cleaning Services bereit auszusagen, dass Miss Rameriz in über zwei Jahren nie gefehlt hat bis auf den neunzehnten, zwanzigsten und einundzwanzigsten Januar?"

„Ja, Ma'am."

„Und werden Miss Rameriz' Kolleginnen offiziell bestätigen, dass sie, als sie am zweiundzwanzigsten wieder zur Arbeit erschien, Hämatome im Gesicht und an den Armen hatte, die ganz offensichtlich durch Gewaltanwendung verursacht worden waren?"

„Das werden sie."

Sam richtete ihre Aufmerksamkeit auf Bartholomew. „Das und die baldige Identifizierung durch Miss Rameriz sowie ihre äußerst glaubhafte Geschichte bedeutet, dass Sie, Mr. Bartholomew, ein ziemliches Problem haben."

„Ich möchte meinen Anwalt sehen."

„Das können wir für Sie arrangieren. Sobald Ihr Anwalt hier ist, werde ich Ihnen allerdings keinen Deal mehr anbieten können, was die Anklagen im Zusammenhang mit Prostitution anbelangt: Geldwäsche, organisierte Kriminalität, Förderung der Prostitution." Sie würde die Bundespolizisten die Spur des Geldes untersuchen lassen, sobald sie diese Männer wegen der ernsteren Vergehen festgenagelt hatte. „Addiert man diese Anklagepunkte zu denen wegen sexueller Gewalt, werden Sie wohl den Rest Ihres Lebens hinter Gittern verbringen."

„Was für ein Deal?"

„Bekennen Sie sich schuldig im Sinne der Anklage wegen sexueller Gewalt. Damit ersparen Sie Miss Rameriz, vor Gericht gegen Sie aussagen zu müssen. Und dann erzählen Sie mir alles, was Sie über Sanborns Beteiligung am Callgirl-Ring wissen."

„Im Gegenzug wofür?"

„Straffreiheit in allen mit Prostitution im Zusammenhang stehenden Anklagen."

„Und mildernde Umstände bei der Anklage wegen sexueller Gewalt?"

„Keine Chance. Dafür kriegen Sie die volle Strafe aufgebrummt."

„Wie viel Zeit habe ich, um es mir zu überlegen?"

Sie schaute auf ihre Uhr. „Zwei Minuten."

Ihm sprangen beinah die Augen aus dem Kopf. „Nur zwei Minuten?"

„Noch eine Minute und fünfundvierzig Sekunden ..."

Bartholomew wischte sich mit der Hand über den Mund und begann, in dem kleinen Raum auf und ab zu gehen.

„Eine Minute und fünfzehn Sekunden ..." Sam beobachtete

ihn und versuchte, sich auf die Zeit zu konzentrieren, um sich von ihren nach wie vor anhaltenden Krämpfen nicht aus dem Konzept bringen zu lassen. War es wirklich sehr warm hier drin, oder empfand nur sie das so? „Wofür entscheiden Sie sich, Mr. Bartholomew? Haben wir einen Deal?"

Er blieb stehen und drehte sich zu ihr um, mit grimmiger Miene, als sei ihm gerade klar geworden, dass sein bisheriges verwöhntes, privilegiertes, erfolgreiches Leben vorbei war. „Ja", erwiderte er, „wir haben einen Deal."

„Verraten Sie mir eines: Warum hat Sanborn Regina und Maria umgebracht?"

„Ich habe keine Ahnung."

„Absolut keine?"

„Ich hatte nichts damit zu tun, was diesen beiden Mädchen passiert ist", erklärte er mitfühlend.

Die Hände auf den Hüften, wartete Sam darauf, dass er fortfuhr.

Er rieb sich den Nacken. „Die hätten verhüten müssen. Die sollten nicht schwanger werden. Das war vertraglich festgehalten."

„Jetzt kennen wir wenigstens den Grund", sagte Sam auf dem Weg hinaus.

Freddie folgte ihr. „Das war fantastisch", meinte er. „Einfach brillant."

„Schleimer."

„Wie du ihn dazu gebracht hast, die Vergewaltigung zu gestehen *und* Sanborn zu belasten. So gut möchte ich das auch mal hinbekommen."

„Na, danke. Obwohl du dich einschleimst, weiß ich dein Kompliment doch zu schätzen."

Er rieb sich den Bauch. „All dieses Überführen von Übeltätern macht mich hungrig."

„Was macht dich nicht hungrig?“, sagte sie über die Schulter hinweg zu ihm und stieß die Tür zu dem Raum auf, in dem Sanborn schmorte.

„Na endlich“, murrte dieser. „Ich verlange, zu erfahren, um was es hier eigentlich geht. Ich bin ein viel beschäftigter Mann, auf den sich viele wichtige Leute verlassen, einschließlich des Präsidenten der Vereinigten Staaten.“

„Sie sind viel beschäftigt, und wir sind es auch“, erklärte Sam und bemerkte die verheilenden Kratzer an seinem Hals. „Kommen wir also gleich zur Sache. Ihre Freunde Daniels und Bartholomew behaupten, Sie steckten hinter dem Prostituiertenring.“

Seine Kinnlade klappte herunter. „Das würden die nicht wagen.“

„Die Drohung einer langen Gefängnisstrafe bewegt Menschen immer zu komischen Sachen, Mr. Sanborn. Erschreckenderweise waren Ihre Freunde eher daran interessiert, ihre eigene Haut statt Ihre zu retten.“ Sam machte eine Pause, um die Worte wirken zu lassen. „Das spielt ohnehin keine Rolle mehr.“ Sie präsentierte den Umschlag. „Die DNA-Analyse beweist, dass Sie die Vergewaltigungen und Morde an Regina Argueta de Castro und Maria Espanosa begangen haben. Das Gleiche gilt für die Entführung und Vergewaltigung von Detective Jeannie McBride.“

Er setzte eine störrische Miene auf. „Ich will meinen Anwalt.“

Als Sam daran dachte, was dieser Mann getan hatte, musste sie sich sehr zusammennehmen, um ihm nicht mit der Faust in sein scheinheiliges Gesicht zu schlagen. „Gut. Sagen Sie mir, wen ich anrufen soll.“

„Das ist alles?“

„Ja“, bestätigte Sam. „Das ist alles.“

„Haben Sie keine Fragen an mich?“

„Nein. Bartholomew und Daniels haben mir alle offenen Fragen beantwortet.“

Ihm schien plötzlich zu dämmern, dass sie ihm keinen Deal anbieten würde. „Moment, warten Sie. Ich muss hier raus. Morgen Abend veranstalten wir eine große Wohltätigkeitsgala. Ich muss dort sein!“

Das ist für Jeannie, dachte Sam, als sie sich mit beiden Händen auf den Tisch stützte. „Mr. Sanborn, ich bin nur ungern der Überbringer schlechter Nachrichten, doch Sie werden für lange, lange Zeit nirgendwo mehr hingehen.“

Damit ließ sie ihn über sein Schicksal grübeln und gab Freddie ein Zeichen, ihr nach draußen zu folgen.

„Du bist nicht immer ungern der Überbringer schlechter Nachrichten“, meinte Freddie grinsend.

„Einige schlechte Nachrichten sind in Wirklichkeit gute Nachrichten.“

Faith Miller kam aus dem Beobachtungsraum. „Kontaktieren Sie seinen Anwalt und nehmen Sie ihn in Untersuchungshaft. Bei Bartholomew und Daniels verfahren Sie genauso.“

„Ich werde mich darum kümmern“, meldete Malone sich zu Wort. „Und ich werde dafür sorgen, dass alles seinen korrekten Gang geht.“

„Ich werde sehen, was ich tun kann, damit die Klage gegen Daniels fallen gelassen wird und er freikommt“, meinte Faith. „Die anderen beiden werden eine Weile im Gefängnis bleiben.“

„Ich muss noch zwei weitere verhaften“, erklärte Sam.

„Los, holen Sie sie“, sagte Malone.

32. Kapitel

„Du kannst nach Hause fahren", sagte Sam zu Freddie, während sie ihren Mantel holte. „Ich werde den Rest allein zu Ende bringen."

„Ich will dabei sein, wenn du Cook verhaftest."

„Ich werde dir morgen alles erzählen."

„Aber ..."

„Freddie, du hast Pläne. Wichtige Pläne. Geh also."

„Was ist mit den Berichten?"

Normalerweise kümmerte er sich darum wegen ihrer Lese-Rechtschreibschwäche. „Diesmal schreibe ich sie. Du musst lediglich Reginas und Marias Eltern anrufen, um ihnen mitzuteilen, dass wir den Kerl geschnappt haben, der ihre Töchter umgebracht hat. Dann bist du fertig."

„Aber ..."

„Kein Aber mehr. Ich habe dir einen freien Abend versprochen, also nimm ihn dir."

„Es kommt mir nicht richtig vor, zu gehen, bevor wir alles erledigt haben."

„Der Fall ist gelöst. Ich werde Cook und Cheri, die Geschäftsführerin des Callgirl-Rings, verhaften. Ich werde sie mit einem Streifenwagen in Untersuchungshaft bringen lassen und danach selbst nach Hause fahren. Den Papierkram erledige ich morgen."

„Na schön", lenkte Freddie ein, immer noch skeptisch. „Wenn du darauf bestehst."

„Ich bestehe darauf." Sie legte ihre Hand auf seinen Arm.

„Ich hoffe, es läuft heute Abend alles in deinem Sinn. Das hoffe ich wirklich."

„Danke, ich auch. Ich helfe dir morgen früh bei den Berichten."

„Schlaf dich aus. Wir sehen uns um zehn." Sie verließ sein Büroabteil und ging hinaus auf den Parkplatz, im Schlepptau ihre Beschützer. „Ihr müsst für mich zwei Leute zum Hauptquartier bringen. Danach seid ihr von euren Babysitteraufgaben befreit. Der Fall ist abgeschlossen."

„Ja, Ma'am, Lieutenant."

Sam betrachtete die Gesichter der beiden jungen engagierten Polizisten. „Danke", sagte sie widerstrebend. „Dafür, dass ihr in den letzten Tagen ein Auge auf mich hattet."

„War uns ein Vergnügen", erwiderte der andere mit frechem Grinsen.

Sam lächelte. Anscheinend gelang es ihr nach wie vor, dem einen oder anderen den Kopf zu verdrehen. Das war ein kleiner Trost inmitten des körperlichen und emotionalen Schmerzes über den Verlust eines weiteren Babys.

Auf dem Weg nach Capitol Hill rief Nick an. Sie erkannte seine Nummer auf dem Display und beschloss, mit ihm zu telefonieren, sobald sie Cook verhaftet hatte. Es war besser, wenn er alles erst erfuhr, nachdem es vorbei war. Sie wollte nicht, dass irgendwer ihn später dazu befragte, was er wann gewusst hatte. Der Signalton ihres Handys verriet, dass er eine Nachricht auf ihre Mailbox gesprochen hatte. Die würde sie sich später anhören. Im Moment musste sie sich ganz auf die vor ihr liegende Aufgabe konzentrieren und gleichzeitig die in regelmäßigen Abständen wiederkehrenden Unterleibsschmerzen aushalten.

Der Streifenwagen, der ihr folgte, parkte auf dem an das Hart Office Building grenzenden Parkplatz. Sam sah, dass der für Nick reservierte Stellplatz leer war. Sie war nervös angesichts der schlimmen Nachrichten, die sie ihm nachher beibringen musste, und fragte sich, ob er an diesem Abend eine Wahlkampfveranstaltung hatte. Sie hoffte nicht. Sie wollte nach Hause und seine starken Arme um sich fühlen.

Ein schwarzer Cadillac Coup de Ville stand auf dem Platz neben Nicks, der für den Senior Senator von Virginia reserviert war.

Sam ging zu Cooks Büro, das doppelt so groß war wie das des Junior Senators. Da sie schon einmal hier gewesen war, kannte sie die Lage der Räumlichkeiten und ging an der verblüfften Empfangsdame vorbei in Cooks riesiges Eckbüro. Sie passierte weitere Mitarbeiter, ehe sie ins Allerheiligste gelangte. Der Senator befand sich in einem Meeting mit drei anderen Männern und zwei Frauen.

„Was hat das zu bedeuten?“, wollte er aufgebracht wissen, als er sah, wer ihn da aufsuchte.

„Senator Robert Cook, Sie sind verhaftet wegen der Förderung der Prostitution, der Beteiligung an einem Callgirl-Ring sowie organisiertem Verbrechen. Ich bin sicher, wir werden der Liste noch Geldwäsche und andere Dinge hinzufügen können, wenn wir ein bisschen graben.“

„Sie können nicht einfach hier hereinmarschieren und ungeheuerliche Anschuldigungen vorbringen, noch dazu ohne die geringsten Beweise.“

„Oh, wir haben Beweise.“ Sie ging um seinen massiven Schreibtisch herum, um ihm Handschellen anzulegen. „Sie haben das Recht zu schweigen.“ Er wehrte sich gegen die Fesseln, während Sam ihm seine Rechte erklärte. Die übrigen Leute im Raum verfolgten das Geschehen in beklommener Stille.

„Welche Beweise haben Sie denn?“

„Ihre guten Freunde Daniels und Bartholomew sind bereit,

gegen Sie auszusagen, ebenso eine der Frauen, die Sie für Sex bezahlt haben."

„Und was ist mit denen?", brüllte er. „Daniels und Bartholomew – und Sanborn? Die stecken da bis zum Hals mit drin!"

„Daniels und Bartholomew werden eine Aussage gegen Sie und Sanborn machen."

„Im Ausgleich wofür?"

„Straffreiheit bei Anschuldigungen im Zusammenhang mit Prostitution."

„Und mir erweist man diese Gefälligkeit nicht?"

Sam musste daran denken, wie er Nick während der Ermittlungen im Fall Sinclair behandelt hatte. Daher bereitete es ihr enorme Genugtuung, als sie nun antwortete: „Tut mir leid, aber ich brauche Sie nicht. Ich habe schon genug, um Sanborn für den Rest seines Lebens ins Gefängnis zu bringen."

„Sie elendes Miststück!" Er schäumte. „Sie verdammte Hure!"

„Na, Sie haben vielleicht Nerven, mich eine Hure zu nennen, Senator. Oder sollte ich Sie jetzt lieber Mr. Cook nennen? Verurteilte Verbrecher können nicht im Senat dienen, oder?" Sie wandte sich an das Publikum aus entsetzten Mitarbeitern. „Weiß das jemand genau? Es ist schon eine Weile her, seit ich auf der Highschool Sozialkunde hatte."

„Ihnen macht das auch noch Spaß", stieß Cook hervor.

Sam näherte sich seinem Gesicht. „Darauf können Sie Ihren Arsch verwetten." Sie führte ihn aus dem Hart Building, vorbei an erschrockenen Kongressmitgliedern und einem entzückten Fotografen, um ihn endlich auf den Rücksitz eines Streifenwagens zu verfrachten. „Folgen Sie mir", wies sie die beiden Officer an, die genauso perplex wirkten wie die Mitarbeiter, als sie ihren Passagier erkannten. „Sobald wir in der

Seventh Street sind, bleibt einer bei ihm, der andere kommt mit mir."

„Ja, Ma'am."

Zurück in ihrem Wagen, bekam sie einen besonders schmerzhaften Krampf, bevor sie den Motor starten und sich auf den Weg zu Cheri Andersons Haus machen konnte. Es war nicht weit von Nicks entfernt und für ihren Geschmack viel zu nah an dem Apartment, das Peter Gibson nach der Scheidung gemietet hatte. Die Vorstellung, ihm zu begegnen, verstärkte ihr Unwohlsein.

Sam spürte, dass Cook sie vom Wagen aus beobachtete, als sie die Vorderstufen hinaufstieg und klingelte. Der Officer war unten stehen geblieben.

Die Tür schwang auf, und eine attraktive Frau Anfang vierzig musterte Sams Dienstausweis sowie den Officer am Fuß der Treppe. Sie stieß einen tiefen Seufzer aus. „Kommen Sie herein. Ich habe Sie erwartet."

Sam signalisierte dem anderen Polizisten, er solle draußen warten, und folgte der Frau in das komfortable Haus. In ihren Kakis und dem T-Shirt mit dem Schriftzug der Catholic University sah Cheri Anderson aus wie die typische Vorstadt-Mom. Dass die Absolventin einer katholischen Universität von hier einen Prostituiertenring leitete, hätte Sam amüsant gefunden, wäre da nicht das gewesen, was Regina, Maria und Jeannie als Ergebnis der kriminellen Aktivitäten widerfahren war.

„Als ich in den Nachrichten hörte, Daniels, Bartholomew und Sanborn seien verhaftet worden, dachte ich mir schon, dass es bloß eine Frage der Zeit ist, bis sie mir die ganze Schuld in die Schuhe schieben und Sie hierher schicken."

„Nebenbei bemerkt, Daniels hat Ihren Namen nicht leicht preisgegeben. Ich habe es an den Deal ‚Aussage gegen Straffreiheit' geknüpft."

In ihren blauen Augen flackerte Zorn auf. „Er bekommt also Straffreiheit, und ich muss für die Sache ins Gefängnis?"

„Ich will Sanborn. Er ist derjenige, der zwei Frauen ermordet und einen weiblichen Police Officer gekidnappt und vergewaltigt hat."

„Er ist ein übler Mistkerl. Das habe ich immer gewusst. Als ich hörte, dass Regina und Maria ermordet wurden, wusste ich gleich, dass er es war. Er ist dermaßen wütend gewesen, als ich ihm erzählte, die beiden seien schwanger. Sie waren nutzlos geworden für ihn. Außerdem fürchtete er, von ihnen erpresst zu werden, weil ihr Einwandererstatus auf der Kippe stand. Als ich hörte, dass sie tot sind …"

„… wussten Sie, dass er es war."

„Ja." In Cheris Augen schimmerten Tränen. „Um ehrlich zu sein, fürchtete ich um meine Sicherheit. Vor zwei Tagen habe ich mir eine Schusswaffe gekauft." Sie zeigte auf die Kunstwerke am Kühlschrank. „Eine Schusswaffe in einem Haus mit Kindern zu haben widerstrebt mir, aber ich wollte nicht die Nächste sein."

„Wie hat man Sie angeworben?"

„Ich habe einige Jahre für Sanborn beim Democratic National Committee gearbeitet, bevor ich meinen Sohn bekam. Mein Mann und ich hatten einen Plan: Er sollte arbeiten und ich daheim bei den Kindern bleiben. Dann wurde er kurz vor der Geburt meines Sohnes entlassen, und ich hatte beim DNC schon gekündigt. Plötzlich standen wir finanziell sehr schlecht da. Sanborn muss durch meine ehemaligen Kollegen davon erfahren haben. Er rief mich an und erkundigte sich, ob ich an einem Geschäft interessiert sei, und natürlich griff ich zu, obwohl ich mich geschämt habe, als ich erfuhr, was ich tun sollte." Sie zuckte die Achseln. „Aber wir brauchten Geld."

„Was haben Sie Ihrem Mann erzählt?"

„Dass der DNC mich gebeten habe, für sie von zu Hause aus zu arbeiten."

„Und das hat er nie infrage gestellt?"

Sie schüttelte den Kopf. „Ich verwalte unser Geld. Er hat keine Ahnung ..."

„Dies könnte ein guter Zeitpunkt sein, um es ihm zu beichten."

Cheri nickte, wischte sich die Tränen ab und nahm eine CD von der Ablage. „Kunden, Angestellte, Finanzen, Unterlagen – das gesamte Unternehmen. Ich unterschrieb eine sehr strenge Vertraulichkeitsvereinbarung, als ich dort anfing. Doch da nun alle im Gefängnis sind, dürfte die null und nichtig sein."

Sam nahm die CD. „Wie viele Karrieren und Ehen wird das hier zerstören?"

„Eine Menge." Cheri verschränkte die Arme, als wolle sie sich schützen. „Was geschieht jetzt mit mir?"

„Sind Sie bereit, gegen die vier Chefs auszusagen?"

„Um nicht ins Gefängnis zu müssen? Auf jeden Fall."

„Ich werde mit der Staatsanwältin reden und sehen, was ich tun kann."

„Werden Sie mich verhaften?"

Sam steckte die CD, die ihren Fall zementieren würde, in die Manteltasche. „Im Augenblick nicht. Möglicherweise komme ich aber wieder."

Cheri schaute zu dem Foto, auf dem ihre Kinder zu sehen waren. „Ich werde hier sein."

Sam schickte ihre Bewacher zum Hauptquartier und rief Captain Malone an, um ihn darüber zu informieren, dass und weshalb sie vorerst auf die Verhaftung Cheri Andersons verzichtete.

„Gute Entscheidung“, meinte Malone. „Übrigens liegt die DNA-Analyse von Marias Baby vor. Sie passt zu der Tillinghasts.“

„Das können Sie ihm sagen, wenn Sie ihn freilassen und seine Familie aus der Schutzhaft entlassen.“

„Mach ich. Was kann ich sonst noch tun, um die Details zu klären? Ich weiß, dass Sie sich nicht gut fühlen und wahrscheinlich nach Hause wollen.“

„Sie können Selina Rameriz durch ihre Bewacher ausrichten lassen, dass wir die vier Bosse des Callgirl-Rings verhaftet haben. Sie soll erfahren, dass die Informationen, die sie mir gegeben hat, entscheidend zur Lösung des Falls beigetragen haben.“

„Ich kümmere mich darum.“

„Lassen Sie sie wissen, dass ich in den nächsten Tagen vorbeikommen werde, um die weiteren Schritte mit ihr zu besprechen.“

„Verstanden. Gute Arbeit, Lieutenant – wie immer.“

„Ich bin froh, diesen Fall hinter mir zu haben. Ich werde morgen da sein, um die CD durchzusehen, die Anderson mir gegeben hat. Dann können wir uns daranmachen, die Existenzen weiterer hochrangiger Dreckskerle zu ruinieren.“

Sein Lachen war ansteckend. „Oft genug ist dieser Job echt mies, doch manchmal überhaupt nicht.“

„Schön formuliert, Captain.“

„Fahren Sie nach Hause und legen Sie die Füße hoch. Wir sehen uns morgen früh.“

„Danke, dass Sie sich um Cook kümmern.“

„Ist mir ein Vergnügen.“

Sam legte auf und wählte Jeannie McBrides Handynummer. Michael meldete sich.

„Hier spricht Lieutenant Holland. Wie geht es Jeannie?“

„Ist bei mir zu Hause und schläft. Die Heimfahrt schien sie erschöpft zu haben."

„Tun Sie mir einen Gefallen und richten Sie ihr bitte aus, wenn sie aufwacht, dass wir den Dreckskerl erwischt haben."

„O wow, das ist wirklich gut zu wissen." Er klang fast triumphierend. „Sie wird sehr froh sein, das zu hören."

„Richten Sie ihr aus, dass ich in den nächsten ein bis zwei Tagen mal vorbeikomme, um nach ihr zu schauen."

„Mach ich. Danke für alles, was Sie für uns getan haben."

„Kein Problem." Bevor sie ihr Telefon einsteckte, schickte sie Shelby und ihren Schwestern Nachrichten, um die Kleideranprobe zu verschieben. Das schaffte sie heute Abend unmöglich auch noch. Sie lehnte sich an ihren Wagen und nahm sich einen Moment im schwindenden Tageslicht, um die kalte Februarluft einzuatmen und die Zufriedenheit über den erfolgreichen Abschluss eines weiteren Falls zu spüren.

„Ist ja ein Ding, dich hier zu treffen."

Erschrocken drehte sie sich um und entdeckte Peter, der sie sofort von oben bis unten musterte. Bevor er Bomben an ihrem und Nicks Wagen befestigt hatte, war sie nie auf die Idee gekommen, Angst vor ihrem Exmann zu haben. Waren sie sich feindlich gesinnt? Allerdings. Aber deswegen Angst haben? Niemals. Doch bei der Erinnerung an das Material zum Bau einer Bombe, die Fotos von ihr bei der Arbeit sowie die Zeitungsausschnitte, die sie in seiner Wohnung gefunden hatten … Und ihn jetzt zu sehen, frisch aus dem Gefängnis entlassen wegen eines Fehlers der Polizei, löste zum ersten Mal seit ihrer Entführung durch Clarence Reese wieder Entsetzen bei ihr aus.

„Was willst du?", fragte sie und versuchte, nicht daran zu denken, wie sie ihm im Verhörraum zugesetzt und ihn mit ihrem befriedigenden Sexleben mit Nick gepiesackt hatte.

„Von dir? Gar nichts. Du hast mir alles gegeben, was ich brauchte, als du deine Leute meine Tür ohne Durchsuchungsbeschluss hast eintreten lassen. Ich kann dir gar nicht sagen, wie dankbar ich dir dafür bin."

„Du musst dich laut richterlichem Beschluss mindestens dreißig Meter von mir und jedem aus meiner Familie fernhalten", erinnerte Sam ihn. Seit ihrer erbitterten Scheidung hatte sie sich immer wieder fragen müssen, was sie jemals an ihm gefunden hatte. Sein sandfarbenes Haar war jetzt überwiegend grau und das Gesicht, das sie einst attraktiv gefunden hatte, nun von Bitterkeit gezeichnet.

„Das hier ist meine Gegend", meinte er. „Vielleicht brauche ich eine gerichtliche Anordnung, damit *du* dich von mir fernhältst."

„Genieß deine Freiheit. Ich prophezeie dir, dass du sie nicht lange haben wirst. Im Hauptquartier laufen Wetten, wie lange es wohl dauert, bis du wieder Mist baust."

Mit gespieltem Entsetzen erwiderte er: „Wer hat auf heute gesetzt? Ich hoffe, das warst nicht du. Wäre mir gar nicht recht, dir einen leichten Sieg zu servieren."

„Was soll das heißen?", fragte sie mit pochendem Herzen.

„Finde es heraus. War schön, dich zu sehen, Sam. Hoffentlich kümmerst du dich gut um den Senator. Der sah nicht allzu gut aus, als ich ihn das letzte Mal getroffen habe. Noch einen angenehmen Abend."

Nick. O nein, Nick! Sie ließ den Wagen stehen und rannte los, weil sie auf die Weise schneller war, als sie es um diese Uhrzeit mit dem Auto gewesen wäre. Hinter sich hörte sie Peter lachen. Wenn er Nick etwas angetan hatte, würde sie ihn mit ihren eigenen Händen umbringen. Im Rennen zog sie ihr Handy aus der Tasche und drückte mit zitternden Fingern die Eins ihrer Schnellwahltasten. Der Anruf wurde gleich auf die Mailbox umgeleitet. „Um Himmels willen. *Bitte …*"

Die heftigen, stärker werdenden Schmerzen im Unterleib ignorierend, rannte sie so schnell, wie sie nur konnte. Komische Lichtpunkte tanzten vor ihren Augen, gerade als das Straßenschild der Ninth Street in der Ferne auftauchte. „Bitte, bitte, *bitte*."

Beim Anblick der zertrümmerten Vorderstufen vor dem Haus kam sie ins Stolpern. „Oh", murmelte sie. Die gesamte Vorderseite des Gebäudes war ramponiert. „Nein …" Instinktiv griff sie nach ihrem Funkgerät, um Verstärkung zu rufen. Zu ihrer Erleichterung war nirgendwo Nicks Auto zu sehen. Sie betrachtete die völlig beschädigte Front ihres Hauses, dem sie sich langsam und vorsichtig näherte. Das konnte nicht sein, oder? War Peter etwa wirklich so dumm gewesen, erneut eine Bombe zu platzieren – noch dazu am Tag seiner Entlassung aus dem Gefängnis?

Beim genaueren Hinsehen stellte sie fest, dass es kein zersplittertes Glas gab, nicht so wie nach den Bombenexplosionen beim letzten Mal. Was war hier los? Und vor allem: Wo steckte Nick?

Nick kämpfte sich durch den Berufsverkehr und lauschte aufmerksam den Nachrichten im Radio, in denen die Verhaftungen von Senator Cook, vom Sprecher des Repräsentantenhauses Daniels, Mitchell Sanborn sowie Jack Bartholomew vermeldet wurden. Die politischen Kreise Washingtons waren in hellem Aufruhr, und Nick genoss es. Obwohl das ein herber Schlag für seine Partei war, hatte er kein Verständnis für Menschen, die ihre Machtposition und das Vertrauen der Wähler ausnutzten.

Da sein Handy stundenlang unablässig geklingelt hatte, während sich die Neuigkeit überall verbreitete, hatte er es ausschalten müssen. Er musste unbedingt mit Sam reden, bevor er die Situation mit anderen Parteimitgliedern oder der Presse besprach, die auf ein Statement des Senators wartete, dessen Verlobte einige der einflussreichsten Persönlichkeiten dieser Stadt verhaftet hatte.

Plötzlich wurde ihm klar, dass er ab jetzt, nur fünfzig Tage nach seinem Amtsantritt, der Senior Senator von Virginia sein würde, wenn Cook zum Rücktritt gezwungen war – und Nick sah keine Möglichkeit, wie dieser im Amt bleiben sollte nach zwölf Jahren Beteiligung an einem Callgirl-Ring. Dieser Gedanke war schwindelerregend, so wie alle Ereignisse seit dem Tag, an dem er John O'Connor tot in dessen Wohnung aufgefunden hatte.

Als er in die Ninth Street einbog, erschrak er beim – erneuten – Anblick der Blaulichter und Streifenwagen vor seinem Haus. Sam … Peter … „Nein", murmelte er und sprang aus dem Wagen. „Samantha!" Er hatte die halbe Strecke zurückgelegt, als er Sam mit einem Cop reden sah, wild gestikulierend und auf die zerstörte Vordertreppe zeigend. In diesem Moment begriff er, dass sie seine Nachricht nicht erhalten hatte, in der er sie gebeten hatte, den Hintereingang zu benutzen. Offenbar hatte sie geglaubt, Peter habe erneut zugeschlagen.

Wahrscheinlich würden sie darüber lachen. Eines Tages …

„Samantha!"

Sie schaute in seine Richtung, und der erleichterte Ausdruck auf ihrem Gesicht rief ihm wieder einmal ins Gedächtnis, dass sie ihn mehr liebte als jemals irgendwer zuvor. Da sie wie angewurzelt dastand, rannte er zu ihr und schloss sie in die Arme. Und im Beisein von nicht weniger als zehn weiteren Cops küsste ihn die wunderschöne Polizistin, die öffentliche Zuneigungsbekundungen hasste, auf die Lippen.

„Da bist du ja", meinte sie und klammerte sich an ihn.

„Ja, da bin ich."

„Ich hatte solche Angst. Peter … Er sagte …"

Er war entsetzt. „Du hast ihn getroffen?"

„Ja, und es klang, als hätte er dir etwas angetan. Er … Ich hatte solche Angst. Ich konnte dich nirgends finden."

Nick drückte sie an sich und fühlte zu seiner Überraschung die Feuchtigkeit auf ihren Wangen. „Mir geht's gut, Liebes. Ich habe einen Bauunternehmer gebeten, eine Rampe vor dem Haus zu bauen, damit dein Dad uns besuchen kann. Das sollte eine Überraschung sein. Tut mir leid, dass du einen Schreck bekommen hast."

Verblüfft meinte sie: „Du lässt eine Rampe bauen?"

„Na ja, ich dachte, er würde auch gern mal unser Haus sehen."

Sie drückte ihn wieder an sich. „Hab dich so lieb."

„Ich dich auch, Schatz."

„Ich fühle mich allerdings nicht besonders gut", gestand sie und schloss die Augen. „Muss mit dir reden."

Nick hob sie hoch und trug sie in ihr Haus.

Epilog

Nick stand mit Graham O'Connor am weißen Weidezaun und schaute zu, wie Grahams Tochter Lizbeth Scotty auf einer gutmütigen Stute über den Trainingsplatz führte. Der Junge strahlte übers ganze Gesicht.

„Der ist ein Naturtalent", bemerkte Graham. „Was für ein liebenswerter Junge."

„Ja, er hat uns den ganzen Weg von Richmond zum Lachen gebracht." Und mal zu lachen, tat ihnen nach dem Verlust gut, mit dem sie nach wie vor fertigwerden mussten. „Ich bin ganz hingerissen von ihm."

„Was wirst du in diesem Punkt tun?", wollte Graham wissen.

Nick winkte Scotty zurück. „Hab mich noch nicht entschieden."

„Doch, hast du längst", meinte Graham. „Du hast jedenfalls beschlossen, dass du etwas tun wirst."

„Ja, das werde ich wohl – wenn die Zeit gekommen ist." Ohne den fröhlichen Scotty aus den Augen zu lassen, fuhr er fort: „Ich kannte mal einen Jungen, der einsam und verlassen war, bis eine lebhafte Familie ihn aufnahm und ins Herz schloss und sein Leben für immer veränderte."

Graham räusperte sich, legte die Hand auf Nicks Schulter und drückte sie leicht. „Und jetzt möchtest du einem anderen einsamen und verlorenen Jungen das Gleiche schenken."

Dass er und Sam noch immer die Chance auf eigene Kinder hatten, beruhigte ihn. Doch während er den Jungen beobachtete, der mit einer solch ansteckenden Begeisterung auf dem Pferd ritt, dachte er wieder an die vielen Möglichkeiten, wie er Scottys Leben verbessern konnte. „Ja, er hat schon etwas Besonderes an sich."

„Das Gefühl kenne ich", sagte Graham. „Da gab es mal einen einsamen, verlorenen Achtzehnjährigen, der das Wochenende in meinem Haus verbrachte und mich auf genau die gleiche Weise rührte."

Nick sah den Mann an, der ihm in jeder Hinsicht, bis auf die biologische, ein Vater gewesen war. „Ich habe mich gefragt, ob ich dich wohl um einen Gefallen bitten könnte."

„Jederzeit, das weißt du."

„Würdest du mein Trauzeuge sein?"

Grahams Augen füllten sich mit Tränen, und er war für einen Moment offenbar zu überwältigt, um sprechen zu können. „Es wäre mir eine Ehre", antwortete er schließlich mit rauer Stimme, „anstelle meines verstorbenen Sohnes neben dem Mann zu stehen, den ich wie einen Sohn liebe."

Nick umarmte ihn und freute sich, dass Graham genau verstand, warum er ihn gefragt hatte. „Danke."

Sam gesellte sich zu ihnen. „Ich will nicht stören."

„Hey, Liebes." Nick streckte die Hand nach ihr aus, froh, dass ihre Wangen wieder ein wenig Farbe angenommen hatten.

„Da ist die Frau, die im Alleingang im Weißen Haus aufgeräumt hat", meinte Graham amüsiert. „Wie sah die Liste noch aus? Der Sprecher des Repräsentantenhauses, ein Senator, der Stabschef des Vizepräsidenten, der Vorsitzende des Democratic National Committee, der Leiter der Umweltschutzbehörde, der stellvertretende Außenminister, zahllose Lobbyisten ..."

„Die Scheidungsanwälte schicken mir Dankeskarten", erwiderte Sam grinsend.

Graham lachte schallend.

„Es ist ein harter Job, aber irgendwer muss ihn machen“, fügte sie hinzu. „Ich kann immer noch nicht fassen, wie viele Frauen sich gemeldet haben, denen von Bartholomew und Sanborn Gewalt angetan wurde. Ich bezweifle, dass einer der beiden jemals wieder das Licht der Freiheit erblicken wird.“

„Da glaubt man, jemanden zu kennen“, sagte Graham, jetzt wieder ernst. „Es ist schockierend.“

„Kann ich mir vorstellen. Ach, ich wurde übrigens hergeschickt, um dir auszurichten, dass deine Anwesenheit in der Küche erwünscht ist, um den Truthahn zu tranchieren.“

„Ah, die Pflicht ruft. Gebt mir etwa fünfzehn Minuten, dann kommt alle zu Tisch.“

„Machen wir“, versprach Nick. Als Graham davonging, richtete er erneut seine Aufmerksamkeit auf Scotty. „Der hat seinen Spaß.“

„Er ist ein so lieber Kerl.“

„Freut mich, dass du so denkst.“ Er küsste Sam auf die Stirn. „Wie fühlst du dich?“

„Ich bin noch immer erschöpft, und Schmerzen habe ich auch noch ein wenig, doch es ist besser als gestern.“ Den überwiegenden Teil des vergangenen Tages hatten sie aneinandergeschmiegt verbracht, um den Verlust zu betrauern und den Kummer zu teilen. Es war nicht ganz der freie Tag geworden, den sie sich eigentlich erträumt hatten.

„Hast du schon mit Freddie gesprochen?“

„Heute Morgen zuletzt. Er rief mich an, um mir mitzuteilen, dass alle Berichte fertig sind.“

„Es war nett von ihm, dass er sich gestern darum gekümmert hat.“

„Nachdem Elin am Freitagabend nicht aufgetaucht ist, bettelte er förmlich um Arbeit.“

„Armer Kerl."

„Der wird mit Sicherheit darüber hinwegkommen, irgendwann."

Nick umfasste ihr Gesicht und küsste sie auf die Lippen. „Und du?"

„Irgendwann."

Einige Minuten lang hielt er sie im Arm, dann winkte er Lizbeth und Scotty, um ihnen Bescheid zu geben, dass das Abendessen fertig war.

Nachdem Lizbeth ihm vom Pferd geholfen hatte, rannte Scotty aus dem Korral zu Sam und Nick, der nach wie vor einen Arm um die Liebe seines Lebens gelegt hatte.

„Das war das Coolste, was ich je gemacht habe!", rief Scotty aufgeregt und mit von der Kälte rosigen Wangen. „Darf ich nach dem Essen noch mal reiten?"

„Ich wüsste keinen Grund, warum nicht." Nick hielt dem Jungen die freie Hand hin.

„Das sah schon ganz gut aus, Kumpel", meinte Sam.

„Danke", sagte Scotty. „Zeigst du mir nach dem Abendessen deine Waffe und die Handschellen?"

Sie lachte, und Nick wurde es sofort leichter ums Herz. Sam würde sich erholen, und sie beide würden darüber hinwegkommen.

„Abgemacht", versprach sie.

– ENDE –

Danksagung

Zuerst und vor allem möchte ich meiner Familie danken: Dan, Emily und Jake, der sich mit meinem Schreiben arrangiert und mein verrücktes Gemurmel ignoriert, und meinem Dad, der alle meine Höhen und Tiefen mitmacht. Meinen The-Lair-Gefährtinnen Kendra, Cindy, Cheryl und Linda: Ihr sorgt dafür, dass ich bei Verstand bleibe, und bringt mich zum Lachen. Ich danke euch! Danke auch allen Freunden bei Facebook, die mich angefeuert haben, während ich dieses Buch schrieb – das erste übrigens, das ich mit einer Deadline verfasst habe. Eure Unterstützung und eure Ermutigung haben mir sehr geholfen. Danke auch an Mitchell Waldman für seinen Rat in Sorgerechtsfragen. Christopher Burnette hat scharfsinnig meine Fragen zur Forensik und zu Labortestzeiten beantwortet. Lieutenant Russell Hayes vom Newport Police Department, Rhode Island, ist mein Experte für alle Polizeifragen und hat immer eine Antwort für mich, die mich auf neue Ideen bringt. Danke, Russ! Ich habe einen denkwürdigen Abend damit verbracht, mir in Washington gemeinsam mit meinen Freundinnen Christina Camara und Julie Cupp sowie meinem Cousin Steven Lopes Hochzeitslokalitäten anzuschauen. Danke, Leute, es hat Spaß gemacht, so zu tun, als ob, und ich bin froh über das, was wir für Sam und Nick ausgesucht haben. Ich bin entzückt – und glücklich –, drei Testleserinnen zu haben, die Sam und Nick so sehr lieben wie ich: Alyson Hackett, Ronlyn Howe und Kara Conrad. Ihr Ladys seid die Besten, und ich kann euch gar nicht genug danken für die klugen Anmerkungen und eure Gedanken. Meine Lektorin Jessica Schulte war die führende Hand hinter dieser Serie, und ich bedanke mich dafür, wie liebevoll sie sich um Sam, Nick und mich gekümmert hat. Allen bei *Carina Press* und *Harlequin*: Eure Unterstützung bei dieser Serie bedeutet mir unendlich viel. Ich kann euch gar nicht genug danken.

In der Nacht, bevor sie wieder arbeiten musste, lag Lieutenant Sam Holland wach und schaute zu, wie auf dem Wecker die Zeit bis Mitternacht heruntertickte – die Stunde, in der sie offiziell zurück im Dienst sein würde. Noch fünf Minuten. Sam hatte damit gerechnet, es nicht erwarten zu können, endlich wieder auf dem Revier zu sein, nach zwei Wochen des ständigen Zusammenseins mit ihrem frisch angetrauten Ehemann, dem US-Senator Nick Cappuano. Doch als die letzten zwei Minuten ihres glückseligen Intermezzos dahinschwanden, breitete sich Verzweiflung in ihr aus. Und sie fragte sich, wann sie jemals wieder so viel Zeit zusammen würden verbringen können.

„Was ist los, Liebes?“, murmelte er hinter ihr.

Früher hatte Sam es gehasst, sich mit jemandem das Bett zu teilen, und jetzt konnte sie sich nicht vorstellen einzuschlafen, ohne von seinen starken Armen gehalten zu werden. Ihre Niederlage gegen die Uhr akzeptierend, drehte sie sich um und schmiegte sich an seine Brust. „Ich bin noch nicht bereit, meinen Dienst wiederaufzunehmen.“

„Du hast doch noch Stunden Zeit.“

„Ist es schon nach Mitternacht?“

Er stützte sich auf den Ellbogen, um über ihre Schulter zu spähen. „Eine Minute nach.“

„Die können mich jetzt jeden Moment anfordern.“

„Vielleicht hast du ja Glück, und die Kriminellen machen heute Nacht eine Pause.“

„Hoffen wir es mal.“ Sie küsste einen seiner wohldefinierten Brustmuskeln und schlang einen Arm um Nick. „Du hast mich total verdorben.“

„Inwiefern?“

„Bevor wir zusammen waren, habe ich Urlaub gehasst. Zweimal pro Jahr musste ich welchen nehmen, ob ich wollte oder nicht, und die ganze Zeit habe ich mich gelangweilt. Ich konnte es kaum aushalten, bis ich wieder losmusste. Doch jetzt …"

„Mir geht es genauso." Er legte ihr einen Finger unters Kinn und küsste sie. „Wir haben weitaus Besseres zu tun, als zu arbeiten."

„Stimmt." Sie gab sich dem Kuss hin, denn sie konnte ihm ohnehin nicht widerstehen. Obwohl sie beide am nächsten Morgen müde sein würden, wenn sie nicht noch ein bisschen Schlaf kriegten. Der Rückflug von Bora Bora, wo sie in ihren Flitterwochen gewesen waren, hatte ihnen beiden einen Jetlag beschert.

Ohne den Kuss zu unterbrechen, schob er sich auf sie.

„Nick …"

„Hm?"

„Wir haben es heute Nacht schon gemacht – zweimal, wenn ich mich recht entsinne", erinnerte sie ihn, während er von ihrer Wange hinunter zu ihrem Schlüsselbein mit seinen Lippen eine heiße Spur zog.

„Gibt's ein gesetzliches Limit für täglichen Sex?"

„Nicht dass ich wüsste."

„Dann halt den Mund und küss mich."

Sie lachte noch, da klingelte bereits ihr Handy. Beide stöhnten genervt auf.

„Ignoriere es", schlug er vor und küsste sie erneut.

Sie war kurz davor, so zu tun, als hätte sie das Telefon nicht gehört, was total untypisch für sie war – und ihr Angst einjagte. Offensichtlich war sie durch die Hochzeit seltsam geworden. „Lassen Sie mich gehen, Senator. Zurück in die Realität."

„Ich will aber nicht", erwiderte er und ließ sie los.

Sam schnappte sich das Handy vom Nachttisch. Zum ersten Mal seit zwei Wochen sagte sie: „Lieutenant Holland."

„Lieutenant", meinte jemand aus der Zentrale. „Man informierte mich, Sie seien ab Mitternacht wieder im Dienst."

Da Nick ohnehin wach war, schaltete Sam das Licht ein und nahm sich Stift und Block, die sie stets bereithielt. „Das ist korrekt."

„Uns wurde ein Doppelmord in Carl's Burger World in der Massachusetts Avenue gemeldet."

Sie schrieb sich die Adresse auf. „Ich mache mich gleich auf den Weg. Können Sie Detective Cruz anpiepsen?"

„Wird erledigt."

Sam beendete das Gespräch und gab Nick rasch einen Kuss. „Sorry."

„Die Pflicht ruft", stellte er dramatisch seufzend fest. „Was gibt es denn?"

„Doppelmord bei Carl's in der Mass Ave."

„Den Laden kenne ich nicht."

„Während meiner Highschool-Zeit hat dort eine Freundin von mir gearbeitet. Ich war seit Jahren nicht mehr da." Sie schlüpfte in die Jeans und streifte sich ein langärmeliges T-Shirt über, denn nachts war es kühl. Auf Nicks Seite des Bettes sitzend, schaute sie zu ihm, während sie sich Socken anzog. „Das war der beste Urlaub, den ich je hatte."

„Für mich auch."

„Das sollten wir irgendwann noch mal machen."

Auf seinem Gesicht erschien das sexy Lächeln, das sie so liebte. „Unbedingt."

Sam band ihre Turnschuhe zu und stand auf, um sich einen Pullover zu holen. Im Nachtschrank schloss sie die Kassette auf, in der sie ihre Waffe, Dienstmarke und Handschellen aufbewahrte. Seit zwei Wochen hatte sie diese Dinge nicht mehr angerührt – das war die längste Auszeit, seit sie ihren Dienst beim Metropolitan Police Department vor zwölf Jahren angetreten hatte.

Bevor sie das Schlafzimmer verließ, gab sie ihrem Mann

einen letzten Kuss. „Ich wünsche dir einen guten ersten Tag."

„Ich dir auch." Er zupfte an einer Strähne ihres langen karamellfarbenen Haars. „Sei vorsichtig da draußen, Babe."

„Bin ich immer. Bis später." Sie war noch nicht zur Hälfte die Treppe hinunter, als sie den Drang verspürte, noch einmal umzukehren und zu ihm zurückzulaufen. Wenn ihr jemand vor einem Jahr prophezeit hätte, sie würde sich so heftig verlieben, dass sie sich nach ihm sehnte, obwohl es gerade Leichen gab, um die sie sich zu kümmern hatte, hätte sie denjenigen vermutlich verprügelt.

„Ich mag ja schwer verliebt sein", murmelte sie, während sie das Haus verließ und die Rampe hinunterstieg, die ihr Mann für ihren gelähmten Vater hatte bauen lassen, „aber es ist Zeit, an die Arbeit zurückzukehren."

Sam erreichte den Tatort zur gleichen Zeit wie ihr Partner Detective Freddie Cruz. Er trug einen seiner zum Markenzeichen gewordenen Trenchcoats, von denen er behauptete, sie seien notwendig, um seine Rolle zu spielen. Sam wiederum war der Ansicht, diese Mäntel bewiesen nur, dass er als Kind zu viel vor dem Fernseher gesessen habe. Er bot ihr aus einer Sechserpackung einen Donut mit Puderzucker an und stopfte sich einen weiteren in den Mund.

Sie schüttelte den Kopf. „Kaufst du diese Dinger eigentlich in einer Vorratspackung?"

„Es kann nie schaden, auf mitternächtliche Einsätze vorbereitet zu sein."

„Ich hoffe, ich werde es noch erleben, wenn dein Stoffwechsel sich verlangsamt."

Er hielt ihr das gelbe Tatort-Absperrband hoch, und sie duckte sich darunter hindurch. „Freut mich, dass du zurück bist, Lieutenant. Ich habe deine Schlagfertigkeit vermisst."

„Ich bin erst seit einer Minute wieder da, und schon schleimst du dich bei mir ein?“

„Ich sehe, du erträgst Komplimente immer noch nicht. Schönen Urlaub gehabt?“

„Fantastisch. War viel zu schnell vorbei.“

Die Streifenpolizisten, die die Meldung gemacht hatten, führten sie in den hinteren Raum des Restaurants, in dem die Tür der Kühlkammer offen stand. Darin befanden sich zwei Leute, die aussahen wie erfroren.

„Bäh“, meinte die Gerichtsmedizinerin Dr. Lindsey McNamara, die sich zu ihnen gesellte. „Was für ein Abgang.“

„Echt jetzt“, bemerkte Freddie und verstaute die restlichen Donuts in seiner Manteltasche. Offenbar hatte er seinen Appetit verloren.

„Woher wissen wir, dass es sich um Mord handelt und nicht um einen Unfall?“, wandte Sam sich an die Cops.

„Die Tür war von außen verriegelt“, erklärte der eine der beiden und zeigte auf das aufgebrochene Vorhängeschloss.

„Wer hat das getan?“

„Der Vater des Jungen.“ Der Streifenpolizist deutete auf den jungen Mann in dem Tiefkühlraum. „Daniel Alvarez, Alter siebzehn. Als er nach der Arbeit nicht nach Hause kam und sein Vater ihn nicht am Handy erreichen konnte, hat er nach ihm gesucht. Die Tür war unverschlossen, deshalb ging er rein und fand die Sachen des Jungen, die hier auf dem Tresen liegen.“ Er zeigte auf eine Brieftasche, einen Schlüsselbund sowie ein Telefon, die neben einer Banktasche mit offenem Reißverschluss lagen, aus der Bargeld quoll. Raub kam als Motiv daher wohl nicht infrage. „Der Vater drehte durch, als er das Vorhängeschloss am Tiefkühlraum sah. Er entdeckte einen Hammer und zerschlug es. Doch es war zu spät.“

„Er hat also nicht nur die Fingerabdrücke vom Schloss gehämmert, sondern auch noch unseren Tatort verunreinigt, indem er die Opfer berührt hat. Sehe ich das richtig?“

Nervös trat der Cop von einem Fuß auf den anderen. „Ja, Ma’am.“

„Na fabelhaft“, murmelte Sam und marschierte in den Kühlraum, um sich die zwei Opfer genauer anzuschauen. Den zweiten Mann identifizierte sie als Carl Olivio, den Inhaber und Betreiber des Restaurants. Er war deutlich gealtert seit ihrer letzten Begegnung. Das war während ihres Highschool-Abschlussjahres gewesen, als ihre Freundin Melissa für ihn arbeitete. Die Haut beider Opfer war bläulich verfärbt, ihre Augen geöffnet.

Freddie verzog das Gesicht, während er für einen genaueren Blick in die Hocke ging. „Keine sichtbaren Zeichen für irgendeine Form der Gewaltanwendung.“

„Der Sauerstoffmangel hier drin könnte sie vor der Kälte getötet haben“, meinte Lindsey. „Ich werde mehr wissen, sobald ich die beiden obduziert habe.“

Sam betrachtete die beiden Opfer genau und schaute sich anschließend in dem Kühlraum um. „Kümmern Sie sich darum“, wandte sie sich an die Gerichtsmedizinerin. „Ich würde mich gern mit dem Vater des Jungen unterhalten.“

„Joseph Alvarez“, sagte der Streifenpolizist. „Er ist draußen bei Officer Gentile.“

Sam folgte dem Cop durch die Küche und zur Hintertür hinaus, die in eine Gasse hinter dem Restaurant führte.

Joseph Alvarez war groß und breitschultrig, und diese breiten Schultern hoben und senkten sich unter den Schluchzern, während Officer Gentile sein Bestes gab, dem Mann beizustehen. Mit Erleichterung sah sie die Hilfe nahen und machte Platz für Sam.

„Mein einziger Sohn“, sagte Joseph zu niemand Bestimmtem. „Mein Junge.“

Der Umgang mit den Familien von Mordopfern gehörte zum schwierigsten Teil von Sams Job, und es wurde nie leichter. „Ich fühle zutiefst mit Ihnen, Mr. Alvarez.“

„Ich begreife es nicht. Wer sollte meinem Daniel denn so etwas antun? Oder Mr. Olivio? Alle liebten die beiden.“

„Wäre es nicht möglich, dass ein Mitarbeiter den Kühlraum abschloss, ohne zu wissen, dass die zwei sich darin befanden?“, fragte Sam, noch immer nicht ganz überzeugt, dass es sich um Mord handelte.

Er schüttelte den Kopf. „Es waren nur die beiden da zum Feierabend. Als ich Dannys Handy auf dem Tresen entdeckte, war mir sofort klar, dass etwas nicht stimmte. Mein Sohn geht nirgendwohin ohne dieses verdammte Ding. Ich lag ihm deswegen ständig in den Ohren. Wenn er zwischen zwei Kunden nicht draufstarrte, befand es sich in seiner Tasche. Jemand muss sie bedroht haben, sonst hätte er sein Handy mit in den Kühlraum genommen.“

„Wie lange nach Feierabend haben Sie gewartet, ehe Sie beschlossen, nach ihm zu sehen?“

„Gut zwei Stunden. Sie schließen um neun zu, und danach geht er meistens noch mit Freunden aus. Er muss gegen elf zu Hause sein. Als er um halb zwölf noch nicht zurück war und ich ihn nicht erreichen konnte, machte ich mich auf die Suche nach ihm.“ Mr. Alvarez kramte in seiner Hemdtasche und zog ein Päckchen Zigaretten heraus. Mit zitternden Händen steckte er sich eine an. „Ich weiß nicht, was mich zum Kühlraum zog. Bloß so ein Gefühl.“ Schaudernd brach er erneut zusammen. „Ich werde den Anblick der beiden da drin nie vergessen.“

„Ist Ihnen aufgefallen, ob in der Küche oder im Restaurant irgendetwas anders war als sonst?“

Er schüttelte den Kopf. „Für mich schien alles ganz normal. Zuerst dachte ich, ich sei nicht ganz bei Verstand, einfach wie ein überbehütender Vater hier aufzukreuzen. Aber als ich das Handy entdeckte … als ich Dannys Telefon sah, wusste ich, dass etwas Schlimmes passiert war." Er wischte sich das Gesicht ab, lehnte sich an die Mauer und schaute zum Himmel. „Vor einem Jahr habe ich meine Frau verloren. Brustkrebs. Danny und ich … wir kamen gerade wieder klar. Ich kann nicht glauben, dass das geschehen ist."

Bewegt von seiner Verzweiflung und inzwischen schon überzeugter davon, dass es sich um Mord handelte, legte Sam ihm ihre Hand auf den Arm. „Wir werden diese Person finden, die das hier getan hat." Auch wenn eine Verhaftung nicht viel Trost bringen wird, fügte sie im Stillen hinzu. Sein Sohn würde weiter für immer fort sein.

Nickend nahm er erneut einen tiefen Zug von seiner Zigarette.

„Hatte Danny mit irgendwem in der Schule oder außerhalb Ärger?"

„Mit niemandem. Mein Junge war beliebt. Alle mochten ihn. Er hatte eine nette Freundin und viele Freunde. Trieb Sport. Ein guter Junge." Joseph deutete zur Hintertür, die offen stand. „Dies war sein erster richtiger Job."

„Erwähnte er mal, ob Mr. Olivio mit irgendwem Probleme gehabt hat?"

„Nicht dass ich wüsste. Seine Frau war auch letztes Jahr gestorben. Das hatten wir gemeinsam. Wir unterhielten uns ein paarmal, wenn ich Danny bei der Arbeit besuchte."

„Hatte Mr. Olivio noch weitere Verwandte in der Gegend?"

„Ich glaube nicht. Er erzählte einmal, seine Kinder seien in alle Winde verstreut und kämen seit dem Tod der Mutter nicht mehr oft vorbei. Ich hatte den Eindruck, dass er ein angespanntes Verhältnis zu seinen Kindern hatte. Doch es hat bestimmt nichts mit dieser Tat zu tun."

„Sie waren uns eine große Hilfe. Gibt es jemanden, den ich für Sie anrufen könnte? Vielleicht ein Familienmitglied?"

Er winkte ab. „Es gab nur mich und Danny. Aus meiner Familie lebt niemand mehr, und seit meine Frau gestorben ist, haben wir ihre Angehörigen nicht oft gesehen."

„Ich kann Sie doch hier nicht ganz allein lassen."

„Ich werde meinen Kumpel von der Arbeit anrufen. Der wird mich abholen. Gehen Sie ruhig, ich komme schon klar."

Sam musste sich an die Arbeit machen und herausfinden, was hier vorgefallen war. Doch Joseph Alvarez' Gesichtsausdruck verriet ihr, dass er keineswegs klarkommen würde.

Sie schob die Hände in die Taschen und lehnte sich an die Mauer, die ihn stützte. „Na, ich werde zusammen mit Ihnen warten, bis Ihr Freund da ist."

Marie Force

Mörderische Sühne

ISBN: 978-3-95649-692-9
9,99 € (D)

Ihr letzter Fall endete in einer Katastrophe. Doch die aktuelle Mordermittlung könnte Detective Sergeant Samantha Holland helfen, ihren Ruf wiederherzustellen: Ein bekannter Senator wurde brutal in seinem Bett umgebracht. War es ein politisch motiviertes Verbrechen oder ein grausamer Racheakt? Der wichtigste Zeuge ist für Samantha kein Unbekannter. Nick Cappuano war nicht nur der beste Freund des Toten, sondern auch ihr Liebhaber. Samantha lässt sich auf ein gefährliches Spiel ein, dass sie nicht nur ihre Karriere kosten könnte ...

Marie Force

Verhängnis der Begierde

Richtig feiern kann Samantha Holland ihre Beförderung nicht. Denn schon wird sie zum nächsten Tatort gerufen: Ein Familienvater hat seine Frau erschossen und seine Kinder brutal erschlagen. Was muss vorgefallen sein, um einen Mann zu solch einer Grausamkeit zu treiben? Noch schockierender ist für Samantha allerdings eine Entdeckung im Schlafzimmer des Täters, die sie selbst betrifft. Bevor sie den Hinweisen nachgehen kann, geschieht ein weiterer Mord in ihrem direkten Umfeld. Das Opfer ist der Mentor ihres Freundes Nick Cappuano ...

ISBN: 978-3-95649-695-0
9,99 € (D)

Deutsche Erstveröffentlichung

Lauren Blakely

Big Rock - Sieben Tage gehörst du mir!

Ich war ein arrogantes Arschloch und ein unverbesserlicher Playboy. Bis eine Woche mein Leben für immer veränderte ...

ISBN: 978-3-95649-686-8
9,99 € (D)

Meiner Familie zuliebe soll ich mich eine Weile zusammenreißen: Keine Skandale mehr! Und als perfekter braver Sohn brauche ich eine Scheinverlobte für sieben Tage. Was läge da näher, als meine beste Freundin Charlotte zu fragen? Mit so einer scharfen Frau fällt es mir nicht schwer, den verliebten Softie zu mimen. Leider kann ich, seit wir im Bett gelandet sind, an nichts anderes mehr denken als an ihren heißen Körper. Charlotte spielt ihre Rolle als meine Zukünftige perfekt – doch bei mir ist es längst viel mehr als ein Spiel ...

Christina Lauren

Beautiful Player

Eine sexy Streberin. Ein faszinierender Frauenheld. Eine heiße Herausforderung!

Hanna Bergstrom liebt ihr Studium – und hat deshalb jahrelang ihr Privatleben vernachlässigt. Schluss damit! Will, der beste Freund ihres Bruders – stinkreicher Geschäftsmann und unverbesserlicher Playboy – soll ihr helfen, sich in eine Femme Fatale zu verwandeln, die allen Männern den Kopf verdreht.

ISBN: 978-3-95649-214-3

9,99 € (D)

Will Sumner liebt Herausforderungen – und ist dennoch skeptisch. Kann aus der attraktiven, aber unschuldigen Hanna wirklich eine hemmungslose Verführerin werden? Er zweifelt – bis sie ihm in einer aufregenden Nacht ihre sinnliche Seite zeigt. Und plötzlich gewinnt das Spiel mit der Verführung eine ganz besondere Note ...

Doch was sind sie bereit zu riskieren, wenn die Grenzen zwischen Leidenschaft und Vernunft verschwimmen?